insel taschenbuch 4902

Anna Fredriksson

Zwischen Himmel und Meer

Sally lebt mit Anfang fünfzig allein in Stockholm. Sie hat nie erfahren, warum ihre Mutter sie als Kind verlassen hat, kämpft bis heute mit dieser Erfahrung – und auch damit, zu ihrer eigenen Tochter Josefin nur sporadisch Kontakt zu haben.

Als Sally das Haus ihres Onkels in ihrem Heimatdorf erbt, scheint dies die perfekte Gelegenheit für einen Neuanfang – denn Josefin lebt mittlerweile in Österlen und betreibt einen Selbstversorgerhof. Doch Sally ahnt nicht, dass auch ihre eigene Mutter Vanja wieder dort lebt – und zu Josefin eine enge Bindung aufgebaut hat.

Da sitzt Sally nun, in einem alten Haus, in einem Dorf, das sie kaum wiedererkennt, mit einer Tochter, die nichts mit ihr zu tun haben will, und einer Mutter, der sie am liebsten aus dem Weg gehen würde ... Sally entschließt sich, einen alten Traum zu verwirklichen: Aus dem Haus soll ein wunderschönes Bed & Breakfast werden, und für Josefin will sie endlich die Mutter werden, die sie immer sein wollte.

Frühling, Sommer und Herbst in Skåne: drei Frauen, drei Generationen und drei Geschichten darüber, was es bedeutet, Mutter und Tochter zu sein.

Anna Fredriksson, geboren 1966, ist eine schwedische Autorin. Sie ist bekannt als »Queen of Feel Real«. Ihre Bücher haben sich in Schweden über 700 000 Mal verkauft. Sie lebt mit ihren drei Söhnen in Stockholm. www.annafredriksson.se

Elke Ranzinger, 1980 in Passau geboren, lebt als Übersetzerin aus dem Norwegischen, Schwedischen und Dänischen in Berlin.

Anna Fredriksson

Zwischen Himmel und Meer

Die Jahreszeiten-Saga: Frühling

Aus dem Schwedischen von
Elke Ranzinger

Insel Verlag

Die Originalausgabe erschien 2018 unter dem Titel
Mellan himmel och hav bei Bokförlaget Forum, Stockholm.

Dieses Buch wurde klimaneutral produziert.
Klimaneutral
Druckprodukt
ClimatePartner.com/14438-2110-1001

Erste Auflage 2022
insel taschenbuch 4902
Deutsche Erstausgabe

Umschlaggestaltung: zero-media.net, München
Umschlagabbildungen: living4media, München:
Haus (Cecilia Möller); iStock by Getty Images, München:
Blütenzweig (Gerhard Pettersson); FinePic®, München
Satz: Dörlemann Satz, Lemförde
Druck: CPI books GmbH, Leck
Printed in Germany
ISBN 978-3-458-68202-8

www.insel-verlag.de

Zwischen Himmel und Meer

Sally

Ihr Rücken tat weh und dabei hatte der Tag gerade erst begonnen. Sally stützte sich auf die Theke und massierte die schmerzhafte Stelle oberhalb des Steißbeins. In der vergangenen Woche hatte sie jeden Tag kurzfristig einspringen und von frühmorgens bis Kneipenschluss arbeiten müssen. Was besser war, als gar keine Schichten zu bekommen.

Die Bauarbeiter und Handwerker waren eingetrudelt und warteten auf ihre Bestellungen. So gut wie alle waren Stammgäste, saßen auf festen Plätzen, hatten Lieblingsgerichte und kannten Sallys Namen. Sie unterhielten sich lautstark zu dritt oder zu viert und nur ein paar saßen auch allein und starrten in die Zeitung oder auf die Startlisten der Trabrennen.

Sally richtete sich wieder auf und lächelte einem Gast zu, der an ihr vorbei zur Toilette ging. Ihr eigenes Lokal würde eine ganz andere Atmosphäre haben. Ruhig, gemütlich und rundherum angenehm entspannt. Sie konnte ihr einladendes Restaurant direkt vor sich sehen. Ließ die Fantasie schweifen, erspann ein ganzes Hotel mit Zimmern, in denen es an nichts fehlte. Sie sah vor ihrem inneren Auge jedes Detail der kleinen Lobby. Malte es sich mehr und mehr aus, wie schon so oft, schon ihr halbes Leben lang.

Der Gast kam von der Toilette zurück, und Sally schenkte ihm erneut ein höfliches Lächeln. Er setzte sich an einen Tisch in der Ecke, in der normalerweise einer der Stammgäste saß. Aber der Ecktisch war leer. Oh nein. Sie hatte ihn völlig vergessen.

Die Leuchtstoffröhre an der Betondecke des Kellers flimmerte, die Luft war muffig. Sally kniete sich auf die Matratze und berührte den Mann am Oberarm. Er schlief tief und reagierte nicht.

»Zeit zum Aufwachen.«

Sie rüttelte ihn sanft. Seine Augen waren geschlossen, öffneten sich aber ruckartig und wurden weit wie graugrüne Untertassen. Starrten angsterschrocken, bis er sie erkannte und sich beruhigte. Sally streckte ihm den runden Pappbecher mit Deckel hin.

»Hier. Ich habe dir ein bisschen heiße Suppe mitgebracht, falls du möchtest. Und dann raus mit dir, bevor dich mein Chef entdeckt.«

Der Mann atmete schwer und rappelte sich langsam hoch. Er wirkte noch immer betrunken. Stank nach kaltem Rauch und Alkohol. Sie fasste ihn unter der Achsel und half ihm hoch.

»Beeil dich, ich muss arbeiten.«

Er stolperte über die Ecke der Matratze und fand mit ihrer Hilfe das Gleichgewicht wieder. Auf wackligen Beinen drehte er sich zu ihr. Machte ein Gesicht, das die Furchen in seiner Haut noch deutlicher hervortreten ließ.

»Du hast es so gut. Was weißt du schon vom Leben? Bist frisch und jung. Du hast die ganze Zukunft noch vor dir.«

»Danke für das Kompliment, aber ich bin fünfzig. Einundfünfzig, um genau zu sein.«

»Ach? Na, dann bestimmt glücklich verheiratet. Mit Familie, Einfamilienhaus und Ferienhäuschen. Alles perfekt.«

Sie zog ihn Richtung Ausgang.

»Ich wohne allein in einer kleinen Zweizimmerwohnung. Also: Nein. Stimmt nicht.«

»Keine Kinder?«

»Eins. 600 Kilometer entfernt.«

Er blieb stehen.

»Wollen wir mal einen Kaffee trinken gehen?«

Sie ließ lachend seinen Arm los und schob ihn vor sich her.

»Das fragst du jedes Mal. Nein, danke. Jetzt los.«

Sally deutete auf die Kellertür.

»Tschüss, bis morgen. Nüchtern und durch den normalen Eingang.«

»Ja, ja.«

»Vergiss deine Suppe nicht.«

Sie drückte ihm den Pappbecher in die Hand und er schlurfte davon, die Treppe hoch.

»Pass auf dich auf«, rief sie ihm nach.

Nachdem die Tür ins Schloss gefallen war, ging sie rasch zurück und stopfte die Matratze wieder in den Verschlag mit dem Sperrmüll.

Der Gastraum war fast vollständig gefüllt und der Lärmpegel unertraglich wie immer. Zusätzlich zu den lautstark quatschenden Gästen und der sowieso miserablen Akustik musste auf einem Fernsehapparat an der Decke auch noch pausenlos eine Sendung nach der anderen flimmern. Meist lief Sport, oder Realityformate mit schreienden, streitenden Leuten.

Sally balancierte auf jedem Unterarm zwei Teller. Zweimal Hamburger, einmal Köttbullar und einmal Fleischwurst. Sie blickte durch das kleine, fettverschmierte Fenster der Schwingtür in den Gastraum. Die Bauarbeiter und Handwerker waren weg, jetzt waren die Büroleute dran.

Hinter ihr im Bratdunst lärmte die Küchenbelegschaft mit Töpfen und Pfannen, als wäre sie ein Orchester.

»Sally, Telefon für dich.«

Cedric war aus seinem Büro gekommen. Sally zog den Bauch möglichst weit ein und richtete ihre Schürze, auf der vorne ein Fettfleck prangte, sie hatte keine zum Wechseln dabei. Auf Cedrics Anordnung musste sie das Waschen der Arbeitskleidung selbst übernehmen und sie wollte das abends erledigen, falls im Waschkeller eine Maschine frei war.

»Ich bin rangegangen«, sagte er. »War doch okay?«

Sally blieb mit den Tellern in der Hand stehen. Machte er Scherze? Er, der seit seinem ersten Tag ein absolutes Handyverbot während der Arbeitszeit predigte, und zwar selbst wenn keine Gäste da waren.

Aber Cedric lächelte nicht einmal. Machte nur eine schnelle Kopfbewegung in Richtung Flur.

»Deine Tochter. Du kannst im Büro telefonieren.«

Josefin? Ihr Herz fing wild an zu schlagen. Warum rief Josefin an?

Cedric donnerte die Schwingtür auf.

»Aber erst servieren! Mann, echt.«

Er fuhr sich in einer Geste der Hoffnungslosigkeit über die Stirn. Der Küchenchef am Herd lachte auf. Sie eilte in den Gastraum und servierte die Teller.

»Åke ist tot.«

Josefin am anderen Ende klang gefasst. Sally wagte kaum, sich zu bewegen.

»Åke? Was sagst du?«

»Es war das Herz.«

»Was ist passiert?«

»Er ist einfach zusammengebrochen, in Simrishamn.«

Sally riss sich die Schürze ab, band sie dann mit umständlichen Verrenkungen wieder um, während sie sich das Telefon ans Ohr presste. Aus dem Gastraum drang trotz geschlossener Tür Gemurmel und Porzellanklirren. Der Rock spannte an Bauch und Schenkeln, die Bluse klebte an der Taille.

»Wann?«

»Gestern Nachmittag. Mitten auf dem Marktplatz.«

Sally setzte sich langsam hin und stützte den Ellbogen auf Cedrics Schreibtisch. Josefin hustete. Zog etwas Rotz hoch.

»Er wurde direkt ins Krankenhaus eingeliefert, aber es war trotzdem zu spät. Es ging wohl sehr schnell.«

Wie alt war Åke gewesen? Sally rechnete an den Fingern nach. Geboren fünfunddreißig. Einundachtzig also. War er wirklich schon über achtzig gewesen? Ja, das musste stimmen.

Josefin putzte sich die Nase.

Sally ritzte mit dem Zeigefingernagel Kreise in die zerschrammte Tischplatte. Sie hörte zum ersten Mal seit drei Jahren von Josefin. Davor, das gesamte erste Jahr über, hatte sich in erster Linie Sally gemeldet. Ein paarmal im Monat, per Mail oder SMS oder Telefon.

»Ich kann gut verstehen, dass du traurig bist«, sagte sie.

Keine Antwort, nur weiter Weinen. Was konnte sie sonst sagen? Was fürsorglich klang.

»Ist jemand bei dir?«

Wie hieß Josefins Freund gleich wieder? Ihr Kopf war mit einem Mal wie leergefegt.

»Ja, Harald ist hier.«

»Harald, gut. Und die Beerdigung? Wann soll die sein?«

»Weiß ich nicht. Ist noch zu früh, um das zu sagen.«

Natürlich. Sally bereute die Frage, aber sie musste versuchen, das Gespräch noch ein wenig am Laufen zu halten. Wenn sie schon einmal die Chance auf eines hatte.

»Die Kirche in Vitaby würde gut passen. Die ist schön.«

Josefin antwortete nicht. Das Begräbnis war momentan das falsche Thema. Trotzdem musste Sally es ansprechen. Alles andere wäre ebenfalls falsch.

»Ich komme runter. Schließlich war er mein Onkel.«

Noch immer keine Antwort. Sie versuchte es weiter.

»Als Kind habe ich jeden Sommer bei ihm verbracht.«

»Ich weiß.«

Sally schwieg. Josefin wusste, dass sie kein besonders enges Verhältnis zu ihrem Onkel gehabt hatte. Åke war ziemlich schwer zugänglich, niemand, der einen leicht in sein Leben ließ. Niemand wie ihr Vater, der laut, warm und lustig gewesen war.

Nach jenem grauenvollen Morgen hatte sie Kivik verlassen und den Kontakt mit Åke abgebrochen. Josefin hat gewissermaßen Sallys Platz eingenommen und ihn zu ihrem Ersatzgroßvater erkoren.

Sally machte einen weiteren Anlauf.

»Sag, wenn es irgendetwas gibt, das ich tun kann.«

»Klar.«

Kurz und gleichgültig. Es war Zeit aufzulegen.

»Danke für deinen Anruf«, sagte Sally. »Dass du mir Bescheid gegeben hast.«

»Dachte, du solltest es wissen. Tschüss.«

Dann war das Gespräch vorbei. Sally blieb mit dem Handy in der Hand sitzen. Vor drei, vier Jahren, als sie Josefin noch angerufen oder ihr SMS geschickt hatte, waren diese Versuche meist unbeantwortet geblieben. Dann hatte Josefin in einer SMS klargemacht, sie wolle keinen weiteren Kontakt. Für eine Weile hatte sich Sally trotzdem bei ihr gemeldet. Bis es zu schmerzhaft wurde und sie aufgab. Und jetzt war es, wie es war.

Josefin lebte ihr Leben viele Kilometer entfernt. Wie war es wohl für sie, auf diesem Hof? Packte sie die ganze Arbeit, die ein solches Leben sicher erforderte, so wenig Erfahrung, wie sie nach einer Kindheit auf Södermalm in Stockholm und mit dem Vitabergsparken als einzigem Naturerlebnis in dieser Richtung hatte?

Sally strich mit dem Daumen übers Handydisplay. Sie hatte einen Kloß im Hals.

Ihre Tochter war erwachsen geworden. Sie lebte an einem schönen, ruhigen Ort mit einem Mann, den sie liebte, ja, das war auf jeden Fall gut. Sie hatte ihre eigene Welt und einen Lebensstil, der sie glücklich machte und den sich vorzustellen Sally schon im Ansatz scheitern ließ.

Es zählte für Josefin nur noch die Familie ihres Freunds. Die hatte sie offenbar wie eine eigene Tochter aufgenommen. Liebte Josefin und umgekehrt.

Sally stopfte sich das Handy in die Schürzentasche, für den Fall, dass Josefin nochmal anrief. Was nicht sonderlich wahrscheinlich war.

Die Tür öffnete sich einen Spalt und Cedric guckte herein. Ungeduldig, fragend. Sie schoss förmlich vom Stuhl hoch.

»Es ging um einen Verwandten. Meinen Onkel. Er ist gestorben.«

»Mein Beileid.«

»Danke.«

Er legte ihr unbeholfen die Hand auf die Schulter.

»Du kannst dir den Rest des Tages freinehmen. Soll ich dir ein Taxi rufen?«

»Nein, nicht nötig.«

Sally rückte den Rock auf den Hüften zurecht, stopfte die Bluse in den Bund und band die Schütze noch einmal. Der schwarze Arbeitsrock saß stramm an der Taille, die Bluse spannte an den Schultern und stand zwischen den Knöpfen leicht offen. Eigentlich war die ganze Kluft zu eng, aber Sally kannte Cedrics Antwort auf die Bitte, eine neue anzuschaffen.

»Okay.« Er ging zur Tür. »Arbeite einfach weiter.«

Sein Blick blieb an der Schürze hängen. Ihr fiel der Fettfleck ein und sie legte die Hände darüber. Cedric verschwand mit einem Seufzer.

Sally zupfte die Schürze zurecht, sodass sie besser saß. Hing, während sie den Saum glattstrich, dem Telefongespräch nach. Zweifelsohne würde sie zu dem Begräbnis gehen. Es war die erste Chance seit vier Jahren, Josefin zu sehen.

Josefin

Danke für deinen Anruf. Das war das Letzte, was ihre Mutter am Telefon gesagt hatte. Vier Worte, in höflichem Tonfall.

Josefin stellte Butter und Käse auf die karierte Wachstischdecke. Sie würde zum Begräbnis kommen. Hierher, nach Kivik. Das war zu viel, fast unfassbar. Dann käme das ganze alte Zeug wieder hoch.

Danke für deinen Anruf. Wer sagte so etwas? Zur eigenen Tochter. Daran zeigte sich nur, wie weit sie sich in den letzten Jahren voneinander entfernt hatten. Und selbst wenn Josefin gewollt hätte, sie hätte ihrer Mutter den Wunsch nach einem Treffen nicht erfüllen können.

Das Geheimnis war im Weg.

Anfangs hatte es sich merkwürdig angefühlt, ihrer Mutter nichts zu erzählen, aber mittlerweile war es ganz natürlich. Sie brauchte nichts über Josefins Leben hier zu wissen. Und nachdem das Geheimnis nun seit drei Jahren existierte, wäre es absurd, ganz nebenbei mit einer so großen Sache herauszuplatzen.

Ja, stimmt, ach übrigens, ich habe Kontakt zu meiner Großmutter aufgenommen, deiner Mutter, die verschwunden ist, als du klein warst.

Josefin stellte zwei Teebecher auf den Küchentisch. Nein. Bisher war es nur darum gegangen, sich um sich selbst zu kümmern. Nun aber benötigte sie eine Strategie für den unerwarteten Besuch ihrer Mutter.

Josefin wickelte sich in ihre Strickjacke. Sie war abgetragen und an den Ellbogen fast durchgewetzt, hielt aber in Kombination mit Jogginghose und Schaffellpantoffeln ordentlich warm. Die Küche war am Morgen kalt, und sie hatte sich vor dem Anruf nicht einmal fürs Heizen Zeit genommen. Jetzt stopfte sie ein zerknülltes Stückchen Zeitung und ein paar Holzstücke in den alten Eisenofen, legte ein Streichholz hinein und beobachtete, wie das Feuer aufflammte.

Das Holz, das der vorherige Besitzer des Vallmogården zurückgelassen hatte, war trocken und gut gewesen. Es hatte lange gereicht, war aber letztes Jahr gegen Frühlingsanfang zur Neige gegangen. Seitdem mussten Josefin und Harald Bäume auf der Weide fällen. Das Wohnhaus im Winter warm zu halten brauchte Unmengen an Holz, weit mehr, als sie geahnt hatten.

Josefin schnitt ein paar Brotscheiben ab und legte sie in den Brotkorb. *Danke für deinen Anruf.* Sie wollte wirklich keinen Dank dafür. Sie hatte nur auf direktem Weg eine Information überbracht. Weil es notwendig war. Sonst nichts.

Der Frühstückstisch war gedeckt, als Letztes zündete Josefin eine Kerze an. Vor dem Fenster erstreckte sich der graubraune Acker des Nachbarn, mittendrauf ein Schwarm schwarzer Krähen. Der diesjährige März war farblos und mild wie üblich hier in Skåne. Josefin öffnete das Fenster einen Spalt, die Luft roch leicht nach Erde und Rauch aus dem Schornstein. Alles war still, abgesehen von ein paar zwitschernden Spatzen im Schneeballstrauch.

Åke.

Josefin riss ein Blatt von der Küchenrolle, hielt es ans Gesicht und ließ die Tränen laufen. Ohne sich zu wehren, versank sie in der Sehnsucht, der Erkenntnis, dass sie ihn nie mehr sehen würde.

Seit sie klein war, hatte sie jeden Sommer bei Åke verbracht. Er hatte mit ihr Karten gespielt, ihr Fahrradfahren beigebracht, immerzu geduldig erklärt, wie die Natur funktionierte, und den Pflanzen, Vögeln, Fischen und Insekten Namen gegeben. Hatte sie aufwachsen sehen. Und war überglücklich gewesen, als sie ihn an jenem Tag vor vier Jahren angerufen hatte, um ihm zu erzählen, sie und Harald hätten einen Hof gekauft und würden dauerhaft nach Kivik ziehen. Im Jahr darauf hatte er sogar ihre Großmutter mit Wärme aufgenommen, diese frühere Schwägerin, die er seit fünfundvierzig Jahren nicht gesehen hatte. Åke war nie nachtragend gewesen, hatte immer Wichtiges von Unwichtigem zu unterscheiden gewusst, und am wichtigsten waren für ihn sein Leben lang enge Beziehungen zu den Menschen gewesen, die ihm am Herzen lagen.

Josefin wischte sich die Nase ab. Versuchte, die Situation nüchtern zu betrachten. Menschen starben, wenn sie alt wurden. So war es seit jeher, und so würde es ewig bleiben. Åke war einundachtzig Jahre alt geworden, dafür konnte man dankbar sein. Aber sich daran zu gewöhnen war schwer.

Stampfende Schritte vor der Haustür. Harald kam in die Küche und zog auf dem Fußabstreifer die lehmigen Gummistiefel aus. Die Wollsocken rutschten halb nach unten und er zog sie wieder über die Jeans hoch.

»Wie ist es gelaufen? Das Gespräch.«

»So lala. Ein wenig angestrengt. Aber jetzt ist es geklärt.«

»Was hat sie gesagt?«

»Nicht viel. Mama kannte Åke nicht richtig.«

Noch bevor er aus seinem dicken Überpullover geschlüpft war, ging Harald zu Josefin und umarmte sie. Zog sie mit seinen von der Arbeit gestählten Armen an sich.

»Und du? Wie geht es dir?«

Ohne zu antworten, legte sie die Stirn an seine Achsel. Spürte die Wärme, die Kratzigkeit des Pullovers. Den Geruch von regenfeuchter Schafswolle und Stroh. Er strich ihr über den Hinterkopf.

»Jetzt frühstücken wir. Danach sieht die Welt gleich besser aus.«

Sie schnäuzte sich. Er hatte recht, wie üblich.

»Du bist jetzt erwachsen«, sagte er. »Du kannst selbst entscheiden. Und das hast du getan.«

Sie nickte, das war wahr.

»Mit ihr zu brechen war das Beste, was ich in meinem Leben je gemacht habe. Ich meine, abgesehen davon, mit dir hierherzuziehen, natürlich.«

Harald lachte kurz auf, legte ihr die Hände an die Wangen und küsste sie.

Sie setzten sich an den Tisch. Harald goss ihr Tee in den Becher, ließ einen Löffel Honig hineintropfen. Gab einen Schwapp Milch darauf, exakt in der Menge, die sie mochte. Josefin bestrich eine Scheibe Sauerteigbrot mit Butter. Sie registrierte, dass er sie beobachtete, während er Joghurt in einen tiefen Teller löffelte und Müsli darüberstreute. Seine hausgemachte Eigenmischung, die im Backofen geröstet wurde.

»Was hältst du von der Kirche in Vitaby?«, fragte er. »Die ist sehr schön.«

Sie hielt beim Butterschmieren inne. Als hätte Harald ihre Mutter gehört. Aber es war ja die Wahrheit, die Kirche war wirklich wunderschön. Åke wäre dort sicher gerne begraben, inmitten der hügeligen Landschaft mit Licht, Himmel und Luft rundherum.

Obwohl vielleicht die Kirche in Södra Mellby die einleuchtendere Alternative war. Mit dem Örtchen hatte er mehr zu tun gehabt als mit Vitaby.

»Wir machen es in Mellby«, sagte sie. »Ich spreche heute mit dem Beerdigungsinstitut. Verabrede einen Termin.«

»Deine Mutter kommt wohl zum Begräbnis, oder?«

»Glaub schon.«

»Und was hast du da vor? Du musst dir überlegen, wie du mit der Situation umgehen willst.«

Sie seufzte. Überlegt hatte sie das seit gestern, ununterbrochen.

»Ja. Einerseits ist da Oma und andererseits weiß ich nicht, wie ich mit Mama umgehen soll.«

»Das wird sich finden. Sie ist doch nur einen Tag hier oder so.«

Für Harald war immer alles furchtbar einfach. Er hatte die Fähigkeit, Menschen zu vertrauen, an das Gute in ihnen zu glauben, bis das Gegenteil bewiesen war. Aber das war auch keine große Kunst, wenn man noch nie im Stich gelassen worden war. Zumindest nicht von Menschen, die einem am nächsten standen.

»Was du auch tust, alles wird gut«, sagte er.

Harald kratzte seinen Teller sauber. Dann stand er auf, um wieder nach draußen zu gehen. Sie beobachtete ihn in seinen Bewegungen. Die Art, wie er praktische Dinge anging, hatte etwas Befreiendes.

»Was, meinst du, sollen wir heute machen?«, fragte sie.

Harald stellte den Teller an die Spüle.

»Wir müssen nach den jüngeren Obstbäumen sehen. Wie es ihnen im Winter ergangen ist. Hoffen wir mal, dass ihnen die Nager nicht allzu sehr zugesetzt haben.«

»Vielleicht sollten wir uns eine Katze zulegen?«

»Das wäre gut. Oder einen Hund.«

Josefin wurde es etwas leichter ums Herz. Darüber sprachen sie häufiger. Ein Hund, der den Hof bewachte. Am liebsten einen Dänisch-Schwedischen Farmhund wie Åkes braun gescheckte Mitzi. Klein und wendig, gut drinnen wie draußen zu halten. Ihr treuer, ständiger Begleiter mit eigenen Arbeitsaufgaben. Aber jetzt im Augenblick konnten sie sich das nicht leisten.

Harald ging zur Tür und schlüpfte wieder in die Stiefel.

»Ist ein bisschen ungemütlich hier drinnen. Wir bräuchten wirklich Erdwärme. Dann müssten wir nicht die ganze Zeit daran denken, Holz zu holen. Wir sollten eine Fußbodenheizung installieren und die elektrischen Heizkörper durch warmwasserbetriebene ersetzen.«

»Aber das Haus ist doch nicht richtig isoliert. Da ist Erdwärme vielleicht nicht die beste Lösung?«

»Ich glaube noch daran. Aber wir können jemanden fragen, der sich damit auskennt.«

Sie lachte über seine Hartnäckigkeit.

»Klar. Aber im Augenblick haben wir kein Geld dafür.«

Harald richtete sich auf.

»Stell dir mal vor, wir hätten es hier nächsten Winter richtig warm, mit richtigen Heizkörpern. Ich könnte vielleicht von Mama und Papa Geld dafür leihen. Was meinst du?«

Wortlos nahm sie die beiden Teetassen vom Tisch. Er kannte ihre Meinung.

»Fang doch schon mal mit den Obstbäumen an, ich mache schnell den Abwasch«, sagte sie. »Komme gleich nach.«

Sie stellte die Tassen auf die Arbeitsfläche neben dem

Fenster. Draußen überquerte Harald den gekiesten Hofplatz, ging an den Hortensienrabatten vorbei und verschwand dann hinter dem Giebel des Holzschuppens.

Ihre Mutter kam bald. Würde hier im Dorf auftauchen und nicht nur Josefin treffen, sondern auch Harald und Peter und Liselott und einen Haufen anderer Leute, Nachbarn und weiß der Himmel wen. Und ihre Großmutter. Auf der Beerdigung. Das war nicht zu verhindern. Was bedeutete, dass ihre Mutter es wissen musste. Vorher.

Josefin nahm die Gießkanne und gab der auf dem Fensterbrett überwinternden, beschnittenen Pelargonie einen kleinen Schluck Wasser.

Neben der Pflanze stand das Bootsmodell. Ein Geschenk von Åke, der es wiederum von seinem Vater, dem Skipper, bekommen hatte. Ein zweimastiger Schoner. *Hilda,* der Name des Schiffs, stand in winzig kleinen Buchstaben am Bug. Åke hatte dieses Boot geliebt. In jungen Jahren hatte er von einem Leben als Kapitän geträumt, war aber stattdessen Biologielehrer geworden.

Sie hob den Blick, um nicht wieder loszuheulen. Die Dachrinnen am Holzschuppen mussten gereinigt werden. Sie waren randvoll mit altem, schwarzbraunem Laub. Eine einfache Arbeit, wenn man sie gemeinsam machte. Zusammen mit Harald war nichts sonderlich schwierig oder lästig. Josefin hatte schon wieder Sehnsucht nach ihm, obwohl er erst seit fünf Minuten weg war. Bald würde sie ebenfalls durch die Obstbäume marschieren und tote Zweige und Knospen mit Frostschaden inspizieren.

Noch ein Tag im Paradies. Sie lachte kurz in sich hinein. Klang fast ironisch, aber so war es eben.

Sally

Der Fernseher an der Decke wurde durch das klirrende Leeren der Altglascontainer an der Müllsammelstation übertönt. Sally sortierte das Besteck ein. Hier und da warf sie einen Kontrollblick in den Gastraum, ob irgendein Gast ihrer Aufmerksamkeit bedurfte. Aber alle hatten etwas zu essen oder tranken Kaffee.

Was wohl Josefin in diesem Augenblick tat? Sie und Åke hatten einander sehr nahegestanden. Heute hätte sie einer Mutter bedurft. Eines Elternteils mit Lebenserfahrung, das völlig anders Trost spenden konnte als ein gleichaltriger Lebensgefährte.

Aber vielleicht hatte sie ihre Schwiegereltern als Stütze.

Sally legte die letzte Gabel ins richtige Fach. Jedes Mal, wenn die Schwingtür aufging, drang aus der Küche Herdgeklapper und Gescharre, vermischt mit den Brüllereien zwischen Köchen und Servicepersonal. Sie versuchte, nicht hinzuhören.

Sie hatte Kivik vor unfassbar langer Zeit verlassen. Wie würde ihre Rückkehr nach dreißig Jahren werden? Was, wenn die Erinnerungen an ihren Vater zu viel werden würden? Wenn sie von ihnen überrollt werden und deshalb den Boden unter den Füßen verlieren würde? Wie ihr das als Einundzwanzigjährige fast passiert war, und weswegen sie hatte fortgehen müssen. Sie hatte gewusst, jeder Millimeter würde sie dort auf ewig an seinen Tod erinnern, und sich geschworen, nie wieder zurückzukehren.

Danach hatte sie sämtliche Bande nach Kivik gekappt. Das war ihre Art gewesen, zu überleben, aber wahrscheinlich war das für alle rundherum schwer verständlich. Liselott hatte sich noch ein paar Mal per Telefon gemeldet, der Kontakt wurde aber bald spärlicher und hörte dann ganz auf.

Von der Straße drang das Heulen einer Sirene, als ein Einsatzfahrzeug vorbeijagte. Sally brachte die Salzstreuer in eine hübsche Anordnung. Gab es Liselott noch? Das Mädchen, das mit seinen Eltern und drei jüngeren Brüdern im Nachbarhaus gewohnt hatte. Sie hatte braune, von allen als kastanienfarben bezeichnete Locken gehabt und ein ansteckend glucksendes Lachen. Bei jedem Grinsen oder Prusten hatte sich auf unwiderstehliche Weise ihr Zahnfleisch komplett entblößt. Zusammen mit einer dritten Freundin, Nora, hatten sie jeden Tag im Sommer eine Menge ausgeheckt. Sich teils überworfen, aber immer wieder vertragen, da es nur um Pipifax gegangen war.

»Sally!«

Cedrics durchdringende Stimme ließ Sally zusammenfahren. Sie begann, die Gläser herumzuschieben, platzierte sie in gleichmäßigen Reihen neben Wasserkaraffe und Servietten.

»Verdammt nochmal!«

Dann war er da, packte sie am Arm und zerrte sie in die Küche. Die Schwingtür knallte vor und zurück.

»Was höre ich da, heute Morgen lag ein Suffkopf im Kellerflur. Weißt du etwas darüber?«

Sally wich seinem Blick aus, während sie nach einer guten Erklärung suchte.

»Das warst bestimmt du, die da wieder einen Penner reingelassen hat.«

Cedric brüllte, als hätte sie das ganze Viertel in Lebensgefahr gebracht.

»Es war einer unserer Stammgäste«, erklärte sie. »Seine Ex hatte ihn ausgesperrt.«

»Glaubst du, das hier ist eine Scheißpension?«

»Er ist die halbe Nacht herumgeirrt, und außerdem war es draußen hundekalt.«

»Du schnallst es nicht, oder? Wir haben doch bereits diverse Beschwerden von Nachbarn bekommen.«

Sein zorniges Gesicht kam näher. Die dicken Wangen mit ihren vertikalen Furchen ließen ihn wie eine alte Bulldogge aussehen. Sie wich einen Schritt zurück.

»Das Essen wäre sonst weggeworfen worden.«

»Das tut nichts zu Sache. Solche Leute gehören verscheucht.«

Der Koch platzierte fünf fertiggebratene Hamburger auf die Teller, legte Garnitur darauf und schob alles zu Sally. Er deutete mit dem Pfannenwender auf sie.

»Was machst du hier? Raus mit dir.«

Cedric gab ihr einen Schubs.

»Ja, mach, dass du wegkommst, auf deinen billigen Schuhen.«

Der Koch feixte. Das Lachen hallte an den gekachelten Wänden wider. Sally lud sich die Teller auf beide Unterarme und eilte in den Gastraum.

»Vergiss die Pommes nicht!«, rief der Küchenchef.

Als sie gerade auf dem Rückweg in die Küche war, vibrierte es in ihrer Schürzentasche. Sie holte das Handy heraus. Eine Nachricht von Frank. *Heute Abend Sushi? Und vorher in die Bar?*

Sie beantwortete beide Fragen mit Ja und schlug sieben Uhr vor. Dann würde sie ihm die Neuigkeit erzählen. Dass ihr ein natürlicher Anlass beschert worden war, nach Kivik zu fahren und Josefin zu treffen. Die vielleicht ihre Meinung ändern und sich versöhnen würde.

Diese Neuigkeit würde Frank mit Sicherheit nicht in Jubel ausbrechen lassen, aber sich freuen würde er sich doch ihretwegen. Das war auch bitter nötig. Es war lange her, dass er in ihrer Nähe fröhlich gewirkt hatte.

Er musste einfach verstehen, dass das eine neue Chance war, ein Lichtstrahl inmitten der Traurigkeit über Åkes Tod. Als sie das Handy zurück in die Schürze steckte, fühlte sich ihr Körper allein beim Gedanken an Josefin leichter an. Als könnte sie jeden Augenblick abheben und fortfliegen.

Vanja

Vanja parkte ihren alten, weinroten VW-Bus auf dem Parkplatz hinter ICA, ging die Rampe zu dem großen Supermarkt hoch, aber an den Glasschiebetüren vorbei, blieb stehen und schaute übers Meer. Das machte sie immer so. Der Kontrast zwischen dem banalen Einkaufscenter und der atemberaubenden Aussicht war wie ein sich stets veränderndes Kunsterlebnis.

Als sie schließlich Richtung Eingang ging, klingelte ihr Handy. Erneut Josefin. Bestimmt das fünfte Mal heute. Natürlich war das Mädchen verzweifelt. Åke, der heißgeliebte Bruder ihres Großvaters, war gestorben.

»Wie geht's dir, Schatz?«

Im Laden griff Vanja nach einem Einkaufskorb. Josefin am anderen Ende heulte, wie bei jedem Gespräch seit gestern Abend. Seit sie die Nachricht erhalten hatten, war ihre Stimmung ein einziges Auf und Ab, aber dieser schonungslose erste Schmerz würde bald nachlassen.

»Ich habe nicht gewusst, dass Åkes Herz so schwach war«, sagte Josefin schniefend. »Er hätte öfter zur Kontrolle gehen müssen. Dann wäre das nicht passiert.«

»Das kann man nicht wissen.«

Vanja ging durch die Regalreihen und versuchte sich daran zu erinnern, was sie einkaufen wollte.

Josefin klang, als würde sie sich allmählich beruhigen. Sie hatte starke Emotionen, die sie aber nie völlig überwältigten, sie war eher ein rationaler Typ. Genau wie Vanja.

»Er hätte jedes Jahr eine Gesundheitsuntersuchung machen sollen«, sagte Josefin.

Vanja öffnete die Kühlschranktür zu den Molkereiprodukten und griff nach einem Liter Milch.

»Du weißt genau, dass er sich darauf nie eingelassen hätte. Erinnerst du dich nicht daran, wie wir ihn wegen dieser Bronchitis damals beinahe zu einem Arzt schleifen mussten?«

Josefin schnäuzte sich, noch einmal. Vanja bekam selbst einen Kloß im Hals.

»Wir müssen anfangen, über das Begräbnis nachzudenken«, sagte Josefin.

Vanjas Blick scannte die Regale nach Dingen, die ihr vielleicht fehlten.

»Nicht jetzt, mein Schatz. Das kriegen wir schon hin.«

»Ja, aber ... Mama kommt.«

Sie griff wahllos nach einer Konservendose und warf sie in den Einkaufskorb. Ihre Hand zitterte.

Sally. So weit hatte sie noch nicht gedacht. Natürlich würde Sally zur Beerdigung kommen.

»Ein Schritt nach dem anderen«, sagte Vanja. »Heute sind wir einfach nur traurig.«

Josefin stieß einen abgehackten Seufzer aus.

»Ach, und außerdem, Oma, habe ich überlegt, in der Kirche etwas zu singen. Wenn Peter dazu spielt.«

»Das wird sicher schön, du wirst sehen. Ich kann ihn fragen. Jetzt geh für eine Weile raus zu den Schafen. Das ist Balsam für die Seele.«

Das Schniefen am anderen Ende wurde schwächer und das Gespräch war beendet, fürs Erste. Vanja ging weiter durch den Laden.

Sally in Kivik. Der Gedanke war ihr in den drei Jahren nicht ein einziges Mal gekommen, er war zu abwegig gewesen. Josefin hatte mit ihrer Mutter gebrochen, aus mehrerlei Gründen. Sally hatte irgendwo sechshundert Kilometer entfernt existiert, wo sie mit ihrem Partner lebte, und hatte überdies Josefin unmissverständlich klargemacht, sie wolle nie wieder nach Kivik zurückkehren, dieser Ort sei für sie ein abgeschlossenes Kapitel.

Vanja und Josefin hatten einander in aller Ruhe kennenlernen können. Sie waren durch Blutsbande miteinander verbunden und mit der Zeit wesentliche Bestandteile im Leben der anderen geworden. Um nicht zu sagen ein lebensnotwendiger.

Mutige Josefin. Vanja lachte in sich hinein. Wirklich unglaublich, dass sich ihre Enkelin vor drei Jahren getraut hatte, bei ihr in Kopenhagen aufzutauchen. Vanja hatte die Wohnungstür geöffnet und vor ihr stand ein blonder Teenager, den sie noch nie gesehen hatte. Was war das für ein Schock! Und was für eine Veränderung war daraus gefolgt.

Zuvorderst ihre Rückkehr nach Kivik. Bei jedem Einkauf und auf jedem Spaziergang durch den Ort hatte sich Vanja gewappnet. War vorbereitet auf Blicke, Flüstern und Kommentare. Aber eigentlich hatte kaum jemand darauf reagiert, dass sie wieder in der Gegend war. Kaum jemand erinnerte sich an sie, mal abgesehen von ein paar betagten Nachbarn in der Umgebung von Åkes Straße. Die hatten sie angestarrt wie ein Gespenst.

Sie hatte den Kopf nicht eingezogen, hatte Angst und Scham verborgen. Hatte ihnen einfach freundlich zugenickt und war weitergegangen. Sie mussten sich gewundert haben, warum in aller Welt sie zurückgekommen sei, aber Vanja hatte sie sich wundern lassen, und mit der Zeit gewöhnten sie sich offenbar daran. Wie Menschen es nun mal tun.

Fünfundvierzig Jahre. Eine schrecklich lange Zeit.

Sally war kein Leid geschehen, das war also nochmal gut gegangen. Diese Information war vielleicht das Kostbarste an der Begegnung mit Josefin.

Man konnte die Uhr nicht zurückdrehen. Man konnte nur Veränderungen für die Zukunft schaffen. Das hatte Josefin gesagt, damals vor drei Jahren in Kopenhagen. Ruhig und sachlich hatte sie erklärt, Vanja habe jetzt die Chance, ihre Fehler wiedergutzumachen. Indem sie spät, aber doch ihre Großmutter werde. Eine unfassbare, einzigartige Chance. Selbstverständlich hatte Vanja diese ergriffen, verstand sie doch genau, was das mit sich brachte. Und sie hatte es keine Sekunde bereut.

Vanja lief weiter durch den Laden, griff nach allerlei Zeug, das man vielleicht gut auf Vorrat hatte. Spülmittel, Zahnpasta und eine Tüte türkischen Pfeffer. Was konnte sie für Josefin tun? Nicht viel. Außer für sie da sein, wenn sie es brauchte, und versuchen, sie zu trösten. Wie das mit Sally gehen sollte, würden sie später herausfinden.

In der Schlange an der Kasse stand eine kleine Gruppe aus vier Personen, allem Anschein nach zwei Paare, in exklusiven Jacken. Die Gruppe sprach laut in Stockholmer Dialektfärbung. Alle waren schlank und durchtrainiert, leicht sonnengebräunt. Eine der Frauen hatte ihre Sonnenbrille in die blonden Haare hochgeschoben. Sie blätterte in einem dicken Modemagazin, während sie sich an dem Gespräch beteiligte.

Vanja schnaubte leise. Golfer. Konnten die nicht bei sich bleiben, drüben an der Westküste, in Båstad und Torekov?

Mussten sie unbedingt auch in Österlen einfallen? Von Sommer zu Sommer wurde es schlimmer.

Offenbar war das eine Paar frischgebackene Besitzer eines im Herbst verkauften, alten Fachwerkhauses nahe dem Meer. Sie jammerten, wie geschmacklos die Vorbesitzer es renoviert hätten und was vor dem Sommer alles gemacht werden müsse. Das andere Paar überlegte, vielleicht auch etwas zu kaufen, nur schade, dass so wenig Häuser auf dem Markt seien.

»Aber etwas weiter hinten steht eine Bude vielleicht bald zum Verkauf«, sagte die Frau des ersten Paars, ihre Jacke war knallblau. »Meine Nachbarin hat erzählt, der Besitzer sei gestern gestorben. Einfach so tot umgefallen.«

Sie wandte sich an den dunkelhaarigen Mann neben sich.

»Du weißt, dieses große, weiße Haus? Mit dem Turm.«

»Ach, das. Der Kerl ist gestorben?«

»Hat unsere Nachbarin gesagt.«

Vanja kramte im Einkaufskorb zwischen ihren Füßen herum. Mit dem »Kerl« musste Åke gemeint sein.

Sie warf verstohlene Blicke zu den vieren, die andere Frau strahlte plötzlich.

»Aha, dann können wir vielleicht hoffen, dass es verkauft wird.«

»Ich drücke euch die Daumen.«

Die Frau in der knallblauen Jacke legte die Einkäufe aufs Förderband. Fettarmer Joghurt, Obst, Vollkornbrot, Hähnchenfilets, tiefgefrorene Blaubeeren. Kein Stückchen Schokolade.

An der Kasse saß Liselott. Die dunkelbraunen Haare fielen ihr in sanften Wellen über die Schultern.

»Hallo.« Sie lachte die Stockholmerin breit an, die das Lächeln mit einem angedeuteten Nicken erwiderte.

Liselott scannte nacheinander die Waren ein. Die Frau hielt kurz im Auflegen ihrer Einkäufe inne. Mit einer Tüte Leinsamen in der Hand drehte sie sich zu ihrer Freundin um.

»Aber angeblich gibt es irgendeine Nichte in Stockholm«, sagte sie. »Die scheint schwierig zu sein.«

Vanja hielt den Atem an und lauschte mit gesenktem Blick. Die Frau trug klobige Wanderschnürstiefel, als wollte sie zu einer Tageswanderung in die Berge. Sicher eine teure Marke.

»Inwiefern?«, fragte die Frau mit der Sonnenbrille im Haar.

»Ich weiß es nicht. Habe nur davon gehört.«

Vanja griff nach den Sachen in ihrem Einkaufskorb. Die Frau legte die letzte Flasche Gemüsesaft aufs Förderband und zückte ihre Karte. Die anderen wechselten das Gesprächsthema, nun ging es um Zinsentwicklung.

Vanja lud ihre Waren auf. Ja, das Haus. Åke war unverheiratet und kinderlos gewesen. Wer würde seine schöne Kapitänsvilla erben? Vermutlich hatte er sie Josefin vermacht.

Sie nahm das letzte Teil aus dem Korb, einen Käse zum Sonderpreis. Und erinnerte sich voll Freude daran, wie sie und die anderen in dem dänischen Kollektiv auf ihrem Hof eigenen Grünschimmelkäse hergestellt hatten. Ach, war das *herrlich* gewesen, damals in den Siebzigern. Sie würde es Josefin beibringen, es war nicht schwer. Nicht, wenn man jung war und Energie im Überschuss hatte.

Die zwei Paare hatten alles in Tüten gepackt und waren

auf dem Weg zum Ausgang, lachend und gestikulierend. Vanja hörte sie über ihre erwachsenen Kinder sprechen und wie vielversprechend deren Zukunft sei. Der eine studierte im Ausland. Die andere praktizierte in einer Anwaltskanzlei. Vor allem taten sie wohl, was man von ihnen erwartete, anstatt gründlich darüber nachzudenken, wie sie ihr Leben leben wollten. Wie das Josefin und Harald getan hatten.

Jetzt war Vanja dran. Liselott sah sie bedauernd an.

»Ich habe von Åke gehört. Tut mir sehr leid.«

»Ja. Wir sind alle ganz traurig.«

»Der ganze Ort wird ihn vermissen.«

Liselott registrierte die Waren ohne ihr obligatorisches Lächeln.

»Windig heute«, sagte sie, als sie ein Bündel Bananen abwog.

»Ja, ziemlich. Ostwind.«

Liselott schob die Bananen weiter.

»Sag Josefin und Harald schöne Grüße. Und Peter.«

»Mache ich.«

Vanja nahm eine Papiertüte. Åke hatte erzählt, Liselott sei eine Spielkameradin von Sally gewesen, als sie klein waren. Für einen Augenblick fiel ihr wieder ein, was diese Stockholmer gerade gesagt hatten, über Sally. Ihre Tochter. Die dieselben Fältchen um den Mund hatte wie Vanja, und dieselben braunen Augen wie ihr Papa Georg. Das hatte sie auf den Fotos, die ihr Josefin gezeigt hatte, deutlich sehen können, damals, vor drei Jahren.

Abgebrochene Beziehungen zwischen Mutter und Tochter. Auch das wurde offenbar von Generation zu Generation weitervererbt.

Eine leichte Übelkeit überkam sie, aber sie schluckte sie hinunter. Sich in Scham und Schuld zu suhlen führte nirgendwohin. Es gab so viele Vorstellungen davon, wie man leben sollte. Wenngleich sie selbst ihren Blick auf Familienbande längst überdacht hatte. Sie verachtete sie nicht mehr, wie vor dreißig Jahren. Und dennoch. Viele Menschen sollten sich aus alten, erstickenden Strukturen befreien und so leben, wie sie es wollten. Das hatte sie zumindest immer versucht.

Vanja packte mit resoluten Griffen ihre Einkäufe in die Tüten. Sie würde sich jedenfalls bestimmt nicht um solcherlei Blödsinn scheren. Menschen, die sich anmaßten, so etwas zu verbreiten, waren einfach nur bedauernswerte Wichte. Jeder sollte sich mit sich selbst beschäftigen und versuchen, das eigene Leben möglichst gut hinzukriegen. Das Beste aus dem zu machen, was man hat.

Sally

Sally zitterte in ihrem dünnen Mantel. Es schneite leicht und ein Wind wehte, im Laufe des Tages waren die Temperaturen unter null gefallen, das Straßenpflaster war glatt. Das enge, kleine Lokal zu betreten war, wie von einer liebenswürdigen Umarmung empfangen zu werden. Der Barkeeper begrüßte sie mit einem Lächeln, zwirbelte seinen gewachsten Bart. Die Stimmung war so behaglich und friedlich wie immer. Seit knapp fünf Jahren war diese Bar um die Ecke einer der Lieblingsorte von Frank und ihr.

Ein Blick auf die Uhr. Fünf vor sieben. Sally stellte sich an den Tresen, orderte ein Glas Weißwein und nahm den Schal ab, ließ den Mantel aber an, da ihr noch immer kühl war. Nach einem ganzen Tag Hin-und-Her-Gerenne zwischen Tischen und Gästen tat ihr Kreuz weh, aber sie versuchte, jetzt nicht daran zu denken. Sie würde heute Abend die schmerzende Stelle unter der warmen Dusche massieren.

Ihr Blick schweifte durchs Lokal. Hier sah es ziemlich ähnlich aus wie bei der ersten Begegnung mit Frank. Obwohl die in einer anderen Bar stattgefunden hatte. Rein zufällig waren sie nebeneinander zu stehen gekommen und hatten angefangen, miteinander zu sprechen. Sie waren beide nicht angetrunken gewesen und am Ende des Abends auch nicht miteinander nach Hause gegangen. Stattdessen hatten sie sich für den nächsten Tag auf eine Tasse Kaffee verabredet. Und dieses Gespräch war so erfüllend, dass sie sich am folgenden Freitag zum Abendessen treffen wollten. Da hatte ihr Frank erzählt, er sei verheiratet, aber im Begriff, sich zu trennen. Er und seine Frau wollten es gerade ihrem Zweijährigen sagen, die Situation war also emotional angespannt.

Sally hatte erst nicht recht daran geglaubt, dass er sich trennen würde, aber nach einem halben Jahr war die Scheidung durch.

Sie hatte ihn ihrer achtzehnjährigen Tochter vorgestellt und von da an war alles ziemlich schnell gegangen. Nur wenige Monate später zog Frank bei ihr ein. Und damit fingen die Probleme an.

Der Barkeeper stellte ein Glas Weißwein vor Sally. Sie bedankte sich und versank dann wieder in ihren Gedanken.

Frank und Josefin waren nie gut miteinander ausgekommen. Sallys beste Freunde, das Nachbarpaar Milena und Otto, hatten gesehen, wie sie das belastete, aber sie wollte nicht darüber sprechen, wie sehr sie litt. »Mag ja sein, dass Josefin nervt, aber sie ist ein Teenager, also ist sie entschuldigt«, hatte Milena immer gesagt. »Dein Freund wirkt nicht gerade so, als würde er es richtig versuchen.« Jedes Mal hatte Sally ein Argument gefunden, inwieweit die Situation zu Hause auf dem Weg der Besserung sei. Und sich, da sie Frank liebte, eingeredet, das sei die Wahrheit.

Ein Jahr später hatte er ein Ultimatum gestellt: Entweder zog Josefin aus, schließlich war sie schon neunzehn, oder die Beziehung war zu Ende.

Sally trank einen kleinen Schluck von ihrem Wein. Die Hand zitterte, als sie das Glas abstellte.

Selbstverständlich war es falsch gewesen, Josefin zu bitten, sich nach einer anderen Bleibe umzusehen. Sie sollte sich nur irgendwo etwas zur Untermiete suchen. Mit ihrem

Job in einem Kleiderladen konnte sie das finanziell stemmen.

Aber das Gespräch hatte eine andere Richtung genommen, als Sally sich gedacht hatte. Josefin war abgerauscht und am nächsten Tag bei einem Kumpel eingezogen. Ein paar Monate später hatte sie in einer SMS mitgeteilt, sie studiere jetzt in Lund. Das hatte beruhigend geklungen. Sally war überzeugt gewesen, alles würde sich klären, sobald Josefin nur eine Ausbildung gemacht habe, reifer geworden sei und eine Arbeit gefunden hätte, die sie wirklich mochte.

Durch die Eingangstür kamen neue Gäste in die Bar. Sally drehte den Kopf, Frank war nicht dabei. Sie nahm ein paar Erdnüsse aus der Schale auf dem Tresen und betrachtete die beleuchteten Regale vor sich. Dachte an jene lange E-Mail von Josefin, in der sie schrieb, sie und ihr Freund hätten ihr Studium in Lund abgebrochen und einen alten Hof gekauft. Josefin wolle nicht den ganzen Tag lernen, sie sehne sich danach, mit ihren Händen zu arbeiten. Der Hof liege direkt vor Kivik. Sie wolle zurück in die Gegend ihrer familiären Wurzeln und auch mehr Zeit mit Onkel Åke verbringen. Wie der Schnellkauf finanziert worden war, hatte sie nicht erzählt. Nicht einmal, wie ihr Freund hieß. Das erfuhr Sally erst viel später.

Eine Weile nach Josefins Fortgang hatte Frank erklärt, er müsse allein leben. Obwohl er Sally immer noch genauso liebe, habe er das Bedürfnis, sich nach seiner Scheidung erstmal selbst zu finden. Es sei überstürzt gewesen, so kurz nach der Trennung zusammenzuziehen, und besser, wenn sie einfach ein Paar mit getrennten Wohnungen seien. Sally hatte das verstanden und die Vorteile getrennter Wohnungen gesehen. Auch wenn es ein bisschen geschmerzt hatte. Immerhin hatte sie für Frank ihre Tochter geopfert. Oder wie auch immer man das sehen sollte.

»Guten Abend, Fräulein Larsson.«

Sally drehte sich um. Frank schloss die Eingangstür und ging lachend auf sie zu.

Schön. Er schien heute gute Laune zu haben.

»Stehen Sie schon lange hier, so ganz allein? Entschuldigen Sie die Verspätung.«

Seine Nasenspitze war rotgefroren und die schmalen Wangen rosig. Seine blauen, etwas engstehenden Augen waren so stechend wie am ersten Abend. Damals hatte sie gedacht, das seien die schönsten Augen, die sie je gesehen habe.

»Ich bin auch gerade erst gekommen«, sagte sie.

Sie umarmten einander, und er gab ihr einen Kuss auf den Mund.

»Du wirkst fröhlich. Ist etwas geschehen?«

»Ja. Obwohl, eigentlich ist es traurig.«

Er sah sie fragend an.

»Josefin hat angerufen. Sie wollte mir mitteilen, dass mein Onkel Åke gestorben ist.«

Bei Josefins Namen erstarb Franks Lächeln augenblicklich.

»Aha? Moment.«

Sally beobachtete, wie er zum Garderobenständer an der Tür ging. Er wurde umständlich seinen Mantel los, hängte den Schal darüber. Bürstete ein paar Schneeflocken vom Revers. Wieder zurück, legte er den Ellbogen auf den Tresen und nickte dem Barkeeper zu, der sogleich ein großes Glas Bier zapfte.

»War er denn alt?«

»Einundachtzig. Vermutlich Herzinfarkt.«

Der Barkeeper stellte das schäumende Bier auf einen Bierdeckel und verschwand ans andere Ende der Bar. Frank trank einen großen Schluck.

»Ich werde wohl zur Beerdigung fahren«, sagte Sally. »Und Josefin treffen. Ich möchte mich mit ihr versöhnen. Oder es zumindest versuchen.«

Frank kratzte sich an der Nase, wie immer, wenn er Nervosität oder Unsicherheit verstecken wollte. Wenn er zum Beispiel mit der Weinkarte in der Hand dasaß, um teuren Wein zu bestellen, und der Kellner wartete. Oder wie vor ihrem ersten Kuss.

»Und wo soll das hinführen?«, fragte er.

»Dass wir wieder Kontakt haben natürlich. Miteinander telefonieren. Uns treffen.«

Auch wenn Frank keine Miene verzog, konnte Sally sehen, wie verärgert er war.

»Und du hast nie daran gedacht, mit mir darüber zu sprechen?«, fragte er. »Bevor du beschlossen hast, dorthin zu fahren.«

»Nein, ehrlich gesagt nicht. Es geht hier um meine Tochter. Und mein Onkel ist gestorben.«

Er wirkte verblüfft. Normalerweise widersprach Sally nicht so direkt. Mit unsicherer Hand hob sie ihr Glas und trank einen Schluck Wein. Ihr Blick fiel auf Franks Finger, die auf dem Tresen trommelten. Ringlos, was ihr bei ihrem ersten Treffen aufgefallen war, eine Entdeckung, die sie naiv froh gemacht hatte. Ringe konnte man abnehmen, das war keine Garantie, aber sie hatte gespürt, dass er zu haben war. Was nicht ganz gestimmt hatte. Erst später an diesem

Abend hatte sie den deutlichen Abdruck in der Haut bemerkt, aber da war sie bereits in ihn verliebt.

»Die Zugtickets zahle ich natürlich selbst«, fügte sie hinzu.

Ihre Bauchmuskeln spannten sich ob seines Erstaunens an, denn sie wusste, es würde bald in Zorn übergehen. Wie üblich.

»Du hast schon ein Ticket.«

»Nein, noch nicht. Aber ich wollte es heute Abend kaufen.«

Er sah sie reserviert an.

»Sonst noch etwas, das uns beide betrifft und das du allein entschieden hast?«

»Jetzt bist du lächerlich. Ich tue dir nicht weh, wenn ich versuche, mich wieder mit meiner Tochter zu vertragen.«

»Also für dich leben Partner in einer Beziehung parallele Leben? Ohne einander darüber zu informieren, was sie vorhaben. Vielen Dank auch.«

»Ich informiere dich ja. Hier und jetzt. Was ist das Problem?«

Er seufzte und rollte die Augen. Trank in mehreren großen Schlucken sein Bier. Sein ganzes Wesen strahlte aus, sie sei ein hoffnungsloser Fall. Und mit ihr zu sprechen schlicht überhaupt keine gute Idee.

Da wusste sie es plötzlich. Als wäre an einem Hebel gezogen worden, der den Stromhauptschalter umlegte. Sie liebte ihn nicht mehr. Schon lange nicht mehr, wenn sie genau darüber nachdachte. Sie hatte das nur bis jetzt nicht kapiert.

Frank schwieg, wie immer, wenn er wütend war. Sally sagte ebenfalls nichts. Sie war völlig überwältigt von der neuen Erkenntnis, die sie eigentlich längst gewusst hatte. Dass sie sich während der gesamten Beziehung in einem Zustand von Unruhe befunden hatte, in dem es ständig galt, sein Verhalten und seine Kommentare bis ins winzigste Detail zu registrieren und zu interpretieren. Ein ständiger Versuch, herauszufinden, in welcher Stimmung er war, was er mochte und was vielleicht nicht.

Der Schneefall vor der großen Fensterscheibe hatte zugenommen. Schnee mitten im März war für diese Gegend zu spät, aber die pulvrige Schicht würde vermutlich in den nächsten Tagen wegschmelzen.

»Wenn du nicht verstehen kannst, dass ich mit meiner Tochter Kontakt haben möchte, funktioniert das hier nicht mehr«, sagte sie schließlich.

Frank drehte sich zu ihr, wütend, erstaunt und amüsiert zugleich.

»Was? Du machst Schluss?«

»Ja. Genau. Ich gebe auf.«

Sie wartete darauf, dass er seinen Fehler einsehen würde. Und erkannte, dass seit ihrer Entscheidung gegen ihr Kind und für die Liebe zu ihm vier Jahre vergangen waren. Vier lange Jahre, in denen sie Josefin nicht ein einziges Mal getroffen hatte. Drei davon ohne ein Telefongespräch oder einen Kontakt jedweder Art. Das war doch wirklich komplett verrückt!

Aber Frank stand nur schweigend da. Spielte mit dem Bierdeckel herum. Hin und her, vor und zurück.

»Na, dann weiß ich das.«

Mehr sagte er nicht. Sally holte ihren Geldbeutel heraus, um zu bezahlen. Er hob die Hand.

»Ich mach das.«

Die Überlegenheit darin, die Karte zu zücken und sie einzuladen, hatte ihm immer gefallen. Sie erhob keinen Einspruch und wickelte nur den Schal einmal um den Hals. Den Mantel hatte sie noch an.

»Ich melde mich, wenn ich die Sachen gepackt habe, die du bei mir hast«, sagte sie. »Dann kannst du sie dir aus der Wohnung holen, und den Schlüssel wirfst du anschließend einfach in den Briefkasten.«

Frank schwieg wieder. Sie fragte sich, wie lange er wohl Single bleiben würde. Vermutlich nicht lange. Im Hintergrund hatte immer die Exfrau existiert, bereit, ihn zurückzunehmen. Oder vielleicht gab es auch eine andere.

»Brauchst du irgendwas schon heute? Dann kann ich dir das in einer Tüte an die Türklinke hängen«, sagte sie.

Sein Blick war höhnisch.

»Glaubst du wirklich, dass Josefin dich treffen möchte? Nach so langer Zeit.«

Sally antwortete ihm nicht. Sie legte nur die paar Meter bis zur Tür möglichst festen Schritts zurück, dann war sie draußen auf der Straße.

An der Hausmauer lag eine frische Kotzepfütze auf dem Boden, der sie nur haarscharf ausweichen konnte. Aus den Augenwinkeln sah sie eine große Elster heranflattern und sich ein paar Brocken herauspicken.

Dann rannte sie los, und der eiskalte Schnee wirbelte ihr ins Gesicht.

Josefin

Auf dem Gras lag Raureif. Jeder Halm hatte ein weißes Eispelzchen, hauchdünn, fast unsichtbar. Josefin ging in die Hocke, fuhr mit der Hand über die obersten Spitzen, versuchte, wie Åke immer, Frieden in der Natur zu finden, aber es gelang ihr nicht. Es gab zu viel zum Grübeln.

Das Begräbnis war auf Mittwoch, den zwölften April, festgesetzt, in knapp drei Wochen. Sie und Peter, Åkes engster Freund, sollten gemeinsam den Pfarrer treffen. Die Zeremonie besprechen, den Sarg aussuchen, die Musik und wer eingeladen werden sollte.

Und dann war da ihre Mutter. Sie musste über das Datum informiert werden. Danach würde sie die Tage herunterzählen, an deren Ende Josefin eine Lösung dafür gefunden haben musste, mit der Anwesenheit ihrer Mutter umzugehen.

Josefin stand auf, ihre Knie waren steif. Sie entdeckte am Gatter eine vergessene, umgefallene Gießkanne, zurückgeblieben vom letzten Sommer, kippte die letzten bräunlichen Tropfen aus, stellte die Kanne in den Werkzeugschuppen und ging wieder auf den Hofplatz. Zeit, etwas Vernünftiges zu tun.

Der Blick rundherum erfüllte sie noch immer mit Befriedigung. Sie würde den Tag, an dem ihr Harald die Anzeige im Netz gezeigt hatte, nie vergessen. Ein alter Skåne-Hof, gebaut 1885, fast unberührt und nicht kaputtrenoviert. Vom Preis her erschwinglich, und dennoch mit Stall, Speicher, Hühnerhaus, Scheune und Holzschuppen. Das Wohnhaus war kaum modernisiert und teilweise nicht einmal isoliert, aber zumindest war für Strom, Wasser und Abwasser gesorgt. Ihr Glück war groß gewesen, als sie sich von Haralds Vater das Auto geliehen hatten und zur Besichtigung gefahren waren und beim Herumgehen einfach alles großartig fanden. Sämtliche alten Türen und Fenster, diese für die Seele des Hauses so wichtigen Details, waren noch original. Und die Lage war fantastisch. Sie hatten am selben Abend den Vertrag unterschrieben und danach mit einer Flasche echtem Champagner, einem Geschenk an Harald, gefeiert.

Josefins Blick wanderte zum Gatter der Weide. An den Stahldrähten hingen Regentropfen, die bei jedem Windstoß vibrierten. Die Farbe blätterte allmählich ab, und es sollte im Sommer gestrichen werden. Wie auch das Hühnerhaus, an dem die alte Latexfarbe aufplatzte und in Fetzen abfiel. Latexfarbe, was für eine idiotische Wahl. Was hatte sich der vorherige Besitzer dabei gedacht?

»Dann fahre ich mal.«

Harald kam mit dem Geldbeutel in der Hand durch die Tür. Er steckte ihn in die hintere Hosentasche und ging zu seinem Auto, das direkt neben ihrem parkte. Zwei Schrottkarren, billig gebraucht gekauft, aber bisher funktionierten sie gut. Er wollte beim Nachbarbauern ein paar Säcke Hafer kaufen. Svante und seine redselige Frau Kristin luden zum Lunch, gewürzt mit einer großen Portion Anekdoten aus der Gegend, inklusive Ansichten und guter Ratschläge über Landwirtschaft. Sie waren freigiebig und verliehen bei Bedarf bereitwillig Werkzeug und Maschinen. Zu Beginn waren die Björks für sie so etwas wie Mentoren gewesen, und waren es mitunter noch. Gleich nach ihrer Großmutter.

»Sicher, dass du nicht mitwillst?«, fragte Harald.

Josefin nickte und ging in Richtung Gewächshaus. Er setzte sich bei geöffneter Fahrertür ins Auto.

»Ja, ja. Ich verstehe. Du brauchst eine Weile deine Ruhe.«

Mit einem kleinen Klick rastete der Sicherheitsgurt ein.

»Wo soll denn deine Mutter eigentlich wohnen, wenn sie kommt. Bei uns, oder was?«

Josefin blieb abrupt stehen.

»Du meinst ... hier?«

»Wir können wohl nicht verlangen, dass sie ins Hotel geht. Wenn wir einen ganzen Hof haben.«

Sie bohrte mit der Stiefelspitze in einer Pfütze herum. Ihre Beine waren plötzlich völlig kraftlos. Bisher gab es nur zwei möblierte Schlafzimmer im Wohnhaus. Ihr eigenes und dann noch ein Extrazimmer, mit einer Nähmaschine und einem schmalen Gästebett darin, in dem ihre Großmutter manchmal übernachtete. In dem konnte ihre Mutter nicht liegen, das fühlte sich völlig falsch an.

Die anderen Zimmer waren vielleicht im Sommer nutzbar, aber zu Beginn des Frühlings waren sie ausgekühlt und unwirtlich. Das Sofa im Fernsehzimmer ginge natürlich. Der Kachelofen heizte gut.

»Dann in Åkes Haus?«, fragte Harald. »Das steht leer.«

Josefin schüttelte den Kopf.

»Mama ist, gleich nachdem Opa in diesem Haus gestorben ist, nach Stockholm abgehauen. Dort setzt sie keinen Fuß hinein.«

»Okay«, sagte er. »Wir werden sehen.«

Er schloss die Autotür und ließ den Motor an, setzte etwas zurück, um zu wenden. Josefin warf ihm durchs offene Fenster eine Kusshand zu.

»Schöne Grüße. Falls du zu Wort kommst.«

»Da besteht wohl kaum Gefahr.«

Harald lachte und blinzelte auf die Art, bei der sie ganz schwach wurde. Dann fuhr er auf dem Kiesweg in Richtung der großen Straße.

Mama in Åkes Haus. Kein gutes Gefühl.

Dieser fürchterliche Abend vor vier Jahren. Bis heute erstarrte Josefin beim Gedanken daran. Mama, die sie bat, auszuziehen, und dann in der Zimmertür stand und ihr dabei zusah, wie sie Kleidung zusammenraffte und in eine Reisetasche stopfte. In erster Linie, um zu demonstrieren, wie unfair sie behandelt worden war, ihre Mutter sollte es sehen und begreifen. Aber auch wenn sie traurig war, was man ihr die gesamte unerträgliche Zeit hatte anmerken können, hatte sie dem Ganzen kein Ende gesetzt. Rücksicht hatte sie nur auf Frank genommen. Und als Josefin letztendlich all ihre Sachen gepackt hatte und ausgezogen war, hatte ihre Mutter nichts gesagt, hatte es einfach geschehen lassen.

Seitdem war viel passiert. Josefin war nach Lund gezogen, um Staatswissenschaften zu studieren, und da, auf einem Fest, war Harald aufgetaucht. Warmherzig, zuverlässig und enthusiastisch. Und von allen Orten in der Welt obendrein in Kivik aufgewachsen. Sie waren gleich alt, hatten einander aber noch nie getroffen, kannten sich nicht einmal vom Sehen. Was vielleicht nicht verwunderlich war. Sie war ein Sommergast aus Stockholm, während seine Familie vor allem mit den Nachbarn im eigenen Ortsteil zu tun hatte.

Harald sprudelte nur so vor neuen Ideen und Gedanken zu globaler Gerechtigkeit, Umweltschutz und Freiheit. Schon am ersten Abend begeisterte er Josefin dafür, ein anderes Studium zu beginnen. An einer Volkshochschule Kurse in Bodenkunde und Tierhaltung zu besuchen, wie er. Und das hatte sie getan.

Nach Abschluss der Kurse hatten beide ein Praktikum auf einem Hof gemacht, und kurz darauf waren Haralds Großeltern mütterlicherseits beide innerhalb weniger Wochen verstorben und hatten ihm ihr Vermögen vermacht. Der Hof wurde bar bezahlt, ohne Kredit. Danach war noch etwas Startkapital übrig gewesen, plus einer kleinen Summe, die Harald und Josefin Monat für Monat ausgeben konnten.

Aber das würde nicht mehr lange reichen.

Ein Mäusebussard segelte mit weit aufgespannten Flügeln am Himmel. Josefin blickte ihm nach, bis er nicht mehr zu sehen war. Freiheit stand für Harald seit jeher an erster Stelle.

Sein Interesse für Landwirtschaft und alte Häuser war durch seine schönen Kindheitserinnerungen aus der Zeit mit seiner Großmutter und seinem Großvater mütterlicherseits auf deren Hof bei Östra Hoby geweckt worden. Er fühlte sich auf dem Land pudelwohl und hatte Josefin nahegebracht, wie man auch anders leben konnte, als es üblich war. Es gebe nur eine Frage, und zwar, wie viel des alltäglichen Konsums man zu entsagen bereit sei. Sie hatte alles mitgemacht, und nachdem sämtliche Pläne Realität geworden waren, gefiel es ihr besser als in ihren kühnsten Träumen. Nur die Finanzen boten Grund zur Besorgnis.

Josefin schlüpfte in die Arbeitshandschuhe, die auf der Gartenbank lagen und vor Schmutz und Erde strotzten. Es würde Spaß machen, die Frühjahrsvorbereitungen im Gewächshaus zu starten.

Aber erst blickte sie zu der graubraunen Mittsommerwiese hinüber. Ihr Traum war, in ein paar Jahren eine richtig große, schöne Orangerie zu bauen, gerade rechtzeitig zu ihrer Hochzeit. Am liebsten mit alten Sprossenfenstern mit mundgeblasenen Scheiben und antiken Beschlägen. Im Inneren sollte es Schlingpflanzen und üppige Blumen, Feigen und Zitrusbäume geben. Nichts Ausgefallenes, nur eine einfache, schöne Oase, in der sie und Harald ihre Hochzeitsfeier für die engsten Freunde abhalten würden, im Anschluss an die Trauungszeremonie auf der sonnengebräunten, duftenden Heide bei Haväng, mit Aussicht über Meer und Strand. Sie würden beide weiß gekleidet und barfuß sein, und Josefin würde ihre Haare offen tragen.

Harald hätte lieber ein großes Hochzeitsfest, aber das lehnte sie ab. Sie konnte sich für soziale Ereignisse nicht so begeistern wie er. Ihm machte es überhaupt nichts aus, Nachbarn und jeden anderen, der spontan auf dem Hof auftauchte, mit offenen Armen zu empfangen, während Josefin am liebsten nur zu zweit war. Im ersten Sommer hatten sie einen provisorischen Hofverkauf von Kartoffeln, roten Rüben und Karotten eingerichtet. Harald hatte es geliebt, da zu stehen und zu plaudern. Josefin fühlte sich beim Besuch von fremden Menschen vor allem unwohl. Vielleicht würde sie sich mit der Zeit daran gewöhnen.

Sie ging weiter in Richtung Hühnerhaus, auf dessen kleinem, mit Elektrozaun umsäumtem Weideplatz die Hühner herumspazierten, gackerten und pickten. Keine Eier in den Nestern heute. Während sie die Tröge mit ungeschrotetem Hafer füllte, betrachtete sie den Hahn, der mit hocherhobenem Kopf herumstolzierte. Er war immer ein komischer Anblick, wirkte ständig beleidigt.

Sie überprüfte doppelt, ob der Hühnerdraht stabil und ganz war. Zu dieser Jahreszeit waren Füchse und Marder, die versuchten, zu den Hühnern einzudringen, ein großes Risiko, aber bisher war kein Unglück geschehen.

Auf der Schafweide war es ruhig. Josefin ging zum Gatter und streckte die Hand aus.

»Ullis! Na komm, Ullis!«

In der kleinen Schafherde bewegte sich etwas. Ullis, das verschmusteste Mutterschaf, löste sich augenblicklich, kam heran und blökte ihr entgegen. Ihre zwei vor ein paar Wochen geborenen Lämmchen trippelten hinterher. Josefin kraulte Ullis am Genick, und die zwei Mutterschafe Rut und Tekla bekamen auch ein paar Klapse. Dann füllte sie das ökologische Raufutter auf, denn noch wuchs nicht genug auf der Weide. Die Tiere scharten sich, einander knuffend und schubsend, aufgeregt ums Fressen.

Sie verließ die Schafweide und ging auf dem Pfad zurück. Alte Fruchtstände und vertrocknetes Unkraut boten einen deprimierenden Anblick, besser aber als ein kahler, nackter Boden. Diese Art zu mulchen versorgte Mikroorganismen mit Verarbeitungsstoffen und ließ Würmer sich wohlfühlen. Bald würde es überall richtig grün werden.

Auf dem Hofplatz blieb Josefin stehen, erneut untätig.

Warum hatte sich Frank nicht einfach eine Frau ohne Kinder suchen können? Dann hätte er Josefin nicht um sich haben müssen. Schließlich war es nicht so, dass man einen Partner kennenlernte und die Kinder dieser Person obendrauf bekam, quasi als Anhängsel. Nein, man lernte einen Menschen *mit* Kind kennen, und dann konnte man sich nicht darüber beschweren, dass es dieses Kind gab. Selbst wenn es bereits ein Teenager war.

Sie schauderte, blickte über die Wiese. Es war windstill. Die Baumwipfel bewegten sich nicht.

Ihre Mutter auf Åkes Begräbnis. In der kleinen schönen Kirche von Södra Mellby, voll mit Freunden und Bekannten, die sie alle mustern würden. Das verlorene, aber auch fehlerhafte Puzzleteilchen, das nicht passte.

Und dann noch Großmutter. Die auch da sein würde.

Sally

Sally änderte ihre Position auf dem Sessel, um den Rücken zu entlasten. Vor eineinhalb Wochen hatte sie Frank in der Bar verlassen. Seitdem hatte sie nichts von ihm gehört. Seine Sachen hatte sie auch nicht ausgeräumt, obwohl es gar nicht viele waren.

Tief in ihrem Innersten hatte sie wohl auf eine SMS gehofft. Eine Nachricht, dass sie ihm nicht aus dem Kopf gehe. Dass er bereue, was er gesagt habe, und dass er sie sehen wolle, damit sie wieder zueinander fänden. Aber so eine Botschaft war nicht gekommen.

Das Kreuz schmerzte höllisch, und Sally bewegte sich noch einen Millimeter. Sie hatte einen schnellen Blick über die ungeöffnete Post von gestern geworfen, nur Reklameblätter, und auf dem Sofatisch Platz für eine Kanne frisch gebrühten Tee und ein großes, fast vollständig von Vanillesauce bedecktes Stück selbstgebackenen Apfelkuchen geschaffen.

Auf ihren Knien lag ein Stapel alter Klatschblätter, die Milena von der Arbeit mitgebracht hatte. Sally überflog Artikel und Partybilder, wärmte sich die Hände an der Teetasse und versuchte, in jenen Zustand der Behaglichkeit zu gelangen, in den sie eigentlich leicht fiel. Aber schnell langweilten sie die Zeitungen, und sie verlor sich in ihren Gedanken. Merkte kaum, dass die Zeitschriften zu Boden rutschten und sich verteilten.

Frank war weg. Sie musste mit dem Aufräumen anfangen, damit er beseitigt war, bevor sie nach Kivik fuhr. Das war eine Art, sich für das zu stärken, womit sie dort konfrontiert werden würde. Josefin zu treffen und Åkes Haus zu betreten.

Eigentlich müsste sie die ganze Wohnung ausräumen. Alle Möbelstücke im Wohnzimmer waren abgenutzt und verschlissen, seit Urzeiten stand hier dieselbe Einrichtung. Bis zu Franks Einzug hatte Josefin ein Zimmer und Sallys Bett seinen Platz in der Ecke des Wohnzimmers, und somit war der einzige Unterschied zu jetzt das fehlende Bett.

Von ihrem Sessel aus konnte Sally ins Schlafzimmer auf die zur Hälfte herabgezogene, schiefe Rollgardine blicken. Die war irgendwann zu schnell hochgeschnellt, hatte sich verklemmt und beim Versuch, sie zu lösen, war die Schnur abgerissen und Sally hatte die Gardine mit einem Drahtbügel herabgezogen. Ein improvisiertes Arrangement, das permanent geworden war.

Die Dinge waren viel zu lange schiefgelaufen und in die Brüche gegangen. Es war Zeit, etwas Radikales zu tun, in der Wohnung wie auch sonst.

Sally stand mit vorsichtigen Bewegungen vom Sessel auf, ihr Kreuz tat nicht mehr weh. Sie sammelte die Zeitschriften zu einem ordentlichen Haufen, den sie auf den Sofatisch zu den Reklameblättern legte. Da sah sie, dass dazwischen ein weißer Briefumschlag steckte. Er war nur einen Hauch hervorgerutscht, und auf dem vorstehenden Eckchen stand: *Sparbanken Syd.*

Sie riss den Umschlag auf und zog ein Blatt heraus. Ganz oben war das Logo der Bank, und dann folgte ein Text, der mit einer unleserlichen Unterschrift endete.

Mein Name ist Jörgen Rådström, Privatkundenberater bei der Sparbanken Syd in Simrishamn. Wie Sie wissen, ist Ihr

Onkel, Åke Larsson, kürzlich verstorben. Ich kannte ihn sehr gut, denn er war über drei Jahrzehnte lang mein Kunde gewesen. Sein Tod macht mich sehr traurig, wenngleich er auch nicht unerwartet kam. Vor etwas über einem Jahr hatte mir Åke von seiner Diagnose erzählt. Sein Arzt hatte Herzprobleme mit hohem Infarktrisiko festgestellt. Aber da Åke nicht wollte, dass irgendjemand davon wusste, versprach ich ihm Stillschweigen.

Åkes ausdrücklicher Wille war, dass ich mich um alles Praktische rund ums Erbe kümmere. Es gibt kein Testament, und somit möchte ich Sie darüber informieren, dass Sie demnach gesetzliche Alleinerbin sind. Somit lade ich Sie hiermit ein, der Errichtung des Nachlassverzeichnisses beizuwohnen, was ich gemäß Åkes ausdrücklichem Wunsch schleunigst durchführen werde. Dies wird deshalb in den nächsten Tagen stattfinden.

Sollten Sie verhindert sein, bitte ich Sie, mir dies baldmöglichst per E-Mail mitzuteilen. Es ist kein Problem via Telefon beizuwohnen oder alternativ ganz abwesend zu sein und mir die Vollmacht zur Durchführung der Sache zu erteilen.

Sobald das Nachlassverzeichnis fertig ist, geht die Sache weiter ans Skatteverket, und danach sind Sie rechtmäßige Eigentümerin der Liegenschaft Ihres Onkels sowie seines gesamten Vermögens.

Sollten Sie irgendwelche Fragen haben, scheuen Sie sich nicht, mich zu kontaktieren.

Mit freundlichen Grüßen
Jörgen Rådström
Sparbanken Syd

Sally schluckte. Sie las das Ganze noch einmal, wie betäubt. Wie bitte? *Es gibt kein Testament.*

Sie sank aufs Sofa, saß eine Ewigkeit bewegungslos da. Starrte auf den Brief, und die Gedanken sausten wild durch ihren Kopf. Nach und nach konnte sie sie erhaschen und in eine gewisse Ordnung bringen, sie aufdröseln und zusammensetzen.

Kalter Schweiß brach in ihrem Nacken aus. Ein Unbehagen, das anschwoll und sich im Körper ausbreitete, zuerst unbestimmbar, dann immer merklicher.

Warum hatte Åke kein Testament geschrieben? Wenn er wusste, dass er ein schwaches Herz hatte?

Das Ganze war so falsch wie nur irgend möglich. Natürlicherweise hätte Åke Josefin zur Erbin machen sollen. Sie hatte er wie ein eigenes Enkelkind geliebt, und sie hatte ihm nahegestanden.

Dieser Fehler musste bereinigt werden. Heute war Samstag. Gleich am Montag würde Sally Jörgen Rådström anrufen, um zu fragen, wie man verfahren könne.

Sie warf den Brief auf den Sofatisch, wollte ihn nicht einmal in Händen halten. Josefin war schon genug verraten worden.

Vanja

Vanja stellte das Auto neben die Stallwand und nahm die Tüte mit Stoffresten vom Beifahrersitz. Sie hatte sie im Stoffladen fast geschenkt bekommen, so Sachen geschahen hier auf dem Land. Die meisten Menschen waren großzügig und entgegenkommend. Vielleicht war es bald an der Zeit, ganz hierherzuziehen.

Peter hatte die beiden Außenlaternen an dem alten Stall angemacht, ihre Lichtkegel erhellten hübsch die gelben Holzpaneele des Längsgebäudes. Auf dem Weg zur Haustür blieb sie stehen, dachte an die weiß und braun gesprenkelten Federn, mit denen sie zu Ostern immer die kleine Birke am Eingang schmückte. Das hatte sie auch dieses Jahr vor. Es sah ziemlich reizend aus. Sie bevorzugte einfachen, natürlichen Osterschmuck anstatt eines Haufens kommerziellen Mists.

Das Küchenfenster des Haupthauses ging auf, und Peter streckte seinen verstrubbelten Kopf heraus. Er winkte ihr zu, lächelte betrübt. Von drinnen war melancholische Klaviermusik zu hören. Vielleicht dachte er an seine verstorbene Frau. Ja klar, es waren Erinnerungen bei ihm geweckt worden.

Vanja hob die Hand zum Gruß.

»Danke für die Lebensmittel gestern«, sagte Peter. »Da bin ich ums Einkaufen herumgekommen.«

»Keine Ursache.«

»Wie geht es Josefin?«

»Traurig, natürlich, aber nicht am Boden zerstört. Sie kommt immer irgendwie durch. Und sie hat ja Harald.«

»Ich werde sie morgen anrufen. Nachfragen, wie sie sich fühlt.«

Vanja musterte Peter. Åke hinterließ eine riesige Lücke. Für Peter war er eine Art Vaterfigur gewesen, insbesondere in den Jahren, seit Peter Witwer geworden war.

»Und du?«, sagte sie. »Wie geht es dir? Ich glaube, wir sollten eine Tasse Kaffee trinken.«

Seine Gesichtszüge entglitten ihm.

»Entschuldige«, murmelte er und wischte sich die Wangen trocken. »Ja, komm rein. Ich setze Kaffee auf.«

Sie stellte die Tüte mit den Stoffresten im Flur ab. Die Kaffeemaschine brodelte, und der Geruch verströmte sich im Raum.

Vanja deckte einen Kuchenteller und zwei Tassen. Sie reichte Peter ein Stück Küchenrolle, und er trocknete sich vorsichtig die Augenwinkel. Dann setzte er sich auf die Küchenbank und strich mit dem Handrücken über den Tisch.

»Wie fühlst du dich?«

Er drückte das Papier erst ans eine, dann ans andere Auge.

»Ich möchte ihn ständig anrufen. Und dann fällt mir ein, dass es ihn nicht mehr gibt.«

»Nach der Beerdigung wird alles leichter«, sagte Vanja. »Da bin ich mir sicher.«

Eigentlich war sie sich nicht sicher. Vielleicht wurde es leichter, vielleicht auch schlimmer. Wenn man nicht mehr an die Organisation des Begräbnisses denken beziehungsweise sich nicht mehr damit ablenken konnte. Sie hatte in ihrem Leben beides erlebt.

Draußen stießen ein paar Krähen ihre krächzenden, abgehackten Laute aus, sie hatte das noch nie gemocht, jetzt empfand sie es direkt als störend. Die Vögel hüpften über den Innenhof und flogen dann auf und in eine Birke.

»Hast du mit dem Beerdigungsinstitut gesprochen?«, fragte sie. »Und dem Pfarrer?«

Peter nickte.

»Wir treffen ihn nächste Woche in der Kirche, Josefin und ich.«

»Dass ihr das gemeinsam macht, klingt gut. Es wird eine schöne Zeremonie werden. Sie möchte singen. Wenn du dir vorstellen kannst, zu spielen?«

»Sicher.«

Peter bürstete ein paar Kuchenkrümel vom Tischtuch. In kleinen, fegenden Bewegungen.

»Wo ist er jetzt? Weißt du das?«

»Åke?«

»Ja.«

Vanja schenkte ihnen Kaffee nach.

»Im Krankenhaus von Simrishamn. Man kann ihn bestimmt sehen. Aber Josefin hat das abgelehnt. Sie dachte, du willst es auch nicht.«

»Ihn sehen? Du meinst …? Nein, nein.«

»Wir wollen Åke in Erinnerung behalten, wie er war.«

Sie streckte Peter ein weiteres Stück Küchenrolle hin, aber er ignorierte es, stand stattdessen auf. Ging zur Spüle und leerte die Krümel aus seiner Handfläche. Dann blieb er stehen, mitten im Raum.

»Ich bin heute auf der Storgatan in Jörgen Rådström gerannt. Åkes Bankberater. Und da habe ich die Gelegenheit ergriffen und ihn gefragt, ob es ein Testament gibt.«

Vanja setzte sich aufrechter hin. Seit dem Gespräch, das

sie im Supermarkt aufgeschnappt hatte, musste sie über das Erbe nachdenken, über Åkes Haus.

»Aha. Und?«

Peter schüttelte langsam den Kopf. Dann ging er zurück zu seinem Stuhl.

»Es gibt keins. Also wird, soweit ich das verstehe, deine Tochter erben. Das Haus und alles.«

Vanja studierte das verblichene Blumenmuster der Tischdecke. Also Sally. Dann war es Fakt. Man musste nicht länger herumgrübeln.

»Åke hätte längst ein Testament schreiben sollen«, sagte sie. »Wenn er etwas gescheiter gewesen wäre.«

»Gescheit war er. Aber er war nicht der Typ, der für seinen Tod vorsorgte.«

»Ja, ich weiß. Dummerweise. Sonst hätte sicher Josefin das Haus bekommen.«

»Daraus wird nun nichts«, sagte Peter. »Und damit müssen wir uns abfinden.«

Vanja schaute wieder aus dem Fenster. Die Krähen waren verschwunden, und der Hof war verlassen. Felder und Wald waren kahl und grau, die Dämmerung hatte eingesetzt. März war wirklich kein besonders erbaulicher Monat.

Sie musste die Nachricht in aller Ruhe verdauen.

Ein Blick auf die Küchenuhr. Das neue Projekt wartete. Heute hatte sie nicht viel ausgerichtet, aus nachvollziehbaren Gründen.

»Ruh dich ein bisschen aus«, sagte sie. »Wir sprechen morgen weiter.«

Als Vanja in den Flur ging, blieb Peter sitzen. Sie sah, wie er sich noch einmal nachgoss, ein Stückchen Zucker in die Tasse gab und umrührte. Dabei benutzte er sonst nie Zucker. Der Löffel klirrte traurig am Porzellan.

»Was, glaubst du, wird mit dem Haus geschehen? Wird es verkauft werden?«

Peter hatte sich halb umgedreht und den Unterarm über die Stuhllehne gelegt. Er sah Vanja dabei zu, wie sie sich im Flur die Stiefel zuband.

»Deine Tochter hat doch kein Interesse hierherzuziehen.«

Sie hob den Blick.

»Jetzt bringen wir erstmal die Beerdigung hinter uns, und an den Rest denken wir später.«

Vanja legte die Hand auf die Türklinke. Åkes Haus, das der Familie väterlicherseits seit Ewigkeiten gehört hatte, zumindest seit den frühen Zwanzigern.

Und das Begräbnis. Da würde Sally kommen. An diesem Gedanken hatte sie nicht weiter gerührt. Wie sollte das gehen, im Hinblick darauf, wie frostig das Verhältnis zwischen ihr und Josefin war? Sie machte die Haustür auf, ignorierte das Herzklopfen.

»Bis morgen. Geh heute früh ins Bett, versuch, ein bisschen Schlaf zu bekommen.«

Peter blieb stumm, war offenbar tief in seinen Gedanken versunken. Rührte und rührte in der Tasse.

Vanja steckte den Schlüssel ins Schloss. Mit einem angenehmen Seufzer öffnete sie die Doppeltür des Längsgebäudes und trat in den Flur. So leben zu dürfen war einfach inspirierend, völlig anders als ihre kleine Wohnung in Kopenhagen. Peter war vor vielen Jahren mit seiner Frau hierhergezogen. Sie hatten sich gut darauf vorbereitet, waren voller Energie und Wissen. Die Arbeit auf dem Hof hatte er als Vergnügen beschrieben, besonders da es parallel zum Musizieren des Paars geschah. All das hatte aufgehört, als bei Ellen Krebs diagnostiziert wurde. Peter war zu ihrem Pfleger geworden, quasi rund um die Uhr. Wegen der ganzen Fahrerei ins Krankenhaus zu Kontrollen und Behandlungen mussten sie die Landwirtschaft schließlich aufgeben. Bis auf die Apfelplantage.

Nach dem Tod seiner Frau war Peter auf dem Hof geblieben, obwohl dieser eigentlich zu viel Instandhaltung benötigte. Aber er hatte sonst nichts.

Vanja sog den herrlichen Geruch von altem Haus auf dem Land ein. Sie wog den schweren Schlüssel in ihrer Hand, bevor sie ihn an den Haken im Flur hängte. Das Leben hatte in den letzten Jahren wirklich eine neue Wendung genommen, für Peter und sie, je auf seine Weise. Was für eine glückliche Fügung, dass Josefin ihre Großmutter wieder mit Åke zusammengeführt hatte und dass Peter bereits im Sommer darauf das kleine Seitengebäude seines Hofs vermieten wollte. Mittlerweile betrachtete Vanja den alten Stall in Svinaberg als ihren Erholungsort, und Peter hatte sie gerne da. Sie kam mindestens zweimal pro Monat aus Kopenhagen und den ganzen Sommer und die meisten verlängerten Wochenenden. Und wie jetzt im Frühling sogar ein paar Wochen am Stück. Im April und Mai war die Landschaft herrlich. Es war, als würde sie Österlen wiederentdecken, als könnte sie es mit neuen Augen sehen. Auch wenn sie so lange wie möglich vermieden hatte, zu Åkes Haus hinunterzugehen. Sie wollte den Nachbarn kein Öl aufs Tratschfeuer gießen.

Ihr Wissen über ökologische Selbstversorgung, das sie

sich in den Siebzigern angeeignet hatte, wurde unerwarteterweise nützlich, da Josefin und Harald das alles lernen wollten. Insbesondere alte, umweltfreundliche Methoden. Die Art, wie Dinge die Zeiten hindurch funktioniert hatten und die bis heute unübertroffen war.

Die beiden waren energisch und enthusiastisch und zugleich ein wenig naiv. Aber das musste man in ihrem Alter sein, sonst würde man es nicht wagen, sich kopfüber in irgendein Abenteuer zu stürzen. Es war beeindruckend, wie gut sie bisher durchgekommen waren.

Vanja zog die Wildlederjacke aus, hängte sie nach dem kurzen Impuls, sie einfach über den Stuhl im Flur zu werfen, auf einen Bügel. Ordnung halten war nicht gerade ihre Stärke. Die bunte Girlande, die Josefin und Harald zu ihrem Siebzigsten gemacht hatten, hing noch immer an der Deckenlampe, verziert mit einem Flor aus Spinnennetzen.

Sie ging weiter ins Atelier, stellte die Stoffrestetüte auf den Tisch und öffnete den Materialschrank, um Platz für die neuen Sachen zu schaffen. Darin befanden sich bereits die übrigen Utensilien für ihre Textilkunst: Scheren, Leim, Wollknäuel und eine Menge anderes angesammeltes Zeug. Aber jetzt fehlte ihr dazu irgendwie die Inspiration. Es gab eine Sehnsucht nach etwas anderem, und die war in letzter Zeit mehr und mehr gewachsen. Sie wollte malen.

Die Malerei hatte an dem Tag, da sie Kivik verlassen hatte, ein jähes Ende gefunden. Ihr altes Atelier hatte die Jahre hindurch in Åkes Haus weiterexistiert, aber die Tür dazu war immer verschlossen geblieben, und sie hatte nie hineingesehen.

Åke hätte mit dem kleinen Turmzimmer über dem Dachboden etwas machen sollen. Es ausräumen und renovieren, einen gemütlichen Platz für ruhige Gespräche oder einfach zur Einkehr. Es war hell und schön und hatte im Haus die beste Aussicht aufs Meer. Vielleicht hatte aber auch Georg verboten, irgendetwas anzurühren. Vanja wusste es nicht. Åke hatte die Sache nie angesprochen.

Natürlich hätte sie irgendwann während der letzten Jahre hinaufgehen und selbst aufräumen können. Die verbliebenen Sachen wegwerfen und das Zimmer schrubben. Aber es hatte ihr widerstrebt. Sie hatte das Gefühl, es wäre, wie in eine Grabkammer zu steigen.

Der Sofatisch war voll beladen mit Büchern und Zeitschriften, ebenso der Flügel. Auf dem Esstisch lagen wild durcheinander Zeichnungen und ein Skizzenblock. Dazwischen Notenpapiere, leere Flaschen und ungespülte Gläser und Teller. Wie war das zustande gekommen? Kreativität und Schaffenslust waren die simple Antwort. Vielleicht auch das Drängen, sich dem Wesentlichen zu widmen und keine Energie auf so Unnötiges wie Aufräumen zu verwenden. Man konnte nie wissen, wie lange einem noch blieb.

Es war höchste Zeit, wieder mit Öl zu malen. Langsam zurückzukehren, zu dem, was vor vielen, vielen Jahren überlebensnotwendig gewesen war. Aber der Gedanke war so neu, sie musste ihn in aller Ruhe verarbeiten.

Vanja drehte dem Chaos den Rücken zu. Der Blick durch die hohen Fenster war beruhigend. Draußen herrschte die eigene Ordnung der Natur. Im Nachmittagsdunkel konnte sie die weiten Felder mit den verstreuten Baumgruppen ausmachen. Sie liebte es, hier zu stehen und hinauszublicken. Bei Tageslicht war in der sanft gewellten Hügellandschaft der ein oder andere Kirchturm zu sehen. In weiter Ferne erahnte man den gewaltigen Horizont des Meers.

Neben der Wiese standen in geraden Reihen die knorrigen, alten Apfelbäume. Gespenstisch hingen an den Zweigen ein paar ungepflückte Äpfel, wie kleine, schwarze, verschrumpelte Klumpen. Irgendwann nach Weihnachten hätte sich Peter an den Winterschnitt machen müssen, aber wie üblich war nichts geschehen. Viele Bäume hatten junge Wassertriebe vom Vorjahr. Einige schienen im Wachstum erlahmt zu sein, resigniert, nachdem sie so lang völliger Gleichgültigkeit ausgesetzt waren. Vanja würde im Sommer zumindest dabei helfen, das Moos von den Ästen zu bürsten, die Bäume zu düngen und sie wieder zum Leben zu erwecken. Sie freute sich darauf, etwas beizutragen. Alle Bäume sollten stolz, stark und gesund sein und vor Leben strotzen. Dann könnte Peter das vielleicht auch wieder.

Als junge Frau hatte sie manchmal dabei geholfen, den Apfelbaum beim Haus unten in Kivik zu beschneiden. Sie erinnerte sich daran, wie Åke und Georg den kleinen Jungbaum aus der Gärtnerei nach Hause geschleppt und dann mitten im Garten gepflanzt hatten. Sallys Apfelbaum, aus dem Jahr ihrer Geburt. Jetzt war er groß und kräftig, der schönste Baum der Gegend.

Vanja trat vom Fenster weg und machte die Petroleumlampe auf der Anrichte an. In ihrer Brust schmerzte es, in etwa so wie morgens. Vielleicht wegen dem, was sie an der Kasse bei ICA gehört hatte. Das Gespräch über Sally. Aber Menschen tratschten, so war das nun mal.

Sie faltete eine Decke zusammen und machte mit einem Schlag einen Knick in ein Kissen, stockte aber dann. Das Aufräumen konnte gut noch einen Tag länger warten. Das Malen auch.

Der Flügel stand mit geschlossenem Deckel unberührt da. Es würde dauern, bis sich Peter wieder daran setzte und heiter perlend spielte wie manches Mal. Am besten war, wenn Josefin danebenstand und sang. Sie hatte eine wunderbare Stimme und Vanja stiegen beim Zuhören immer Tränen in die Augen. Wie auch Åke. Der war nun tot.

Sollte sie selbst einmal sterben, ohne ihr Kind wiedergesehen zu haben? Vanja erschauderte bei dem Gedanken. Sally würde Åkes Haus erben, zu mehr musste sie sich im Augenblick nicht verhalten. Vermutlich würde sie das Haus schnellstmöglich verkaufen.

Josefin musste davon erfahren. Vanja durchquerte eilig den Raum, um ihr Telefon zu holen.

Sally

Bei Milena und Otto duftete es nach Kräutern und Knoblauch. Sally blieb im Flur stehen, nachdem sie aus ihren Hausschuhen geschlüpft war. Sie waren abgewetzt und hässlich und wurden nur für den Weg hier hoch benutzt. Das Loft war quasi die Verlängerung ihres Wohnzimmers.

Zwanzig der dreißig Jahre, die sie hier lebte, hatten auch Milena und Otto hier gewohnt. Früher hatte sie mit mehreren Nachbarn Kontakt gehabt, aber mittlerweile wechselten die Besitzer der Wohnungen derart schnell, dass es kaum machbar war, jemanden davon kennenzulernen. Man grüßte sich auf der Treppe und das war es.

Sally stellte die Pantoffel ins Schuhregal. Sollte sie den Freunden von dem Brief von Åkes Bankberater erzählen? Diesem unangenehmen Brief unten in ihrer Wohnung auf dem Sofatisch. Sie hatte ihn seit gestern nicht mehr angerührt. Hatte nur eine knappe Mail an Jörgen Rådström von der Sparbanken Syd geschickt und ihm mitgeteilt, sie werde bei der Errichtung des Nachlassverzeichnisses nicht anwesend sein. Seine Antwortmail hatte Instruktionen beinhaltet, wie sie ihm die Vollmacht dazu erteilen könne, damit er alles regeln dürfe.

Sie war noch immer ein wenig zittrig. Ein Testament hätte die Sache für alle Beteiligten leichter gemacht.

Otto guckte mit einem Glas Rotwein in der Hand aus der Küche.

»Hallo.«

Er hatte sich nach der Arbeit umgezogen und steckte nun in Jogginghose und T-Shirt.

»Rot oder weiß?«

»Rot, bitte.«

An unterschiedlichen Orten im Raum brannten Kerzen und der Klapptisch im Wohnzimmer war für drei gedeckt. Darauf stand ein Schmortopf, eine Schale Salat und ein großes Weißbrot.

»Irgendwann sollte ich euch mal wieder einladen«, sagte Sally.

»Hör auf. Du hasst Kochen.«

Milena erschien mit einem Topflappen in der Hand in der Küchentür. Ihre schwarzen Haare steckten in einem buschigen Pferdeschwanz, und sie kräuselte ihre sonst so schön geformten Augenbrauen.

»Hat Frank sich gemeldet?«

»Nein.«

»Gut. Schluss ist Schluss.«

Otto reichte Sally ein Glas Wein.

»Gratuliere.«

Milena trat auf Sally zu und umarmte sie.

»Ich kann verstehen, wie leer es sich ohne ihn anfühlt. Aber du schaffst das.«

Sally versicherte, sie komme klar. Milena sah streng aus.

»Du denkst doch hoffentlich nicht darüber nach, dich wieder bei ihm zu melden? Sowas ist schnell geschehen, wenn man sich einsam fühlt. Aber denk nicht einmal daran.«

Sally setzte sich auf ihren üblichen Platz am Tisch. Würde sie nicht genau das dennoch tun, sich bei Frank melden? Um ihn erkennen zu lassen, was für ein Fehler es gewesen war, sie nicht zu ermutigen, zu Josefin zu fahren. Um ihm anschließend eine neue Chance zu geben.

Milena setzte sich ihr gegenüber.

»Wenn er dir eine Nachricht schickt, ignoriere es. Zeig ihm, dass du die Sache mit euch hinter dir gelassen hast.«

Sally legte sich die Serviette auf die Knie. Sie sagte nichts. Das war ein schwieriges Thema, und außerdem hatte sie Hunger.

»Du kommst darüber hinweg«, sagte Otto. »Und dann siehst du die Vorteile am Leben allein.«

»Vermutlich.«

Sie begannen zu essen, und für eine Weile wurde es still. Das Schweigen währte unnatürlich lange. Vielleicht glaubten Milena und Otto, Franks Verhalten würde ihr so zusetzen, dass sie wie gelähmt war. Sally sah von ihrem Teller hoch.

»Mir geht es gut. Versprochen.«

Sie lächelte sie an.

»Ich habe ja euch.«

Milena und Otto wechselten einen Blick.

»Wir müssen dir etwas erzählen«, sagte Milena. »Wir ziehen nach Paris. Mitte April. Otto wurde wieder ins Ausland entsandt. Und ich werde von dort aus arbeiten.«

Sally verarbeitete die Informationen scheibchenweise. Schon seit dem Einzug der beiden hatte sie gewusst, dass das irgendwann kommen würde. Otto und Milena hatten in ihrem Leben mehrmals für eine Weile im Ausland gelebt – in New York, Rom, London, Singapur und Tokio –, aber sich, seitdem sie in Stockholm lebten, auf kürzere Reisen beschränkt.

»Wir haben gespürt, wir müssen einfach weiter«, sagte Otto. »Es war an der Zeit.«

Milena nickte zustimmend.

»Deshalb verkaufen wir die Wohnung.«

Sally verstand das. Die beiden hatten sich gegen Kinder entschieden, um das freie Leben zu leben, das sie haben wollten. Sie brach sich ein Stück Brot ab. Registrierte, dass Milena erneut einen Blick mit Otto wechselte. Er war leicht zu deuten. Was sollte jetzt nur aus Sally werden, wo sie gerade Single geworden war?

»Noch Wein?«

Milena hielt die Flasche hoch, um nachzuschenken. Sally schüttelte den Kopf. Das Feiergefühl war verschwunden.

»Danke, nein.«

Sie legte ihr Besteck an den Tellerrand.

»Da du jetzt Frank tatsächlich rausgeworfen hast, will Josefin vielleicht wenigstens mit dir telefonieren«, sagte Milena. »Glaubst du nicht?«

Sally griff über den Tisch nach der Wasserkaraffe. Milena und Otto waren für sie unersetzbar, aber manchmal auch schrecklich rechtschaffen und übereifrig. Sie hatte an diesem Tisch viele Male das Thema Josefin besprochen. Die Freunde waren aufmerksam, aber es war auch offensichtlich, dass sie es nie würden verstehen können. Wenn Kinder erwachsen waren, hatte man keine Chance, zu beeinflussen, wie sie sich verhielten.

Sie füllte ihr Wasserglas.

»Genaugenommen haben wir gestern gesprochen. Josefin und ich. Sie hat angerufen.«

Milena stoppte ihre Gabel voll Schmorfleisch auf halbem Weg zum Mund.

»Gab es einen besonderen Grund?«

»Ein alter Verwandter ist gestorben. Mein Onkel, der dort unten gewohnt hat. In Kivik. Also werde ich jetzt zur Beerdigung hinfahren.«

Sie sah ihre Blicke.

»Ich kannte ihn nicht besonders gut, obwohl wir, als ich klein war, im Sommer unter einem Dach gelebt haben. Wir haben einander seit dreißig Jahren nicht gesehen. Ich habe es nicht mehr geschafft, ihn wiederzutreffen.«

»Wie traurig«, sagte Milena.

»Ja, er war zu mir als Kind immer sehr lieb. Aber ganz anders als mein Vater. Im Rückblick bereue ich, dass ich nicht versucht habe, ihn besser kennenzulernen.«

Otto wirkte nachdenklich.

»War dein Onkel verheiratet?«

»Nicht dass ich wüsste.«

»Kinder?«

»Nein. Keine.«

»Und gab es neben deinem Vater noch andere Geschwister?«

Sally schüttelte den Kopf. Otto hob erneut sein Weinglas.

»Dann darf man dir wohl gratulieren. Denn du müsstest die Alleinerbin sein. Wenn er nicht in einem Testament etwas anderes festgesetzt hat. Glaubst du das?

»Nein. Es gibt keins.«

Milena blickte von Otto zu Sally. Dann wieder zu Otto.

»Meinst du das jetzt ernst?«

Otto nickte mit einem Lächeln. Milena griff nach ihrem Glas und prostete Sally zu.

»Mensch, Sally! Was für ein Ding!«

»Wie hat er gelebt?«, wollte Otto wissen. »In einem schönen, alten Haus?«

»Das kann man wohl sagen.«

»Ein Haus in Österlen. Oh, wie herrlich.«

Milena bekam einen träumerischen Gesichtsausdruck.

»Stell dir das vor, einfach aus der Stadt wegziehen. Den Großstadtstress und die Tretmühle hinter sich lassen, die durchgetakteten Zeitpläne. In schönen Kleidern im eigenen Garten herumspazieren und Rosen abknipsen. Vielleicht eine Scheune mit einem Antiquitätenhandel haben, und ein kleines Sommercafé. Und selbst Salat anbauen. Und billig Eier beim lokalen Bauern kaufen.«

»Sicher. Viel Glück.«

Otto wirkte amüsiert. Milena legte die Gabel ab.

»Momentan ziehen jede Menge Leute aufs Land. Das Leben in Großstädten wird allmählich untragbar. Die Wohnungen reichen nicht. Es ist schweineteuer und beengtes Wohnen wird häufiger. Leute trennen sich und bekommen Burnout und brauchen Bettgitter. Jeder schluckt Schlaftabletten und Antidepressiva.«

Sally lachte los.

»Okay, ich ziehe um. Vielleicht eröffne ich ein kleines Hotel. Wie ich es mir immer erträumt habe. Oder eine Pension.«

Milena drehte sich zu ihr. Mit großen Augen.

»Ja, tu das!«

»Das war nur ein Witz!«, sagte Sally. »Derart groß ist das Haus auch nicht.«

Otto hob erneut sein Glas.

»Herzlichen Glückwunsch. Auf dein Haus in Österlen. Unglaublich.«

»Wirklich!«

Milena stieß mit ihm an und wartete auf Sally, aber die schüttelte den Kopf.

»Nein, ganz im Ernst. Das Haus ist nicht meines. Was auch immer die Erbfolgegesetze sagen.«

Milena ließ ihr Glas sinken.

»Wieso, was meinst du?«

»Josefin soll alles haben, denn sie hat Åke richtig gekannt. Ich denke nicht daran, meine Tochter um ihr Erbe zu bringen. Ich werde sie nicht erneut verraten.«

Das auszusprechen war belebend. Was für ein guter Gedanke. Während Josefins Kindheit hatte Sally ständig sparen und knausern müssen und zu dem meisten Nein gesagt. Was notwendig war, hatte sie fast immer gebraucht gekauft. Jetzt konnte sie ihrer Tochter endlich etwas Wertvolles geben. Ein Geschenk, das alles andere übertraf.

»Das ist nett von dir«, sagte Milena. »Ja, Josefin wird sich sicher riesig freuen. Wenn du ihr ein ganzes Haus abtrittst.«

Sally lehnte sich zurück an die Stuhllehne. Dieses unangenehme Gefühl von vorhin war verschwunden. Eigentlich war das Ganze einfach.

»Das Haus gehört der Familie ihres Vaters seit fast hundert Jahren. Also will sie vielleicht da leben, anstatt auf einem Bauernhof.«

Otto schmiss die Hände in die Höhe.

»Das ist doch fantastisch. Endlich hast du eine Chance, etwas für deine Tochter zu tun. Ihr etwas Großes und Bedeutsames zu schenken.«

Milenas Augen waren feucht.

»Und womöglich führt das dazu, dass ihr wieder Kontakt habt. Ach, wäre das schön.«

Sally leerte ihr Glas in langsamen Schlucken. Das Wasser war eiskalt, schmeckte frisch. Sie stellte das Glas wieder ab, ihr Puls schlug schneller. Als wäre mit dem Wasser neues, reines Leben in sie gesickert.

Josefin

Hohe, buschige Hecken umgaben die Kapitänsvilla auf zwei Seiten und verwehrten in den warmen Jahreszeiten den Einblick. Aber jetzt, da es noch keine Blätter gab, konnte man problemlos aufs Grundstück sehen.

Åkes Fenster waren schwarz. Als wären auch sie in Trauer.

Josefin öffnete das Gartentor und eilte mit zum Schutz gegen die Windböen hochgezogener Kapuze zur Vordertreppe. Unter dem Vordach angelangt, drehte sie sich um und ließ den Blick durch den Garten schweifen. Der Birnbaum war noch nackt und wiegte sich einsam neben dem südlichen Giebel. Durch das Reisig auf den Beeten ragten verdorrte, raschelnde Blumenstängel vom Jahr zuvor. Die Steinmauer zum Meer war über die Jahre ziemlich in Mitleidenschaft gezogen worden, und die Winde hatten es geschafft, den porösen Mörtel zu lösen. Vereinzelt lagen herausgebrochene Steine auf der Erde.

Josefin streifte an dem halbkreisförmigen, gusseisernen Fußabtreter die Sohlen ihrer Stiefel ab. Jetzt galt es, sich zu wappnen. Sie durfte nicht zu nostalgisch und sentimental werden, weder wegen Åke noch weil in seinem Haus bald Fremde leben würden. Neue Besitzer. Denn Großmutter hatte mit ihrer Vermutung bei ihrem Anruf gestern recht. Ihre Mutter würde das Haus bestimmt direkt verkaufen, samt allem darin.

Josefin schloss die Tür auf, langsam, fast andächtig. Wie oft war sie hier voll Vorfreude eingetreten und hatte Åke am weißen Klapptisch entdeckt, vor einer Patience auf der

Wachstuchdecke. Eingehüllt in das kegelförmige, warme Licht aus der Deckenlampe, die Kaffeetasse auf dem Untersetzer neben sich. Åke hatte den Blick gehoben, sie angelächelt, und dann in seinem breiten, gemächlichen Schonisch gesagt, falls sie wolle, sei noch ein Schluck in der Kanne.

Nun lagen Küche und Wohnzimmer in einem trostlosen Halbdunkel. Josefin tapste strumpfsockig hinein, knipste das Licht an, und sofort war die Leere leichter zu ertragen. Zugleich war es seltsam, den Raum ohne den Menschen zu sehen, der darin sein sollte.

Åke war ordentlich gewesen. Das bisschen Geschirr, das er für sein letztes Mittagessen benutzt hatte – eine Pfanne, ein Topf, ein Teller, ein Glas und ein Besteckset –, war ordentlich aufgereiht im Abspülgestell. Niemals hätte er das Haus verlassen, ohne vorher abzuwaschen.

War sein Bruder auch so gewesen? Oder hatten die Brüder in den gemeinsam verbrachten Zeiten irgendwann Meinungsverschiedenheiten übers Aufräumen gehabt? Über Hausarbeit gestritten? Auch wenn jeder in seinem Teil des Hauses gelebt hatte. Aber so etwas hätte Åke nicht ähnlich gesehen.

Josefin strich mit der Hand über die um den Küchentisch stehenden Sprossenstühle. Das Holz war abgenutzt und weich.

Åke hatte immer voller Bewunderung von seinem drei Jahre älteren Bruder gesprochen. Wie Georg nach Stockholm gezogen war und Architektur studiert hatte und wie er seine Tochter Sally allein aufziehen musste, nachdem Vanja die beiden verlassen hatte. Sich allein um sein Kind zu kümmern musste insbesondere in den Sechzigern und Siebzigern für einen Mann außergewöhnlich gewesen sein.

Wie schwer es ihr Großvater gehabt haben musste. Verlassen von seiner Frau, zurückgelassen mit einer dreijährigen Tochter. Den Fragen und Spekulationen von Verwandten und Leuten aus dem Ort ausgesetzt, wahrscheinlich auch Schuldzuweisungen. Aber er habe sein Bestes getan, hatte ihre Mutter immer erzählt. War liebevoll und gutherzig und lustig gewesen.

Der Junggeselle Åke hatte, außer wenn Georg und Sally zu Weihnachten oder für ihren Sommerurlaub vorbeikamen, allein in dem leeren Elternhaus gelebt.

Josefin ließ sich in einen der Korbsessel vorm Kachelofen plumpsen. Nicht in den, in dem Peter immer saß, sondern in Åkes. Das Flechtwerk knarzte heimelig, als sie die Beine auf den Fußschemel streckte, wie Åke es immer getan hatte. Nur brannte heute kein Feuer im Ofen. Hinter dem Spalt zwischen den offen stehenden Messingtüren war nur ein kaltes, schwarzes Loch.

Nie mehr würde Åke die Streichholzschachtel nehmen und ein Streichholz herausfummeln und dabei fluchen, die Qualität sei nicht mehr dieselbe wie früher. Sie würden auch nie mehr hier sitzen und miteinander sprechen – Åke und Peter in den Korbsesseln, Großmutter, Harald und Josefin am Tisch. Über Gartenpflege oder wie es im Ort früher gewesen war oder irgendetwas über die Nachbarn oder wie viel Kabeljau es in den Gewässern der Hanöbukten gegeben habe, als Åke jung war.

In diesem Haus hatte Josefin ihren zwanzigsten Geburtstag gefeiert, den ersten Geburtstag ohne ihre Mutter. Åke hatte sie und Harald zum Abendessen eingeladen, hatte Stremellachs serviert. In jeder Hinsicht ein angenehmer Abend, aber plötzlich war Josefin vom Tisch aufgestanden, hatte sich in einen Korbsessel gesetzt, die Knie hochgezogen und die Arme um die Beine geschlungen. Denn ihre Mutter hätte da sein sollen. Und das war sie nicht.

Harald und Åke hatten unschlüssig dagesessen. Ihre verschlossenen Mienen hatten weder Rat noch Trost geben können. Letztendlich war es Harald gelungen, Josefin aufs Sofa zu bewegen, wo er sie lange in die Arme nahm. Er hatte sanft und liebevoll mit ihr gesprochen, dass er verstehen könne, wie besonders groß der Verlust ihrer Mutter sei, wo sie ja schon keinen Vater habe. Ob das der wahre Grund für ihre Traurigkeit war, hatte sie nicht gewusst, sie schwieg einfach dazu.

Åke hatte den Tisch abgeräumt, sich dann aber unterbrochen und das gesagt, was Josefins Leben verändern sollte. Dass sie genaugenommen noch eine weibliche Verwandte habe. Ihre Großmutter Vanja, die vor über vierzig Jahren fortgegangen sei. Vielleicht wohne sie noch in Dänemark, dort sei sie nämlich damals hingezogen. Vielleicht sei es an der Zeit, sie aufzusuchen.

Josefin hatte äußerst wenig über ihre Großmutter gewusst. Nur was ihr Großvater Georg laut ihrer Mutter gesagt habe: Diese Frau sei eine richtige Hexe gewesen, die ihr einziges Kind verlassen konnte. Eine Egoistin, die nur an sich selbst denke.

Josefin fing an, Åke nach ihrer Großmutter Vanja auszufragen. Eine Künstlerseele sei sie gewesen, und eine große Naturliebhaberin. Aber auch instabil, mit einer depressiven Veranlagung. Deshalb sei sie so empfänglich für die radikalen Strömungen der Zeit gewesen und habe sich politisch engagiert. Was ihr offenbar letztendlich alles bedeutet habe. Sogar mehr, als Mutter zu sein und Verantwortung für ihr Kind zu übernehmen. Tragisch, hatte Åke gesagt. Einfach furchtbar.

Noch bevor der Abend vorüber war, hatte Josefin Åke und Harald mitgeteilt, sie habe sich entschieden. Sie werde ihre Großmutter ausfindig machen. Versuchen, zu begreifen, wer sie sei und warum sie getan habe, was sie getan hatte. Åke war aufgewühlt und hoffte, es werde gut gehen.

Nach etwas Sucherei im Internet war Vanja Larssons Adresse aufgetaucht. Sie wohnte nun in Kopenhagen, in einer Seitenstraße des Künstlerviertels Christianshavn. Auch ihre Telefonnummer war aufgeführt. Aber Josefin hatte nicht anrufen wollen. Sie hatte sich einfach ins Auto gesetzt und war hingefahren, allein.

Josefin stand aus dem Korbsessel auf. Sie ging zu der kleinen Petroleumlampe mit dem rötlichen Glasschirm, die in einer Fensterecke stand. Der Docht war herabgebrannt und kaum mehr zu sehen, vorsichtig drehte sie an der kleinen Metallschraube an der Seite, damit er weiter herauskam, bereit, wieder entzündet zu werden. Wie Åke es immer getan hatte.

Kopenhagen vor drei Jahren. Sie erinnerte sich an das alte Backsteinhaus, halb bedeckt von Efeu. Wie sie vor der Haustür aus abgehobeltem, blaulackiertem Holz gestanden hatte. Sie war verschlossen gewesen, es hatte keinen Code gegeben, aber nach zwanzig Minuten geduldigen Wartens war ein Nachbar herausgekommen. Ein weißhaariger Mann, der ihr freundlich zunickte, als sie hineinschlüpfte.

Das Treppenhaus war dunkel und kühl. Jede Stufe hatte in der Mitte, wo die Leute hintraten, glänzende Aushöhlungen. *Vanja Larsson* hatte an dem selbstgemachten, in fröhlichen Farben bemalten Türschild gestanden. Mit zitterndem Finger hatte Josefin auf den alten Klingelknopf gedrückt. Als es im Inneren läutete, war ihr vor Nervosität fast übel geworden. Dann, plötzlich: die Tür ging auf, aus der Wohnung wehte ein schwacher Duft von Teeblättern, Tempelblumen und Mandelseife.

Und da stand ihre Großmutter. Eine fast siebzigjährige Frau mit wirren, gräulichen Haaren. Als Josefin sich vorstellte, wurde sie bleich und tastete nach dem Türrahmen. Wäre Josefin nicht einen Schritt vorgetreten und hätte sie sie nicht am Unterarm gefasst, wäre sie wahrscheinlich zu Boden gesunken. Ihre Großmutter hatte sich in das große, helle Atelierzimmer helfen lassen, das voll war mit Blumentöpfen und Wandbehängen und riesigen Kunstwerken. Josefin geleitete sie zu einem Sessel und bat tausende Male um Entschuldigung dafür, dass sie einfach, ohne sich vorher zu melden, gekommen sei.

Lange Zeit antwortete ihre Großmutter nichts, starrte Josefin nur mit roten Augen an. Und Josefin sagte es, wie es war. Sie habe mit ihrer Mutter auch keinen Kontakt mehr, aber wolle gern ihre Großmutter, die sie noch nie getroffen habe, kennenlernen. Sie sei gerade zwanzig geworden und deshalb wäre das vermutlich höchste Zeit. Sie würden irgendwie zusammengehören, trotz allem. Erst nach einer Ewigkeit nahm ihre Großmutter Josefins Hand in ihre warmen, starken Hände, hielt sie fest, führte sie sich dann an die Lippen und schloss die Augen. So verharrte sie einige Sekunden, dann machte sie die Augen wieder auf.

Das Gespräch begann etwas holprig, aber floss dann einfach immer weiter und weiter. Großmutter und Enkelin. Die beiden hakten sich ineinander wie zwei Glieder einer Kette.

Sie waren beide der Ansicht, es würde nichts nützen, in der Vergangenheit zu wühlen. Wofür sollte das gut sein, wenn das Jetzt so schön sein konnte? Das Jetzt und die Zukunft, das war alles, was zählte.

Ihre Großmutter hatte sich als fantastische Person entpuppt. Mit kräftiger Stimme, festem Blick. Für sie gab es keine Probleme, die nicht mit Galgenhumor oder einem großen, offenen Lachen gehandhabt werden konnten. Als Künstlerin war sie unverwundbar. Niemand konnte sie verletzen oder kränken, Kritik interessierte sie nicht im Geringsten. Sie erschuf sich ihre eigenen Regeln und brach sie, wenn ihr danach war, es interessierte sie überhaupt nicht, was die Umgebung über sie dachte oder von ihr hielt.

Mit der Zeit hatten die beiden auch über das gesprochen, was damals vor vierzig Jahren geschehen war. Ihre Großmutter hatte Josefin auf ihre direkte Art unmissverständlich eingestanden, was es für ein fürchterlicher Fehler gewesen sei, als junge Mutter ihr Kind zu verlassen und nicht wieder zurückzukommen. Sie hatte unter einer hartnäckigen, postnatalen Depression gelitten, die sie damit kurierte, dass sie nach Kuba reiste, um sozial benachteiligten Menschen zu helfen. Dort sei sie sich nützlicher vorgekommen als in ihrer kleinen, isolierten Kernfamilie.

Mehr hatte ihre Großmutter nicht gesagt. Warum sie nach dieser zweimonatigen Reise nicht wieder nach Hause zurückgekehrt war, war weiterhin eine unbeantwortete Frage. Mit Ausnahme der vagen Äußerung, das Leben habe seine Wendungen genommen, und sie habe sich viele Male gewünscht, sie könne die Zeit zurückdrehen und anders handeln. Josefin wollte sie nicht unter Druck setzen. Der Gedanke, ihre Mutter aufzusuchen, hatte immer außerhalb des Möglichen gelegen, das hatte sie kapiert. Und bestimmt war es, wie Großmutter sagte: Nichts wäre deshalb notwendigerweise besser geworden.

Aber jetzt würden sich ihre Mutter und ihre Großmutter auf Åkes Begräbnis treffen. Das war ein harter Brocken.

Åkes altes Backgammonspiel war im Regal ein wenig verrutscht, Josefin rückte es gerade. Dann ging sie wieder in den Flur und über die geschwungene Treppe hinauf ins Obergeschoss.

Die Tür zu Åkes Schlafzimmer stand einen Spalt offen. Das Bett war mit der blauen Tagesdecke bedeckt, die flach über die Längsseite herabhing. Auf dem Nachttisch lag ein Stapel schwarzer, abgegriffener Notizbücher und einige Bleistifte. Josefin nahm das oberste und blätterte vorsichtig. Datum um Datum, tägliche Notizen über Wind, Wetter und Temperaturen. *Wechselnde Bewölkung, gegen Abend Regen, elf Grad.*

Åke hatte offenbar jahrelang Tagebuch übers Wetter geführt. Nicht verwunderlich für jemanden, der ihn kannte. Sie betrachtete die Aufzeichnungen gründlicher. Hier und da stand auch etwas anderes, unter dem Wetterbericht. *Herzklopfen. Druck auf der Brust. Schwerer Atem. Leichter Husten.* Offensichtlich war das auch ein Gesundheitstagebuch. Sie las weiter, blätterte zu der Zeit des Todesdatums. *Schlecht geschlafen. Heftiges Herzklopfen. Übelkeit. DIESE SCHULD. DIESE SCHULD.*

Schuld? Woran?

Josefin legte das Notizbuch zu den anderen. Nach kurzem Zögern nahm sie den ganzen Stapel an sich. Ging die Treppe hinunter und zurück ins Esszimmer, legte die Hefte auf den Tisch. Weswegen konnte Åke sich schuldig gefühlt haben? So sehr, dass es ihn dazu drängte, die Gefühle aufzuschreiben. *Diese Schuld.* So hatte sie ihn nie sich ausdrücken hören.

Ihr Blick blieb an dem leopardenfleckigen Stein im Fensterwinkel hängen. Pechschwarz und übersät mit kleinen beigen Strichen. Åke war eines Tages im vorigen Sommer mit diesem Fund von einer seiner Wanderungen entlang des Strands Richtung Haväng nach Hause gekommen. Sie hatten ihn lange gemeinsam betrachtet. Weder Åke noch Großmutter oder Peter hatten je etwas Vergleichbares gesehen. Aus der Ferne wirkte der Stein wie eine gemusterte Tapete. Oder ein kleines Portemonnaie von Louis Vuitton, wie Josefin kichernd in die unverständigen Mienen der anderen sagte. Also umgekehrt, rein farbmäßig. Åke hatte ihn leopardenfleckig genannt.

Eine Träne lief über Josefins Wange und weiter den Kieferknochen hinab. Heiß, salzig, beißend auf der trockenen Haut. Der Stein gehörte ins Haus, er sollte bleiben. Sie würde nur die Notizbücher mitnehmen, sonst nichts. Mit dem Rest konnten die neuen Besitzer machen, was sie wollten.

Dann verließ Josefin das Haus, zum allerletzten Mal, die Notizbücher gegen den Bauch gepresst. Verschloss sorgfältig die Haustür und legte den Schlüssel unter das Blechfensterbrett, wo ihn Åke immer verwahrt hatte.

Sally

Sally beschleunigte ihre Schritte, sie war bereits zu spät dran, sah vor ihrem inneren Auge schon Cedrics schimpfendes Bulldoggengesicht. Sie schlug den Kragen hoch und zog die Mütze über die Ohren. So früh am Morgen war es kalt.

Wie sollte sie Josefin über ihre Entscheidung informieren? Sie anrufen? Es ihr persönlich sagen, wenn sie in Kivik war? Oder vielleicht war eine SMS am besten? *Das Haus gehört dir. Was auch immer das Recht sagt.* Alle drei Alternativen hatten ihre Vor- und Nachteile.

Normalerweise ging Josefin nicht ans Telefon, aber vielleicht war auch das jetzt anders. Sollte sie wirklich rangehen, würde das bestimmt ein steifes, unbeholfenes Gespräch werden. Aber auf die Begegnung in Kivik zu warten barg ebenfalls Risiken. Nicht nur, dass sie einander seit vier Jahren nicht gesehen hatten, sie würde Sally dann auch noch eine riesige Neuigkeit überbringen. Das könnte zu viel auf einmal werden und möglicherweise auch irgendwie falsch ausgelegt.

Gleichwohl hoffte sie bei jeder Alternative auf dasselbe Ergebnis. Dass Josefin sich versöhnen wollen würde. Neu anfangen.

Wie jeden Tag auf dem Weg zur Arbeit blieb Sally bei dem kleinen Café stehen. Der Laden war verriegelt und verlassen, es war noch nicht geöffnet.

Durch das Fenster mit der Spitzengardine sah sie die kleinen, runden Tische und die braunen Holzstühle daran. Der Tisch etwas links. Dort hatte sie gesessen, am Tag nach der ersten Begegnung in der Bar, mit dem Rücken zur Wand. Frank hatte sich ihr gegenübergesetzt. Sie hatte einen Cappuccino bestellt und er einen doppelten Espresso. Neben seiner Tasse hatte ein Täfelchen Schokolade gelegen, das er ihr angeboten hatte. Aber sie hatte vor lauter Nervosität nicht mehr hinunterbekommen als ihren Kaffee, und auch den kaum.

Ihre allererste, gemeinsame Kaffeepause. An einem regnerischen Tag Anfang Juni, als die Luft nach feuchtem Flieder duftete.

Ihr wurde schwer ums Herz, rasch eilte sie weiter und kramte ein Papiertaschentuch aus der Handtasche. Sie musste Frank so schnell wie möglich vergessen. Er war keinen weiteren Gedanken wert, nicht jetzt, wo möglicherweise mit Josefin alles wieder gut werden würde.

Vielleicht war doch eine SMS das Beste. Da könnte Josefin die Nachricht mehrmals lesen und verstehen, wie bedeutsam es eigentlich war, dass ihre Mutter ihr Åkes Erbe überlassen wollte.

Ein weiterer Arbeitstag war vorbei. Das Mittagsgeschäft war heftig gewesen, der Nachmittag beinahe ebenso hektisch und ständig hatte die Anrichte aufgeräumt werden müssen. Sally machte sich auf dem Sofa lang. Sie hatte nicht die geringste Energie, mit der Wohnung weiterzumachen. Bereute fast, Milena und Otto erzählt zu haben, sie habe Lust bekommen, gleich noch zu renovieren, sobald sie Franks ganzes Zeug entfernt habe. Jetzt war die Säuberung in Gang. Gestern Abend und heute Morgen hatte sie zwei Kartons gepackt und in den Flur gestellt.

Auch ihre eigenen, alten Sachen wollte sie durch Neues

ersetzen. Und die Freunde hatten sich angeboten, den Krempel, den sie nicht mehr haben wollte, wegzufahren. Angesichts Sallys Rückenproblemen hatten sie darauf bestanden, die Schlepperei zu übernehmen. In einer Weile würden sie da sein.

Der Poststapel von heute war dünn, Sally hatte ihn einfach auf den Sofatisch geworfen. Ein weiterer weißer Briefumschlag von der Sparbanken Syd war gekommen. Etwas dicker als der erste. Sie reckte sich danach, riss den Umschlag mit dem Zeigefinger auf. Darin befand sich ein verschlossenes, kleineres Kuvert. In Hellblau. Und ein Blatt mit Banklogo und einem kurzen Text. Ganz unten Jörgen Rådströms Unterschrift.

In meiner Eigenschaft als Nachlassverwalter habe ich das Nachlassverzeichnis Ihres Onkels Åke Larsson erhoben. Im Nachlass des Toten befand sich dieser Brief, versehen mit Åkes ausdrücklicher Notiz, Sie mögen ihn schnellstmöglich erhalten.

Hiermit erfülle ich seinen Wunsch und übersende Ihnen diesen Brief.

Mit freundlichen Grüßen
Jörgen Rådström.

Sally setzte sich auf. Das hellblaue Kuvert war sorgsam zugeklebt. Darauf standen vier Worte. In großen, leicht seitlich geneigten Buchstaben, geschrieben mit blauem Kugelschreiber.

AN SALLY LARSSON
WICHTIG!

Mehr nicht.

Der Raum schien zu schwanken. Sie las die Worte ein weiteres Mal. Åke hatte also eine Nachricht geschrieben. An sie. Die Nichte, die er so lange nicht getroffen hatte.

AN SALLY LARSSON
WICHTIG!

Nie im Leben hätte sie gedacht, dass sie in Åkes Gedanken vorkam. Während der Sommerwochen hatte er sich meist in seinem Teil des Hauses aufgehalten und Briefmarken sortiert oder war mit dem Ruderboot draußen gewesen. Wenn er nicht gerade am Gartentisch saß und Fisch säuberte oder verhedderte Netze entwirrte, während im Radio in großer Lautstärke der Meeresbericht lief.

Sally erinnerte sich an ihn als einen schweigsamen Mann in Strickpullover und ausgeblichener Schirmmütze. Mit weißgrauen Bartstoppeln, stechenden, wachen und freundlichen Augen.

Draußen im Treppenhaus rumpelte der Aufzug. Die Metalltür wurde geöffnet und schlug wieder zu. Rasch faltete sie das Blatt zusammen und stopfte es in die Gesäßtasche ihrer Jeans. Das hellblaue, verschlossene Kuvert schob sie unter den Stapel Klatschblätter, der noch immer auf dem Sofatisch lag.

Milena guckte aus dem Flur herein.

»Hallo, bist du fertig?«

»Glaub schon. Danke für eure Hilfe.«

»Gern geschehen. Jetzt wird es richtig schön hier.«

Milena beäugte die beiden vollen Kartons an der einen Wand, seitlich beschriftet mit dem Wort *FRANK*.

»Ich schreibe ihm heute Abend«, erklärte Sally.

»Super. Hast du die Sachen für die Stadtmission beisammen?«

»Noch nicht ganz. Gleich.«

Otto kam herein und sah sich um. Milena deutete auf einen Karton voll alter Bücher.

»Den da kannst du nehmen.«

Mit raschen Griffen verschloss Otto den Deckel und trug den Karton in den Flur. Milena nickte zu den drei schwarzen Plastiksäcken an der Wand, alle halbvoll mit Kleidung und Schuhen.

»Die willst du auch loshaben? Und den kleinen Tisch?«

»Gern«, sagte Sally. »Und den Sessel ebenfalls.«

Milena nahm den Zeitschriftenstapel hoch. Sally schnappte schnell den Brief und ließ ihn heimlich hinter einen Stoß Bücher auf dem Fensterbrett gleiten. Währenddessen verfrachtete Milena die alten Klatschblätter in einen Karton. Otto kam zurück und griff sich den Sofatisch. Er stellte ihn neben die Kartons zur Wohnungstür und kümmerte sich dann um den alten, durchgesessenen Sessel.

Sally machte eine Runde durch die Wohnung. Die Leere fühlte sich befreiend an. Die einzig verbliebenen Möbel waren die Fernsehbank, das Bett, die Küchenstühle und der Esstisch.

»Sonst noch was?«, fragte Milena.

»Nein, ich glaube, das war alles.«

»Was ist mit dem?«

Milena deutete auf den Schuhkarton am Bettende.

»Wo soll der hin?«

Sally wurde rot. Darin waren Erinnerungsstücke, von denen sie sich nicht trennen konnte. Das Eintrittsbändchen von Gröna Lund, ein rosa Cocktailschirmchen, ein paar Kneipenrechnungen, die Flasche Rasierwasser mit nur noch wenig Inhalt. Und ganz unten in einer Ecke das Täfelchen Schokolade in Goldpapier. Von ihrem ersten Cafébesuch.

»Nirgends. Der wird aufbewahrt.«

Sie pferchte die Schachtel unters Bett. Aber Milena hatte schon verstanden.

»Haben wir nicht gesagt, dass du ihn vergisst?«

»Ich arbeite daran.«

»Indem du alles, was dich an eure Zeit erinnert, aufbewahrst?«

Sally schwieg. Genaugenommen war alles Müll. Sie sollte es wirklich wegwerfen.

»Nicht antworten, wenn er sich meldet!« Milena fasste sachte nach Sallys Kinn. »Wirf diese Schachtel weg. Otto und ich gehen jetzt runter und leeren unseren Keller und packen das Auto voll.«

»Vielen Dank für eure Hilfe.«

»Keine Ursache. Du brauchst einen Neustart. Wir sehen uns bald.«

Milena verschwand in den Flur. Irgendwo im Gebäude ließ ein Nachbar Wasser laufen. Der Schuhkarton blieb. Heute Abend würde Sally den Inhalt durchsehen, ein letztes Mal. Ein paar Sachen genauer betrachten. Besonders die Quittung vom ersten Abend in der Bar, die Uhrzeit und alles. Zwei Glas Prosecco, zu einem Zeitpunkt in ihrem Leben, als alles richtig war.

Sie sollte wirklich an etwas anderes denken.

Sally nahm das hellblaue Kuvert aus dem Versteck am Fenster. Studierte es noch einmal.

AN SALLY LARSSON
WICHTIG!

Aus der Küche holte sie ein Messer, steckte es in den winzigen Spalt an der oberen Ecke des Umschlags und ratschte ihn dann auf. Behutsam, Millimeter für Millimeter.

Vanja

Der Kies knirschte unter den Rädern, als Vanja in den Hof einfuhr. Sie bremste und stellte den Motor ab. Josefins schonischer Vierkanthof hatte wirklich Charme, wenn er auch etwas mitgenommen wirkte. Teilweise in altem Holzfachwerk gebaut, mit Sprossenfenstern und hinter Büschen und Bäumen entlang der kurvigen Schotterstraße verborgen. Dachte man daran, wie viel Mohn im Sommer auf den Feldern rundherum wuchs, passte der Name gut: Vallmogården – der Mohnhof.

Peter kletterte auf seiner Seite aus dem Auto, streckte die Beine. Dann lächelte er, vielleicht zum ersten Mal seit Åkes Tod.

»Etwas frisch heute. Aber sehr erfrischend.«

Vanja lachte. Er war wieder der Alte. Wenn auch betrübt.

»Das kann man wohl sagen. Willkommen zurück im Alltag.«

Die Luft hatte ein paar Plusgrade und roch nach vermoderndem Laub und einer Spur Schornsteinrauch. Vanja sog den Geruch mit Wohlbehagen ein. Das frühe Frühjahr war schön. Sie mochte alle Jahreszeiten in Österlen, wobei, vielleicht am liebsten den Spätfrühling. Der würde bald kommen. Es gab nichts Belebenderes, als durch die hügelige Landschaft zu marschieren. Zwischen Bärlauch und Buschwindröschen, Schlüsselblumen und Mandelblumen herumzuspazieren. Über die großen Knospen der Magnolien zu staunen, ihren opulenten Reichtum beim Erblühen.

Ein fast durchsichtiger Dunst schwebte über den Feldern und Wiesen, die entfernteren Bäume waren nebelverhangen blass. In der Ferne erhob sich das schiefergraue Meer, dessen Farbe sich beim kleinsten Sonnenstrahl in tiefstes Dunkelblau wandeln würde.

»Willst du da stehen bleiben?«

Peter drehte sich auf dem Weg zur Eingangstreppe um. Sie folgte ihm mit langsamen Schritten. Diese gemächliche Art, sich zu bewegen, hatte sie sich auf dem Land angewöhnt. Die Dinge bekamen die Zeit, die sie brauchten. Für Eile oder Ungeduld gab es selten Grund. In Kopenhagen galoppierte sie regelrecht über die Bürgersteige, trippelte an den Kassen diverser Läden beim Warten auf der Stelle oder dachte oft, wie enervierend die Gespräche mit älteren Nachbarn im Treppenhaus sein konnten, selbst wenn sie nur ein paar Minuten dauerten. Warum war das eigentlich so? Ihr fiel keinerlei Begründung ein.

Eine Seite der abgeschrappten Doppeltür ging auf, und Josefin kam heraus, in Strickjacke, Jogginghose und herabgerutschten Wollsocken. Ihre hellen Haare steckten im Nacken in einer Spange. Sie lächelte strahlend, und ihr breiter Mund und die glitzernden Augen ließen sie wie ein Filmstar oder ein Fotomodell wirken oder vielleicht eine Prinzessin. Falls man sich die in Haralds viel zu großer und mit Farbflecken und Hühnerkacke besprengter Jacke vorstellen konnte. Vanja unterdrückte ein Lachen. Ungefähr so hatte sie damals im Kollektiv auch ausgesehen, vermutlich nur nicht so süß.

»Schnell, rein mit euch!«

Josefin schlug sich ansatzweise die Arme um den Leib und schlüpfte mit den Füßen in ein paar abgetretene Holzpantoffeln.

»Will nur schnell im Gewächshaus noch etwas mehr Kartoffeln holen.«

Harald erschien in der Türöffnung.

»Herzlich willkommen.«

»Vielen Dank«, sagte Vanja.

Harald legte den Arm um Josefin und strahlte dabei wie üblich vor Stolz. Er liebte seine Freundin sehr. Sie waren ziemlich verschieden, er mit hellem Gemüt, sie etwas düsterer, aber dennoch passten sie richtig gut zusammen. Wahrscheinlich, weil sie einander komplettierten. Er, mit seinem Aufwachsen in einer gut situierten Akademikerfamilie und sie mit einer völlig anderen Herkunft. Hier an diesem Ort schienen sich die Träume der beiden vereinigt zu haben, in einem Selbstversorgerhof kleinen Maßstabs, einer mit alten und nachhaltigen Methoden geführten Landwirtschaft.

»Zeit für den Großen Speisekammertag«, sagte Josefin. »Wir haben schon angefangen.«

Sie klang feierlich. Der Große Speisekammertag war eine neue Tradition, die sie im vergangenen Jahr eingeführt hatten. Er fand einige Monate nach Weihnachten statt und gehörte zu den paar Lichtmomenten im frühen Frühjahr. Vanja und Peter kamen dann für einen ganzen Tag nach Vallmogården und zu viert kümmerten sie sich um die gesammelten, gepfluckten und gelagerten Nahrungsmittel, für deren Zubereitung im vergangenen Herbst keine Zeit geblieben war.

Damals war alles grundlegend versorgt worden und von vielem hatten Josefin und Harald den Winter über leben können, aber jetzt ging es darum, die Speisekammer wieder zu füllen. Getrocknete Pfifferlinge wurden verwertet, das verbliebene Gemüse fermentiert, Äpfel zu Mus gekocht und andere Früchte eingelegt. Die Sehnsucht nach Åke war kein Grund, diesen Arbeitstag abzublasen, ganz im Gegenteil, es tat ihnen gut, zusammen zu sein.

Josefin und Harald fanden es wichtig, Traditionen für den Hof zu schaffen. Die letzte hatte an Silvester stattgefunden, wo sie seit zwei Jahren ein Nachbarsfrühstück veranstalteten. Freunde aus der Gegend wurden in die Landküche zu Haferbrei und selbstgebackenem Brot eingeladen, darunter auch die Björks, das Paar vom Nachbarhof, das ihnen bei diesem und jenem half. Das Ganze erinnerte an Vanjas eigenes Leben in den Siebzigern im Kollektiv. Und auch wieder nicht, da Josefin und Harald das Ziel hatten, eines Tages eine Kernfamilie zu werden.

Vanja fröstelte. Dieses albtraumartige Dreieck, das so viele Kindheiten und Frauenleben zerstört hatte. Vater, Mutter, Kind. Natürlich waren die Zeiten jetzt anders. Es gab nicht mehr dieselben festgefahrenen Strukturen und Hausfrauenmärtyrerinnen, die sich zur Leibeigenen ihres Manns machten.

Natürlich war Josefin optimistischer. Harald war ein Kind seiner Zeit, für ihn war Gleichstellung in der Liebe vollkommen selbstverständlich, und er hatte verstanden, dass Gleichberechtigung auch dem Mann nützte. Ein derart fortschrittlicher Mann war in den frühen Siebzigern der Wunschtraum von Vanja und ihren Mitschwestern gewesen.

Aber gab es das wirklich, auf lange Sicht? Vanja war davon nicht überzeugt. In fünfzig Jahren Geschlechterkrieg hatte sie viele Männer mit dem Willen für Veränderung gesehen, aber auch, wie leicht es für sie war, nach und nach in die bequeme Position des ersten Geschlechts zurückzukehren. Was früher oder später immer geschah.

Sie betrachtete das Trio auf der Treppe. Peter, Harald, Josefin. Genaugenommen bildeten die drei nun ihre Familie. So war es geworden, der Gedanke verbreitete eine Wärme in ihrem Körper. Aus Liebe. Von der sanften, beruhigenden Art. Mit den Leidenschaften der Verliebtheit war sie durch.

Josefin nahm den Spankorb vom Haken.

»Kommst du mit Kartoffeln holen, Oma?«

»Klar.«

»Dann kümmere ich mich um den Sauerteig«, sagte Peter. »Wir brauchen heute Abend Brot zum Eintopf.«

Er ging die Vortreppe hinauf, und Harald ließ ihn ins Haus. Vanja und Josefin marschierten gemeinsam in Richtung Gewächshaus. Sie sprachen über Apfelzüchtung, ein Thema, über das Josefin oft mehr wissen wollte. Vanja erzählte gerne darüber, es war amüsant, über Neuanpflanzung und Erziehungsschnitt zu sprechen. Oder wie man mit älteren Bäumen umging.

Im Gewächshaus öffnete Josefin einen der Kästen, in dem bedeckt von feinem Sand Kartoffeln und das Wurzelgemüse wintergelagert worden waren.

»Wie geht es Peter?«

Vanja half, indem sie den Deckel offen hielt.

»Natürlich ist es hart. Aber es wird mit der Zeit sicher leichter. Das gilt für uns alle.«

Josefin grub eine Reihe Kartoffelknollen aus. Legte sie sorgsam in den Korb.

»Ich habe in Åkes Schlafzimmer ein paar Notizbücher gefunden«, sagte sie.

»Aha?«

Vanja sah Josefin prüfend an. Warum fing sie an, im Haus herumzukramen, ausgerechnet jetzt? Das geliebte, kleine Mädchen. Sie hätte zumindest bis nach dem Begräbnis warten können.

»Was denn für Notizen?«

Josefin pustete Sand von einer Kartoffel.

»Er hat offenbar jeden Tag aufgeschrieben, wie das Wetter war, und dann ein bisschen, wie es ihm ging.«

»Ihm ging es wohl gut? Mal abgesehen von seinem Herzen.«

»Eigentlich scheint es ihm mies gegangen zu sein.«

Josefin sagte das wie nebenbei, ohne den Blick zu heben. Griff nur nacheinander nach Kartoffeln und Knollensellerie und Pastinaken, legte eins nach dem anderen in den Korb, zärtlich, als wären es Eier.

»Er hatte irgendwelche Schuldgefühle«, sagte sie. »Weißt du, weswegen das hätte sein können?«

Vanjas Herz begann heftiger zu schlagen, und der Puls beschleunigte sich, sie musste ruhig durch die Nase atmen, um ihn wieder zu beruhigen.

»Schuldgefühle? Jetzt in letzter Zeit, meinst du?«

»Ja. Die letzten Monate, oder vielleicht auch Jahre. Er hat nur geschrieben, dass er welche hat, aber nicht, warum.«

Vanja überlegte.

»Ich kann mir vorstellen, dass ihn noch immer der Tod deines Großvaters gequält hat. Wir haben darüber irgendwann gesprochen, Åke und ich. Er kam nicht über die Sache hinweg. Ich habe versucht, ihm auszureden, dass es seine Schuld sei, aber vermutlich hat er nicht zugehört.«

Josefin sagte nichts mehr, schloss den Deckel des Kastens. Der Spankorb hatte sich bis zum Rand gefüllt. Sie legte Vanja ein paar letzte Winterkartoffeln in die hohlen Hände.

»Schön«, sagte sie. »Allmählich werdet ihr ziemlich gut darin.«

Vanja bürstete die Kartoffeln ab. Notizbücher, warum in aller Welt hatte Åke so etwas getan? Aber manche Menschen hatten das Bedürfnis, die Vergangenheit zu dokumentieren. Dumme Sache.

Sie gingen zurück. Die warme Küche war voll heimeliger, aromatischer Gerüche. Harald hatte mehrere Emailletöpfe aufgesetzt. In einem kochten Chilis in eigenem Sud, in einem anderen brodelte eine Brühe aus verschiedenen Zwiebeln und Kohlsorten, in einem dritten lagen geschälte, gefrorene Birnen mit Zucker und Vanillestangen. Auf der Arbeitsfläche warteten eine Menge sterilisierter Gläser.

Peter hatte mit dem Sauerteigbrot begonnen. Den Vorteig hatte Josefin am Vorabend angesetzt. Jetzt verarbeitete Peter ihn mit Wasser und Salz in der Küchenmaschine.

»Ich weiß etwas von Åkes Bankberater«, sagte er, »das ich euch vielleicht schon hätte früher erzählen sollen.«

Vanja hackte Grünkohl, ohne den Blick zu heben. In Peters Tonfall lag etwas Feierliches.

»Er hat Sally einen Brief geschickt.«

Vanja hob den Blick vom Schneidebrett.

»Einen Brief?«

Peter beobachte den Rührarm der Küchenmaschine, der sich in der rostfreien Schüssel ununterbrochen im Kreis bewegte.

»Ja. Åke hatte ihn Jörgen vor über einem Jahr gegeben und gesagt, Sally solle ihn bekommen. Wenn er stirbt.«

Noch eine merkwürdige Enthüllung über Åke. Warum hatte Peter nicht schon früher etwas gesagt? Vanja nahm den Mixer und pürierte die Grünkohlschnipsel im Glasbehälter.

»Was stand darin?«, fragte Josefin.

»Ich weiß es nicht. Laut Jörgen war er zugeklebt. Und darauf hatte Åke geschrieben: *Für Sally Larsson. Wichtig!*«

Vanja nahm einen Chili. Allmählich wurde die Sache unangenehm. Josefin starrte Peter an, der die Maschine abschaltete.

»Und … also … hat er Mama diesen Brief geschickt?«

Peter kippte den Teigklumpen auf das Teigbrett und bearbeitete ihn weiter.

»Was hätte er denn sonst tun sollen? Das war Åkes Wille. Klar und ausdrücklich.«

Abgesehen von dem schwachen Blubbern aus den Töpfen auf dem Herd war es in der Küche still geworden. Vanja gab einige Esslöffel Olivenöl und etwas ausgepressten Zitronensaft zum Grünkohlbrei. Hätte Peter sich nicht eine bessere Gelegenheit aussuchen können, um seine Bombe platzen zu lassen?

Harald legte die Hand beruhigend auf Josefins Schulter. Sie wand sich vorsichtig aus diesem Griff, offenbar war es ihr unangenehm, umsorgt zu werden. Vanja erkannte sich darin wieder. Manchmal war ihr ihre Enkelin ziemlich ähnlich.

»Mir ist völlig egal, was in dem Brief stand«, behauptete Josefin.

Vanja registrierte, wie fest sie die Kiefer aufeinanderpresste.

»Wer weiß, vielleicht hatten sie Kontakt?«, sagte Peter.

»So wie ihr beide Kontakt habt, ohne dass Sally davon weiß. Vielleicht hat außer euch noch jemand Geheimnisse.«

Josefin blickte Peter forschend an.

»Hast du Åke jemals etwas über Mama sagen hören?«

»Nein. Nie.«

Peter klang überzeugend. Vanja mischte geröstete Walnüsse ins Grünkohlpesto, noch immer, ohne ein Wort gesagt zu haben. Ein Brief von Åke an Sally. Hatte Åke Sally erzählt, dass Josefin Kontakt mit ihrer Großmutter hatte?

Bei dem Gedanken war ihr gar nicht wohl.

Und dann diese Notizen, die Josefin gefunden hatte. Worum ging es da? Bestimmt nicht um die Schuld an Georgs Tod. Diese Geschichte hatte Åke längst hinter sich gelassen. Das hatte Vanja nur rasch zu Josefins Beruhigung vorgebracht.

Sie steckte einen Teelöffel in den Glasbehälter, um das Pesto zu probieren und abzuschmecken. Das grüne Gemisch war schmackhaft, so gut wie fertig. Nicht, dass das jetzt das Wichtigste für sie gewesen wäre. Was stand nur in dem Brief?

Sally

»Um Himmels willen, du siehst aber erschöpft aus«, sagte Milena.

Sally trat in die Diele. Vermutlich stimmte das. Milena schob ihr einen Rattanstuhl hin.

»Was ist los? Kannst du nicht schlafen?«

Sally setzte sich. Sie umklammerte das hellblaue Kuvert. Den gesamten gestrigen Abend war sie in ihrer Wohnung herumgetigert und hatte sich davor gegraut, aber jetzt hielt sie es nicht mehr aus. Den Freunden von Åkes Brief zu erzählen war zur absoluten Notwendigkeit geworden. Nach den vergangenen vierundzwanzig Stunden konnte sie es nicht mehr allein mit sich herumtragen.

Milena legte den Kopf etwas schief.

»Wie wäre es mit einem Whiskey?«

»Danke, das wäre gut.«

Otto tauchte im Bademantel in der Tür zum Wohnzimmer auf. Seine Haare waren nass, und er trocknete sich den Nacken mit einem Handtuch ab.

»Ist etwas passiert?«

Sally hielt das Kuvert in die Höhe.

»Der ist gestern im Briefkasten gewesen.«

Milena und Otto lasen die Worte darauf. Die seitlich geneigten Großbuchstaben, die Åke geschrieben hatte.

»Von wem ist der?«, fragte Otto.

»Von meinem Onkel, dem, der vor einer Woche gestorben ist. Ich habe ihn gestern bekommen, von seinem Bankberater in Simrishamn.«

Sally zog den Brief aus dem Umschlag.

»Und jetzt weiß ich schlichtweg nicht, was ich tun soll.«

Der Brief war auf einer altmodischen Schreibmaschine getippt. Die harten Anschläge auf die Tasten hatten die Buchstaben ins Papier gedrückt und an mehreren Stellen waren ihre Hohlräume von geklumpter Farbe ausgefüllt.

Sie las vor, mit schwacher, immer wieder bebender Stimme.

Liebe Sally.

Da du das hier liest, bin ich nicht mehr am Leben.

Es ist lange her, dass wir uns gesehen haben. Ich hoffe, es geht dir gut, auch wenn ich gehört habe, dass du es mitunter nicht ganz leicht gehabt hast. Nicht zuletzt in den vergangenen Jahren.

Sally machte eine Pause, atmete tief durch und las dann weiter

Aber ich erinnere mich an eine andere Zeit, als du ein kleines Mädchen warst. Du bist im Sommer durch den Garten gesprungen und warst ganz vernarrt in Apfelkuchen. Erinnerst du dich an unseren größten Apfelbaum? Den du direkt von deinem Schlafzimmer aus vor dem Fenster sehen konntest. Wie du weißt, hat ihn dein Vater zu deiner Geburt gepflanzt, damit er dein ganzes Leben dort stehen würde. Ja, noch viel länger. Nun gehört er jedenfalls dir. Wie auch das Haus.

Sie sammelte sich und setzte erneut an. Jetzt kam es gleich, das Heftige. Von dem sie keine Ahnung hatte, wie sie sich dazu verhalten oder wie sie damit umgehen sollte.

»Steht da noch mehr?«, fragte Otto.

Sally nickte.

Ich habe nur einen letzten Wunsch. Dass du in das Kivik deiner Kindheit zurückkommst und mit deiner Tochter wiedervereint wirst. Das schönste Geschenk, das ich Josefin machen kann, ist ihre Mutter.

Deshalb bitte ich dich, so bald wie möglich aus Stockholm wegzuziehen. Ich glaube, dass es für dich notwendig ist, Österlen wiederzusehen.

Mit herzlichen Grüßen
Dein Onkel Åke

PS: Ich schicke ein Sümmchen für die Reise mit. Nimm den Zug nach Hässleholm, dann den Regionalzug nach Kristianstad und von dort aus den Bus nach Kivik. Bei Fragen kannst du Jörgen Rådström, meinen Bankberater bei der Sparbanken in Simrishamn, kontaktieren. Den Haustürschlüssel findest du unter dem Blechfensterbrett rechts vom Kücheneingang.

Sally zog ein paar Geldscheine aus dem Kuvert.

»Was soll ich eurer Meinung nach tun?«

Sie sah Milena und Otto genau an, versuchte aus ihren Gesichtern zu lesen, und sei es aus der kleinsten Regung. Irgendetwas, das ihr eine Marschrichtung geben konnte.

»Tut mir leid«, sagte Milena. »Aber da können wir dir nicht helfen.«

Sally blickte zu Otto, der ebenfalls nur mit dem Kopf geschüttelt hatte. Sie steckte Geldscheine und Brief wieder ins Kuvert. Zweihundertfünfzig Kronen. Åke war offenbar nicht sehr oft gereist.

Sie knipste die Nachttischlampe an und öffnete das Fenster, um für die Nacht zu lüften. Die hereinschwappende Abendluft sorgte trotz Kleidung für Gänsehaut. Sally rubbelte über die Oberarme und blickte auf die verlassene Straße. Sie dachte an all die Male, die sie die halbe Nacht wach gewesen war und auf Josefin gewartet hatte, die nicht zur angekündigten Zeit nach Hause kam. Die Unruhe am Küchentisch, das Auf-und-ab-Gehen in der Wohnung, der Versuch, sämtliche Katastrophengedanken zu verdrängen. Dann das Geräusch des Schlüssels im Schloss. Die folgende Erleichterung und Ruhe, und die Fähigkeit, schnell einen unbesorgten Gesichtsausdruck aufzusetzen. Manchmal tranken sie dann eine Tasse Tee miteinander, obwohl es mitten in der Nacht war. Das waren gute Gelegenheiten für vertrauliche Gespräche gewesen.

Durch das geöffnete Fenster fuhr ein weiterer rauer Windstoß und ließ Sally erschaudern. Die Stille draußen wurde mit einem Mal von einem fast tierischen Männergebrüll durchbrochen, das an den Hauswänden widerhallte. Sie blickte zum Bürgersteig. Ein betrunkener Kerl schwankte daher. Hie und da brannte ihm eine Sicherung durch, und er stieß unartikulierte Laute aus, als wäre er auf eine unsichtbare Person wütend. Er wankte in die Straße, die direkt vor ihrem Haus abging, stellte sich knapp dreißig Meter weiter in einen Hauseingang und pinkelte.

Hier in der Stadt gab es viele wie ihn. In Kivik hatte sie so etwas nie gesehen. Es war eine andere Welt. Oder war es zumindest vor dreißig Jahren gewesen.

Deshalb bitte ich dich, so bald wie möglich aus Stockholm wegzuziehen. Ich glaube, dass es für dich notwendig ist, Österlen wiederzusehen.

Sally schloss das Fenster. Versuchte, die Rollgardine mit Hilfe des Stahlbügels herunterzuziehen, aber sie hatte sich irgendwo verhakt. Sie ließ es bleiben und sah auf die Uhr. Viertel vor elf, das ging noch. Sie griff nach ihrem Handy und suchte nach dem Namen. Josefin antwortete nach nur kurzem Läuten.

»Hallo?«

»Hey, hier ist Mama.«

»Das habe ich gesehen. Ist etwas passiert?«

»Aber nein.«

Sally räusperte sich leicht. Der Anfang des Gesprächs hätte besser laufen können. Dass sie am Telefon auch noch immer sagen musste, wer dran war – wahrscheinlich würde sie sich das für den Rest ihres Lebens nicht abgewöhnen können.

»Stör ich? Entschuldige, ich weiß, es ist spät.«

»Schon gut.«

Josefin klang kurz angebunden, aber nicht unfreundlich. Sally entspannte sich ein winziges bisschen. Sie musste eine Art finden, ihr Anliegen vorzubringen, die nichts überstürzte.

»Also, es ist so … ich werde Åkes Haus erben.«

»Ja, das weiß ich.«

»Ah, gut. Und jetzt denke ich darüber nach, was ich tun soll.«

»Aha?«

Sallys Hand umklammerte das Telefon, sie war ganz feucht.

»Ich glaube, ich ziehe vielleicht hin.«

Nichts zu hören am anderen Ende. Nicht einmal Atmen, sie räusperte sich erneut.

»Ich habe Frank verlassen. Und ich hätte es bitter nötig, aus der Großstadt wegzukommen, zurück nach Österlen.«

»Aber, also ... du meinst, *hierher*ziehen? Für immer?«

»Ja, genau. Und nachdem ich nun ja ein Haus habe, da ...«

Sie verstummte. So klang das nicht so gut.

»Ich muss in meinem Leben vorankommen. Etwas Neues machen. Das Umfeld wechseln.«

Josefin seufzte schwer.

»Na ja, dann mach das. Du kannst das Haus verkaufen und ein anderes kaufen. Irgendwo. Du musst nicht in Kivik sein.«

»Aber ich möchte da leben. Sonst nirgends. Und ich möchte dich treffen.«

»Mama, ich verstehe, dass du zur Beerdigung kommen willst. Aber hierherzuziehen, das funktioniert nicht. Für mich zumindest nicht.«

»Zur Beerdigung komme ich sowieso.«

»Das reicht.«

Josefin atmete plötzlich sehr schnell. Sally presste das Handy gegen ihr Ohr.

»Ich weiß, dass ich einen Fehler gemacht habe, aber das ist vier Jahre her und ...«

»Du machst es schon wieder! Du überrollst mich. Du bist genau wie damals, derselbe Mensch. Aber ich nicht, denn ich habe jetzt mein eigenes Leben. Hier.«

Es wurde still. Josefin hatte aufgelegt.

In der Wohnung über Sally ging jemand mit harten Absätzen durch den Raum. Gedämpfte Stimmen und schallendes Gelächter.

Ganz in der Nähe, am Fußende des Betts, stand noch der Schuhkarton, gefüllt mit den Erinnerungen an Frank. Sie hob ihn hoch und trug ihn in die Diele. Alles musste hinunter in den Müllkeller. Außer dem Nötigsten wollte sie nichts behalten. Nur, was in die alte Reisetasche passte und mit dem Zug zu transportieren war. So viel sie mit ihrem Kreuz eben tragen konnte.

Sally machte ein paar Hüft- und Armbewegungen, hin und her, vor und zurück. Sie spürte nach, aber nichts. Nicht der leiseste Hauch von Rückenschmerzen. Als hätte es sie nie gegeben.

Sie kramte im Schuhkarton herum und fischte aus der untersten Ecke das Schokoladentäfelchen hervor. Wickelte es aus dem Stanniol, stopfte das tiefbraune Viereck in den Mund und kaute. Vor allem schmeckte es trocken und bitter.

Josefin

Die Schafweide war ein Hort des Friedens, genau wie ihre Großmutter immer sagte. Josefin schwatzte mit Ullis und tätschelte ihr den Kopf. Die Lämmchen sprangen durch die Gegend, als gäbe es auf der Welt keinerlei Probleme. Auch Tekla und Rut kamen laut blökend angelaufen, während Harald schaute, ob im abgeteilten, anderen Teil der Weide alles in Ordnung war. Dort befanden sich der neugekaufte Schafbock Loke und die vier männlichen Lämmer aus dem Vorjahr. Sie mussten separiert werden, sollte es nicht zu Inzucht zu kommen.

Josefin kraulte nun Tekla und Rut, was Ullis umgehend fordernd mähen ließ. Die weißgrauen Schwestern waren die ersten drei auf dem Hof geborenen Lämmer gewesen, im vorletzten Frühling. Ihre Mutter Ragna stand mit Hjördis und Ingegerd drüben am Salzstein.

Josefin scharrte mit der Stiefelspitze am Boden ein paar vereinzelte Grasbüschel vom Vorjahr zusammen. Sie versuchte zu verstehen, wieder und wieder. Ihr Mutter überlegte also, nicht nur zur Beerdigung nach Kivik zu kommen, sie zog sogar in Erwägung, hierherzuziehen. Åkes Haus zu ihrem zu machen.

Am frühen Morgen hatte Josefin ihre Großmutter angerufen und es ihr erzählt. Die hatte nicht viel mehr gesagt, als dass sie gegen zwei nach Vallmogården komme und sie dann alles in Ruhe besprechen würden.

In Josefin arbeitete es. Die Gedanken hatten sich seit gestern Abend im Kreis gedreht. Da war sie vor allem empört gewesen. Sie hatte sich in Kivik niedergelassen, um ihrer Mutter nicht begegnen zu müssen und nicht an deren Verrat erinnert zu werden. Und nun wollte ihre Mutter sie erneut irgendwie verraten, indem sie ihre Privatsphäre nicht respektierte.

Aber am Morgen hatte Josefin sich beruhigt. Ihre Mutter wollte wieder Kontakt mit ihr, da offenbar mit Frank Schluss war. Sie versuchte auf unbeholfene Weise eine Annäherung und konnte nicht wissen, was für heikle Konsequenzen ihr Umzug hierher haben würde.

Vielleicht war es an der Zeit, die Wahrheit zu sagen? Das hing von ihrer Großmutter ab. Wie sie dazu stand und was sie wollte.

Auch die Sache, die Peter gestern in der Küche erzählt hatte, schwebte wie ein Fragezeichen in der Luft. Was war das für ein Brief, den Åke an ihre Mutter geschrieben hatte? Hatte er ihr erzählt, dass Josefin seit drei Jahren Kontakt mit ihrer Großmutter hatte? Aber das hätte nicht zu Åke gepasst. Überhaupt nicht.

Harald kam von der Schafbockweide.

»Brauchst du Hilfe beim Futterauffüllen?«

Josefin hob den Blick. Das hatte sie ganz vergessen.

»Nein, nein, ich mach schon.«

Sie vergewisserte sich, dass es um den Futterplatz sauber und ordentlich war. Dann folgte sie Harald, und sie gingen gemeinsam auf dem Pfad zurück zum Hof. Etwas Unausgesprochenes hing in der Luft. Vielleicht, weil sie die Finanzsituation noch nicht zu Ende diskutiert hatten. Harald träumte weiter von Erdwärme und warmwasserbetriebenen Heizkörpern. Als würde er nicht kapieren, wie teuer das war.

Für Harald war alles ganz einfach. Er wollte exakt diese

Art Leben, die sie hatten, auch wenn sie einen niedrigen Standard bedeutete. Und würde er zu niedrig werden, konnte er sich jederzeit Geld von seinen Eltern leihen.

Er hatte Josefin versprochen, sie zu beruhigen. Die Zahlen zu aktualisieren und so herumzujonglieren, dass die Kalkulation von Anfang an tatsächlich standhielt. Sie könne sich sicher sein, keiner von ihnen müsse einen Brotjob machen, hatte er gesagt.

Als wäre das ein Scheitern. Das war es nicht. Und nebenbei konnte auch Josefin selbst nicht ganz so schlecht rechnen.

Ihre Großmutter wollte bald da sein. Josefin zog das Handy aus der Tasche. Eine Nachricht. Von ihrer Mutter

Wollte nur Bescheid geben, dass ich im Zug nach Hässleholm sitze. Komme am Nachmittag an. Bussi Mama.

Josefin starrte auf den Bildschirm. Heute Nachmittag? Es waren doch noch drei Wochen bis zum Begräbnis.

Harald hob einen vom Wind abgebrochenen Zweig auf und warf ihn in den Graben.

»Wer war das?«

»Mama. Sie ist auf dem Weg hierher, mit dem Zug.«

Harald zog die Augenbrauen hoch.

»Jetzt? Du meinst heute?«

»Ja.«

Im selben Augenblick erklang das Motorengeräusch eines herannahenden Autos. Sie standen auf dem Hofplatz und sahen den weinroten VW-Bus über die Schotterstraße kommen und vor ihnen halten. Ihre Großmutter kletterte vom Fahrersitz. Ihre Haltung war würdevoll, majestätisch, ihr Gang war stets aufrecht, mit sicheren, festen Schritten.

Unter dem Anorak guckte die selbstgestrickte Wolljacke

hervor, die ihr fast bis an die Knie reichte. Darunter trug sie die hellblaue Nickihose, die sie immer zum Arbeiten zu Hause anhatte. Rumschlumpern zur Inspiration nannte sie das. Ihre Füße steckten in abgetretenen Sneakern und um den Hals lag ein knittriger, lila Schal.

Die graublonden Haare fielen ihr über die Schultern, sie schien keine Zeit für den üblichen Knoten gehabt zu haben.

»Ich hatte das im Gefühl«, sagte sie. »Als Peter erzählt hatte, dass Sally erben würde, hatte ich eine Ahnung, dass das geschehen könnte. Dass ihre Überlegungen womöglich in so eine Richtung gehen.«

Josefin steckte das Handy zurück in die Hosentasche.

»Mama har mir gerade geschrieben, dass sie auf dem Weg ist. Schon heute. Keine Ahnung, was das bedeutet.«

Ihre Großmutter stemmte die Hände in die Hüften, runzelte tief die Stirn.

»Ich glaube, wir müssen ihr alles erzählen«, sagte Josefin. »Und dann müsst ihr euch treffen. Es geht nicht anders.«

Ihre Großmutter führte die Hände zueinander, drehte ihre Silberringe hin und her. Außer am Daumen trug sie an jedem Fingern einen.

»Doch. Tut es.«

»Und wie?«

Ihre Großmutter blickte eine Weile übers Feld.

»Wir müssen voneinander Abschied nehmen. Hier und jetzt. Ich fahre noch im Laufe des Nachmittags nach Kopenhagen zurück. Es war ein Fehler, hierherzukommen. Ich hätte das von Anfang an wissen sollen.«

Josefins Arme hingen kraftlos nach unten.

»Was meinst du damit? Kommst du nicht zurück?«

»Nein.«

Josefin brachte keinen Laut hervor. Damals, vor drei Jahren, als sie vorgeschlagen hatte, ihre Großmutter solle sich in der Gegend einmieten, hatte diese sich ewig geweigert. Gesagt, sie gehöre nicht zu den Menschen, die an Orte zurückkehren. Aber die Jahre, die sie miteinander gehabt hatten, seit ihre Großmutter von Kopenhagen aus gependelt war und lange Zeiträume in Svinaberga verbracht hatte, waren die besten ihres Lebens gewesen. Das hatte sie zumindest letztes Silvester gesagt. Und mit Josefin angestoßen, auf Mut und Magie und die wundersamen Wege des Lebens.

Sollte jetzt alles zu Ende sein? Sollte ihre Großmutter einfach weggehen? Josefin konnte es nicht glauben.

»Und was ist mit der Beerdigung?«

Ihre Großmutter verzog keine Miene.

»Der bleibe ich einfach fern. Sallys wegen und deinetwegen. Ihr sollt keine Schwierigkeiten haben, keine von euch.«

Harald war ebenso überrascht wie Josefin.

»Was sagst du da? Du gehst nicht auf Åkes Begräbnis?«

Ihre Großmutter schüttelte den Kopf.

»Nein. Damit wäre die Sache gelöst. Man muss keine unnötigen Probleme schaffen.«

»Aber willst du Åke nicht die letzte Ehre erweisen?«, fragte Josefin. »Und dich verabschieden.«

»Ich kann einen eigenen Kranz anfertigen, mit persönlicher Dekoration, das wird schön. Damit sage ich auf meine Weise Lebwohl.«

»Aber das kannst du nicht machen, Oma! Einfach abhauen.«

»Sally soll mich nicht unvorbereitet treffen müssen. Das wäre nicht nett.«

»Ich kann sie vorbereiten.«

Josefin berührte ihre Großmutter, versuchte, ihr in die Augen zu sehen. Die löste sich aus ihrem Griff.

»Wenn ich weg bin, hast du reichlich Zeit, mit Sally zu sprechen. Wenn du ihr erzählen willst, dass wir uns getroffen und kennengelernt haben, kannst du das selbstverständlich tun. Das bleibt ganz dir überlassen.«

»Und was tust du? Verschwindest du einfach?«

Josefins Stimme brach. Ihre Großmutter umarmte sie, drückte sie fest an sich. Der milde, aber doch ausgeprägte Geruch von Teeblättern, Tempelblumen und Mandelseife stieg in Josefins Nase.

»Wir werden uns wiedersehen, mein Schatz. Aber jetzt im Moment weiß ich noch nicht, wann und wie. Vielleicht bleibt deine Mutter ja doch nicht länger als bis zur Beerdigung. Dann komme ich zurück.«

Sie ließ Josefin los und strich ihr über die Wange.

»Kein langes Abschiedstamtam. Du weißt, das ist nicht mein Ding.«

Nachdem sie auch Harald kurz umarmt hatte, setzte sich ihre Großmutter hinters Lenkrad des VW-Buses, schlug die Tür zu, startete den Motor und fuhr weg. Josefin und Harald blieben stehen, während das Auto den Schotterweg hinab verschwand.

Josefin drehte sich zu Harald und vergrub ihr Gesicht an seiner Brust. Er legte die Hände um ihren Hinterkopf, wie er es immer tat, wenn sie traurig war.

»Weine nicht. Wir schaffen auch das, du wirst sehen. Wir haben doch einander, du und ich.«

Er streichelte ihr über Schultern und Nacken. Nach ein paar Minuten blickte sie mit feuchten Wangen hoch.

»Wir müssen sie dazu bringen, es zu kapieren.«

»Wen? Was?«

»Mama. Sie muss verstehen, dass sie nicht ganz hierherziehen kann. Dass sie wieder zurück nach Stockholm muss, direkt nach der Beerdigung.«

Josefin wischte sich die Tränen mit dem Schal ab. Das war die einzige Lösung. Die Umzugspläne ihrer Mutter mussten aufgehalten werden.

Sally

Bereits nach dem Umsteigen in Hässleholm wurde ihr die Landschaft immer vertrauter. Braune Felder und Äcker, hier und da ein Schwarm schwarzer Vögel, fast noch kahle Bäume voll hellgrüner Knospen. Sally war dankbar für ihren Fensterplatz, von dem aus sie, eingequetscht zwischen Reisetasche, Rucksack und der Handtasche auf dem Schoß, nach draußen sah.

Josefin hatte nicht auf die SMS geantwortet. Hatte sie sie überhaupt bekommen? Sally musste das Handy hervorholen und nachsehen. Doch, das Display zeigte *Gesendet.* Also wusste sie jedenfalls Bescheid. Bestimmt war sie wütend, aber dann war das so. Wenn sie sich erst trafen, würde sich schon alles nach und nach einrenken.

Sally las auch die andere Mitteilung, sie hatte am Morgen Frank geschrieben, nachdem sie seine beiden Kisten vor ihre Wohnungstür gestellt hatte. *Deine Sachen stehen im Treppenhaus. Hol sie dir ab.* Auch da keine Antwort. Sie hoffte auf anhaltendes Schweigen.

Die Wohnung würde eine Weile leer stehen. Vorläufig. Milena hatte versprochen, sich um die Post zu kümmern, bis der Nachsendeauftrag anlief.

Sally schloss die Augen und versuchte abzuschalten. Zumindest das Praktische war geregelt. Sie wusste, wo sie wohnen würde, und sie hatte Cedric mitgeteilt, sie könne für ungefähr zwei Monate nicht arbeiten. Zwei Monate klang plausibel. Cedric brauchte nicht wissen, wie ihre Pläne in Wirklichkeit aussahen, das wusste sie ja selbst nicht. Die kleine Summe auf ihrem Konto würde eine Weile reichen, bis zu ihrer Rückkehr. Oder bis sie unten in Skåne einen neuen Job gefunden hätte, welchen auch immer.

Der Zug erreichte Kristianstad. Sally erkannte das Bahnhofsgebäude aus gelbem Backstein wieder, aber sonst war vieles anders. Digitale Anzeigetafeln und ein anonymes Franchise-Café hatten Einzug gehalten, und es gab viel mehr Bushaltestellen als früher. Sie musste eine Weile suchen, bis sie herausgefunden hatte, von wo der Bus nach Simrishamn über Kivik abfuhr. Er ging einmal pro Stunde, und sie hatte vierzig Minuten Wartezeit, also setzte sie sich bei der Kirche auf eine Parkbank.

Alles war still, grau und verlassen und Södermalm weit weg. Also auch das nächste Abendessen bei Otto und Milena. Vielleicht saßen sie auch nie mehr gemeinsam um den Tisch dort. Dann musste sie wohl nach Paris.

Warum fühlte es sich wie ein Abschied für immer an? Es gab E-Mails und SMS und Telefone, und Österlen war nicht das Ende der Welt. Aber es fühlte sich so an.

Durchs Busfenster eroberte sie sich die Landschaft ihrer Kindheit zurück. Hinter der Scheibe lag die Welt, die sie die ersten zwanzig Sommer ihres Lebens umgeben hatte. Bauernhöfe, Katen, Fachwerkhäuser und kleine Gärten hinter Hecken, Mäuerchen oder Lattenzäunen. Äcker, grasbedeckte Hügel und Wälder wechselten sich unter dem hohen, freien, in hellen Grautönen melierten Himmel ab. Alles sah aus wie früher. Was Bäume, Gras und Wolken am Horizont betraf, war überhaupt keine Zeit vergangen.

Herzklopfen und vages Unbehagen beim Gedanken daran, wohin sie unterwegs war. Zurück in das Haus. Wo sie ihren Vater zum letzten Mal gesehen hatte.

Der Bus bewegte sich über die Landstraße wie vor dreißig Jahren, die Ortsnamen waren dieselben, und allein wie die Automatenstimme sie über die Lautsprecher sagte, klang es wie Poesie. Ab Degeberga brachte jede Haltestelle Sally dazu, ihre Handtasche auf dem Schoß fester zu umklammern. Olseröd. Maglehem. Brösarp mit seinen Hügeln. Brodala. Ravlunda und die Kirche dort, Ängdala und Vitemölla. Einige der anderen Fahrgäste im Bus plauderten miteinander, Fragmente von Schonisch mit Österlendialektfärbung drangen an ihr Ohr. Sie spürte die Tränen aufsteigen und starrte aus dem Fenster.

Dann bog der Bus um den Hügel, und das Meer erhob sich wie eine Wand, wie immer. Sally konnte sehen, dass der ICA seit dem letzten Mal größer geworden war und heller beleuchtet und dass er bis neun Uhr abends geöffnet hatte. Dann bremste der Busfahrer im Ortskern von Kivik und sie war da. Mit Reisetasche und Rucksack stieg sie aus und blieb auf der Verkehrsinsel stehen, während der gelbe Bus seine Fahrt nach Simrishamn fortsetzte. Ihr Herz schlug weiterhin heftig.

Die Dämmerung hatte bereits eingesetzt, und Sally sog die Luft durch die Nase. Derselbe Geruch wie zu Kinderzeiten. Nach Meer und Salz und Tang und Teer und einer Spur Rauch aus dem Schornstein.

Sie zog die Reisetasche hinter sich durch den Ort. Begegnete auf dem Weg nur einem einzigen Menschen, einer dick eingepackten Frau um die vierzig mit einem Dackel. Sally wollte schon grüßen, wie man es hier immer getan hatte, selbst wenn man sich nicht kannte. Aber die Frau sagte kein Wort, nickte noch nicht einmal, guckte nur gelangweilt unter ihrer Mütze hervor. Nicht dass das Sally etwas ausgemacht hätte. Es war gut, in Ruhe gelassen zu werden, in aller Ruhe die Häuser, an denen sie vorbeikam, betrachten zu können. Die kleinen Fenster, aus denen es leuchtete, die Räume darin mit den niedrigen Decken. In den Beeten hatten es die Schneeglöckchen aus der Erde geschafft und an den Bäumen schwollen die Magnolienknospen.

Ihr Herzschlag beschleunigte sich mehr und mehr, je näher sie Åkes Haus kam. Melancholie und Angst, Vertrautheit und Euphorie. Alles auf einmal.

Das große, weiß verputzte Haus lag im ältesten Teil des Orts, nahe dem Meer. Der Garten sah eigentlich aus wie immer. Es gab ein paar neue Gartenmöbel und einen grünlackierten Fahrradständer. Aber der Sägebock stand an derselben Stelle. Wie auch die Schubkarre. Beziehungsweise die Scheibtruhe, wie ihr Vater immer sagte. Und Åke. Und all die anderen hier unten.

Sally fand den Schlüssel dort, wo er laut Åke liegen sollte: unterm Blechfensterbrett rechts vom Kücheneingang. Als sie ihn ins Schloss steckte und zweimal herumdrehte, sah sie sich für einen Augenblick um. Im Haus nebenan bewegte sich eine Gestalt hinter der weißen Gardine und verschwand dann. Natürlich waren die Nachbarn neugierig. So war das hier eben. Nichts hatte in der kleinen Straße geschehen können, was nicht irgendjemand registriert hätte, und bestimmt hatte sich daran nichts geändert. Sobald ihre Ankunft bekannt geworden sein würde, wäre sie garantiert die Sensation.

Sie drückte die Klinke nach unten und trat ein. Nachdem sie die Tür hinter sich zugemacht hatte, stand sie ein paar Sekunden still, bevor ihr klar wurde, dass sie da war. Im Haus. In seiner Stille und dem wohlbekannten Geruch.

Beim Blick in die Zimmer schien ihr das meiste unverändert. Dieselbe Einrichtung. Sally stellte Rucksack und Handtasche zur Reisetasche auf den Dielenboden, schlüpfte aus den Turnschuhen und ging in die Küche. Schaltete am Schalter neben dem Türrahmen die Lampe über dem Küchentisch an. Alles sah aus wie immer. Sie war jetzt zu Hause, wirklich. Zu Hause bei sich. Und Åke. Und ihrem Vater.

Von der Angst von zuvor war nichts mehr übrig, in diesem Haus gab es nur Geborgenheit. Überall Orte, an denen sich ihr Vater bewegt hatte, wo er gestanden und gegangen war, gesessen und gelegen hatte. Beinahe konnte sie die Stimmen von ihm und Åke hören, wie sie aus der Küche oder dem Obergeschoss geklungen hatten. Das schallende Lachen ihres Vaters, Åkes zurückhaltendes Kichern. Und dann die anderen von ihnen verursachten Geräusche. Das Brutzeln von geschnittenen Zwiebeln in der Bratpfanne, die Seewettervorhersagen aus dem Radio, eine springende Schallplatte mit altem Jazz.

Sally öffnete die Tür zur Speisekammer. Die Regale waren voll aufgereihter Trockenwarenpackungen und Büchsen, genau wie früher. Auf dem Boden eine Kiste mit Holzwolle drin. Als sie die Hand hineinsteckte, ertastete sie exakt, was sie erhofft hatte: über den Winter eingelagerte Äpfel der Sorte Ingrid Marie. Vom größten Baum auf dem Gelände. Ihrem Baum.

Sie zog einen rotglänzenden Apfel heraus. Putzte ihn ab und biss vorsichtig hinein. Der Geschmack und der Geruch waren schlicht überwältigend, sie hielt inne und erinnerte sich. An ihren Vater in Gummistiefeln mit hineingesteckter Hose. Wie er die Apfelstiele von den Zweigen abdrehte und einen Korb mit Früchten füllte und dann mit einem eiskalten Bier eine Rast auf der Gartenbank machte.

Sie kam wieder zu sich. Kaute an dem Apfel und ging weiter ins Esszimmer. Dort schaltete sie die Lampen im Fenster und neben dem Sessel in der Ecke an, wusste genau, wo sich die einzelnen Schalter befanden. Auf der Tischdecke lag ein Kartenspiel, wie immer. Speckig und abgegriffen. Åke hatte gerne Patiencen gelegt. Und das zerkratzte Backgammonspiel hatte, seit sie klein war, dort im Regal gestanden.

Hier und da hingen Bilder an der Wand, die ihre Mutter Vanja in den Sechzigern gemalt hatte. Ölbilder, Aquarelle und kleine Skizzen. Vor allem Naturmotive. Blumen und Vögel und Schmetterlinge, Strände und das Meer. Die Bilder hatten immer hier gehangen, aber als Kind und Teenager hatte Sally ihnen keine große Beachtung geschenkt. Sie hatten einfach zum Haus gehört. Jetzt studierte sie sie eingehend, sog jedes Detail auf. Irgendwann einmal hatte ihre Mutter Stifte und Pinsel in den Händen gehalten, hatte diese Striche gezogen und diese Punkte gesetzt. Das war kaum vorstellbar.

Sally ging weiter durch den großen Raum. Auch die Korbsessel standen noch vor dem Kachelofen. Auf dem Tisch dazwischen lagen einige Zeitschriften. Die einzige Veränderung im Wohnzimmer war ein moderner Fernseher auf dem niedrigen Bücherregal und ein kleines Sofa davor. Sonst nichts. Åke hatte offenbar nicht viel fürs Renovieren oder die Anschaffung neuer Möbel übriggehabt.

In einem Fenster lag ein rundgeschliffener Stein mit gesprenkeltem Muster. Den hatte sie noch nie gesehen. Åke oder vielleicht Josefin mussten ihn vom Strand mitgebracht haben, wahrscheinlich von drüben bei Haväng.

Am Fuß der Treppe zum Obergeschoss blieb Sally stehen, zögerte kurz, bevor sie den Fuß auf die unterste Stufe setzte. Aber dann ging sie nach oben. Åkes Schlafzimmer lag, wenn man die Treppe hochkam, direkt geradeaus. Sie öffnete die Tür einen Spalt, da stand das sorgsam gemachte Bett und am Fenster der Schreibtisch. Auf dem Regal an der Wand erkannte sie die alten, ledergebundenen Briefmarkenalben neben einem eisernen Briefbeschwerer als Stütze. Åke hatte immer mit über den ganzen Schreibtisch ausgebreiteten Briefmarken und einer Pinzette in der Hand dagesessen und mit vorbeugtem Kopf daran herumgefrickelt, schweigend und konzentriert. Sally hatte nie ganz kapiert, was er da eigentlich trieb.

Die Tür auf der anderen Seite des Flurs war geschlossen. Sie führte in den Seitenflügel, in die Zimmer im Hausteil ihres Vaters Georg. Dort hatte sich auch ihr Schlafzimmer befunden. Sally atmete tief ein und drückte dann die Türklinke nach unten. Das Scharnier quietschte und der Schnapper bewegte sich träge, die Tür war offenbar lange nicht geöffnet worden. Sie betrat den kleinen Korridor mit den blaugrün gestreiften Flickenteppichen, dieselben wie zu ihrer Kindheit und Teenagerzeit.

Diese alten Teppiche wiederzusehen machte sie schwindelig, nachdem sie seit dreißig Jahren nicht eine Sekunde an sie gedacht hatte. Sie waren häufig ziemlich sandig gewesen, weil Sally gerne direkt vom Strand ins Haus gerannt war, um irgendetwas zu holen, meist ein Buch oder einen Comic. Beim Staubsaugen der Teppiche hatte es wegen der feinen Sandkörnchen jedes Mal im Metallrohr und im Schlauch geprasselt. Dieses leise Geräusch. Eine bisher vergessene Erinnerung, aber jetzt so stark und wirklich, dass Sally erstmal ein paar Sekunden innehalten musste.

Dann trat sie auf die Türschwelle zu ihrem Zimmer, griff nach rechts und schaltete die Deckenlampe ein. An einer Wand stand ein neunzig Zentimeter breites Bett, gekauft irgendwann Mitte der Siebziger bei IKEA in Malmö. Es hatte ausziehbare Schubladen mit runden Knöpfen, alles in goldgelbem Kiefernholz. Eine blassrote Tagesdecke und geblümte Kissen und ein deutlich älteres Nachttischchen aus dunklem Holz mit Marmorplatte. Alles im Zimmer war exakt so, wie sie es einst verlassen hatte. Åke musste regelmäßig saubergemacht und Ordnung gehalten haben. Vielleicht in der Hoffnung, sie käme eines Tages zurück.

Sally ging weiter den Korridor entlang. Die Tür zum Schlafzimmer ihres Vaters stand halb offen. Sie konnte die Konturen des Bettkopfteils aus Messing und eine Teppichecke sehen. Nein, nicht dort hinein. Noch nicht.

Sie drehte sich wieder zu ihrem Schlafzimmer. Da würde sie sich einrichten. Die Reisetasche auspacken, die Kleider in den Schrank hängen und die Schubladen der Kommode füllen. Das Bett mit Bettwäsche aus dem Wäscheschrank im oberen Flur beziehen und dann die Nacht in dem Kiefernbett verbringen. In dem sie so viele Nächte geschlafen hatte.

Draußen war es stockdunkel. Sally öffnete das Fenster, ließ die sanft tanggeschwängerte Nachtluft ins Zimmer. Sie hielt den Haken richtig fest, damit das Fenster nicht vom Wind aufgestoßen werden konnte, während sie hinausblickte. Die Silhouette des großen Apfelbaums war zu erahnen, so wie es Åke in seinem Brief erwähnt hatte. Die obersten Äste des Baums erhoben sich schwarz vor dem dunklen Himmel. Der Anblick war in seiner Unwirklichkeit beinahe berauschend. Sie war jetzt hier. Zurück.

Aus nicht allzu weiter Ferne war ein leises, gleichmäßig knurrendes Geräusch zu hören. Das Wogen der Wellen. Sally lauschte genau. Als Kind und Teenager hatte sie nie gedacht, wie nah sie doch am Meer lebte. Es war einfach immer nur da gewesen. Manchmal blank und still, manchmal aufgewühlt. Wie viele Male hatte sie hier geschlafen und war mit diesem Geräusch aufgewacht. Sommer um Sommer.

Sie reckte den Hals und spähte. Ein Stück weg, auf der anderen Seite des Apfelbaums, verlief der Lattenzaun entlang des Fußwegs hinunter zum Meer. Durch das weißlackierte Eisentor war sie öfter gegangen, als sie sich erinnern konnte.

Das war auch das Tor, an dem sie als kleines Mädchen gestanden hatte. Die Erinnerung war völlig klar. Sie hatte geduldig dort gestanden, mit der Hand um eine Sprosse, da sie nicht zu der geschwungenen Klinke hochkam. Hatte gewartet und gewartet. Auf ihre Mutter, die gesagt hatte, sie würde wiederkommen.

Vanja

Vanja lehnte mit der Schulter am Rahmen der offenen Tür zum Atelier. Sie rauchte in tiefen Zügen ihr Zigarillo, starrte in den Frühlingsabend, und aus dem Zimmer hinter ihr erklang Schuberts *Piano Trio Nr. 2 in Es-Dur, Opus 100.* Ab und an streckte sie sich in Richtung der alten, hochkant aufgestellten Holzkiste, auf der eine Flasche Whiskey stand. Sie trank ein paar Schlucke, sah ins Dunkel der Apfelplantage.

Sally war jetzt in Kivik. In Åkes Haus.

Vanja nahm erneut einen Zug, pustete den Rauch zu perfekten Kringeln, die in die Höhe stiegen und sich dann auflösten und verschwanden. Rauchkringel. Sowas beherrschte wohl heute kaum noch ein junger Mensch. Aber sie war ein alter Dinosaurier, der nicht im Traum daran dachte, sich zu ändern, nur weil die Zeiten es taten. Ihr Herz schlug schnell und unregelmäßig. Kam das vom Rauchen? Sie hatte seit mehreren Monaten nicht mehr geraucht, fast ein halbes Jahr.

Vanja setzte sich auf die oberste Stufe der kurzen Holztreppe, die immer trocken blieb, weil sie sich unterm Dach befand. Stellte die Whiskeyflasche zwischen die Füße und nahm noch ein paar Züge, bevor sie den Zigarillo in einer kleinen Pfütze, die sich auf der untersten Treppenstufe gebildet hatte, ausdrückte. Die Glut erstarb mit einem Knistern. Sie schnipste den Stummel ins Hagebuttengestrüpp. Eine leichte Benommenheit machte sich bemerkbar, und sie beschloss, das Kapitel Rauchen solle weiterhin abgeschlossen bleiben. Dieses Mal war eine Ausnahme gewesen, um die Gedanken zu sammeln.

Vanja stützte das Kinn in die Hände. Betrachtete ihre Sandalen, vollgespritzt mit Malfarben in den verschiedensten Tönen. Es war also Zeit, Lebewohl zu sagen. Svinaberga zu verlassen und nach Kopenhagen zurückzukehren, zurück in das Stadtviertel mit den schönen Backsteinhäusern mit hohen Fenstern und jeder Menge Patina. Sie liebte das Leben dort, mit Nachbarn und Freundinnen überall im Haus und auf der Straße. Die Straßenfeste, die Wohnungspartys, die Abendessen bei Freunden und die Abende unten in ihrem Stammcafé oder der Vinothek. Aber irgendwie schien sie nichts von alldem mehr zu locken. Nicht jetzt, nachdem sie in Österlen Ruhe gefunden hatte. Bei ihrer Enkelin Josefin und dem Rest ihrer kleinen, seltsamen Gemeinschaft. Harald, Peter und Åke. Ihre vier Quasi-Angehörigen, die jetzt nur noch drei waren.

Es saß wie ein Stachel in ihr. Nicht wegzuwollen, aber dazu gezwungen zu sein. Hatte sie so etwas schon einmal gespürt? Für gewöhnlich war es andersherum gewesen, sie hatte immer nach Freiheit und Flexibilität gestrebt. Plötzlich ein seit Jahrzehnten unbekanntes Gefühl: wie leicht es wäre, in Tränen auszubrechen. Gar kein Problem, sie musste nur nachgeben. Aber das sollte nicht geschehen.

Vanja griff ans wackelnde Ende des Geländers auf der einen Treppenseite, um aufzustehen. Bald war es Zeit zu packen. Aber zuerst musste sie an dem neuen Bild weitermalen, das sie am Nachmittag, getrieben von irgendetwas Wildem, Ungezähmtem, das aus ihr herausmusste, begonnen hatte. Die Stunden waren in dem Flow, in den sie geraten war, verstrichen, die Musik hatte sie in dieser Blase gehalten. Malen war gewesen, wie wegzuschweben und sich haltlos fallen zu lassen, und zugleich ein tiefer Abgrund.

Sie nahm noch einen Schluck Whiskey. Dachte an ihr altes Malatelier im Turmzimmer. Das Åke hätte ausräumen sollen. Åke, allein in seinem großen Haus nahe dem Meer. Wer war er eigentlich gewesen? Ein sympathischer Mann, aber auch schweigsam und geheimnisvoll. Dieser Brief, von dem Peter gesprochen hatte, der an Sally. Hatte der etwas mit dem zu tun, was Josefin über Åkes angebliche Schuldgefühle gesagt hatte? Na ja, das war nun auch egal.

Vanja ging in ihr Atelier. Sie studierte ihr halbfertiges Werk. Dass doch tatsächlich die Malerei wieder in Fahrt gekommen war. Es war wie eine Neugeburt. Sie wusste noch nicht, was daraus werden würde. Aber es prickelte vor Kreativität in ihr, als wäre sie frisch verliebt.

Sie steckte den Korken in die Whiskeyflasche und stellte sie in den Wandschrank. Tauschte Schubert mit Smetanas *Mein Vaterland*, einen Hauch kitschig, aber ebenso bombastisch und grandios, genau, was sie jetzt brauchte.

Sie stellte die Lautstärke etwas höher. Nahm dann wieder den Pinsel, tunkte die Spitze ins Ultramarin auf der Palette, mischte etwas Zinkweiß dazu. Dann stellte sie sich vor die Staffelei. Malte, trat einen Schritt zurück und betrachtete das Bild in seiner Gesamtheit. Überlegte, besserte aus und überlegte wieder.

Der Abend ging auf neun Uhr zu. Vanja hatte gerade mal ihr Tagewerk beendet und die Pinsel ausgewaschen. Das Bild würde in Svinaberga bleiben, im jetzigen Zustand. Sie würde es bei späterer Gelegenheit holen. Jetzt hieß es, zusehen, dass sie wegkam.

Sie betrachtete das Bild ein letztes Mal, war sich nicht sicher, ob es fertig war oder nicht. Im Zentrum befand sich etwas unbestimmt Diffuses, es war gelb und erinnerte an einen Armvoll trockenes Gras, und neben diesen Bereich hatte sie eine alte, ausgediente Badewanne gemalt. Entlang der Ränder des Bilds verlief eine breite Fläche, schimmernd wie flüssiges Glas.

Effektiv und entschlossen packte sie ihr treues Stück, die Ledertasche. Nur das Allerwichtigste, der Rest konnte warten. Sie warf einen Blick durchs Küchenfenster. Im Haupthaus brannte Licht, Peter war da. Er würde definitiv hören, wenn sie den Motor des VW-Busses anließ, und sich fragen, wohin sie so spät am Abend wolle. Aber anzuklopfen, um sich zu verabschieden, würde zu offiziell werden und zu viele Fragen aufwerfen. Sie würde stattdessen irgendwo anhalten und eine kurze SMS zur Erklärung schicken.

Zwanzig Minuten später war alles zur Abfahrt bereit. Die Lampen waren ausgeschaltet, die Heizkörper auf zehn Grad heruntergedreht, das Bett gemacht und die Fenster geschlossen. Vanja, in abgewetzten Bikerstiefeln und einem olivgrünen Parka, schloss die Haustür ab und stellte die Ledertasche in den Kofferraum des VW-Busses.

Wenn es hart auf hart kam, war man allein. So allein, dass einem schier die Seele zerbersten wollte.

»Vanja? Was machst du hier draußen?«

Sie drehte sich um. Peter hatte die Haustür geöffnet.

»Willst du irgendwohin? So spät noch?«

Vanja stand wie angewurzelt. Hatte keine Idee für Ausflüchte.

»Ja, Sally zieht in Åkes Haus, zumindest für die nächsten drei Wochen. Bis nach der Beerdigung, vielleicht länger. Sie ist heute in Kivik angekommen.«

Sie sah, wie er stutzte.

»Du verstehst bestimmt.«

Sie öffnete die Fahrertür. Das würde eine trostlose Fahrt durch das ziemlich dunkle Österlen werden. Dann weiter durch Malmö, über die Brücke und ins Zentrum von Kopenhagen. Dort würde sie in einer gemütlichen Kneipe etwas essen. Sie war hungrig, hatte kein Abendbrot gehabt.

Sie trat ein paar Schritte auf ihn zu.

»Darf ich dich etwas fragen? Josefin hat erzählt, sie habe bei Åke irgendwelche Notizbücher gefunden. Offenbar ging es ihm nicht besonders gut. Es scheint wegen irgendetwas Schuldgefühle gehabt zu haben. Hast du eine Ahnung, worum es dabei gehen könnte?«

»Notizbücher?«

»Ja, genau.«

Peter strich sich über seinen Dreitagebart.

»Ich weiß nicht. War wohl vielleicht das mit Sally. Dass sie nichts von dir erfahren hatte.«

Vanja nahm ihre Lederhandschuhe aus der Parkatasche. So im Rückblick tat ihr Åke leid. Sie fühlte mit ihm, verstand wirklich die Unschlüssigkeit und moralischen Zweifel, die er gespürt haben musste.

»Er dachte, Sally hätte eigentlich das Recht, es zu wissen«, sagte Peter. »Dass sie ihre Mutter zurückbekommen sollte. Das sagte er manchmal. Er hatte das Gefühl, er würde Sally verletzen, indem er nichts sagte. Aber dann war da ja Josefin. Sie wollte er auch nicht hintergehen.«

»Dann hat er also darüber in dem Brief an Sally geschrieben?«

»Ich nehme es an. Aber ich weiß es nicht. Wie gesagt.«

Vanja spähte in Richtung Hauptstraße. Sie war nicht

zu sehen, so pechschwarz war es dort drüben. Abgesehen vom kurzen Scheinwerferschimmer eines einzelnen vorbeifahrenden Autos.

»Wenn ich jetzt darüber nachdenke, stimme ich Åke zu«, sagte Peter. »Es *hat* sich verkehrt angefühlt, dass Sally keine Ahnung von dir und Josefin hatte. Eine ziemlich unangenehme Situation. Aber es wollte wohl keiner von uns darüber nachdenken.«

Vanja seufzte. Blickte auf die Handschuhe in ihrer Hand.

»Ja, das verstehe ich gut. Und ich wünschte, ich hätte euch das alles ersparen können. Und das ist nun meine Lösung. Wenn auch keine sehr gute.«

»Du wolltest Josefin kennenlernen. Du hast nur das Beste gewollt.«

Sie schwiegen wieder. Die Atmosphäre war aufgeladen, wie vor einem aufziehenden Unwetter. Peter machte die Haustür noch etwas weiter auf.

»Vanja, meine Liebe. Fahre nicht nach Kopenhagen. Es ist nur eine Flucht, genau wie damals. Verlasse nicht Josefin, wie du Sally verlassen hast.«

Sie umklammerte die Handschuhe. Peter trat einen Schritt auf die Vortreppe.

»Nicht sauer werden. Ich habe nur gesagt, dass du es überdenken sollst. Entschuldige meine Direktheit, aber ich ...«

Er verstummte. Vanja konnte nichts antworten. Ihr fehlte die Luft, und ihr wurde schwarz vor Augen. Nicht einmal, als Peter auf den Kiesplatz herunterkam und den Arm um sie legte, brachte sie etwas heraus. Ihr Körper war erschlafft, sie merkte kaum, wie Peter sie stützte.

»Vanja. Komm«.

Vorsichtig nahm ihr Peter den Schlüssel aus der Hand. Er schloss die Tür auf, führte sie ins Wohnzimmer und half ihr dort, sich aufs Sofa zu legen. Sie war nicht in der Lage, ihn daran zu hindern.

Er setzte sich auf die Sofakante.

»Du kannst so nicht auf die Straße. Wo auch immer du hinwolltest. Bleib wenigstens bis morgen.«

Er versuchte, sie am Arm zu berühren, aber Vanja hob eine Hand und schob ihn weg. Hinter ihren Augen brannte es und sie war den Tränen nah. Aber sie hatte seit vielen, vielen Jahren nicht geweint. Es war, als wüsste sie nicht, wie es ging.

Sie legte einen Arm über die Augen und wandte das Gesicht ab.

»Ich komme klar«, murmelte sie. »Danke.«

Peter stand ohne ein weiteres Wort auf. Sie hörte, wie er die Wohnung verließ, zurück zu sich ging. Eine lange Zeit lag sie auf dem Sofa, in Parka und allem. Sie würde Peter am nächsten Morgen um Entschuldigung bitten, so kurz angebunden zu sein, war nicht nötig gewesen, er war doch nur fürsorglich. Aber zuerst musste sie schlafen. Körper und Geist fühlten sich energielos an. Sie könnte heute Abend keinen Meter mehr fahren.

Sally

Sally strich über die Bettwäsche aus Baumwolle. Sie war glatt und duftete nach Waschmittel. Dass es diesen Bezug noch gab. Auch den noch. Hellblau, hellrosa und mintgrün gestreift und mit Öffnungen an den oberen Ecken zum leichteren Beziehen.

Sie wickelte sich in die Decke, trat ans Fenster, zog die Rollgardine hoch und blickte in den diesigen Aprilmorgen. Der Apfelbaum war knorrig und kräftig, mit sich unschön spreizenden Wasserschossen. Dahinter konnte sie durch die Lücke zwischen den Häusern auf der anderen Straßenseite das Meer erkennen. Jetzt hatte es sich beruhigt, die Oberfläche war leicht gekräuselt und hellgrau. Es nieselte, wirkte aber nicht besonders windig.

Wohin sie ihren Blick auch wendete, war ihr Vater in die Gegend eingeschrieben. Beim Blick zum Seitengebäude bekam sie einen Kloß im Hals. Genau da, an der rechten Seite der Tür, konnte sie ihn in ihrer Erinnerung auf einer Leiter stehen sehen und das Windbrett streichen. Und auf der gepflasterten Fläche hatte er sich um praktische Aufgaben gekümmert, wie das Flicken von Fahrradreifen, das Ölen von Gartenmöbeln oder das Schleifen von Tischbrettern mit der Schleifmaschine. Einmal hatte er Sally aus altem Restholz eine Seifenkiste zusammengezimmert. Besonders geschickt war er nicht gewesen, hatte aber trotzdem das meiste hingekriegt.

An heißen Sommertagen hatte ihr Vater gern unter einem Sonnenschirm in einem Liegestuhl gehockt und ein Buch gelesen, mit einem Glas auf dem Tisch neben sich.

Zwischendurch hatte er das Buch auf die Brust sinken lassen, mit einem Lächeln zu ihr geschaut und dann wieder weitergelesen. Als wollte er sich nur versichern, dass es ihr gut ging.

Sie vermisste ihn. Aber nicht derart grenzenlos, wie sie befürchtet hatte. Ihre Trauer war eher still und ließ sie nur ein weiteres Mal erkennen, dass sie nach Hause gekommen war.

Die Sommer hier im Garten vor dreißig oder vierzig Jahren. Sally stützte sich mit den Ellbogen aufs Fensterbrett. Wie viele Stunden hatte sie nicht mit Nora und Liselott tagtäglich hier verbracht? Die Räder hatten am Lattenzaun gelehnt, schnell hingeschmissen, allzeit bereit, falls sie losdüsen wollten. Der Gemüsegarten war voller Salat, Karotten und Spinat gewesen. Auf der Wäscheleine zwischen Apfelbaum und Vorratsschuppen hatten ständig Badesachen und Handtücher zum Trocknen gehangen.

In einer Ecke des Gartens war eine Hängematte gewesen, mit geblümten Kissen und knarzenden Ketten. Das Gras rundherum war übersät mit kleinen weißgelben Gänseblümchen. Sally, Nora und Liselott hatten sich beim Anschieben abgewechselt, mitunter so wild, dass das gesamte Stahlgerüst umzukippen drohte.

In der anderen Ecke des Gartens hatte Åkes Paddelboot umgedreht auf zwei niedrigen, selbstgeschreinerten Holzböcken gelegen, gleich neben der Optimisten-Jolle, die ihr Vater gebraucht von einer Nachbarsfamilie gekauft hatte, damit Sally und die anderen Mädchen segeln lernen konnten. Das Rigg, eingerollt ins Segel, hatte im Bootshaus gestanden, zusammen mit Schöpfeimern, Seilen und Paddeln und was man sonst noch alles brauchte.

Die restliche Zeit des Sommers verbrachte sie meist rund um die Hafengegend. Bei den Badegästen am Betonkai, auf Felsblöcken, auf der kleinen Felseninsel und den beiden Molen.

Das äußerste Ende der Nordmole war der Ort für Treffen von Bedeutung gewesen – bei Wunsch nach noch größerer Einsamkeit wählte man die Südmole. An deren äußerstem Ende befand man sich wie in einem eigenen, besonderen Raum, direkt zwischen Himmel und Meer. Dorthin ging man, wenn man ungestört über etwas Wichtiges sprechen wollte. Oder in aller Ruhe nachts schwimmen, oder heimlich geküsst werden.

Sally blickte zu dem anderen Teil des Grundstücks hinüber, wo sich der Rasen erstreckte, bedeckt von feuchtem Laub. All die langen, hellen Sommerabende mit Krocketspielen und ständigen Diskussionen über die Regeln. Die Kletterrosen an der Hausfassade, ihr Duft, der sich mit dem Geruch vom Grill mischte. Saftpartys für die Puppen auf dem kleinen, weißen Gartenmobiliar, einer exakten Kopie von dem der Erwachsenen. Und dann Åkes Hund Mitzi, die schwanzwedelnd durch die Gegend sprang. Ihre immer gleiche, verrückte Freude, wenn jemand, mit ihr zu spielt.

Sally verließ das Fenster und setzte sich wieder auf die Bettkante. War der Gedanke, hierherzuziehen, sogar realistisch? Könnte sie es wirklich hinkriegen, hier zu leben? Allein, in einem alten Haus, das renovierungsbedürftig war und sicher auch eine ordentliche Grundreinigung brauchte. Plus einen Garten, der eine Menge Arbeit erforderte. Sie war weder geschickt noch gartenkundig.

Aber dann riss sie sich zusammen. Zweifellos war sie jetzt zu Hause, an einem Ort, an dem sie sich wohlfühlte.

Weit weg von dem lärmigen Mittagslokal, in dem sie sich sonst an normalen Tagen befand. Sie würde wieder den Kontakt zu Josefin aufbauen.

Sally versuchte, klar zu denken. Ein Schritt nach dem anderen. Zuallererst würde sie in die Küche gehen und frühstücken. Gestern Abend war sie noch den Hügel zu ICA hochgestapft und hatte kurz vor Ladenschluss das Nötigste eingekauft. Sie war darauf vorbereitet gewesen, eine ihrer Kindheitsfreundinnen oder deren Eltern zu begegnen, aber es waren kaum Kunden im Laden gewesen. Der junge Mann an der Kasse hatte sie nicht erkannt.

Und danach? Nach dem Frühstück. Sally sammelte sich einen Augenblick. Dann nahm sie das Handy vom Nachttischchen.

Guten Morgen! Bin jetzt da. Du bist herzlich eingeladen zu Kaffee und Apfelkuchen. Passt 14 Uhr? Bussi, Mama.

Sie beendete die SMS mit einem roten Herz.

Die Antwort kam, als sie dabei war, sich anzuziehen.

O.k. Bis 14 Uhr.

Maximal kurzangebunden, aber dennoch. Josefin hatte offenbar noch nicht ganz mit ihr abgeschlossen.

Sally beugte sich über den Zaun und leerte den Briefkasten. Nur einige feuchte Reklameblätter sowie ein paar Ausgaben des Österlenmagazins.

»Hallo, da drüben!«

Ein Mann in den Sechzigern stand hinter dem Zaun des Hauses direkt gegenüber, in dem früher ein altes Paar gewohnt hatte. Er hatte ein breites Gesicht und buschige Augenbrauen, trug ein marineblaues Polohemd und unter seiner Achsel steckte eine zusammengefaltete Zeitung.

»Ich bin Olle. Glaube, wir sind uns noch nicht begegnet?«

Der Mann kam aus seinem Garten über die Straße und streckte lächelnd eine stämmige Hand über den Zaun. Sally ergriff sie.

»Sally. Åkes Nichte.«

»Nichte? Jaha, ja. Sieh mal einer an.«

Olle betrachtete sie eingehend.

»Tut mir leid, was passiert ist. Wir werden ihn vermissen.«

Dann kratzte er sich am Hinterkopf.

»Sind Sie mit Josefin verwandt?«

»Sie ist meine Tochter.«

Er strahlte.

»Aha. Und jetzt sind Sie hier, um sie zu besuchen?«

»Ja, und um in ein paar Wochen auf Åkes Begräbnis zu gehen. Man könnte sagen, ich bin auf unbestimmte Zeit eingezogen. Ich habe das Haus geerbt.«

Olle lachte noch breiter.

»Herzlich willkommen.«

»Danke«, sagte sie. »Ich war als Kind jeden Sommer hier. Es ist ein gutes Gefühl, wieder hier zu sein.«

»Kivik ist fantastisch. Meine Familie und ich wohnen seit fünfundzwanzig Jahren hier. Dauerhaft. Aber jetzt sind die Kinder aus dem Haus und nur noch Yvonne und ich übrig.«

Olle warf einen Blick auf die Hausfassade hinter Sally.

»Åke hat nicht viel am Haus gemacht. Das Dach ist in schlechtem Zustand und auch die Fenster. Und die Windbretter müssen getauscht werden.«

Er deutete zum Hausgiebel und sie drehte den Kopf.

Die Bretter, die der Form des Dachs folgten, waren abgescheuert und hatten Risse. Die weiße Farbe blätterte ab.

»Wäre ich der neue Besitzer, würde ich zusehen, das zu reparieren.«

Sally nickte ohne Kommentar. Zum Glück erwartete Olle keine Antwort, er hob nur die Hand zum Abschiedsgruß.

»Wir sehen uns.«

»Eine Frage noch.«

Er blieb auf dem gepflasterten Weg stehen. Sally legte Werbung und Zeitschriften auf dem Pfosten des Gartentors ab.

»Ich hatte, als ich klein war, hier zwei beste Freundinnen. Wir haben ununterbrochen miteinander gespielt. Als wir Anfang zwanzig waren, haben sich unsere Wege verlaufen. Nora Levander, wissen Sie, ob sie noch hier lebt?«

»Levander?«

»Sie hat in dem roten Haus etwas weiter die Straße runter gewohnt. Das mit den großen Kirschbäumen. Sommergäste.«

»Ach, das, ja. Nein, die sind nicht mehr hier. Sie haben vor circa fünfzehn Jahren verkauft.«

Sally nickte. Natürlich. Noras Haus war verkauft, schon lange. Sogar dort wohnte jemand, den sie nicht kannte.

»Und Liselott Eriksson? Die hat in einem gelben Haus gewohnt, gleich hier hinten. Hatte einen kleinen Pudel. Ihre Eltern hießen Bosse und Anna-Lena.«

Sally deutete wieder. Olle lachte.

»Ja, Liselott. Die arbeitet bei ICA.«

»Wirklich?«

»Ja. Die würde niemals aus Kivik wegziehen. Ihre Eltern leben aber nicht mehr. Zwei ihrer Brüder wohnen in Göteborg. Einer in Luleå.«

Sallys Hände schlossen sich enger ums Gartentor. Liselott war noch da, wohnte im selben Haus wie früher. Die Vorstellung war schwindelerregend.

Es war fünf vor zwei. Sie hatte sich die Haare gewaschen und ihren schönsten Pullover angezogen. Außerdem hatte sie Wimperntusche aufgetragen und etwas Rouge auf die Wangen. Aber keinen Lippenstift, das würde übertrieben wirken. Hoffentlich dachte Josefin nicht, ihre Mutter sei gealtert. Höchstens ein winziges bisschen.

In der Speisekammer gab es Mehl und Zucker; Eier und Butter hatte Sally gestern gekauft. Der Apfelkuchen war im Ofen und der Kaffee gerade fertig. Sie stand auf der Eingangstreppe, als ein graublauer Nissan heranfuhr. Ein dreckiger Pick-up, mit einer dicken Schicht getrocknetem Schlamm unten herum. Genau die Art Auto, die man sich bei einer Landwirtin vorstellte.

Dass ihre Tochter jetzt den Führerschein hatte! Sie musste ihn irgendwann nach Abbruch des Studiums gemacht haben. Natürlich war für ein Leben auf dem Land ein Auto absolut unerlässlich.

Der Pick-up stoppte vor der Steinmauer. Die Fahrertür ging auf und Josefin kletterte vom Fahrersitz. Sally atmete tief ein. Die Haut prickelte vor Nervosität, sie spürte das Blut im ganzen Körper pulsieren.

Wie erwachsen Josefin aussah und wie schön. Mit stolzer Haltung und einer erhabenen Art zu gehen. Sie machte das Tor auf, betrat das Grundstück und kam aufs Haus zu. Ihr Freund war offenbar nicht mitgekommen. Aber für ein Kennenlernen mit ihm hatte Sally noch genug Zeit.

Josefin trug einen gestrickten Pulli und Jeans. Ihre Füße steckten in ehemals weißen Trainingsschuhen, die jetzt ungefähr so schmutzig waren wie ihr Auto. Ihre hellen Haare waren noch immer halblang, sie hatte sie weder abgeschnitten noch wachsen lassen. Sie war dieselbe Josefin. Und auch wieder nicht.

Sie standen voreinander. Sally verschränkte die Arme vor der Brust, als Ausdruck für Josefin, dass sie nicht vorhatte, ihr eine unangenehme Umarmung zuzumuten.

»Herzlich willkommen.«

»Hallo«, sagte Josefin ohne die Spur eines Lächelns.

Sally tat, als wäre nichts, machte die Tür auf und ließ sie eintreten. Ein schwacher Geruch von Tieren und Kuhstall umwehte Josefin, als sie vorbeiging.

»Wie schön du bist.«

Josefin war nicht geschminkt, sondern einfach nur sonnengebräunt. Sie ging durch ins Esszimmer. Sally machte eine Geste in Richtung der Korbsessel vorm Kachelofen.

»Moment, ich hole kurz den Kaffee.«

Josefin setzte sich. Sally holte aus der Küche das Tablett mit Tassen und Tellern, Thermoskanne und der Kuchenform. Sie stellte alles auf den kleinen Tisch, schnitt den Apfelkuchen an und legte je ein Stück auf die Teller.

»Es ist so schön, hier zu sein«, sagte sie. »Ich habe heute Nacht richtig gut geschlafen. Ist wohl die Meeresluft.«

Sie hörte selbst, wie platt das klang. Aber mit irgendetwas musste sie das Eis brechen.

Josefin antwortete nicht. Sally setzte sich in den anderen Korbsessel. Goss ihnen beiden Kaffee ein und versuchte es erneut.

»Ich hatte mir ziemliche Sorgen gemacht, wieder hierherzukommen. In das Haus und, ja, zu allem eigentlich. Wusste nicht recht, was ich fühlen würde. Ob ich zu viel an meinen Vater denken müsste und so. Aber es geht ganz gut. Es ist so lange her.«

Sie machte eine Pause. Trank etwas Kaffee und stellte die Tasse auf den Unterteller. Das zarte Klirren von Porzellan, das auf Porzellan traf, entlarvte, wie sehr sie zitterte.

»Und ich war nervös, dich zu treffen«, fügte sie hinzu.

Josefin nippte an ihrem Kaffee.

»Wie lange willst du bleiben? Nach der Beerdigung.«

Sally kippte Vanillesauce über ihr Stück Apfelkuchen.

»Ich weiß nur, dass ich hier eine Weile wohnen werde. Weil ich möchte, dass zwischen uns alles wieder gut wird.«

Josefin hatte sich im Korbsessel aufgerichtet. Ihre Reaktion war schwer zu lesen. Ihr Gesicht war verschlossen.

»Was passiert ist, tut mir sehr leid«, sagte Sally. »Mit Frank. Es hat mir immer leidgetan. Aber das weißt du ja. Ich möchte dich jedenfalls um Verzeihung bitten. Ein für alle Mal.«

Sie trank wieder von ihrem Kaffee.

»Vielleicht wird es nicht mehr wie vorher. Aber du bist mein Kind und ich bin deine Mutter. Und das wird immer so bleiben.«

Josefin nahm einen Minibissen vom Apfelkuchen. Sie kaute langsam.

»Momentan denke ich vor allem an Åke.«

»Das verstehe ich«, sagte Sally. »Auch wenn ich ihn nicht so gut kennengelernt habe wie du. Für mich war er vor allem ein lieber Onkel. Er ist einfach immer auch da gewesen, hat aber nie viel gesagt. Mir stand mein Vater viel näher.«

Josefin sah sie mit ihren wachsamen Augen an.

»Was meintest du damit, dass zwischen uns wieder alles gut wird.«

»Ich meine exakt, was ich gesagt habe.«

»Na ja, aber, also, du hast dich für Frank entschieden. Hast mich rausgeworfen. Und jetzt, da mit ihm Schluss ist, glaubst du, du kannst einfach hierherkommen. Und ich soll das superspitze finden.«

»Nein, so ist das nicht.«

Sally erhob sich aus dem Korbsessel, öffnete die Messingtüren des Kachelofens und legte kleine Scheite nach.

»Ich möchte dich wirklich um Verzeihung bitten. Ich habe einen Fehler gemacht und wünsche mir, dass wir das Ganze aus der Welt schaffen können. Von Neuem anfangen. Auch wenn eine lange Zeit vergangen ist. Ich glaube, wir brauchen einander. Alle beide.«

Sie machte die Ofentüren zu und wandte sich wieder zu Josefin.

»Wollt ihr nicht heute Abend zum Essen kommen, du und Harald? Ich mache was Einfaches. Spaghetti mit Hackfleischsauce, das hast du immer gemocht. Dann kann ich deinen Freund kennenlernen.«

Josefin stellte ihr Tellerchen mit dem zur Hälfte gegessenen Stück Apfelkuchen auf den Tisch. Sie stand auf.

»Das geht nicht. Wir sind bei Haralds Eltern zum Essen eingeladen. Und wir essen kein Fleisch.«

»Was ist mit Fisch?«

Josefin ging zur Haustür. Sally eilte ihr nach.

»Liebling, warte. Ich muss doch wohl erklären dürfen, was ich damals gedacht habe. Dass es auch für mich nicht leicht war. Ich wusste nicht, was ich tun sollte.«

Josefin drehte sich um.

»Kapierst du nicht, dass mich das einen Scheiß interessiert? Und ich bin nur gekommen, um dir das zu sagen.«

Sie schlüpfte mit den Füßen in ihre schmutzigen Trainingsschuhe und stopfte die losen Enden der Schnürsenkel in die Seiten. Die Tür fiel hinter ihr ins Schloss.

Sally ging zurück ins Esszimmer. Sie betrachtete das Kaffeetablett und den Apfelkuchen, und dann das hinter dem runden Loch in der Messingtür flackernde Feuer.

Sie hatte von Anfang an gewusst, dass ihre Ankunft und das Wiedersehen mit Josefin nicht leicht und geschmeidig verlaufen würden. Aber sie hatte ihre Tochter nun wiedergetroffen. Das war ein Schritt vorwärts, zumindest ein kleiner.

Josefin

Das Haus von Haralds Eltern lag am obersten Ende der Straße. Der Garten bestand in erster Linie aus einem sorgsam gemähten Rasen und Thujen in geraden Reihen. Sie bevorzugten es pflegeleicht, da sie viel arbeiteten und ihre freie Zeit anders verbringen wollten. Vor allem mit Golfspielen.

Göran war Allgemeinchirurg und Inger arbeitete in der Bank, beide pendelten täglich nach Lund. Sie hatten einander mit Anfang zwanzig kennengelernt, weil ihre Familien Sommerhäuser in Kivik hatten.

Am Fuß der Treppe zum Hauseingang stand sauber geparkt Oma Ernas Rollator. Sie wohnte nur eine Straße weiter.

Der Geruch von Fischsuppe mit Safran war schon zu merken, als Harald und Josefin die paar Stufen zum Haus hochgingen. Sie traten in die Diele, und Haralds Vater Göran kam ihnen mit breitem Lächeln im Gesicht entgegen.

»Kommt rein, das Essen ist gleich fertig.«

Inger, Haralds Mutter, stand mit einer Schürze um den Bauch in der Küche. Sie schälte frische Krabben und hatte bereits Lachs und Kabeljau in große Stücke geschnitten. Auf dem Herd blubberten zwei Töpfe.

Erna saß am Küchentisch. Sie war klein und dünn, schien von Jahr zu Jahr weiter zu schrumpfen. Mit ihren fünfundachtzig Jahren hatte sie ein paar Zipperlein, Schmerzen in einem Knie und schlechte Augen, war aber noch quietschfidel und hörte außergewöhnlich gut. Josefin mochte sie sehr. Erna erzählte immer Geschichten, oft von irgendeinem Original, das zu früheren Zeiten im Ort gelebt hatte.

»Das tut mir leid mit Åke«, sagte Inger. »Dass sein Herz so schwach gewesen ist. Dabei hat er doch immer so kerngesund gewirkt.«

»Ja, und was für ausgedehnte Spaziergänge er gemacht hat«, sagte Erna. »Und die ganzen Bücher, die er gelesen hat. Ihm hat es an nichts gefehlt.«

Göran stimmte zu, während er über beiden Töpfen die Pfeffermühle ein paarmal drehte.

»Ich würde mal sagen, er hatte das perfekte Leben.«

»Vielleicht«, antwortete Josefin.

Sie dachte an das, was Åke in die Notizbücher geschrieben hatte. Über Herzklopfen und Beklemmung, und dass er schwer atmen konnte.

»Ich habe gehört, dass deine Mutter gekommen ist«, sagte Inger. »Dass sie in Åkes Haus wohnt.

»Ja, genau. Jedenfalls bis zum Begräbnis.«

»Das ist doch schön. Ihr habt so lange keinen Kontakt gehabt.«

Josefin wandte den Blick von Ingers strahlendem Lächeln.

»Ich war heute bei ihr zum Plaudern.«

»Schön, dass ihr euch wieder vertragt«, sagte Göran. »Es ist tragisch, wenn man sich verliert. Familien müssen zusammenhalten, finde ich.«

Harald zappelte herum. Wenn seine Eltern zu viele aufdringliche Fragen stellten, fühlte er sich unwohl in seiner Haut. Erna blickte zu Josefin.

»Hat sie Vanja getroffen? Also, deine Mutter.«

»Noch nicht.«

Josefin warf Harald einen nachdrücklichen Blick zu. Es war jetzt seine Aufgabe, das Ganze zu beenden. Aber selbst Inger schien verstanden zu haben, dass das Thema sensibel war.

»Kannst du die Käsestangen aus dem Ofen holen?«, sagte sie zu Göran. »Dann komme ich mit den Suppen.«

Göran nahm einen Topflappen und öffnete die Ofentür.

»Das wird schon alles, Josefin. Man darf die Dinge nicht so schwernehmen. Sie nicht verkomplizieren. Man soll das Leben mit Frohsinn betrachten, wie ich so gern zu sagen pflege.«

Er zog das Blech mit frischgebackenen, zu Spiralen verdrehten Käsestangen aus dem Ofen.

»Ich kann mich aus den Achtzigern an Sally erinnern. Sogar ganz gut. Auch wenn wir nichts miteinander zu tun hatten. Wir sind vermutlich gleich alt. Oder vielleicht bin ich ein paar Jahre älter.«

»Ich kann mich auch an sie erinnern«, sagte Inger. »Sie war jeden Sommer hier. Aber wir kannten einander nicht. Sie war in etwas anderen Kreisen unterwegs.«

Josefin sah eine Teenager-Inger vor sich. Schlank und sonnengebräunt, mit seidig glatten, blonden Haaren. Im Bikini ausgestreckt auf einem Handtuch unten am Strand. Ein völlig anderer Typ als ihre Mutter. Unkompliziert und unbekümmert.

»Ich war nicht so cool und taff wie sie«, sprach Inger weiter. »Eher ein braves Mädchen, das zu Hause mit ihren kleinen Geschwistern gespielt hat. Im Garten half und so. Schüchtern und feige, ich habe mich quasi nichts getraut.«

Sie tätschelte Göran auf die Schulter, als wollte sie erklären, dass es trotzdem gut ausgegangen war. Er erwiderte ihr Lächeln.

»Ja, du warst eine echte Langweilerin.«

»Sally war so ein Mädchen, zu dem man aufgesehen hat. Sie hing mit den älteren Jungs, die Mopeds oder Autos hatten, am Hafenkiosk herum. Ging auf Partys und rauchte. Mein Gott, war ich eifersüchtig.«

Sie schüttelte den Kopf.

»Ich erinnere mich daran, dass ihre Clique immer am Strand in der Nähe vom Jahrmarktsfeld gezeltet hat. Mit Lagerfeuer und allem. Ich war so unglaublich wütend auf meine Eltern, dass sie mir solche Sachen nicht erlaubten.«

Göran kippte die heißen Käsestangen in einen Brotkorb.

»Ja, oh Mann, was für Diskussionen man hatte. Dein Pa war so streng mit seinen Zeiten, man musste Punkt zu der Uhrzeit, die er festgelegt hatte, zu Hause sein. Und deine Ma sagte nichts dagegen. Man hatte keine Chance.«

Josefin lauschte, ohne etwas zu sagen. Ihre Mutter hatte ihr erzählt, sie habe sich fast nie um irgendwelche Regeln oder Zeiten scheren müssen. Ihr Vater habe keine Energie gehabt, sich um so etwas zu kümmern. Die Arbeit als Architekt hatte Josefins Großvater viel abverlangt, und in seiner Freizeit war er meist mit Freunden unterwegs gewesen. War in die Kneipe gegangen, hatte diverse Frauen getroffen und kurze Affären gehabt. Ihre Mutter hatte sich gewissermaßen allein durchgeschlagen.

Harald räusperte sich. Josefin ahnte, was er dachte. Dass sie zumindest etwas sagen könne, wenn es im Weitesten um sie ging. Aber sie wusste nicht, was. Was immer sie auch sagen würde, es würde düster oder tragisch klingen. Zumindest fühlte es sich so an.

Inger kippte die Fischstücke und Garnelen in den einen Topf. Die andere Suppe blieb vegetarisch.

»Setzt euch bitte an den Tisch!«

Harald half seiner Großmutter beim Aufstehen. Sie gingen ins Esszimmer zu dem mit Tischdecke und Stoffservietten gedeckten Tisch. Die fünf brennenden Kerzen in dem mehrarmigen Kerzenleuchter erzeugten eine schöne Atmosphäre. Göran brachte die Käsestangen und eine Flasche Weißwein, füllte die Gläser. Josefin setzte sich auf einen der Stühle mit den hohen Rückenlehnen. Sie war im Haus von Göran und Inger noch immer ziemlich angespannt. Irgendetwas an all den kleinen Ritualen machte sie nervös.

Hier war alles kostspielig, und die Tischgesellschaft war groß. In ihrem Elternhaus waren sie nur zu zweit gewesen. Allerdings hatte sie niemals einen Vater vermisst. Nachdem sie nie einen gehabt hatte, wusste sie nicht recht, wozu er gut sein konnte. Die Väter ihrer Freundinnen erwiesen sich als ziemlich überflüssig, entweder waren sie bei der Arbeit oder sie sahen fern. Sie und ihre Mutter waren Expertinnen, wenn es um gemütliche Abende am Wochenende ging. Ihre Mutter kochte dann immer ihre Kartoffelsuppe, einfacher und billiger, als bei Haralds Eltern aufgetischt wurde, aber trotzdem sehr gut. Und Josefin buk Schokobällchen oder schwedischen Schokokuchen.

Aber das war eine andere Zeit gewesen.

Sie wartete still darauf, dass mit dem Essen begonnen wurde. Musste an das denken, was ihre Mutter am Nachmittag gesagt hatte, dass sie sich Sorgen gemacht habe, was sie fühlen würde, wenn sie in das Haus zurückkam. Und dass sie nervös gewesen sei, sie zu treffen. Aber nur weil ihre Mutter jetzt eine plötzliche Eingebung erhalten hatte und fest entschlossen war, nach Kivik zu ziehen, konnte sie noch nicht davon ausgehen, dass Josefin sie von nun an treffen würde.

Nicht gewollt blieb nicht gewollt.

Inger schöpfte allen Suppe in den Teller. Erna schlürfte geräuschvoll von ihrem Löffel.

»Was für eine leckere Fischsuppe.«

»Die vegetarische schmeckt auch wahnsinnig gut«, sagte Josefin.

Inger bedankte sich und beteuerte, die Zubereitung von beiden sei sehr einfach. Dann aßen alle, und es wurde eine Weile still. Bis Harald aufhörte zu löffeln.

»Das war ein kalter Winter«, sagte er. »Viel Schnee.«

Göran brach eine Käsestange in der Mitte durch, tunkte eine Hälfte in die Suppe.

»Ja, wirklich. Man sehnt sich jetzt ziemlich nach dem Sommer.«

»Wir müssten Erdwärme installieren«, sagte Harald. »Damit wir im Wohnhaus wasserbetriebene Heizkörper haben können.«

Göran und Inger hoben den Blick von ihren Tellern.

»Aha«, sagte Inger. »Aber du hast doch früher gesagt, ihr hättet jede Menge Holz.«

»Ja, haben wir. Aber es ist nicht sehr effektiv, den Winter hindurch mit Holz zu heizen. Also was die Heizwirkung angeht. Nicht auf Dauer.«

Harald wandte sich an Josefin.

»Oder? Es war ein wenig kalt und zugig. Zumindest im Dezember und Januar. Und Februar.«

»Ja, aber ...«

Sie unterbrach sich selbst. Versuchte, Harald zu verstehen zu geben, er solle die Sache auf sich beruhen lassen. Aber er schaute wieder zu Göran und Inger.

»Also dachte ich, wir könnten vielleicht von euch eine kleine Summe für die Installation leihen? Das ist eine Investition.«

»Ja, ja.« Göran trank einen Schluck Wein. »Aber dieser Hof hat bereits ein stattliches Sümmchen geschluckt. Ist denn das Erbe von Großmutter und Großvater schon aufgebraucht?«

»Nein, noch nicht. Aber das haben wir als monatlichen Puffer beiseitegelegt. Jetzt geht es um einmalige Anschaffungskosten.«

»Und zwar nicht zu geringe.«

Göran salzte seine Suppe und stellte anschließend den Salzstreuer resolut ab. Oma Erna seufzte vor sich hin und schlürfte noch einen Löffel Suppe.

»Heutzutage gibt es einen Haufen Kosten. Geräte in Hülle und Fülle. Früher haben wir alles wiederverwendet.«

»Ich denke, ihr müsst noch eine Weile so klarkommen«, sagte Inger. »Oder ihr fangt wieder an zu studieren und sucht euch richtige Jobs. Das wäre eine Alternative.«

»Da ist was dran«, stimmte Göran zu.

Harald hatte aufgehört zu essen. Er knabberte an einem Fingernagel.

»Ihr wisst, wie wir das sehen. Das ist eine grundlegende Haltung. Wir finden es falsch, dass die gesamte Gesellschaft darauf gebaut ist, dass alle in Lohnarbeit stehen. Wir wollen unsere Leben nicht in einem Büro verbringen.«

»Aber nicht alle können einen Hof haben«, entgegnete Göran. »Du meisten müssen für ihren Lebensunterhalt zur Arbeit gehen, und dafür sorgen, dass die Räder laufen. Wenn man nicht arbeitet, kann man beispielsweise nicht erwarten, eine Gesundheitsversorgung zu erhalten. Oder Rente.«

Göran füllte seinen Löffel mit Garnelen und Wurzelgemüse und schaufelte ihn sich in den Mund, als wollte er den Luxus veranschaulichen, den man haben konnte, wenn man das Geld dazu hatte.

»Natürlich hoffen wir, dass ihr es hinkriegt, zu leben, wie ihr es tut«, sagte Inger. »Aber Selbstversorgung ist nicht einfach.«

»Lasst die Jungen machen, was sie wollen«, sagte Erna. »Ich finde sie tüchtig. Sie kämpfen und scheitern.«

»Aber ja doch, Mama«, sagte Göran. »Das wissen wir.«

Schweigen breitete sich am Tisch aus. Harald aß wieder weiter. Josefin biss in eine knusprige Käsestange. Keiner sagte mehr etwas, weder über Erdwärme noch über Lohnarbeit.

Das Abendessen war vorbei und Erna mit ihrem Rollator nach Hause gegangen. Josefin saß mit Harald auf dem Wohnzimmersofa. Göran ließ sich auf seinem Platz, dem großen, weißbezogenen Sessel, nieder, der Thron des Wohnzimmers. Er legte den Fuß auf einen Hocker und schwenkte sein Cognacglas mit kleinen Bewegungen, während er zu Josefin guckte.

»Was will deine Mutter hier unten eigentlich arbeiten? Also, wenn sie nicht nur vorübergehend hier ist.«

»Ich weiß es nicht. Aber vermutlich fährt sie nach der Beerdigung zurück nach Stockholm.«

»Sie hatte bestimmt einen Job in Stockholm?«

»Ja. Hat.«

»Als was?«

»Kellnerin.«

Inger schüttelte ein Kissen auf, stellte es wieder in die Sofaecke. Dann reichte sie eine Schale mit Minzschokoladetäfelchen herum.

»Hier, Josefin, probier mal. Die schmecken himmlisch.«

Josefin nahm eines. Harald kratzte sich am Hals. Dann begann er, über Ostern zu sprechen. Ob man das traditionelle Abendessen zu Karfreitag hier oder auf Vallmogården abhalten solle. Göran und Inger waren sich einig.

»Wir möchten, dass ihr hierherkommt«, sagte Inger. »Wie immer.«

Sie diskutierten die Sache weiter, während Josefins Blick zum Feuer im offenen Kamin abschweifte. Auf dem Kaminsims gab es Fotos von Harald – vom Baby bis zum Studenten. Neben den Kinderbildern stand in einem glänzenden, blumenverzierten Goldrahmen das Hochzeitsfoto seiner Eltern. Göran hatte eine zottige Achtzigerjahrefrisur und einen silbergrauen, etwas zu großen Anzug. Inger trug Brautkleid und Schleier und hatte einen Strauß rosa Rosen in der Hand. Sie sahen unerhört glücklich aus.

Josefin versteckte mit der Hand ein Gähnen und legte den Kopf auf Haralds Schulter.

»Ui, du bist müde«, sagte Inger. »Und wir reden und reden über Ostern. Entschuldige.«

»Kein Problem, ich bin nur einfach wahnsinnig früh aufgestanden.«

Josefin lachte höflich.

»Zeit, nach Hause zu fahren«, erklärte Harald. »Wir müssen auch morgen früh raus zum Füttern. Wie jeden Tag.«

Er stand auf und Josefin folgte ihm dankbar in die Diele. Sie war wirklich todmüde, es war längst Zeit fürs Bett.

»Danke für den Abend«, sagte sie zu Inger und Göran. »Ein wunderbares Essen.«

Als sie im Auto saßen und auf die Hauptstraße bogen, wandte sich Harald an sie.

»Ich wollte das mit der Erdwärme zumindest ansprechen. Hoffe, das war okay.«

Josefin starrte geradeaus auf die Straße.

»Klar. Sind ja deine Eltern.«

»Ja, aber wenn es um den Hof geht, entscheiden wir immer zu zweit.«

»Hat ja sowieso zu nichts geführt.«

Er blickte durchs Seitenfenster, abgesehen von den Reflektoren an den vereinzelt aufgestellten Leitpfosten war es stockfinster.

»Nein«, sagte er. »Dass sie einfach nicht begreifen können, dass nicht alle gleich denken. Manchmal sind sie schrecklich borniert.«

Josefin bog auf den kleinen Kiesweg und fuhr weiter durch die Dunkelheit, in Richtung Vallmogården.

»Wobei ich auch verstehen kann, wie sie denken. Irgendwie.«

Harald blickte sie schweigend an. Sagte erst wieder etwas, als sie zu Hause aus dem Auto stiegen.

»Was sollen wir dann deiner Meinung nach tun?« fragte er. »Aufgeben? Den Hof verkaufen? Wie sich das meine Eltern vermutlich vorstellen.«

Josefin blickte hinauf zum großen, weiten Sternenhimmel. Der Polarstern leuchtete heute Abend besonders stark.

»Nein, das habe ich nicht gemeint. Aber ...«

Sie verlor den Faden.

»Was?«

Harald schloss das Auto ab. Blickte Josefin herausfordernd an, die zuckte mit den Schultern. Sie wusste nicht, was sie eigentlich meinte.

»Wenn wir nicht genug Geld einnehmen, können wir nicht alle Ausgaben bestreiten. Also sollte sich vielleicht einer von uns tatsächlich einen Job suchen? Halbtags oder so.«

Er starrte sie an, offensichtlich fassungslos.

»Nein, aber dann ... Nein. Dann müssen wir irgendwo zurückschrauben.«

Josefin ging los, ließ das Gespräch versanden. Im Augenblick war das Wichtigste sowieso ihre Mutter. Sie hatte sich ihrer Sache so sicher geklungen. Sowohl in der Aussage, Frank sei ein abgeschlossenes Kapitel, wie auch dass sie in Kivik bleiben wolle.

»Kommst du nicht mit zu den Hühnern?«

Josefin drehte sich um. Harald wartete auf dem Weg in Richtung Hühnerhaus auf sie. Natürlich kam sie mit. Das war ihr Ritual, wenn sie abends gemeinsam nach Hause kamen. Sie eilte ihm hinterher. Tat, als würde sie seinen fragenden Ausdruck nicht bemerken.

Sally

Sally hielt beim Strand und stieg vom Fahrrad. Sie war auf Åkes altem orangefarbenen Crescent-Herrenmodell, das sie im Schuppen gefunden hatte, nach Vitemölla gestrampelt. Nach ein paar Schritten war sie am Wasser. Stand allein da und ließ sich von Wind und Meer und dem bleichen Sonnenlicht einhüllen. Der weiße Grundton des Himmels teilte sich weiter draußen in Wolken und verschiedene Nuancen von Grau. Felsbrocken ragten aus dem dunkelblauen Wasser. Hier und da lagen am Strand Häufchen aus getrocknetem, schwarzem Tang und Muschelschalen. Kleine runde Steine klirrten unter den Schuhsohlen.

Hier waren sie immer herumspaziert, sie und ihr Vater. Hatten Steine aufgehoben, sie verglichen, ihre Muster und Farben studiert, wie glatt sie waren, wie rund. Die unterschiedlichen Bezeichnungen der Steinsorten hatten sie nicht interessiert. Im Gegensatz zu Åke waren ihrem Vater die Namen der Dinge in der Natur völlig schnurz gewesen. Wichtiger war ihm, dass man sie gern betrachtete, anfasste, an ihnen roch. Sie hatten sich oft auf einen der halbhohen Felsen gelegt und Seite an Seite übers Meer geschaut. Sally hatte Apfelsaft getrunken und ihr Vater Whiskey aus einer kleinen Blechflasche mit Lederstöpsel.

Sally entdeckte einen Stein, der groß genug war, um sich zu setzen. Ihr steckte bereits ein ordentliches Trainingsprogramm in den Knochen. Sie war den ganzen Vormittag herumgeradelt, um Kivik zu erkunden, und zu dem Schluss gekommen, die offensichtlichste Veränderung sei das Wachstum. Es hatte sich Orte einverleibt, an denen es zuvor kahl gewesen war oder wo es niedrige Büsche und dünne Bäumchen gegeben hatte. Die älteren Häuser waren auch deutlich gepflegter als vor dreißig Jahren, als sie von Menschen mit wenig Geld bewohnt worden waren. Nun waren die Immobilienpreise gestiegen und einstmals beschädigte, heruntergekommene Häuser bis zur Perfektion renoviert worden. Das hatte sie eine Spur wehmütig gemacht, aber auch ermutigt, schließlich wäre es noch trauriger, würden sie verfallen.

Als Sally an Liselotts Haus vorbeigeradelt war, hatte kein Licht gebrannt. Irgendwann würde sie hingehen, auch wenn sie der Gedanke daran etwas nervös machte.

Sie zog das Handy aus der Tasche, um die Aussicht zu fotografieren. Milena hatte eine SMS geschickt.

Meine Liebe. Es ist leer ohne dich. Wie geht es dir?

Sally machte ein Bild von der Strandgegend und schickte es mit ihrer Antwort.

Gut. Fühle mich wohl im Haus. Habe Josefin getroffen, aber das braucht etwas Zeit.

Milena antwortete prompt.

Oh, wie schön! Drücke dir die Daumen. Pass auf dich auf.

Sally ließ den Blick der Küstenlinie bis zu den Hügeln bei Haväng folgen. Auf sich aufpassen, das würde sie tun. Damit Josefin eines Tages stolz auf sie sein konnte.

Bei der Rückkehr von ihrer Fahrradtour standen die Nachbarn auf ihrem Grundstück. Olle und eine Frau, vermutlich seine Gattin, befreiten gemeinsam die riesigen Blumentöpfe von einem Gewirr aus Schnüren, Styropor und Sackleinen. Offenbar waren die Töpfe den Winter über zum Schutz gegen die Kälte eingepackt gewesen.

»Hallo«, sagte Olle.

Sally stieg vom Fahrrad. Die Frau streckte ihr die Hand entgegen.

»Ich bin Yvonne.«

Sie trug eine taillenkurze Daunenjacke in Rosa, war bestimmt schon über siebzig, sah aber jünger aus. In ihren blonden Haaren steckte eine Brille mit Leopardenmuster und einem im Nacken verschwindenden Goldkettchen. Der kirschfarbene Lippenstift passte zur Jacke.

»Schön, Sie kennenzulernen«, sagte sie. »Selbstverständlich vermissen wir Åke. Aber wie schön, dass Sie eingezogen sind. Da wird sich Josefin sicher freuen!«

Sie nickte, ohne auf Antwort zu warten, in Richtung von Sallys Beeten.

»Die Rosen wurden im Herbst nicht angehäufelt. Hoffen wir mal, dass das Wurzelwerk über den Winter keinen Schaden genommen hat.«

Sally versuchte auszusehen, als würde sie verstehen, wovon Yvonne sprach.

»Keine Sorge«, sagte Olle. »Åke hat das schon mehrere Jahre nicht gemacht und sie haben prächtig geblüht.«

Yvonne stimmte ihm zu

»Haben Sie Rinderdung im Sack? Und Rindenmulch?«, fragte sie. »Sonst können Sie etwas von uns haben.«

»Danke, gern.«

Sally schob das Fahrrad durchs Gartentor. Sie inspizierte ihre Beete. Die Erde war bedeckt von verfaulendem Laub und Pflanzenteilen. Die frisch aufgeblühten, kleinen Gelbsterne waren kaum zu sehen. Sie würde hier aufräumen müssen.

Auf einer kleinen, zum Grundstück gehörenden Parkfläche stand Åkes Auto, ein gepflegter, roter Volvo 242. Den hatte Sally mitsamt dem Haus geerbt, aber noch keinen Anlass gehabt, irgendwohin zu fahren. Sie war lieber mit dem Fahrrad unterwegs.

Der dunkle Schuppen war bis obenhin voll mit allerlei Zeug von Gießkannen und Malerzubehör bis hin zu Sonnenschirmen und kaputten Lampions. Ganz hinten in einer Ecke war ein halbvoller, mit einer grauen Schnur verschlossener Plastiksack. *Rindenmulch*, stand darauf. Den brauchte sie doch laut Yvonne. Oder war es etwas anders gewesen? Vielleicht Dünger? Sally konnte sich nicht richtig erinnern. Aber das würde sich schon klären.

Rosen anhäufeln. Das bedeutete schlicht, um die Rosenbüsche herum etwas Erde aufzuschütten und sie mit trockenem Laub zu bedecken. Nicht besonders schwierig. Und auch erst im Herbst wieder zu tun.

Sally klickte die Suchergebnisse weg und stellte eine neue Anfrage nach freien Stellen in der Gegend. Das tat sie nun täglich – ohne Ergebnis. Auch heute gab es nichts. Sie klappte den Laptop zu, blieb aber am Esszimmertisch sitzen. Dachte an ihren alten Traum. Vielleicht konnte sie in irgendeiner Pension oder etwas Ähnlichem arbeiten? Sie könnte ja einfach bei ein paar hineinspazieren und nachfragen.

Sie schob den Stuhl zurück und stand auf. Der Lebensunterhalt würde sich schon irgendwie regeln. Das Haus war jetzt ihres, hier würde sie wohnen. Hier waren ihr Vater Georg und Onkel Åke aufgewachsen und zuvor deren Vater und Großvater mit ihren Familien. Eines schönen Tages würde vielleicht Josefin es haben wollen. Aber zuvor musste daraus ein gemütliches Heim werden.

Sally ging zur Treppe, die ins Obergeschoss führte. Das Zimmer ihres Vaters, in dem sein Bett stand. Dort würde sie anfangen. Dieser Raum sollte nicht länger unberührt bleiben wie ein Mausoleum. Er sollte hell und heimelig und lebendig werden. Und während sie damit beschäftigt war, würde ihr eine Möglichkeit einfallen, wie sie ihr Auskommen sichern konnte.

Vanja

Sie standen vor der Kirchentür und warteten auf den Pfarrer. Peter hatte Vanja gebeten, als zusätzliche Unterstützung für Josefin mitzukommen. Zuerst hatte sie antworten wollen, dass sie bedauerlicherweise nicht könne, weil sie heute nach Kopenhagen abreisen wolle. Aber dann hatte sie entschieden, Peter den Gefallen zu tun, als Dank für seine Fürsorge. Die Abreise konnte leicht ein paar Stunden aufgeschoben werden.

Vanja sah am Kirchturm hinauf. Sie hatte die Kirche von Södra Mellby immer gern gemocht. Als Josefin sie anstelle der in Vitaby für Åkes Begräbnis vorgeschlagen hatte, hatte sie nichts dagegen gehabt. Auch Peter nicht. Södra Mellby hatte mehr mit Kivik zu tun.

Die Kirche war irgendwann Ende des neunzehnten Jahrhunderts gebaut worden, weiß, schön und nicht allzu groß. Peter zufolge war es eine Kreuzkirche in neugotischem Stil.

Vanja hüstelte. In ihrem Bauch kribbelte es, die seit mehreren Tagen rumorende Nervosität war wieder da. Hatte Josefin Sally etwas erzählt? Und wenn ja, was?

Sie blickte zu Josefin, die auf ihr Handy starrte. Diese nagende Unruhe konnte sie nur beenden, wenn sie Josefin fragte, was sie wissen wollte, ganz direkt. Aber das würde nicht gehen, solange Peter dabei war.

Vanja musterte ihn. Als er an die Ecke der Kirche trat und am Kirchenschiff entlangblickte, nutzte sie die Gelegenheit. Sie fasste Josefin an der Schulter und drehte sie vorsichtig zu sich.

»Hast du Sally getroffen?«

Josefin hob den Blick.

»Ja.«

»Und wie war es?«

Josefin blickte über den Friedhof und die Grabsteine.

»Ganz okay.«

Was sollte das bedeuten? Es klang zumindest nicht so, als wären sich Mutter und Tochter um den Hals gefallen. Eher, als wäre das Wiedersehen nach so langer Zeit etwas schroff gewesen. Zu einer Versöhnung schien es nicht gekommen zu sein.

»Was habt ihr gemacht?«

»Kaffee getrunken. Aber ich bin ziemlich schnell wieder gegangen.«

Vanja hielt sich mit weiteren Fragen zurück, umklammerte in der Jackentasche den Autoschlüssel. Sie wollte nur zu gern wissen, warum Josefin den Kaffeeplausch mit ihrer Mutter abgebrochen hatte. Zugleich wollte sie ihre Enkelin keinem Kreuzverhör unterziehen. Eigentlich musste sie im Augenblick nur noch eine einzige Sache wissen. Der Rest konnte warten.

Sie warf einen raschen Blick zu Peter. Er schlenderte durch eine der Gräberreihen und betrachtete die Grabsteine. Hier und da blieb er stehen, um die Inschriften zu lesen.

Vanja wandte sich an Josefin.

»Hast du etwas über mich gesagt? Zu Sally.«

Im selben Augenblick näherten sich auf dem Kies Schritte. Der Pfarrer, ein kleiner, leicht untersetzter Mann mit Schifferkrause und kurzgeschnittenem Stirnhaar, kam auf sie zu. Er trug einen grünen Lammwollpulli, aus dessen engem Bund am Hals der weiße Priesterkragen hervorstand.

»Herzlich willkommen.«

Er begrüßte sie der Reihe nach, indem er ihre Hände in seine beiden nahm und ihnen dabei in die Augen sah. Dann führte er sie in das moderne Pfarrhaus und weiter in einen Raum mit einigen Stühlen um einen Tisch. Vanja setzte sich Josefin gegenüber neben Peter.

Der Pfarrer überkreuzte die Beine und legte die Hände aufs Knie. Vor ihm lagen ein Collegeblock, ein Stift und eine Broschüre mit Apfelblüten auf dem Deckblatt.

Auf dem Tisch stand in einem blitzblanken Messingständer eine Kerze, die nicht brannte.

»Haben Sie das Bedürfnis, über Gedanken und Gefühle der Trauer zu sprechen?«, fragte er. »Oder über den Tod. Der Umgang mit dem Fortgehen eines Angehörigen fällt manchmal schwer.«

Josefin blickte fragend zu Vanja und Peter, die beide den Kopf schüttelten.

»Ich denke, wir kommen klar«, sagte Peter. »Wir haben einander.«

Der Priester lächelte mild.

»Dann könnten wir dazu übergehen, über das Praktische rund um den Begräbnisgottesdienst zu sprechen. Wenn das für Sie in Ordnung ist?«

Alle drei nickten.

»Will jemand von Ihnen während der Zeremonie ein paar Worte sagen?«

»Ja, das hatte ich vor«, sagte Peter. »Aber ich weiß noch nicht so recht was.«

Der Pfarrer notierte sich etwas in seinem Block.

»Sie haben noch genug Zeit, das herauszufinden.«

Er blickte sie wieder an

»Während des Gottesdienstes spreche ich für gewöhnlich ein wenig über das berufliche und private Leben des Verstorbenen. Gibt es etwas Besonderes, das Sie in Bezug auf Åke hervorheben möchten?«

Vanja dachte nach. Es gab so viel, was man über Åke sagen konnte. Aber wenn sie sich entscheiden musste, war sein schönster Charakterzug vielleicht seine Großherzigkeit. Ihre beste Erinnerung an ihn war, dass er damals vor drei Jahren Josefin dazu ermutigt hatte, mit ihr in Kopenhagen Kontakt aufzunehmen. Åke hätte ebenso gut sagen können, er wolle nie wieder etwas von dieser Frau hören, die einst seinen Bruder samt gemeinsamem Kind allein zurückgelassen hatte.

Und nicht nur das. Als Vanja später in Begleitung von Josefin und Harald in Åkes Haus gekommen war, hatte er sie herzlich empfangen und seinem besten Freund vorgestellt, dem deutlich jüngeren Witwer Peter. Sie hatten gut zusammen Abend gegessen, alle fünf. Einfühlsam hatte Åke vermieden, Georg zu erwähnen, und nur in allgemeiner Wortwahl festgestellt, die Zeit nehme ihren Gang und man könne nie wissen, wie sich das Leben gestalten würde.

Aber nichts davon konnte Vanja dem Pfarrer erzählen. Das würde zu viele Folgefragen nach sich ziehen.

»Åke war sehr nett«, sagte Josefin. »Gesellig. Redselig.«

Der Pfarrer nickte und machte sich eine Notiz. Vanja blickte Josefin genau an.

»Redselig? Ich weiß nicht recht. Ich würde eher sagen, er war schweigsam und zurückgezogen.«

»Nein, das war er gar nicht. Er war gesprächig.«

Der Pfarrer hatte aufgehört, sich etwas zu notieren.

»Vor allem war er emotional«, sagte Peter. »Das glaubt

man vielleicht kaum, wenn man ihn nicht gut kannte. Aber er war ein sehr mitfühlender Mann, mit starken Gefühlen«

Der Priester notierte.

»Das baue ich gern in meine Beschreibung von ihm ein.«

»Und er war tiefsinnig«, sprach Peter weiter. »Fasziniert von Lebensfragen.«

Der Pfarrer schrieb erneut ein paar Worte auf. Vanja verstand nichts. Åke, tiefsinnig? Fasziniert von Lebensfragen? In den Sechzigern, als sie im Sommer mit Georg im Seitengebäude gelebt hatte, war Åke unergründlich gewesen. Und in den vergangenen Jahren hatte sie diesbezüglich keine nennenswerte Veränderung gesehen. Freundlich war er, aber nicht ansatzweise bereit, sich zu öffnen.

Der Pfarrer hob wieder den Blick von seinen Notizen.

»Als was hat Åke früher gearbeitet?«

»Er war Biologielehrer«, sagte Vanja. »Sehr beliebt.«

Der Pfarrer kritzelte etwas auf den Block.

»Soweit ich verstehe, hatte Åke keine Kinder?«

»Nein.«

Vanja hörte, wie kurz angebunden das klang. Fast demonstrativ kurz. Der Priester richtete den Blick auf sie.

»Sie sind seine Schwägerin?«

»Ja.«

»Dann waren Sie also mit seinem verstorbenen Bruder verheiratet? Nur, damit ich das alles richtig verstehe.«

»Genau.«

Sie rutschte sich einen Millimeter auf dem Stuhl zurecht. Vielleicht war es ein Fehler gewesen, zu diesem Treffen mitzukommen. Josefin schien keine Unterstützung nötig zu haben. Vermutlich wäre es klüger gewesen, es weit vor Einbruch der Dämmerung nach Kopenhagen zu schaffen.

Der Priester blickte zu Josefin.

»Und Sie sind die Tochter von Åkes …?«

»Nichte«, vervollständigte Josefin.

Der Pfarrer wandte sich eine Spur verwirrt an Vanja.

»Also Ihrer Tochter? Aber die konnte heute nicht kommen?«

Vanja schüttelte den Kopf. In ihrem Bauch kribbelte es. Nur nicht an Josefins Kaffeebesuch bei ihrer Mutter denken und was für ein Gespräch dabei stattgefunden haben könnte.

Sie wartete darauf, dass entweder Josefin oder Peter die Frage des Priesters ausführlicher beantworten würden. Aber sie wirkten ebenfalls überrumpelt. Warfen einander nur einen kurzen Blick zu.

»Sie lebt seit vielen Jahren in Stockholm«, sagte Peter schließlich. »War nicht wirklich präsent. Vielleicht ist es am besten, wenn Sie in Ihrer Rede die Angehörigen nicht namentlich erwähnen, sondern nur etwas Allgemeines sagen.«

»Verstehe.«

Der Priester machte sich noch eine Notiz.

»Und was ist mit Åkes Kindheit? Darüber würde ich gerne ein paar Worte sagen.«

»Er ist hier in Kivik geboren und aufgewachsen«, sagte Vanja. »Hat sein ganzes Leben im selben Haus gelebt.«

»Sein Bruder Georg war drei Jahre älter«, fügte Peter hinzu. »Ihr Vater war Kapitän und starb irgendwann in seinen Sechzigern auf See. Sehr tragisch.«

»Und die Mutter? Wo war sie?«

»Ich glaube, die Söhne hatten kein besonders enges Verhältnis zu ihr. Sie war kränklich. Verstarb, als die beiden erst fünfzehn und achtzehn waren, an einer Lungenentzündung.«

Peter seufzte. Vielleicht dachte er an seine Frau Ellen. Vanja strich ihm übers Knie.

»Die Brüder waren daran gewöhnt, zusammenzuleben«, flocht sie ein. »Deshalb war es auch ganz natürlich, dass Georg den Sommer immer in Kivik verbrachte. Sie teilten das Haus bis zu Georgs Tod.«

Der Pfarrer schrieb erneut schnell ein paar Worte aufs Papier. Danach richtete er sich etwas auf, wurde offizieller.

»Dann gehen wir vielleicht zur Klärung der praktischen Details. Haben Sie über die Begräbnisform an sich nachgedacht? Wir haben fünf verschiedene Grabmöglichkeiten. Sargwahlgrab, Urnenwahlgrab, Urnenreihengrab, anonymer Gedenkhain oder Wiesenbestattung mit Grabplatte.«

Vanja blickte zu Josefin und Peter, die wiederum einander ansahen. Sie hätten sich wohl besser vorbereiten und solche Fragen vor dem Treffen besprechen sollen. Vanja schielte zur Uhr, schon Viertel vor sechs. Die Ledertasche stand fertiggepackt im Flur. Sie wollte nicht zu spät loskommen.

Es war abends, als sie das Pfarrhaus wieder verließen, nachdem sie sich vom Priester verabschiedet und ein paar Broschüren mitbekommen hatten. Das Gespräch hatte sich hingezogen, aber jetzt war der Begräbnisgottesdienst geplant. Vanja blickte über den Friedhof. Sie hatten sich darauf geeignet, dass Åkes Asche auf dem anonymen Gedenkhain verstreut werden sollte. Die Entscheidung war nicht sehr schwer gewesen. Das fühlte sich sowohl würdig wie auch schön an und war besser als ein Grab, das gepflegt werden musste. Dafür hätte sich wohl auch Åke entschieden.

Vanja ging voran zum Parkplatz. Nahm Josefin mit sich, um ein paar Sekunden ohne Peter zu haben. Sie sah das Mädchen fragend an. Josefin seufzte.

»Nein, ich habe Mama nichts von dir erzählt. Natürlich nicht. Was denkst du denn?«

Die Erleichterung war so groß, dass Vanja förmlich die Last von ihren Schultern abfallen spüren konnte. Es würde sich bestimmt alles klären. Hoffentlich blieb Sally nicht dauerhaft in Kivik.

»Ich fahre heute Abend nach Kopenhagen«, sagte sie. »Aber du und ich, wir bleiben natürlich in Kontakt.«

Josefin biss sich auf die Unterlippe. Vanja konnte die Unruhe in den grünen Augen erahnen.

»Ich komme bestimmt eines Tages zurück«, versprach sie.

»Wann?«

»Sobald es möglich ist.«

Vanja warf einen Blick zu Peter zurück. Er war auf einen Grabstein zugetreten, um ihn genauer zu betrachten.

»Oma?«

»Ja, Liebling?«

»Da Mama nun schon mal da ist ...«

»Ja?«

Josefin stocherte mit der Schuhspitze im Kies herum.

»Ich habe mir überlegt, sie einmal zu uns einzuladen, damit sie Harald kennenlernen kann. Und sieht, wie wir es auf Vallmogården haben.«

Vanja spürte ihr Herz unter der Militärjacke pochen.

»Das klingt nach einer richtig guten Idee.«

»Findest du?«

»Natürlich.«

Vanja presste die Broschüren in ihren Händen an sich. Für einen Augenblick kamen sie ihr wie der letzte verbliebene Haltepunkt vor. Dann sammelte sie sich, brachte sogar ein Lächeln zustande.

»Du willst ihr doch sicher zeigen, wie es euch geht? Wie weit ihr es schon gebracht habt.«

Josefin starrte zu Boden.

»Ja. Das will ich wirklich. Nur kurz.«

Peter hatte zu ihnen aufgeschlossen.

»Danke euch. Das war ein gutes Treffen. Gut, dass jetzt alles geregelt ist.«

Er ging zu seinem Auto, um nach Simrishamn zu fahren, wo er etwas erledigen wollte. Josefin setzte sich in ihren Pick-up, Vanja in den weinroten VW-Bus. Sie ließ die Hände auf dem Lenkrad ruhen und blickte durch die Scheibe. Was auch immer in den letzten drei Jahren gewesen war und was Josefin auch über Sally gesagt hatte. Nichts davon galt mehr. Die Navigationskarte hatte sich aktualisiert.

Josefin hatte ihre Mutter vermisst. Wollte sie stolz machen.

Vanja startete den Motor und fuhr vom Kirchhof. Die Ledertasche wartete auf sie, aber sie würde sie wieder auspacken. Sie konnte nicht weggehen.

Vor langer Zeit hatte sie den größten Fehler ihres Lebens begangen. Den würde sie auf keinen Fall wiederholen. Jetzt diese Gegend zu verlassen hieße, die Verantwortung nicht anzunehmen, zu der sie sich in ihrer Eigenschaft als Großmutter verpflichtet hatte. Josefin brauchte sie. Vielleicht mehr denn je.

Sally

Die Stahlfedern des Betts quietschten leicht, als Sally sich setzte. Hier hatte ihr Vater all die Jahre geschlafen. Bis zu jenem Sommermorgen, als sie einundzwanzig war.

Das tote Gesicht. Die obere Kante der Bettdecke quer über seinem Brustkorb, fast hätte man glauben können, er schliefe. Friedlich und ruhig, und zugleich nicht er selbst. Überhaupt nicht.

Sie hatte unten in der Küche das Frühstück vorbereitet und sich gefragt, warum ihr Vater noch nicht aufgestanden war. Als sie ihn hatte wecken wollen, hatte er leblos in seinem Bett gelegen. Zuerst hatte sie ihn vorsichtig angestupst, dann fester an ihm gerüttelt. Er hatte auf nichts reagiert, und sie war zu Åkes Schlafzimmer gerannt, hatte an seine Tür geklopft und geschrien, er müsse aufwachen. Dann hatte sie den Notarzt gerufen. War glasklar, bestimmt und tatkräftig, sorgte dafür, dass alles getan wurde, was getan werden musste.

Geweint hatte sie erst viel, viel später.

Seitdem waren viele Jahre vergangen. Das Bett, auf dem sie jetzt saß, war nicht mehr das ihres Vaters. Es war ein ganz gewöhnliches Bett und dabei eine Spur zu hart, um bequem zu sein.

Sally betrachtete mit prüfendem Blick das Zimmer. Am besten tapezierte man es neu, strich sämtliche Holzleisten und suchte nach anderen Möbeln. Auf dem Sekretär stand eine getöpferte Schale mit einem großen, altertümlichen Schlüssel darin, den sie nicht kannte.

Sie sah zu der schmalen Tür in der Ecke, dem begehbaren

Schrank, in dem sie irgendwann in ihrer Kindheit einmal gewesen war. Sie hatte diffuse Erinnerungen daran, wie sie auf einer Haushaltsleiter stand, die ihr Vater unten sicherte, während sie nachschaute, was es auf den Regalen gab. Es war spannend gewesen, obwohl das Regal nur eine Reihe gemusterte, geschlossene Schachteln beherbergt hatte. Sally hatte darauf bestanden, bei ein paar den Deckel abzunehmen und war enttäuscht gewesen, als sich herausstellte, dass in der einen nur Handschuhe, Schals und Mützen, und in der anderen alte Stofffetzen und Vorhänge lagen.

Ihr Vater hatte ihr beim Herunterklettern geholfen. Vorsichtig, Fuß für Fuß, Sprosse um Sprosse. Er war sehr liebevoll gewesen, zugewandt, und doch zugleich nie richtig nahbar. Als hätte sich die Leere, die ihre Mutter hinterlassen hatte, über alles andere gelegt.

Sally und ihr Vater waren für ihre Zeit gleichermaßen ungewöhnlich gewesen, hatten nicht dem normalen Bild entsprochen. Nur wenige der Eltern von Sallys Freundinnen waren geschieden, und wenn, dann lebten die Kinder bei der Mutter. Die Väter hatten entweder neue Familien oder kamen sporadisch zu Besuch. Sie waren wie konturlose Schatten im Hintergrund, wenn nicht gleich ganz von der Bildfläche verschwunden.

Immer wieder war Sally als Kind gefragt worden, wo ihre Mutter sei. Die Antwort war stets dieselbe gewesen: Sie wisse es nicht. Ihr Vater hatte sie gebeten, nur zu sagen, ihre Mutter sei Künstlerin und arbeite im Ausland, und wenn Sally versuchte, mehr aus ihm herauszubekommen, sagte er, manche Mütter könnten sich einfach nicht um ihre Kinder kümmern. Manchmal, wenn er schlechte Laune und ein paar Gläser mehr getrunken hatte, nannte er ihre Mutter eine treulose Hexe. Aber danach nahm er diese Aussage meist zurück und sagte zu Sally, sie solle nicht so viel über ihre Mutter nachdenken. Es würde sowieso nichts bringen.

Nicht einmal als Bild hatte ihre Mutter existiert. Ihr Vater hatte nur ein paar in einem Fotostudio aufgenommene Schwarzweißaufnahmen aus den Sechzigern behalten. Manchmal zog er sie aus dem braunen Kuvert und zeigte sie Sally. Darauf war eine lächelnde, junge Frau mit unnatürlich glatter Haut, den blonden Locken in einer trutschigen Frisur und einem Blick, der starr auf etwas hinter den Fotografen gerichtet war. Wie eine Puppe.

Abgesehen davon gab es in Sallys Leben keine Spuren ihrer Mutter, rechnete man ihre Kunstwerke nicht mit. Die Bilder, die sie als junge Frau gemacht hatte, hatten hängen bleiben dürfen, wo sie waren. Ab und zu hatte Sally beobachtet, wie ihr Vater mit einem Lappen den Staub von den Rahmen wischte, aber er hatte nie über die Bilder gesprochen.

Auch sonst gab es keine Sachen oder Kleider von ihrer Mutter, weder in der Wohnung in Stockholm noch im Haus in Kivik. Ihr Vater hatte alles weggeräumt.

Sally stand vom Bett auf und öffnete die Tür zu dem Schrank in der Wand. Er war viel kleiner als in ihrer Erinnerung. Die Leiter stand neben Reihen aufgehängter Hemden und Jacken zusammengeklappt an der Wand. Es roch muffig, nach Stoff und Staub. Sie knipste die kleine Deckenleuchte an, eine Kugel aus Milchglas, und spähte nach oben. Dieselben gemusterten Schachteln wie damals, sie erkannte sie wieder. Und zwischen einem Stapel Schachteln und der Wand eingeklemmt, eine Papiertüte. Hatte die schon immer dagestanden?

Sally stellte die Leiter auf und stieg hoch, streckte sich danach und holte sie herunter. Sie war nicht besonders schwer, bloß zur Hälfte gefüllt. Der Inhalt bestand nur aus Schuhen. Sandalen, Badelatschen, Holzschuhen, alle in Größe achtunddreißig. Und ein Paar Damenschuhe mit halbhohen Absätzen. Sally drehte und wendete sie. Irgendwann vor langer Zeit hatten die an den Füßen ihrer Mutter gesessen. Was für ein unfassbarer Gedanke.

Schnell stieg sie wieder auf die Leiter. Sie wollte die Papiertüte auf ihren Platz zurückhieven, als sie etwas entdeckte. Einen flachen Gegenstand, ganz hinten auf dem Brett. Sie streckte den Arm. Es war ein kleiner Fotorahmen mit der Bildseite nach unten.

Das Foto war verblichen und die Farben hatten ihren Glanz verloren, aber das Motiv war noch erkennbar. Eine junge Frau Mitte zwanzig, im Sonnenschein lächelnd. Die hellen Haare steckten in einem Pferdeschwanz, und die Haut war sonnengebräunt. In einem hellblauen Kleid und einer weißen Strickjacke darüber saß die Frau mit ausgestreckten, schlanken Beinen auf einem der Steinpoller draußen am Pier. Sally wusste, an welchem. Genau dem nach der Holztreppe, die zum Badesteg führte. Unter dem Kleid wölbte sich der große, schwangere Bauch der Frau wie eine Kugel.

Vanja. Mai 1966.

Kurze, hastige Pulsschläge. Das Atmen wurde schwerer, in Sallys Brustkorb zog sich etwas zusammen. Eine schwangere, junge Frau. Wie schön sie die Hände um ihren Bauch legte, als würde er etwas sehr Wertvolles beherbergten.

Sally schluckte, aber die Tränen kamen trotzdem. Das

war das einzige Bild, das es von ihr und ihrer Mutter gab. Wenn man das zählen konnte.

Nachdem sie sich die Wangen abgewischt hatte, ergriff sie eine seltsame Ruhe. Ihr Puls verlangsamte sich. Der Mensch auf dem Foto war eine Fremde, jemand, den sie nie kennengelernt hatte. Vanja war auf diesem Foto natürlicher, sah aber sonst wie auf den Bildern aus, die Sallys Vater ihr gezeigt hatte. Wie ein süßes, nettes Mädchen, ganz ohne Eigenschaften. Die Kugel unter dem Kleid erinnerte an einen wohldimensionierten Fußball.

Sally wischte das Glas mit dem Pulloverärmel ab, strich auch ein paarmal über den Rahmen. Ihr Vater musste das Foto auf dem Regal hinter dem Karton versteckt haben, damit niemand es fand. Aber jetzt waren neue Zeiten angebrochen, und das Haus hatte den Eigentümer gewechselt.

Sie studierte die Frau ein paar Sekunden länger, dann hob sie die Papiertüte zurück an ihren Platz, stieg die Leiter herab, verließ den Wandschrank und schloss die Tür.

Das Foto stellte sie auf das Wandregal überm Bett. Es gehörte ins Haus, ebenso wie Åkes alte Möbel und Vanjas Bilder. Hier war ihr Platz. Gut sichtbar, über dem Bett ihres Vaters.

Gab es noch mehr für dieses Regal? Nicht, soweit sie sehen konnte. Am Fenster stand der Schreibtisch ihres Vaters und daneben sein breiter Planschrank aus Holz. Sally zog die oberste, schmale Schublade heraus. Einige Bleistiftskizzen mit Ziffern, ein paar schwarze Filzstifte und ein Lineal. Sonst nichts.

In der Schublade darunter lag ein Berg Zeichnungen. Beim schnellen Durchschauen erkannte sie das Haus, in dem sie sich befand. Allem Anschein nach hatte ihr Vater

Umbaupläne gehabt, zu denen ihm wohl das Geld fehlte. In Wahrheit war die Karriere ihres Vaters vorbei gewesen, bevor sie überhaupt begonnen hatte. Er war ein Träumer gewesen, wie sie selbst eine Träumerin war. Voller Visionen und Pläne, aber ohne Durchhaltevermögen und Tatkraft. Dann war er krank geworden und gestorben.

Sally versank in der Handschrift ihres Vaters. Den gekritzelten Strichen und Ziffern, den Plänen, aus denen nie etwas geworden war. Josefin hingegen hatte gemeinsam mit Harald ihre Träume verwirklicht.

Sie legte die Skizzen zurück. Zog die dritte Schublade heraus, in der ein in Seidenpapier eingepackter Gegenstand lag. Er war hart, wog fast nichts, klimperte ein wenig. Sie wickelte ihn aus. Eine Spieluhr. Weißer Kunststoff der Sechziger, etwas schmuddelig und in der Form einer Blume mit Blütenblättern um ein gezeichnetes Bild. Das war verkratzt und schmutzig, aber das Motiv war noch sichtbar. Ein kleiner Kobold mit rotem Gewand und Zipfelmütze auf dem wuscheligen Kopf spielte auf einer Flöte, und um ihn herum waren kleine Vögel sowie ein neugierig hinter einem Baumstumpf hervorguckendes Kaninchen.

Sally betrachtete die Spieluhr eingehend. Sie hatte keinerlei Erinnerung daran. Unten hing eine dünne Nylonschnur, sie ließ sich nur höchst widerstrebend herausziehen. Dann verklemmte sie sich, und nichts war zu hören. Die Feder hatte wohl nach so vielen Jahren des Nichtgebrauchs den Geist aufgegeben. Sally wickelte die Spieluhr wieder ins Seidenpapier und schloss die Schublade. Wenn sie nur Åke noch fragen könnte, wem sie gehört hatte, und warum sie aufbewahrt worden war. Aber diese Fragen würden nun für immer unbeantwortet bleiben.

Sie sah sich wieder im Zimmer um. Der Schlüssel dort in der Schale, für was der wohl war? Ein Gedanke ließ sie danach greifen.

Als Kind hatte Sally sich nicht viel im Dachboden aufgehalten. Er war nicht gedämmt und schlecht beleuchtet, und es roch dort merkwürdig. Außerdem wurde die Luft unter dem Blechdach im Sommer derart heiß und stickig, dass sie sich wie in einer Sauna gefühlt hatte, wenn sie doch hineingeschlichen war. Nachdem sie ihre Neugierde ein paarmal gestillt hatte, hatte sie nie mehr Lust hinaufzugehen. Auch nicht ins Turmzimmer, das streng verbotenes Terrain war. Papa hatte auf die Tür, die dort hinaufführte, gedeutet und erklärt, sie müsse allzeit geschlossen und abgesperrt bleiben. Sally hatte sich über das Warum nie größere Gedanken gemacht. Der Dachboden war so ungastlich gewesen, dass es sie nicht weiter interessierte.

Jetzt ging sie die abgenutzte Holztreppe nach oben, sie endete an einer geschlossenen, aber unversperrten Dachbodentür. Dahinter gelangte sie weiter nach oben. Kam in den unausgebauten Dachraum, der jetzt zu Frühlingsbeginn ausgekühlt und zugig war. Und düster. Nur durch eine kleine Luke fiel ein wenig Licht, aber das half nicht viel.

Sally tastete mit der Hand an der Wand entlang, fand den Lichtschalter und knipste die nackte Glühbirne an der Decke an. Sie spähte über Kisten und alte Möbel. Erinnerte sie sich falsch? Hatte sich nicht irgendwo hier die Tür zum Turmzimmer befunden? Die Tür, die immer verschlossen sein sollte. Doch, da war sie, gleich neben der Treppe, die sie gerade hochgekommen war. Und selbstverständlich war sie auch jetzt geschlossen.

Der Schlüssel passte ins Schloss und sie drehte ihn um. Er ließ sich nur schwer bewegen, aber nach einer Umdrehung drückte sie die Türklinke nach unten und die Tür ging auf. Dahinter war eine weitere Treppe, schmal, eng und gewunden. Sally stieg sie hoch bis ins Turmzimmer. Sollte sie je hier gewesen sein, hatte sie keine Erinnerung daran. Der kreisförmige Raum war nicht groß, aber größer, als sie geglaubt hatte. Von außen hatte sie den kleinen Turm nur als Zierde verstanden, kein Ort, den man betreten oder in dem man sich gar aufhalten konnte.

Der Ausblick zum Meer war atemberaubend, man sah über das Hausdach der Nachbarn hinweg. Die drei Sprossenfenster schienen direkt in den Himmel zu führen, und obendrein hatte das Dach ein Fenster. Das Zimmer war offenbar als kleines Atelier benutzt worden, aber schon lange nicht mehr in Verwendung.

Überall gab es Büchsen und Behälter mit Pinseln, verkrumpelte Farbtuben, Fetzen, Flaschen mit Leinöl und Terpentin. Auf einem alten Tisch lag ein Stapel aufgerollter Leinwände mit ausgefransten Kanten. Auf einer Farbpalette aus Holz waren Kleckse von ausgedrückter Farbe. Die Zeit hatte sie eindunkeln und zu harten Inseln austrocknen lassen, wie Lava in gedämpften Schattierungen.

An einer Wand standen hinter einem bekleckstem Sprossenstuhl mit gedrechselten Beinen auf Holzrahmen gespannte, alte Ölgemälde. Funkelnde Spinnwebfäden durchzogen den Raum, und in der Ecke hingen dichte Spinnennetze voll Staub.

Sally atmete ein und wieder aus. Sie stand völlig reglos, als bräuchte sie Zeit, um zu begreifen, wo sie gelandet war. Wessen Luft sie jetzt atmete.

Die Bilder hatten alle ähnliche Motive, waren Variationen desselben Themas. Tiere und Natur. Wie auf den Werken im restlichen Haus waren darauf Blumen und Schmetterlinge, Vögel und Bäume, das ein oder andere Katzenjunge oder ein Hundewelpe. Die Farbskala bewegte sich in Pastelltönen, die Stimmung war durchgehend hell und romantisch.

Auf der Fensterbank stand ein altes Transistorradio, bedeckt von Farbspritzern. Vanjas Radio. Damit musste sie beim Arbeiten Musik gehört haben, wie irgendein x-beliebiger Mensch.

Sally wich zur Tür zurück, mit einem Mal wurde alles zu viel und zudringlich. Sie kümmerte sich nicht darum, die Tür abzuschließen. Eilte nur die Treppe hinunter und zurück zum Zimmer ihres Vaters, wo sie den Schlüssel auf seinen Platz in der Schale legte.

Josefin

»Hier kannst du sehen, woran ich im Augenblick arbeite.«

Josefin ließ sich ins Atelier ihrer Großmutter führen, durch die meerblaue Tür, die mit einem naiven Schlängelmuster versehen worden war. Gleich würden sie zusammen mit Harald bei Peter zu Abend essen, aber wie üblich wollte ihre Großmutter zuvor von ihren laufenden Projekten berichten. Dass sie sich umentschieden hatte und in Svinaberga blieb, war das reinste Wunder. Josefin stiegen allein beim Gedanken daran sofort Tränen in die Augen. Heute trug ihre Großmutter eine smaragdgrüne Tunika mit einer breiten Schärpe um die Taille. Die Füße steckten in den Lieblingssandalen, einem eingelaufenen Exemplar mit braunen Lederriemen, zu dem sie oft graugesprenkelte Wollsocken anhatte. Beides besaß sie bestimmt seit den Siebzigern. Um ihre wirren Haare lag ein Tuch, unter dem ein paar große Silberohrringe hervorbaumelten.

»Das hier ruht gerade.« Ihre Großmutter deutete auf ein unfertig wirkendes Bild. »Meine erste reine Malerei seit vierzig Jahren. Ich habe neulich damit angefangen, weiß aber nicht, was daraus wird.«

Josefin setzte sich auf ein verblichenes Kelim-Bodenkissen. Sie betrachtete das Bild. Es hatte einen gelben Bereich in der Mitte, war an den Seiten blaugrau und löste nicht unmittelbar etwas in ihr aus. Ihre Großmutter würde noch ziemlich viel daran arbeiten müssen.

»Ich spüre nur, das ist etwas ziemlich Kraftvolles«, sprach ihre Großmutter weiter. »Und dann habe ich noch das hier, an dem ich im Wechsel arbeite.«

Sie rollte auf dem großen Tisch in der Mitte des Zimmers ein riesiges Tuch aus. Darauf waren Stofffetzen in unterschiedlichen Schichten geklebt, durchsetzt von gemalten Partien. Sie ging um den Tisch und deutete auf einzelne Details, während sie zugleich ihre verschiedenen, noch nicht komplett ausgegorenen Ideen erklärte. Josefin hörte zu und versuchte, alles zu verstehen, was nicht ganz leicht war. Ihre Großmutter und ihre Attitüde der Selbstverständlichkeit. Nie hinterfragte sie, ob es ihr zustehe, den Raum einzunehmen, weder physisch noch kreativ. Damit war sie denkbar weit entfernt von der verlorenen Art, mit der ihre Mutter das Dasein anging. Die war komplett von Frank abhängig gewesen, während ihre Großmutter wusste, dass jede Frau für ihre Rechte kämpfen musste. Dass sie sich einem Mann unterordnete, war unvorstellbar.

Es klopfte an der Tür und Harald streckte den Kopf herein.

»Essen ist fertig. Wie sieht es bei euch aus?«

»Sehr gut«, sagte ihre Großmutter. »Und jetzt haben wir Hunger.«

Sie legte den Lappen beiseite, mit dem sie hier und da orange Acrylfarbe auf das große Tuch getupft hatte.

Gemeinsam gingen sie hinüber zu Peters Haus. Setzten sich um den Küchentisch, während Peter Zucchinischnitzel, Fetacreme und zwei verschiedene Salate auftischte. Josefin betrachtete den leeren Stuhl am Kopfende. Åkes Platz. Er war von Peters Zucchinischnitzel begeistert gewesen und hatte daraufhin sogar vegetarisches Essen zu schätzen gelernt. Wenn er mit ihnen gegessen hatte, war er jedenfalls nicht unglücklich gewesen, das wusste sie mit hundertprozentiger Sicherheit. Hatte sich nicht wie in den

Notizbüchern gefühlt. Warum hatte er nicht erzählt, wie es ihm ging? Vielleicht hätte sie etwas für ihn tun können. Ihn zumindest trösten.

Åke war nie so einfach zu durchschauen gewesen wie Peter. Vor vier Jahren, als Josefin Peter zum ersten Mal getroffen hatte, war er sichtlich deprimiert, quasi völlig leblos im Gesicht. Als würde er nicht mehr wissen, wie man lebte. Aber nach und nach hatte er wieder begonnen, normale Dinge zu machen, die zu tun er seit Ellens Tod nicht gewagt hatte.

Das war der Verdienst ihrer Großmutter. Mit ihrem Einzug in das leerstehende Seitengebäude hatte der Hof neues Leben erhalten. Sie war mit Peter allzeit streng, wenn auch einfühlsam. Hatte dafür gesorgt, dass er die Fernsehcouch verließ und Sachen erledigte. Seit einiger Zeit kochte er auch wieder. Als Nächstes musste nun die Vegetation rund um den Hof in Angriff genommen werden. Während Peter darüber nachgedacht hatte, ob er überhaupt hier wohnen bleiben wolle, hatten Büsche und Unkraut viel zu lange in Ruhe wachsen dürfen.

»Die Rosen müssen ordentlich beschnitten werden«, sagte ihre Großmutter, während sie sich ein Zucchinischnitzel nahm. »Die waren früher bestimmt wahnsinnig schön.«

Josefin aß still, während die anderen weiter unterschiedliche Rosenarten, deren Eigenschaften und Düngung diskutierten. Sie dachte an ihre Mutter. Die jetzt hier war, ganz in der Nähe. Warum sprach niemand am Tisch über sie?

»Åke hatte die schönsten Kletterrosen«, warf Josefin ein. »Hat, meine ich. Wobei, jetzt gehören sie wohl Mama.«

Das Gespräch stoppte abrupt. Peter und Harald wussten augenscheinlich nicht weiter. Nur ihre Großmutter verzog keine Miene. Sie wischte sich die Lippen mit der Serviette ab.

»Ja, stimmt. Da hast du recht.«

»Was sollen wir tun?«, fragte Josefin. »Da Mama jetzt hier ist. Hat jemand darüber nachgedacht?«

Ihre Großmutter ließ die Serviette sinken.

»Was meinst du mit jetzt?«

»Na ja, Mama ist in Kivik und weiß nicht einmal, dass es dich gibt. Wie lange willst du dich verstecken? Früher oder später wirst du ihr begegnen.«

Ihre Großmutter aß weiter.

»Ich glaube nicht, dass das unbedingt sein muss.«

»Aber wie willst du das umgehen? ICA zum Beispiel, du kaufst dort ein. Und sie auch.«

»Das wird sich finden, du wirst sehen.«

Josefin verstummte. Auch sie würde ihrer Mutter bestimmt wieder begegnen, so war das nun mal in einem kleinen Ort. Man traf sich da und dort. Wie würde das werden? Bei der letzten Begegnung war sie nicht besonders freundlich zu ihr gewesen.

Ihre Großmutter nahm sich noch etwas Fetacreme.

»Ich lebe hier und Sally bei sich. Bis sie wieder nach Hause fährt.«

Peter wandte sich an ihre Großmutter.

»Wäre es aber auf lange Sicht gesehen nicht einfacher, sie zu treffen, Vanja, ein für alle Mal? Selbst wenn sich das schwierig anfühlt. Wir könnten dabei sein. Das würde die Sache vielleicht etwas ... entzerren. Und dann kannst du auf das Begräbnis gehen.«

Das Gesicht ihrer Großmutter fror ein. Ihr normalerweise friedlich wirkendes Lächeln wirkte aufgesetzt. Sie schien um Fassung zu ringen.

»Lieb von euch, dass ihr nach einer Lösung sucht«, sagte sie. »Aber es ist für alle das Beste, wenn ich es dabei belasse. Ich möchte Sally nicht mein schlechtes Gewissen aufdrängen oder sie irgendwie aufwühlen. Das müsst ihr verstehen. Sie hat genug gelitten.«

Keiner sagte etwas. Ihre Großmutter aß weiter, legte dann aber die Gabel auf den Tellerrand.

»Ich werde mich wie immer hier auf dem Hof aufhalten und arbeiten, an meiner Kunst und daran, den Garten in Schuss zu bringen. Tun, womit es mir gut geht. Möglichst wenig stören.«

Peter richtete sich auf der Küchenbank etwas auf.

»Ja, ich meinerseits bin jedenfalls jederzeit bereit, Sally zu treffen. Denn, ich glaube, das lässt sich nicht vermeiden. Spätestens bei der Beerdigung.«

Ihre Großmutter trank einen Schluck Bier. Josefin sah sie eindringlich an.

»Liebe Oma, kannst du es dir nicht noch einmal überlegen?«

Ihre Großmutter schüttelte den Kopf und stellte ihr Glas ab.

»Ich habe meinen Standpunkt klargemacht. Ich tue das für Sally und auch meinetwegen. Ich bin alt genug, um mich einschränken zu können, und auch dafür, nichts tun zu müssen, was ich nicht will. Nein sagen zu können.«

Sie schob den Stuhl zurück, legte die Serviette auf den Tisch.

»Danke fürs Essen. Ich geh dann mal. Mein neues Projekt wartet.«

Ihre Großmutter verließ die Küche, ohne aufgegessen zu haben. Josefin hörte, wie sie die Haustür hinter sich schloss, eine Spur lauter als üblich. Die drei blieben schweigend zurück. Das Thema würde keiner mehr aufgreifen, das war Josefin klar, Peter war zu rücksichtsvoll und Harald verabscheute Auseinandersetzungen.

Sie warf einen Blick durchs Fenster. Ein schwacher Lichtschein war drüben beim Haus ihrer Großmutter zu sehen. Die dunkle, hochgewachsene Gestalt eilte über den Hofplatz und die Vortreppe hoch. Die Tür ging auf, und dann war sie verschwunden.

Sally

Sally stellte den Teller mit dem halben Stück Apfelkuchen zum Spülbecken. Sie hatte keinen Hunger mehr. Trank nur weiter Tee und blätterte in einer alten Lokalzeitung. Da saß sie nun, drauf und dran, Besitzerin eines alten Hauses zu werden, das voll war mit gelagertem Gerümpel aus Jahrzehnten in staubigen Winkeln. Das Haus von oben bis unten sauber und schön zu machen würde anstrengend werden und dauern. Und mit jedem Tag resignierte sie mehr, da alle Jobs, auf die sie sich bewarb, schon vergeben waren. Sie hatte sogar ein paar Pensionen und Hotels direkt angerufen, aber überall hieß es nur, nein, danke.

Liselott hatte sie noch nicht aufgesucht. Etwas sträubte sich in ihr, nach so vielen Jahre. Wer waren sie geworden?

An der Haustür klopfte es. Als Sally öffnete, stand da Josefin. Ihr Gesicht war schwer zu lesen. Wortlos streckte sie ihr eine schwere Plastikkiste entgegen. Sally blickte hinein. Darin lag ein Haufen Kartoffeln, außerdem Karotten und anderes Wurzelgemüse.

»Dachte, du hättest davon vielleicht gern was«, sagte Josefin. »Biologischer Anbau.«

»Danke.«

Josefin zog den Reißverschluss ihrer Jacke hoch und runter, wieder und wieder.

»Tut mir leid. Das letzte Mal. Ich wollte nicht unfreundlich klingen.«

»Schon okay. Ich kann dich verstehen.«

Josefin blickte Sally musternd an.

»Wie geht es dir?«

Sally nahm die Kiste an den Griffen. Dass Josefin wieder zu ihr gekommen war, war kaum zu glauben. Fast ein Wunder.

»Ganz okay.«

»Und was ist mit Frank? Noch immer Schluss?«

»Ja, wir haben keinerlei Kontakt. Und das fühlt sich sehr gut an.«

»Bist du gern hier? In Åkes Haus.«

Sally hob den Blick, sah zwischen den Häusern hindurch. Das Meer in der Ferne hob und senkte sich mit jedem Wellengang. Der Wind hatte aufgefrischt.

»Ja«, sagte sie. »Ich hatte fast vergessen, wie es war, so nahe am Meer zu leben. Wie es klingt. Und den Geruch, den weiten Horizont. Ich wünschte, ich wäre früher zurückgekommen.«

Sie machte die Haustür ganz auf.

»Komm doch rein.«

Josefin zog die Trainingsschuhe auf der Fußmatte aus, wo bereits Sallys standen. Zwei Paar in derselben Größe, eng nebeneinander. Nur waren Josefins verdreckter.

Sally griff nach einer Tasse im Küchenschrank.

»Ich trinke gerade Tee. Willst du auch?«

»Nein, danke.«

Sally schloss die Schranktür wieder. Stand verlegen herum.

»Erinnerst du dich daran, wie wir immer Tee getrunken haben? In den Nächten am Wochenende. Wenn du aus gewesen bist.«

Josefin nickte, und Sally wagte, ihr in die Augen zu sehen.

»Das war, bevor ich Frank kennengelernt habe. Du und

ich, wir hatte es damals ziemlich gemütlich. Finde ich zumindest.«

Josefin wich dem Blick aus. Sagte nichts.

»Und dann unsere Kinotage«, sprach Sally weiter.

Bei dem Gedanken an diese besonderen gemeinsamen Nachmittage musste sie lächeln. Sie hatten damit begonnen, als Josefin in der Mittelstufe war, und es in der Oberstufe noch eine Weile fortgesetzt. Manchmal hatte sie mit einer leichten, sogar fieberlosen Erkältung zu Hause bleiben dürfen, Sally hatte sich ein paar Stunden freigenommen und sie hatten sich ein Mittagessen in der Stadt geleistet. Und danach gab es Kino und Popcorn.

Auch wenn ein großer Teil von Sallys Ersparnissen für diese Nachmittage draufgegangen war, waren sie jede Krone wert gewesen. Gut möglich, dass manch rechtschaffener Mensch das als Schulschwänzen bezeichnet hätte, aber sie freute sich selbst so viele Jahre danach noch über diesen Einfall.

Josefin schwieg weiterhin. Sally machte eine Geste in Richtung der Treppe zum Obergeschoss.

»Ich habe übrigens ein altes Foto gefunden, das ich noch nicht kannte. Vielleicht willst du es sehen?«

Keine Antwort, aber auch kein Nein. Sally ging die Treppe hoch und hörte, dass Josefin ihr folgte. Sie stellte sich auf die Schwelle zum Zimmer ihres Vaters.

»Hier drinnen sieht es exakt genauso aus wie, als ich klein war.«

Josefin trat einen Schritt in den Raum.

»Åke wollte nicht, dass jemand hier reinging.«

Ein kurzes Schweigen entstand. Als müssten sie sich beide erst wieder daran erinnern, dass Åke nicht mehr war.

Sally deutete auf das gerahmte Bild auf dem Regalbrett, von der jungen Frau mit dem großen Bauch.

»Da ist es. Das Foto.«

Josefin betrachtete es. Ihre hellen Harre hingen in weichen Wellen über ihren Wollpullover. Am liebsten wollte Sally die Hand ausstrecken und darüberstreichen, ließ es aber. Stattdessen nahm sie das Foto vom Regal.

»Meine Mutter. Sie ist schön, finde ich. Ein bisschen dir ähnlich.«

Jetzt, beim zweiten Mal, war es leichter, das Bild anzusehen. In das sonnenbeschienene Gesicht der jungen Frau zu blicken erschütterte sie nun nicht mehr in gleichem Maße, es rief eher so etwas wie Zärtlichkeit hervor. Was sich wohl hinter diesem Lächeln verbarg?

»Überlegst du manchmal, wo sie jetzt ist?«

Josefins Stimme war fast nur ein Flüstern. Ihre Augen waren weit aufgerissen, voller Fragen. Sally betrachtete das Foto genau.

»Das habe ich lange Zeit nicht getan. Aber hier zu sein hat etwas in Gang gesetzt. Ihre ganzen Bilder, und dann das hier ... Ich weiß nicht einmal, ob sie noch am Leben ist. Dann wäre sie dreiundsiebzig.«

Sally stellte das Foto zurück.

»Stell dir vor, vielleicht habe ich Geschwister? Aber es ist sinnlos, über so etwas nachzugrübeln. Da wird man nur verrückt.«

»Hasst du sie?«

»Hassen? Nein. Klar war ich manchmal ziemlich wütend auf sie. Als Teenager. Habe sie vermisst, wenn auch auf seltsame Weise, da ich sie ja nicht kannte. Aber jetzt tut sie mir einfach nur leid. Sie muss es schwer gehabt haben.«

Sally verschränkte die Finger ineinander, lockerte sie wieder.

»Aber wer weiß? Vielleicht ist sie jung gestorben.«

Josefin verließ das Zimmer. An der Treppe blieb sie stehen. »Warum glaubst du das?«

Sally stand noch in der Zimmertür.

»Ich habe nicht gesagt, dass ich es glaube. Aber manchmal habe ich versucht, mich in ihre möglichen Gedankengänge von damals einzufühlen. Denn ich habe es überhaupt nicht verstanden. Und dann habe ich gedacht, sie müsse verzweifelt gewesen sein. Keinen anderen Ausweg gesehen haben.«

»Wie? Du denkst, sie hat sich das Leben genommen?«

»Vielleicht. Irgendetwas muss nicht in Ordnung sein, wenn man sein Kind verlässt.«

Josefins Finger klammerten sich so fest um den Knauf des Geländers, dass sie weiß wurden. Sally legte ihre Hand auf die ihrer Tochter, und da blieb sie liegen.

Sie zu berühren. Wie lange das her war.

»Wir brauchen nicht weiter darüber sprechen. Ich kann mich an meine Mutter nicht erinnern. Die Hauptsache ist, dass ich meinen Vater geliebt habe. Er war der größte Schlamper der Welt, aber sonst gut. Ihn vermisse ich wirklich.«

Josefin ging die Treppe hinunter. Ihre Hände glitten auseinander, trennten sich wieder. Sally folgte ihr. Unten angekommen blieb Josefin stehen und drehte sich um.

»Versuch, nicht an sie zu denken. An deine Mutter.«

Sally lächelte vorsichtig. Ihre Tochter sorgte sich um sie, darum, wie es ihr ging. Verglichen mit der letzten Begegnung war die Stimmung komplett anders.

»Ich habe überhaupt keine Zeit, darüber nachzudenken«, versicherte sie. »Habe genug anderes zu tun. Das Haus aufzuräumen und in Schuss zu bringen. Mir einen Job zu besorgen.«

Josefin zog ihre Schuhe an. Sally sah ihr zu. Jede Minibewegung war wie eine Sensation. Ein Jahr mit sporadischen Telefongesprächen, dann drei Jahre völliges Schweigen und jetzt das. Josefin zu treffen, richtig mit ihr zu sprechen. Über Dinge von Bedeutung.

Sally nickte in Richtung der Kiste mit Kartoffeln und Wurzelgemüse auf dem Flurstuhl.

»Danke dafür. Wirklich lieb.«

»Keine Ursache. Wir haben Massen davon.«

Josefin zog wieder ihren Reißverschluss hoch und runter.

»Willst du vielleicht mal auf einen Sprung auf unserem Hof vorbeischauen? Irgendwann.«

Sally wurde still. Diese Worte zu hören war äußerst merkwürdig.

»Sehr gerne.«

»Dann kannst du auch Harald kennenlernen.«

Josefin machte die Tür auf und trat auf die Vortreppe.

»Denn du hast wohl nicht vor, deine Meinung zu ändern und nach Hause zu fahren.«

»Nein. Ich bin jetzt hier zu Hause. Wie ich gesagt habe. Muss nur einen Job finden. Vielleicht in einem Hotel oder einer Pension, sowas würde ich am liebsten tun. Ich werde weitersuchen.«

»Gut. Bis dann.«

Josefin wollte gehen, da hielt Sally sie noch einmal auf.

»Eins noch.«

Josefin blieb stehen. Sally riss sich zusammen.

»Wie willst du es beim Begräbnis machen? Soll jeder für sich kommen oder sollen wir zusammen hin? Ich meine, die Leute werden bestimmt reden. Egal, was wir machen.«

Josefin blickte ein paar Sekunden still auf die Treppenstufen. Dann hob sie den Kopf, ihr Blick wurde irgendwie entschieden.

»Wir können gemeinsam gehen. Wenn du willst.«

Vanja

Das erste Bild war speziell. Vanja trat ein paar Schritte zurück, sie hatte stundenlang daran gearbeitet und dabei die Zeit völlig vergessen. Wie in einem sanften Rausch hatte sie gemalt, Farbe abgekratzt, ausgestrichen und neu gemalt.

An den Wänden lehnten weitere begonnene Werke, denn nachdem sie wieder mit Ölfarben losgelegt hatte, kam ihr eine neue Idee nach der anderen.

Sie legte den Pinsel weg und ging auf die andere Seite des Raums, um eine frühere Kreation zu begutachten, ein Stillleben aus auf einer weißgestrichenen Spanplatte angeordneten Gegenständen. Im Zentrum saß eine Gestalt aus Gips auf einem alten Vogelkäfig. Dahinter stand ein halbkreisförmiges Fenster und daneben lag ein zur Hälfte ausgerolltes Poster mit einer Wüstenlandschaft darauf. Vanja versuchte, zu Füßen der Gipsfigur einen afrikanischen Wassersack zu platzieren, aber die Proportionen stimmten nicht. Zwar fühlte sich die Szene zeitlos an, genau wie beabsichtigt, aber zugleich war sie ihrer überdrüssig. Sie wollte sie gerne entblättern, auf ihre Essenz eindampfen, ohne dabei das existentiell Träumerische zu verlieren. Es war nicht klar, ob ihr das gelungen war.

Sie kehrte zu den Bildern zurück, griff nach dem Pinsel und stellte sich wieder vor das allererste. Das Ende des Pinselstiels fest an die Lippen gepresst, dachte sie scharf nach. Worum ging es? Allmählich erahnte sie eine Antwort. Tiefe Zeitstollen. Augenblicke, die verstrichen.

Draußen war ein Motorengeräusch zu hören und sie blickte, jäh aus ihrem intuitiven Zustand gerissen, zum

Fenster. Es regnete in Strömen. Josefins graublauer Pick-up fuhr auf den Hofplatz und bremste neben Peters Traktor.

Vanja legte den Pinsel beiseite. Würde Josefin einen letzten Überredungsversuch starten? Am Tag vor dem Begräbnis. Sie presste die Zähne aufeinander. Kein Mensch konnte sie zu etwas zwingen, insbesondere nicht, wenn es um ihre Freiheit ging. Familie war häufig ein Gefängnis, und um Gefängnisse machte sie einen großen Bogen.

Ein kurzes Klopfen an der Tür, dann wurde sie aufgedrückt und Josefin tauchte auf. Sie trug eine rote Wollmütze und an den Füßen Gummistiefel.

»Störe ich?«

»Aber nein.«

Josefin trat ein, schüttelte ein paar Wassertropfen ab. Vanja wartete gespannt.

»Möchtest du Tee?«

»Danke, nicht nötig. Wollte nur kurz vorbeischauen, um mit dir zu reden.«

»Über die Beerdigung.«

»Nicht direkt.«

Josefin blickte zu dem unfertigen Kunstwerk. Für sie war es nur eine Sammlung absonderlicher Gegenstände, nicht mehr. Irgendetwas schien sie zu bedrücken. Sie starrte reglos auf den Steinboden, auf die getrockneten Gipsreste von Vanjas stundenlangen Versuchen, die weiße Figur wie gewollt hinzukriegen. Der untere Teil von Josefins Stiefel war nun ebenfalls von feinem Gipsstaub überzogen.

»Mama glaubt, dass du vielleicht tot bist«, sagte sie.

Mehr nicht. Vanja durchlief es kalt. Wie viel Kontakt hatten Josefin und Sally gehabt? Was für Gespräche miteinander geführt? Zumindest eins hatte es gegeben. Über sie.

»Schätzchen.«

Weiter kam sie nicht.

»Du musst sie irgendwie treffen«, sagte Josefin. »Nach der Beerdigung.«

»Na. Ganz ruhig.«

Vanja nahm Josefin in die Arme. Spürte durch die Jacke hindurch die schmalen Schultern beben.

»Oma, ich kriege das nicht hin. Ich kann Mama nicht anlügen. Das geht nicht mehr.«

Josefin weinte nicht, war aber kurz davor. Vanja hielt sie im Arm. Was antwortete man auf so etwa? Sie wünschte sich von Herzen, sie könnte Josefin aus dieser Situation erlösen. Aber es war die ganze Zeit darum gegangen, sie zu beschützen. Und Sally. Vor allem Sally.

Vanja wiegte Josefin vorsichtig vor und zurück.

»Das ist keine Lüge«, sagte sie. »Manchmal kann man nur nicht die ganze Wahrheit sagen. Aus verschiedenen Gründen.«

»Aber ich weiß nicht, was ich zu ihr sagen soll.«

»Du sollst gar nichts sagen. Es gibt keinerlei Grund, dass du in diese Sache hineingezogen werden musst. Das habe ich eingebrockt. Ich und sonst niemand.«

Vanja griff an Josefins Kinn und hob ihr Gesicht an. Die Augen waren traurig, die Augenbrauen in einem verzweifelten Bogen nach oben gezogen.

»Du und ich. Wir waren uns doch einig. Wie wir uns in der Sache verhalten wollten.«

»Ja, aber ...«

Josefins Stimme brach beinahe. Vanja setzte den Satz ruhig für sie fort.

»Jetzt ist Sally hierhergekommen, ich weiß. Sicher. Es

ist anders als vorher. Aber es muss keinen Unterschied machen. Ich bin hier, in Svinaberga. Sie lebt in Kivik.«

»Ein paar Kilometer entfernt.«

Vanja strich Josefin eine Strähne aus der Stirn.

»Es besteht kaum ein Risiko, dass sie zufällig hier auf den Hof spaziert.«

Josefin seufzte. Vanja fuhr ihr mit dem Daumen übers Kinn, als wäre sie ein Kind.

»Weißt du, was ich glaube? Du bist im Augenblick besonders traurig, weil Åke morgen begraben wird. Und das ist auch richtig so. Das ist ganz natürlich.«

Keine Antwort. Aber Vanja konnte sehen, wie Trotz und Halsstarrigkeit langsam verschwanden. Sie waren einander ähnlich. Sie hatte selbst ihren Dickkopf. Sie hatte immer gewusst, was sie wollte und was sie ganz bestimmt nicht tun würde.

Josefin hatte sich aus der Umarmung gelöst. Sie wandte sich in Richtung Tür.

»Ich muss wohl erst die Beerdigung abhaken«, sagte sie. »Dann sprechen wir weiter.«

»Ja. Aber du kennst meinen Standpunkt. Auch wenn mir das leidtut, so sieht es aus.«

Vanja drehte die Ringe an ihren Fingern.

»Ich kann dich sehr gut verstehen. Aber an dem Tag, als dein Großvater gestorben ist, habe ich gleichsam begonnen, mein ganzes Leben in einem neuen Licht zu sehen. Er ist viel zu früh verschwunden, und ich habe davon erfahren, während ich in einem Atelier in Kopenhagen am Arbeiten war. In diesem Moment hatte ich das Gefühl, den Tod zu begreifen. Wie nah er ist. Und wie unerhört wichtig es ist, jeden Tag genauso zu leben, wie man es selbst möchte.«

Nach einer Atempause setzte sie erneut an, wollte mehr erklären, um kein Missverständnis zu riskieren.

»Ich bin glücklich mit meinem Leben, genau so, wie es jetzt ist. Ich mache, was ich liebe. Ich gehe in die Natur, ich bin mit den Menschen zusammen, die ich liebe. Ich arbeite im Atelier. Das ist mein Leben, im Licht des Todes. Verstehst du?«

Kein Wort, nicht einmal ein Nicken. Josefin öffnete nur die Tür. Auf dem Weg nach draußen stoppte sie und drehte sich um.

»Harald und ich gehen gemeinsam mit Mama zur Beerdigung. Nur damit du es weißt.«

Sie zog die Tür hinter sich zu. Vanja lauschte den Fußschritten auf dem Kies.

Eine ganze Weile stand sie reglos da. Dann griff sie nach ihrer Brille auf dem Tisch, um weiterzuarbeiten. Aber als sie das Brillenband um den Hals legte und die Brille aufsetzen wollte, fiel einer der Bügel ab und sie hatte eine kaputte Brille in der Hand, ohne zu wissen, wie sie kaputtgegangen war.

Sie legte sie zurück auf den Tisch und wandte sich wieder dem Stillleben zu, an dem sie arbeitete. Hielt inne und betrachtete es aus der Entfernung. Sollte sie vielleicht zumindest den afrikanischen Wassersack entfernen? Der sollte dem Ganzen eigentlich mehr Tiefe und Mystik verleihen.

Aber ihr Inneres schien irgendwie leerzulaufen, nichts wollte sich fügen oder zurechtrücken. Vielleicht war für heute Schluss mit der Arbeit.

Vanja ging zum Grammophon. Sie legte *Pelléas et Mélisande* von Fauré auf. Das spiegelte ihre Stimmung wider, insbesondere der wiederkehrende Querflötenpart. Sie zündete einen Zigarillo an, stellte sich in die offene Ateliertür und starrte in die Dämmerung. Es regnete weiterhin beharrlich.

Sally war über fünfzig Jahre alt. Etwas über der Lebensmitte. Dieser Gedanke war sowohl unwirklich wie erschreckend. Die Tatsache, dass das glattwangige Kind nicht mehr existierte, war kaum zu fassen.

Vanja nahm einen weiteren Zug, blies den Rauch in die aufziehende Dunkelheit. Es regnete jetzt heftiger, sie hörte das Plätschern auf der Wassertonne an der Ecke. Aber sie mochte aggressiven Regen. Er hatte etwas von Schicksalhaftigkeit, einem intensivierten Lebensgefühl. Als befände man sich in einem Gedicht.

Sie war damals so unerhört jung gewesen. Inmitten ihrer Depression war sie naiv optimistisch, irgendwo tief im Inneren. Sie schien den kindlichen Glauben gehabt zu haben, am Ende würde sich alles lösen. Was dann aber nicht geschehen war.

Vanja drückte den halbgerauchten Zigarillo in einer Pfütze auf der Treppe aus und schnipste den feuchten Stummel ins Gebüsch. Sie ging wieder nach drinnen, hatte mit einem Mal das Bedürfnis, Regen und Dunkelheit auszusperren, und zog deshalb den schweren, mit einer humoristischen, lebensbejahenden Textinstallation geschmückten Wollvorhang, den sie einmal für eine freie Theatergruppe angefertigt hatte, zu.

Grenzen. Sie waren lebensnotwendig. Generell ging es darum, nicht in etwas hängenzubleiben, das einem nicht guttat. Die ganze Zeit weiterzusuchen. Man musste die Verantwortung für sich ergreifen, denn das würde einem niemand abnehmen.

Sie ging zu ihrem unfertigen Werk zurück, dem ersten Bild. Betrachtete die Farben. Was wollten sie ihr eigentlich sagen? Warum packten sie sie derart, während sich das Werk zugleich sträubte?

Aber jetzt konnte sie schlicht nicht weitermachen, etwas stand im Weg. Josefin war enttäuscht, weil ihre Großmutter Åke nicht die letzte Ehre erweisen wollte. Aber störend waren nicht nur die Gewissensbisse gegenüber ihrer Enkelin. Etwas anderes zerrte an ihr. Eine sich steigernde Angst, die ungreifbar durch die Adern brauste und nicht abzuschütteln war.

Vanja nahm wieder die kaputte Brille vom Tisch. In einer Schublade ihres Skizzenschranks gab es Tape, eine provisorische Reparatur war keine große Kunst. Während sie den Bügel an seinen Platz brachte, dämmerte ihr eine Erkenntnis.

Sie wusste, was sie tun musste. Man erhielt als Mensch nicht sehr viele Chancen.

Sally

Das Auto fuhr langsam den Hügel zur Kirche hinauf. Sie hatten Åkes Volvo genommen. Harald, Josefins Freund, fuhr. Sally hatte mit ihm bei der Begrüßung ein paar höfliche Worte gewechselt. Er sah nett aus und redete ein angenehmes Lund-Schonisch. Josefin saß mit einer roten Rose auf dem Schoß neben ihm auf dem Beifahrersitz. Sally hatte sich ebenfalls für eine Rose entschieden, eine fast weiße.

Sie sprach nicht viel und blickte vom Rücksitz aus in erster Linie auf Josefins Nacken. Da war sie nun also, im selben Auto wie ihre Tochter. Damit hatte sie überhaupt nicht gerechnet, und nun galt es, aufzupassen, was sie sagte und tat. Nachdem sie so weit gekommen waren, durfte sie das nicht zerstören.

»Da wären wir.« Harald stellte das Auto auf einem freien Parkplatz ab.

Sie stiegen aus. Vor ihr das Panorama aus Feldern und Weiden mit dem Meer dahinter. Überall spross allmählich das Grün, und bald würden die Bäume auf den Apfelplantagen erblühen. Alles in allem einfach wunderbar. Sally stand voller Verzückung da. Umgeben von dieser Schönheit hatte sie aufwachsen dürfen. Und jetzt war sie wieder hier, in Södra Mellby.

Als Kind war sie oft die paar Kilometer landeinwärts in diesen kleinen Ort geradelt. Kein Sommer ohne ein paar Besuche beim Mellbybäcker, um Kavring, das würzige Roggenbrot, für ihren Vater und Åke zu kaufen. An heißen Hochsommertagen war der hinter Kivik sich erstreckende Hügel eine anstrengende, schweißtreibende Angelegenheit gewesen. Manche Abschnitte der Straße waren so steil, dass sie absteigen und ihr Rad schieben musste. Aber auf der Heimfahrt hatte sie fast den gesamten Weg rollen können und nur wenige Male in die Pedale treten müssen.

Ein paar Meter entfernt ragte die weiße Kirche in die Höhe. Hier war auch ihr Vater bestattet worden. Sally hatte den Zug aus Stockholm genommen, an der Zeremonie teilgenommen und war noch am selben Tag wieder zurückgefahren. Ohne am anschließenden Beerdigungskaffee teilzunehmen, ohne Kivik einen Besuch abzustatten. Die Beerdigung ihres Vaters hatte schlicht abgehakt werden müssen. Das Bestattungsinstitut hatte sich gemeinsam mit Åke um alles Praktische gekümmert. Selbst war sie kaum in der Lage gewesen, mit jemandem zu sprechen.

Und nun würden die Brüder am gleichen Ort ruhen. Das fühlte sich gut an, besser als damals, als sie ihren Vater hier allein zurückgelassen hatte.

Josefin lächelte Harald traurig an. Sally konnte sehen, wie sie sich für das Bevorstehende wappnete. Nicht nur die Begräbniszeremonie an sich. Zum ersten Mal sollte sich Josefin mit ihrer Mutter zeigen. Dem Neuankömmling Sally. Oder der Heimgekehrten, wie auch immer man sie nun bezeichnen wollte.

Sie marschierten in Richtung Kirchenpforte. Es ging auf sechzehn Uhr zu, dem Beginn der Feier. Schwarzgekleidete Menschen mit Blumen in den Händen versammelten sich nach und nach vor dem Gotteshaus. Immer mehr trafen ein. Josefin und Harald begrüßten sie. Viele guckten zu Sally. Sie konnte sehen, wie sich Leute flüsternd zueinander beugten. Manche starrten unverhohlen, folgten ihr mit dem Blick.

Die Aufmerksamkeit, die sie auf sich zog, sollte ihr egal sein. Natürlich wusste manch einer von dem nicht ganz perfekten Verhältnis zwischen Mutter und Tochter, aber das war Geschichte. Hier ging sie neben Josefin und zeigte dadurch, dass sie ihre schwere Phase hinter sich gelassen hatten.

»Das ist meine Mutter«, hörte sie Josefin schräg hinter sich sagen.

»Natürlich, wir haben einander schon kennengelernt«, antwortete eine Frau.

Sally drehte sich um, da standen ihre Nachbarn, Olle und Yvonne. Erleichtert ging sie auf die beiden zu und begrüßte sie, dankte ihnen für ihr Kommen. Sie redeten eine Weile miteinander. Olle und Yvonne erklärten ihr, wer die anderen Gäste waren.

»Sigge und Lo wohnen in dem hellgrauen Haus«, sagte Yvonne über ein Paar Mitte vierzig an der Kirchentreppe. »Zwei Häuser von dir entfernt, das Holzhaus mit weißen Ecken. Sie haben drei Kinder.«

Dann war da eine jüngere Frau mit kurzen, roten Haaren, die Bibliothekarin von Simrishamn. Olle erzählte, sie habe Åke immer Leseempfehlungen gegeben und darüber seien sie gute Freunde geworden.

Die vier über Achtzigjährigen, die gerade den Hügel hochmarschierten, waren zwei Fischer mit ihren Frauen, und etwas entfernt stand einer von Åkes ehemaligen, längst pensionierten Lehrerkollegen aus dem Gymnasium in Ystad.

»Eskil, der mit der Glatze, ist der Cousin von Lotte, die mit einem der Fischer verheiratetet ist«, erläuterte Yvonne.

Sally versuchte, sich Namen und Informationen zu merken, während Olle zugleich diskret auf zwei weitere ältere Bekannte von Åke deutete. Sie waren beide Handwerker und ihre Frauen hatten im Fischgeschäft respektive der Mosterei gearbeitet. Direkt daneben standen drei alte Studienfreunde aus Lund und daneben ein weißhaariger Kerl in elegantem Anzug, der über Jahre hinweg Åkes Tennispartner gewesen war. Sie hatten regelmäßig auf dem Sportplatz bei Solevi gespielt, bis sie zu alt geworden waren.

Sally blickte auf die Uhr. Noch fünfzehn Minuten bis zum Beginn der Zeremonie. Der Minutenzeiger schien stillzustehen. Sie ertrug es nicht, noch mehr Leuten vorgestellt zu werden, auf Dauer wurden diese Blicke anstrengend. Josefin und Harald kamen nach ihrer Begrüßungsrunde nun auf sie zu. In Begleitung eines großen Manns Mitte fünfzig in einem schwarzen Anzug. Er hatte dunkle, etwas verwuschelte Haare mit leicht graumelierten Schläfen.

Josefin schob den Mann auf familiäre Weise vor.

»Mama, bevor wir reingehen, musst du unseren Freund Peter kennenlernen.«

Die Augen des Manns waren braun, sein Blick wach und interessiert. Er lächelte freundlich und streckte ihr die Hand entgegen. Als Sally sie ergriff, rutschte das Jackett ein paar Zentimeter hoch und sie konnte um sein Handgelenk ein schlichtes Silberarmband erkennen. Darauf stand etwas, aber sie konnte nicht lesen, was.

»Hallo«, sagte er. »Peter. Ein enger Freund von Åke.«

Er nickte wissend, als Sally ihren Namen sagte, kannte ihn bereits.

»Da ist der Pfarrer«, sagte Peter und nickte in Richtung Kirchentreppe.

Das Kirchentor hatte sich geöffnet, und der Pfarrer empfing in einem langen Gewand mit zwei vorne herabhängenden, breiten Bändern die Begräbnisgäste. Er begrüßte alle herzlich.

Josefin und Harald gingen zu ihm. Sally und Peter folgten ihnen.

»Ist gut, dass wir das jetzt hinter uns bringen«, sagte Peter leise. »Ich finde so etwas leicht stressig. Und natürlich traurig.«

Sally stimmte ihm zu. Sie gesellten sich zu der Gruppe schwarzgekleideter Menschen, die durch das Kirchentor schritten. Peter sah sie von der Seite her an.

»Wie ist es, wieder in Kivik zu sein?«

»Wunderbar.«

Sie lächelte schief.

»Bestimmt schön, weit oben in der Hierarchie zu sein. Da Sie ja aus einem alten Kivikgeschlecht stammen, meine ich. Das alle kennen.«

Sie waren auf dem Weg in die Kirche hinter ein paar schwarzen Rücken zum Stehen gekommen.

»Was denn für eine Hierarchie?«, fragte sie.

»Ach, ich übertreibe ein bisschen. Aber es gibt doch in allen kleinen Orten eine Rangordnung. Am meisten Respekt erhalten die, die seit Generationen da wohnen. Je länger man sein Haus besitzt, desto höher der Status.«

Sally verstand genau. Sie betrachtete ihn von der Seite.

»Und selbst? In welche Kategorie gehören Sie?«

»Ich glaube, ich passe wohl in keine so recht.«

Sie traute sich nicht, weiter nachzufragen. Nun hatten sie die oberste Stufe erreicht. Der Pfarrer nickte Peter zu und blickte zu Sally, die keine Lust hatte, sich vorzustellen. Sie war wegen Åke da. Oder am meisten wegen Josefin.

Josefin

Josefin presste das Papiertaschentuch an den Mund und drückte Haralds Hand. Er erwiderte den Druck. Sie versuchte, ruhig zu atmen, während ihr die Tränen über die Wangen kullerten. Nur nicht an den Sarg denken, denn dann musste sie richtig losheulen. Sich lieber auf die Zeremonie konzentrieren.

Peter da vorne beim Pfarrer sah ganz zerbrechlich aus. Über ihm erhob sich das große, helle Kirchengewölbe. Seine Stimme war beim Lesen seiner Abschiedsworte zittrig, aber auch klar.

»Ich bin so dankbar, dass ich Åke kennenlernen durfte. Zwischen uns lag ein Altersunterschied von achtundzwanzig Jahren, der aber nicht zu spüren war. Keiner von uns hat je darüber nachgedacht. Wir waren Freunde. Ich werde Åke nie vergessen. Er hinterlässt eine fürchterliche Leere.«

Peter ließ den Blick über die schweigenden Menschen mit ernsten Mienen in den weißen Kirchenbänken schweifen.

»Wer Åke kannte, weiß, dass Tomas Tranströmer einer seiner Lieblingsdichter war. Diese Worte hat er besonders gemocht und sie oft zitiert: *Das Morgengraun schlägt und schlägt in die Grauwackengatter des Meeres, und die Sonne sprüht nah bei der Welt.*«

Josefin lauschte und starrte dabei unentwegt auf das Taufbecken aus dunklem Stein. Peter faltete seinen Zettel zusammen, kam zurück und setzte sich auf seinen Platz neben Harald.

Der Pfarrer stand auf.

»Danke, Peter. Nun möchte Josefin Larsson ein paar Worte über den Bruder ihres Großvaters sagen. Bitte.«

Josefin stand auf. Ein kurzes Hüsteln gebot den Tränen fürs Erste Einhalt, sie war nun ganz auf ihre Aufgabe konzentriert. Sie hatte entschieden, sich nichts vorher aufzuschreiben und frei vom Herzen weg zu sprechen.

»Als Kind und auch noch als Teenager verbrachte ich jeden Sommer ein paar Wochen bei Åke in Kivik, während meine Mutter in Stockholm arbeiten musste. Es war sehr lustig, und ich hatte immer große Sehnsucht, wieder hierherzukommen. Wir haben Karten gespielt, und er hat mir jede Menge Regeln beigebracht.«

Sie machte eine Pause, um ruhiger zu atmen, bevor sie weitersprach.

»Åke wusste alles über Tiere und Pflanzen. Wir spazierten in Kivik und der Umgebung herum, meist am Meer. Er erzählte mir eine Menge über die Natur, die in dieser Gegend so ungewöhnlich ist. Zum Beispiel, dass das Naturschutzgebiet beim Jahrmarktsfeld Sandsteppe heißt. Dass dort mitunter Brachpieper nisten und … ja.«

Überwältigt von Gefühlen, für die es keine Worte gab, verlor sie den Faden. Sah ein, dass das reichen musste. Vielleicht hatte sie schon zu viel gesagt.

»Solche Sachen hat er mir immer erzählt«, endete sie. »Åke ist für mich zu einem Ersatzgroßvater geworden. Und nach meinem Umzug hierher hatten wir nun ein paar Jahre wieder mehr Kontakt. Ich habe ihn sehr geliebt.«

Mit einem Blick zeigte sie dem Pfarrer an, dass sie fertig war.

»Danke, Josefin«, sagte er. »Dann hören wir jetzt eines von Åkes Lieblingsliedern, ›Jag vet en dejlig rosa‹, dessen

Version von Monica Zetterlund er besonders gern gehört hat.«

Der Priester trat zur Seite. Peter setzte sich ans Klavier. Er lächelte ein wenig, als wollte er Josefin sagen, alles werde gut. Sie stellte sich aufrecht hin, spürte eine gewisse Nervosität, vor allem aber Feierlichkeit.

Peter begann mit einem kurzen Intro. Die klaren Töne erklangen in dem hohen Kirchenraum, die Akustik war fantastisch. Dann erfüllte Josefin die Kirche mit ihrer Stimme, gestützt durch die Klavierbegleitung, versuchte, den schönstmöglichen Klang zu produzieren und die ganze Zeit wollte eine unbändige Zärtlichkeit schier aus ihr herausplatzen. Das war das allerletzte Mal, dass sie für Åke sang.

Sie blickte wieder über die versammelten Leute. Ihre Mutter hatte feuchte Augen, Harald auch. Ein paar schnieften in ihre Taschentücher. Als Josefin bei den letzten Zeilen den Blick eine Spur anhob, entdeckte sie ihre Großmutter. Ganz hinten, am äußersten Ende einer Bankreihe saß sie. Allein.

Das Lied verklang. Josefin warf Peter einen einvernehmlichen Blick zu und ging wieder an ihren Platz.

Ihr Puls beschleunigte sich. Ihre Großmutter, in ihrer alten Lederjacke. Sie war doch gekommen. Obwohl sie gesagt hatte, sie denke nicht daran. Was hatte sie ihre Meinung ändern lassen? Wenn das Begräbnis zu Ende war und alle die Kirche verließen, würde sie vermutlich ihrer Mutter begegnen.

Harald legte den Arm um Josefin und streifte mit den Lippen ihr Ohr.

»Wunderschön«, flüsterte er.

Sie beugte sich näher zu ihm.

»Oma ist da. Ganz hinten.«

Harald erstarrte. Sie drückte ihn fest am Arm, um ihm zu bedeuten, er solle sich nicht umdrehen. Nicht jetzt.

Es war an der Zeit für das letzte Lebewohl. Zuerst für die engsten Angehörigen. Harald hakte Josefin unter. Vor den Augen aller gingen sie zum Sarg, legten ihre Rosen darauf und nahmen sich eine Weile Zeit. Josefin biss sich von innen auf die Wangen, wollte nicht unter den Blicken so vieler Menschen von der Trauer überwältigt werden. Aber die Tränen kamen trotzdem, und schließlich ließ sie alle Gedanken diesbezüglich sausen. Erst als Harald und sie zu ihren Plätzen zurückgekehrt waren, konnte sie sich wieder einigermaßen beherrschen. Das Papiertaschentuch in ihrer Hand war komplett durchnässt.

Peter und ihre Mutter traten an den Sarg, verabschiedeten sich ebenfalls und setzten sich wieder. Danach waren die übrigen Begräbnisgäste dran, und nachdem sie ihre Blumen auf den Sarg gelegt hatten, gingen sie an Josefin vorbei und nickten ihr betroffen zu. Sie schaffte es, neutral zu bleiben.

Als eine der letzten kam mit ausdruckslosem Gesicht und fest auf den Boden gerichtetem Blick ihre Großmutter. Sie brachte einen künstlichen, aus Draht und verschiedenfarbigem Seidenpapier selbstgefertigten Kranz mit herabhängenden Stoffbändern. Nachdem sie ihn neben den Sarg gelegt hatte, verließ sie schnurstracks die Kirche.

Der Priester beendete die Zeremonie. Während er sprach, berührte ihre Mutter sie.

»Wie schön du singen kannst!«, flüsterte sie. »Wahnsinn.«

Josefins Gesicht wurde heiß. Stimmt, ihre Mutter hatte sie noch nie singen hören. Peter hatte darauf beharrt, sie sänge überdurchschnittlich gut, und ihr Unterricht gegeben. Nach einer Weile hatten sie begonnen, miteinander zu musizieren. Peter sagte immer, das sei eine Rettungsleine für ihn, eine Art, Ellen zu gedenken.

Dann war alles vorbei. Josefin ging langsam mit Harald, Peter und ihrer Mutter den Mittelgang hinunter. Der Priester stand an der Treppe und verabschiedete die aus der Kirche strömenden Gäste. Sie dankte ihm für seine Bemühungen, und dann hatte sie alle Hände voll damit zu tun, die Leute zum Leichenschmaus ins Vitemölla Badhotell einzuladen.

Ihre Großmutter war nirgends zu sehen. Auch ihr weinroter VW-Bus nicht. Nach und nach fuhren die Autos der Gäste in einer langsamen Kolonne den Mellbyhügel hinab. Wie bei der Hinfahrt setzte sich ihre Mutter auf den Rücksitz des Volvos und Harald ans Lenkrad. Gerade als Josefin einsteigen wollte, erblickte sie ihre Großmutter. Sie hatte den VW-Bus auf einem kleinen Seitenweg geparkt und wartete auf dem Fahrersitz. Offensichtlich ohne große Eile.

Josefin setzte sich neben Harald und schloss die Autotür. Es sollte nun seinen Gang gehen, wie auch immer.

Sie fuhren in Richtung Vitemölla. Ihre Mutter hatte noch immer nichts bemerkt, aber Harald registrierte den VW-Bus im Rückspiegel. Er warf Josefin einen gestressten Blick zu, aber sie machte nur eine Kopfbewegung nach vorn. Es musste jetzt alles nach Plan verlaufen, und das Wichtigste war im Moment, zum Badhotell zu kommen und dafür zu sorgen, dass der Leichenschmaus glückte.

Die Autos fuhren vorbei an Pflanzen und Gebäuden und

dem Meer im Hintergrund. Josefin stierte aus dem Seitenfenster, vernahm jeden Herzschlag so deutlich, dass ihr fast übel wurde. Aber sie hatte selbst ihre Großmutter gebeten, sich vor ihrer Mutter zu erkennen zu geben. Jetzt musste sie die Konsequenzen tragen.

Harald parkte vorm Badhotell und Josefin stieg aus. Ihre Großmutter hatte den VW-Bus etwas weiter entfernt abgestellt und bewegte sich auf den Eingang des Hotels zu.

Ihre Mutter schälte sich hinten aus dem Auto und richtete ihre schwarze Kleidung. Sie wirkte etwas nervös, schaute zur Fassade des Badhotell.

»Hier war ich ewig nicht. Wie schön es jetzt ist.«

Sie lächelte Josefin warm an, die das Lächeln wortlos erwiderte. Ihr Herz schlug viel zu schnell und heftig, sie konnte kaum atmen. Sie schob den Riemen der Handtasche auf die Schulter und ging auf den Eingang zu.

Sally

Sally hängte im Foyer des Badhotell ihren Mantel auf. Die erste Anspannung war abgefallen. Es war schön, sich nun hinzusetzen und gut zu essen und zu trinken, auch wenn sie etwas Angst vor den unausweichlichen Unterhaltungen mit Åkes Bekannten hatte. Vor unangenehmen Fragen wie der, warum sie so lange nicht in Kivik aufgetaucht sei, obwohl doch ihre Tochter seit vier Jahren hier lebte. Aber bald wäre der Abend rum.

Sie folgte Josefin und Harald in den großen, offenen Speisesaal mit der Sprossenfensterfront in Richtung Meer. Sally betrachtete ihn mit einem feierlichen Ernst, und das nicht nur, weil sie gerade von einem Begräbnis kam. Während der Achtziger hatte das damals noch ziemlich heruntergekommene, weiße Jahrhundertwendegebäude als wuselige Sommerdisco für die Jugendlichen der Gegend gedient. Sie selbst war zu jung gewesen, um hineinzudürfen, aber sie erinnerte sich an die grölenden, aus den Fenstern hängenden Gestalten, wenn sie und ihre Freundinnen vorbeiradelten. Jetzt war das Hotel bereits seit Jahren renoviert und hatte eine völlig andere Anmutung.

Auf den Tischen im hinteren Teil des Saals lagen weiße Tischdecken und überall brannten Kerzen. Entlang der Wände stand ein schonisches Smörgåsbord mit selbstgebackenem Brot, Lachs und Hering, Aufschnitt, kleinen warmen Speisen, Bier und Wein, Kaffee und Desserts. Das hatte Josefin alles bestellt, und sie hatte es wirklich gut gemacht, es ließ keinen Wunsch offen. Gemeinsam mit Josefin und Harald befüllte Sally einen Teller und setzte sich an einen Tisch. Sie registrierte an ihnen eine deutliche Anspannung, sie sagten beide kein Wort. Josefins Gesicht war bleich und bedrückt. Sie tat Sally leid. Offenbar war sie noch immer schwer mitgenommen.

»Wo ist denn Peter? Vielleicht möchte er bei uns sitzen.«

Sally spähte durch den Raum. Josefin machte eine Geste zu einer Ecke des wintergartenähnlichen, äußeren Teils des Speisesaals.

»Da.«

Sally folgte der Richtung ihres Fingers. An einem Fenstertisch saß Peter mit einer älteren Frau, die sich von den übrigen Gästen abhob. Statt Schwarz trug die Frau ein kragenloses Maurerhemd und darüber eine abgewetzte, braune Lederjacke und einen mehrmals um den Hals gewickelten, knallroten Schal. Die Farbe war ein Ausrufezeichen. Die Frau war ungefähr siebzig, hatte ein faltiges, aber dennoch anziehendes Gesicht mit einer scharfen Linie auf der Stirn. Irgendetwas an ihrem Aussehen war besonders, respekteinflößend. Eine starke Ausstrahlung. Ihre Haare waren weißgrau und struppig und steckten in einem losen Knoten. Sie erinnerte an einen alten Hippie, nur in aktualisierter Version.

Die Frau starrte auf den Tisch. Peter sprach mit ihr, aber sie antwortete kaum. Vielleicht war sie wegen Åkes Tod betrübt. War sie womöglich mit ihm zusammen gewesen? Sally wusste nichts von einer Lebensgefährtin, aber sie hatte viel nicht mitgekriegt.

Sie wandte sich an Josefin.

»Wer ist das? Die da drüben. Bei Peter.«

Etwas weiter entfernt klopfte jemand an sein Glas. Ein korpulenter Mann mit Unterbiss war aufgestanden, um eine Rede zu halten. In breitem Schonisch stellte er sich als einer von Åkes ehemaligen Lehrerkollegen aus dem Gymnasium in Ystad vor und erzählte dann eine Anekdote darüber, wie Åke seine Schüler dazu gebracht habe, sich für Meeresbiologie zu interessieren. Er habe leidenschaftlich dafür gebrannt, ihnen alles über die Interaktionen der Organismen mit der Umwelt im Weltenmeer beizubringen. Zum Schluss hob der Mann sein Glas und sprach einen Toast aus.

»Auf Åke, der sein Leben lang eine Liebe für alles hegte, was mit dem Meer zu tun hatte. Ein Vermächtnis seines Vaters und seines Großvaters.«

Alle erhoben ihr Glas. Als die seltsame Frau sich für einen Augenblick ins Dreiviertelprofil wandte, konnte Sally sehen, wie düster ihre Miene aussah. Während der Rede war sie aus ihrer Lederjacke geschlüpft und hatte sie über die Stuhllehne gehängt, aber um ihren Hals lag weiterhin der rote Schal.

Gerade wollte Sally Josefin ein weiteres Mal fragen, als ihr jemand auf die Schulter tippte. Sie drehte sich um und blickte in Olles Gesicht.

»War schön in der Kirche. Nicht wahr?«

Sally stimmte ihm zu.

»Du hast ganz wunderbar gesungen«, sagte Olle zu Josefin, die sich, noch immer ganz blass, bedankte.

Yvonne trat mit einem Teller vom Buffet in der Hand zu ihnen. Sie wiederholte, was Olle gesagt hatte, und dann redeten die beiden eine Weile über Åke. Wie zurückhaltend er gewesen sei, aber zugleich freundlich und hilfsbereit. Besorgt um die Menschen, die um ihn herum lebten.

»Wir haben in unserer Straße einen ganz wunderbaren

Zusammenhalt«, sagte Yvonne. »Wir haben sogar einen Lesekreis.«

Sie blickte Sally neugierig an.

»Haben Sie sich schon entschlossen, was Sie tun werden? Bleiben Sie hier oder fahren Sie zurück nach Stockholm? Jetzt, da das Begräbnis vorüber ist.«

»Ich bleibe. Ich fühle mich wohl im Haus. Und in Kivik.«

»Wie schön.«

Yvonne legte Sally die Hand auf die Schulter.

»Lesen Sie gerne? Dann wäre unser Lesekreis etwas für Sie. Wir lesen nur Klassiker, zu denen man bisher noch nicht gekommen ist. Die Sachen, die man einfach gelesen haben muss.«

Sally wusste nicht, was sie sagen sollte. Mitunter las sie auch einmal ein Buch, aber nicht sehr oft. Nach der Arbeit war sie vor Erschöpfung immer halbtot und entspannte sich lieber vor einer Fernsehserie.

»Das nächste Treffen ist jetzt am Ostersonntag«, sprach Yvonne weiter. »Bei mir. Wir werden die Reste vom Osteressen verputzen und über *Der Kaiser von Portugallien* sprechen. Haben Sie das gelesen?«

Sally schüttelte den Kopf. Sie kannte den Titel, mehr aber auch nicht.

»Gibt es sicher in Åkes Bücherregal«, sagte Yvonne.

»Ich weiß nicht, ob ein Lesekreis etwas für mich ist.«

»Es macht nichts, wenn Sie es nicht schaffen, das Buch zu lesen. Wäre schön, wenn Sie trotzdem auftauchen.«

Sie lächelte herzlich.

»Liselott kommt auch! Mit der Sie als Kind gespielt haben. Hat mir Olle erzählt.«

Sally nestelte an der Serviette herum. Yvonne wirkte

sympathisch. Sich mit den Nachbarn anzufreunden wäre sicher gut und Liselott wollte sie sowieso aufsuchen. Aber sie brauchte etwas Bedenkzeit.

»Kann ich darauf zurückkommen?«

»Natürlich. Denken Sie darüber nach.«

»Jetzt rufen aber meine Köttbullar«, sagte Olle.

Das Nachbarspaar ging weiter. Sie setzten sich zwei Tische von Peter und der seltsamen, noch immer ernst wirkenden Frau entfernt hin. Josefin und Harald standen auf, um sich etwas Schokoladenkuchen zu holen. Sally griff nach ihrer Handtasche.

»Die Toiletten, sind die im Foyer?«

»Ja, rechts vorm Ausgang.«

Josefin deutete mit dem Finger in die Richtung. Sie war wirklich völlig aufgelöst, ihre Hand zitterte.

Sally durchquerte den Speisesaal. Ein paar Minuten Ruhe würden jetzt guttun. Erst die Begräbniszeremonie und nun das Essen, die ganze Zeit unter Leuten zu sein und sich zu zeigen war anstrengend.

Bei der Garderobe gab es mehrere Türen in einer Reihe. Eine der Toiletten war frei, und sie huschte hinein. Als sie fertig war, stand sie eine Weile vorm Spiegel, kämmte sich die Haare, zog den Lippenstift nach, atmete ein paarmal tief ein und aus und trat dann wieder in den Garderobenraum.

Beim Ausgang wollte jemand gerade die Tür aufdrücken, um nach draußen zu gehen. Sally erkannte von hinten die Frau, die an Peters Tisch gesessen hatte. Wer auch immer sie war, sie konnte doch zumindest höflich Guten Tag sagen, hatte die Frau doch ganz offensichtlich zu Åkes Bekanntenkreis gehört. Und sie sah so anders aus.

Sally ging zu ihr.

»Entschuldigung?«

Die Frau drehte sich um. Beim Anblick von Sally fuhr sie zusammen. Sally lächelte sie an.

»Oh, ich wollte Sie nicht erschrecken. Ich wollte mich nur vorstellen. Ich bin Åkes Nichte und wohne seit vielen Jahren in Stockholm. Also habe ich ihn leider lange nicht mehr getroffen. Aber als Kind war ich oft bei ihm.«

Sie streckte die Hand aus.

»Sally Larsson.«

Die Frau sagte kein Wort. Stand nur wie angewurzelt da. Für einige Augenblicke starrte sie auf Sallys ausgestreckte Hand. Offenbar war sie noch spezieller, als sie die ganze Zeit schon gewirkt hatte, oder sie war an diesem traurigen Tag einfach aus dem Gleichgewicht.

»Kannten Sie Åke gut?«, fragte Sally.

Keine Antwort. Sally ließ die Hand langsam sinken, allmählich wurde es peinlich. Da streckte die Frau letztendlich doch die Hand aus. Auch sie zitterte. Der Händedruck war lasch und unsicher, ihre Silberringe klirrten, als die Finger aneinanderstießen. Sie sagte noch immer nichts. Starrte nur auf diese seltsame Art.

»Ich habe gesehen, dass Sie bei Peter gesessen haben«, sagte Sally.

Sie machte eine Geste in Richtung Speisesaal.

»Ich habe ihn heute kennengelernt. Sehr nett. Es ist schön, die Leute aus der Gegend hier kennenzulernen, nachdem ich gerade hergezogen bin.«

Die Frau hatte Sallys Hand wieder losgelassen. Jetzt umklammerte sie den Schulterriemen ihrer abgewetzten Handtasche aus braunem Leder. Ein unbekannter Duft lag schwach um sie, den Sally nicht identifizieren konnte.

»Ich lebe in Åkes Haus«, sagte Sally. »Vielleicht kennen Sie meine Tochter Josefin?«

Zu reden, ohne Antwort zu erhalten, fühlte sich immer seltsamer an. Sallys Wangen begannen zu glühen. Sie war so neugierig auf diesen Menschen gewesen, dass sie darüber vergessen hatte, wie gefühlsgeladen die Situation heute war.

Die Frau sah Sally schweigend an. Ihr Charisma war wirklich bemerkenswert. An einem Band um den Hals baumelte eine runde Brille, deren einer Bügel mit blauem Tape repariert war. Seitlich ums Gesicht hingen ein paar lose Haarsträhnen. In der Brusttasche zeichnete sich eine zerknittertes Softpack Zigaretten ab.

Eine Toilettentür ging auf und einer der Fischer kam heraus. Er lächelte sie beide breit an, seine Glatze glänzte und schimmerte rötlich.

»Jaja, da steht ihr zwei also. So schön, euch zusammen zu sehen. Wer hätte das gedacht. Ja meiner Seel, darüber wurde an meinem Tisch viel geredet. Denk mal an. Dass es sowas gibt.«

Er betrachtete sie nacheinander mit zufriedenem Ausdruck.

»Mutter und Tochter, das sieht man nicht direkt. Von Herzen weiterhin viel Erfolg. Großartig. Åke hätte sich sehr, sehr gefreut.«

Der Mann verschwand in den Speisesaal. Was hatte er gemeint? Sally begegnete dem Blick der Frau. Ihr Mund war leicht geöffnet, als wollte sie etwas sagen, schloss sich dann aber wieder. Sie wirkte, als hätte sie ein kalter Lufthauch zum Frösteln gebracht, sie vibrierte förmlich von innen. Und der Blick war nicht mehr nur ernst, eher ängstlich, gefüllt von einer immensen Angst. Als sich die Frau eine Strähne aus dem Gesicht strich, zitterte ihre Hand.

»Es stimmt«, sagte sie. »Ich bin Vanja.«

Sally bewegte sich nicht. Die eben gesagten Worte waren nur aneinandergereihte Laute. Sie musste nochmal rekapitulieren, was der glatzköpfige Mann gesagt hatte, die Worte erneut aneinandersetzen. Aber ihre Bedeutung zu verstehen war unmöglich.

Ich bin Vanja.

Das Gesicht vor ihr wurde durch die runde Deckenlampe von oben beschienen. Darin war nichts, was sie wiedererkannte. Nichts von dem Foto des jungen Mädchens mit den leichten Pausbacken. Nur eingesunkene Wangen und markante Wangenknochen. Die Augen lagen im Schatten der dichten Wimpern. Ihre Farbe war undefinierbar.

»Ich weiß«, sagte die Frau. »Ich hätte nicht herkommen sollen.«

Ihre zuvor so starren Gesichtszüge hatten sich aufgelöst. Die Mundwinkel zitterten.

»Entschuldige. Ich werde gehen.«

Sie sprach kein Schonisch. Auch kein echtes Stockholmerisch. Ihre Stimme war tief, fast etwas heiser.

Sally ließ die Frau stehen. Ging zu der Wand, an der die Mäntel gleich einem undurchdringbaren schwarzen Berg hingen. Wo war ihrer? Der schlichte Wollmantel, den sie in Södermalm in einem Vintageladen gekauft hatte. Dann fiel es ihr ein, sie hatte ihn fast ganz nach rechts gehängt.

Wie eine Blinde suchte sie sich durch die Mäntel, bis sie ihren gefunden hatte, riss ihn vom Haken und eilte zur Ausgangstür. Rannte geradewegs in die Dämmerung und über den kreisförmigen Kiesplatz vorm Hotel.

Am Straßenrand hielt sie an. Wo sollte sie hin? Die Dunkelheit setzte ein.

Nach Hause. Sie musste nach Hause. Es waren nur ein paar Kilometer.

Das diesige Halbdunkel wurde von den starken Scheinwerfern und dem Geräusch eines vorbeifahrenden Fahrzeugs durchbrochen und Sally überquerte lieber die Straße. Sie wollte niemandem begegnen, also war es besser, ein Stück am Meer entlangzugehen.

Der sandige Boden war uneben und spärlich von Strandhafer bewachsen. Über die sanften Dünen taumelnd, setzte sie ihren Weg geradeaus fort. Unter den Schuhsohlen war jetzt reiner Sand, der Bewuchs hörte allmählich auf. Sie stolperte einen kleinen Abhang hinunter, fiel beinahe hin, fand aber das Gleichgewicht wieder. Klang und Anblick der heranrollenden Wellen hatten eine beruhigende Wirkung, genau wie der Geruch von Meer, Salz und verrottendem Seetang.

Sally drosselte das Tempo. Sie erreichte das Wasser, blieb stehen, atemlos und voll Angstschweiß, mitten im Wind.

Erst nach ein paar Minuten konnte sie ihren Atem unter Kontrolle bringen. Sie sank auf die Knie in den Sand, die Haare peitschten um ihr Gesicht. Dann hörte sie etwas. Eine schwache Vibration, die durch die anderen Geräusche hindurchdrang.

Sally griff in die Tasche und zog ihr Telefon hervor. Eine SMS war gekommen, von Frank. *Vermisse dich.* Nicht mehr. Sie stand umständlich auf, presste das Handy an den Körper, ließ sich von Wind und Wellenrauschen einhüllen. Bis sie aus der Ferne ein Rufen hörte.

»Sally!«

Sie drehte sich um. Das Rufen wiederholte sich immer wieder, kam näher. Ein Mann rief nach ihr.

»Sally!«

Ihre Augen hatten sich an das Halbdunkel gewöhnt und konnten nun eine Gestalt erkennen. Jemand kam angelaufen, blieb aber oben auf der Küstenwiese stehen. Er wedelte mit den Armen. Sie zog ihren Mantel an und ging zurück. Als sie nur noch ein paar Meter von dem Mann entfernt war, erkannte sie ihn. Peter.

Er stand schweigend da, während sie mühsam mit der Handtasche am Arm die sandige Böschung hochkletterte. Sobald sie oben war, kam er auf sie zu und nahm sie in die Arme, als wäre das völlig natürlich. Sally spürte den Anzugstoff an der Wange. So blieben sie, bis Sally zu zittern aufgehört hatte, dann erst lockerte er seinen Griff.

»Josefin hatte gefragt, ob ich Sie gesehen hätte. Dann kam Vanja und sagte, ihr wärt vor den Toiletten aufeinandergestoßen. Ich dachte, Josefin würde ohnmächtig.«

»Entschuldigen Sie, aber ich muss nach Hause.«

Sally ging wieder in Richtung Straße. Peter begleitete sie, ließ aber eine Hand auf ihrer Schulter liegen. Am Straßenrand blieb sie stehen und machte sich bereit für den Nachhausemarsch.

»Ich fahre Sie.« Er nahm die Hand weg.

»Nein, danke. Das ist nicht nötig.«

Sie marschierte los in Richtung Kivik.

»Sally, warten Sie.«

Er stellte sich vor sie.

»Ich habe kein gutes Gefühl so. Auf meinem Hof gibt es einige Gästezimmer, da können Sie gern übernachten, wenn Sie wollen. Und wir können ein bisschen reden.«

»Nein, nein.«

Sally ging um Peter herum, aber er folgte ihr.

»Ich finde, Sie sollten jetzt nicht allein sein.«

Sie beschleunigte den Schritt. Reden, warum? Sie kannten einander nicht.

»Aber ich muss für mich sein«, sagte sie.

»Das glaube ich nicht.«

Sally blieb stehen. Sie musterte ihn. Das mit dem Übernachten war womöglich ein schäbiges Angebot. Sie war an alles gewöhnt, hatte so manches gehört. Aber Peter strahlte nichts dergleichen aus. Er wirkte ehrlich besorgt.

»Wenn ich Sie wäre, wäre ich jetzt in so etwas wie einem Schockzustand«, sagte er. »Und bräuchte einen vernünftigen Menschen zum Reden.«

Er war durch und durch ehrlich. Einfach umsichtig. Mit ihm zusammen die Kirche zu betreten hatte sich am Nachmittag so geborgen angefühlt. Auch jetzt überkam Sally in seiner Gegenwart ein Gefühl von Ruhe.

Sie hing sich die Handtasche über die Schulter, putzte etwas Sand vom Mantel und überlegte. Aber ihr Kopf schien wie ausgeknipst.

Über den Steinstufen zum Hotel in circa fünfzig Metern Entfernung öffnete sich die Eingangstür. Jemand trat ins Licht der Außenbeleuchtung.

»Mama, bist du das?«

Josefin. Mit heller, ängstlicher Stimme.

Peter hob die Hand.

»Alles in Ordnung, Josefin, du kannst wieder reingehen.«

»Aber ...«

»Ich kümmere mich. Geh du zurück zu den anderen. Es ist alles in Ordnung.«

Die Eingangstür schloss sich. Er wandte sich wieder an Sally.

»Sie brauchen ein Gläschen Birnenlikör. Selbstgebrannt.«

Er zog seinen Autoschlüssel hervor. Ging zu einem der Wagen und schloss ihn auf. Dann holte er das Handy aus der Tasche. Schrieb eine SMS.

Erst jetzt spürte Sally, dass ihre Schuhe voll Sand waren. Und die Beine schwach, sie konnten jeden Augenblick nachgeben. Vielleicht wäre es ja in Åkes Haus doch etwas einsam. Wenn sich der Schlaf nicht einstellte, konnte die Nacht lang werden.

Peter öffnete ihr die Beifahrertür. Sie stieg ein, umklammerte die Handtasche wie eine Rettungsboje. War zu keinem Gedanken mehr in der Lage. Wollte nur weg.

Während Peter rückwärts auf die Straße hinaussetzte, griff Sally in die Innentasche ihrer Handtasche und warf einen diskreten Blick auf ihr Handy. *Vermisse dich.* Franks Name leuchtete ihr entgegen. Sie dachte an Milenas Worte. Kein Kontakt war die Losung.

Sie legte das Telefon zurück, konnte keinerlei Entscheidung treffen. Nicht jetzt. Fürs Erste blieb es, wie es war.

Vanja

Vanja legte das geliehene Baumwollnachthemd auf den Stuhl neben der Nähmaschine. Jede Bewegung war mühsam, als wäre sie im Wasser. Körperlich war sie todmüde, aber ihr Kopf war am Bersten. Die Nacht war da.

Die Nacht danach. So würde sie in ihrer Erinnerung bleiben. Das wusste sie bereits jetzt.

Sie setzte sich mühsam auf das Bett im eigentlichen Nähzimmer, das bei Bedarf für Gäste verwendet wurde. Die Bettwäsche war mit kleinen Blümchen bedruckt. Aus dem Bad hörte sie Josefin sich bettfertig machen. Das Wasser rauschte ins Handwaschbecken und die elektrische Zahnbürste surrte. Alltäglich, unbekümmert.

Drüben im Badhotell. Nachdem Sally die Flucht ergriffen hatte, war Vanja in ihrer Verzweiflung in den Speisesaal zurückgekehrt, wo ihr die Gäste am Tisch des Fischers freundlich zugenickt und die Gläser erhoben hatten. Josefin hatte bemerkt, wie erschüttert Vanja nach der Begegnung mit Sally war, und darauf bestanden, sie müsse auf Vallmogården übernachten.

Vanja legte die Stirn in die Hände. War das wirklich geschehen? War sie wirklich heute Abend Sally begegnet? Sie konnte es nicht recht glauben, es war so unwirklich.

Knapp fünfzig Jahre alt. Mit ein paar kleinen Fältchen, aber auch einnehmenden Gesichtszügen und intelligenten Augen. Eine dieser Frauen ihres Alters, die man im Bus oder auf dem Gehsteig möglicherweise registrierte. Rein äußerlich gesehen gewöhnlich und normal, aber mit einer schwer präzisierbaren Besonderheit.

Das Treffen mit Sally. Nun hatte es stattgefunden. Jener Augenblick, den Vanja im Laufe der Jahre in Gedanken gestreift, mitunter auch durchgespielt hatte wie einen Tagtraum. Aber das Szenarium an sich war nie wirklich konkret geworden, die Bilder waren undeutlich geblieben. Kein Gesicht hatte sich herauskristallisiert. Und Vanja hatte das Gedankenpaket immer ziemlich bald wieder verdrängt.

»Das Bad ist jetzt frei. Ich habe dir eine neue Zahnbürste hingelegt.«

Josefin stand in einem ähnlichen Baumwollnachthemd in der Tür, nur war ihres blau gestreift. Mit einem pastellgrünen Frotteehandtuch rieb sie sich das Gesicht trocken.

Vanja erhob sich vom Bett.

»Danke.«

Eine konkrete Handlung brachte eine gewisse Erleichterung. Wie sich bettfertig zu machen.

»Wie geht's dir?«

»Ich komme schon klar. Schlaf jetzt, Schatz. Das war ein harter Tag.«

Vanja nahm das zusammengelegte Nachthemd vom Stuhl. Sie spürte, wie ihr ihre Enkelin mit den Blicken folgte.

»Bereust du es noch immer?«

Vanja presste das Nachthemd an die Brust. Ihr Herz hämmerte. Sie betrachtete die Nähmaschine mit dem weißen Plastiküberzug.

»Ich hätte nicht zum Badhotell mitkommen sollen.«

»Aber das bist du nun mal. Und nachdem ich das ganze jetzt durchdacht habe, bin ich froh, dass du gekommen bist.«

»Es wäre besser gewesen, wenn ich von der Kirche nach Hause gefahren wäre. Sofort nach der Zeremonie.«

»Du wolltest Mama sehen. Und das hast du.«

Vanja schwieg. In den letzten Jahren hatte sie häufiger darüber nachgedacht. Sich gefragt, ob sie wirklich sterben würde, ohne ihrer Tochter noch einmal begegnet zu sein.

Josefin faltete das Handtuch und hängte es sich über den Arm.

»Oma, denk mal so. Das Leben kann plötzlich vorbei sein. Oder man verliert den Verstand. Und dann ist alles zu spät.«

Vanja schloss die Augen. Zu spät. Vielleicht wäre das besser gewesen. Wenn man nicht mehr lebte, war alles egal. Dann mussten die anderen klarkommen, so gut sie konnten.

»Sei nicht traurig«, sagte Josefin. »Sei lieber froh. Ich glaube, dass es auch für Mama gut ist.«

Vanja machte die Augen wieder auf.

»Sie ist fluchtartig abgehauen. Einfach verschwunden.«

»Ja, aber Peter ist ihr nach. Er hat gesagt, alles sei gut.«

Vanja umklammerte das Nachthemd. Wie sich Sally gefühlt haben musste, konnte sie sich überhaupt nicht vorstellen. Was für ein Schock, als ihr die Wahrheit aufging. Dieser paralysierte Blick aus den weit aufgerissenen Augen.

Wer sollte sie da trösten können? Nicht einmal Peter, egal, wie lieb und einfühlsam er war. Sally war jetzt einsam. Einsam und verlassen in ihrem großen leeren Haus.

Warum, warum? Aber Vanja konnte die Zeit nicht zurückdrehen. Weder um achtundvierzig Jahre noch um ein paar Stunden. Jetzt war es, wie es war.

Sie versuchte, Josefin anzulächeln.

»Nun geh ins Bett, Schätzchen. Schlaf gut.«

»Du auch.«

Josefin nickte ihr zum Abschied zu. Dann ging sie zu ihrem Schlafzimmer am anderen Ende des Obergeschosses, wo Harald wartete.

Nach dem Zähneputzen und Umziehen kroch Vanja ins Bett und löschte die Nachttischlampe. Das Laken war kühl und roch frischgewaschen. Das geliehene Nachthemd saß etwas zu eng, aber das machte nichts. Alles war so bequem wie überhaupt möglich.

Vanja legte sich auf die Seite und schlang die Arme um die hochgezogenen Knie. Sie starrte in die Dunkelheit. *Schlaf jetzt. Schlaf einfach.* Schlaf war eine Medizin. Sie hatte sie viele Male angewandt, noch nie Tabletten dafür gebraucht. Normalerweise kümmerte sich ihr Körper darum. Aber jetzt tickte der Wecker zu laut und die Dunkelheit war zu dicht.

Sally Larsson. Geboren am Samstag, dem einundzwanzigsten Mai um siebzehn Minuten nach vier Uhr morgens im Södersjukhuset in Stockholm. Da war gerade die Morgensonne vor dem Fenster des Kreißsaals aufgegangen. Die untere Hälfte der Fensterscheibe war mit einer Milchglasplastikfolie abgeklebt, aber der Himmel darüber war schöner als jeder Himmel, den Vanja je gesehen hatte.

Schluss jetzt! Was für ein sinnloses Unterfangen, sich selbst zu martern. Diesen Erinnerungen nachzuhängen und in den Schmerzpunkten herumzustochern, nur destruktiv.

Stattdessen dachte sie an Georg und jenen Mittsommerabend Mitte der Sechziger. Dieser bärtige, schonische Typ auf jener Party, der sie bereits mit seinen ersten Worten zum Lachen bringen konnte. Und der die wärmsten Augen der Welt hatte. Sie war mit einer Studienfreundin in deren Elternhaus in der Nähe von Karakås gefahren, um eine Juniwoche am Meer zu verbringen. Am Mittsommerabend gab es eine Feier bei einer Bekannten in Södra Mellby, und da trat Georg in ihr Leben. Groß und schlaksig, gerade fertig mit seinem Architekturstudium, in einem braunen Cordsakko.

Sie tanzten beinahe ununterbrochen. Am Ende der Party bot ihr Georg an, sie auf seinem Gepäckträger durch die milde, helle Nacht nach Hause zu kutschieren. Sie rollten die Hügel hinunter, die Haare flatterten ihr um die Ohren und sie hielt sich an seinen Hüften fest. Jedes Mal, wenn er in die Pedale trat, schossen kleine Verliebtheitsexplosionen durch ihren Körper.

Georg war eigentlich nach Stockholm gezogen, wohnte aber vorübergehend in seinem Elternhaus in Kivik, einem großen, verzierten Kapitänshaus. Der Vater schlief im Obergeschoss und er in seinem früheren Jugendzimmer im Keller. Vanja kletterte in der Morgendämmerung durch ein enges Fenster heraus und dann küssten sie einander lange und versprachen, sich wiederzusehen. Nichts in der Welt konnte sie voneinander fernhalten.

Ein Jahr später heirateten sie in der Kirche in Vitaby, gingen dann nach Stockholm zurück und lebten dort gemeinsam in Vanjas Mietwohnung in Hagsätra. Nur wenige Wochen später war sie schwanger.

Vanja änderte ihre Position im Bett. Das Laken war schweißdurchtränkt. Sie drehte sich auf die andere Seite, mit dem Gesicht zur Wand und den Händen zwischen Kissen und Wange.

Viele Jahre später. Der Tag, an dem sie die Todesanzeige entdeckt hatte. Ein schwedischer Künstlerkollege im Atelier in Kopenhagen hatte die Tagesausgabe von *Dagens Nyheter* dabei und sie auf dem Küchentisch liegengelassen. Dass Vanja während ihres Vormittagskaffees darin geblättert hatte, war reiner Zufall.

Sie streckte die Beine unter der Decke aus, drehte sich wieder und blickte zur Decke hoch. Der Puls war langsamer geworden und das Herz raste nicht mehr völlig unkontrolliert, aber an Schlaf war weiterhin nicht zu denken.

Georg. Sie hätte wenigstens einen Kranz schicken sollen.

Die Gedanken schweiften zu der heutigen Zeremonie in der Kirche. Sally, die ganz vorne gesessen hatte, neben Josefin, Harald und Peter. Vanja hatte nicht widerstehen können. Nur den Hinterkopf ihrer Tochter zu betrachten war nicht genug gewesen, Vanja hatte auch das Gesicht sehen wollen. Ihre Gesichtszüge, Augen, Hände, ihren Körper, die Kleidung. Die Art, wie sie sich bewegte.

Deshalb hatte es Vanja dazu gedrängt, ins Badhotell mitzugehen. Irgendwie hatte sie sich vage vorgestellt, eine Begegnung von ihr und Sally würde vielleicht trotz allem gut laufen. In dem schönen Speiseaal inmitten einer Menge anderer Menschen würde es vielleicht zu einem ruhigen, zivilisierten Treffen zwischen zwei erwachsenen Frauen kommen können. Das hatte sie gedacht, während sie mit ihrem VW Bus über die Landstraße gebraust und in Richtung Vitemölla abgebogen war. Fast in einer Art Benommenheitszustand.

Natürlich war es eine Schnapsidee gewesen. Sobald sie sich an den Tisch gesetzt und Sally den Saal betreten hatte, war Panik in Vanja aufgestiegen und sie hatte das Ganze bereut. Die Leute starrten sie beide an und flüsterten miteinander. Peter setzte sich zu ihr und versuchte, sie zu überreden, zu Sally zu gehen, ihr vielleicht einen Spaziergang vorzuschlagen, um miteinander zu sprechen, aber Vanja hatte sich geweigert.

Als Josefin eine Weile später allein an ihrem Tisch war, hatte Vanja ihr rasch mitgeteilt, sie fahre nach Hause, und war dann in Richtung Ausgang geeilt. Hätte sie die Tür nur ein paar Sekunden früher erreicht, wäre alles gut gegangen. Aber es war anders gekommen.

Ein leises Knacken unterbrach ihre Gedanken. Die Zimmertür glitt auf, und Josefin tauchte in der Öffnung auf.

»Omalein. Ich höre, wie du dich herumwälzt. Wie geht es dir?«

Josefin setzte sich auf die Bettkante. Sie nahm Vanjas Hand und legte ihre darauf. Saß eine ganze Weile schweigend da.

Eine Geborgenheit schien aus Josefins Hände direkt in Vanja zu strömen. Sie hatten einander. Würden sich immer haben, was auch geschah.

Vanja drehte den Kopf und blickte Josefin in die Augen.

»Weißt du was? Etwas Furchtbares.«

»Was denn?«

»Ich habe immer gelogen. Wenn mich nach Kuba jemand nach Kindern gefragt hat, habe ich immer geantwortet, ich sei unfruchtbar.«

»Warum das?«

»Um der Frage aus dem Weg zu gehen, wann ich welche kriegen würde.«

Ihre Kraft war am Ende. Josefin wartete ab, wirkte nicht

entrüstet. Friedlich atmeten sie gemeinsam in der Dunkelheit. Vanja setzte erneut an.

»Ich konnte es nicht ertragen, wie man als Frau ständig dazu gedrängt wurde, schwanger werden zu wollen. Also habe ich Partei für alle unfreiwillig Kinderlosen ergriffen. Habe gesagt, ich sei eine von ihnen.«

Sie legte eine Hand über die Augen, versuchte, die Tränen zurückzudrängen.

»Aber mit den Jahren hat sich das verändert, und ich habe mich als freiwillig kinderlos verstanden. Am Ende habe ich es selbst geglaubt, war es ganz einfach.«

Josefin streichelte ihr über den Handrücken.

»So läuft das wohl. Du hast nichts falsch gemacht, Oma.«

Vanja sagte nichts mehr. Sie war leer. Körperlich völlig ausgelaugt, der Kopf endlich im Ruhezustand.

»Möchtest du, dass ich heute Nacht hier schlafe?«, fragte Josefin. »Ich könnte auf einer Matratze auf dem Boden liegen.«

Sie lächelte blass.

»Wenn ich als Kind nicht schlafen konnte, bin ich immer zu Mama gegangen.«

Vanja räusperte sich, weil sie wusste, ihre Stimme wäre belegt.

»Danke dir. Aber ich glaube, ich kann jetzt schlafen.«

Josefin stand auf und legte Vanjas Hand auf die Bettdecke. Drückte sie noch einmal zärtlich und ließ sie dann los.

»Wenn es wieder zu schwer wird, klopf einfach an unser Schlafzimmer. Dann komme ich.«

Sie verließ das Zimmer und machte die Tür wieder zu. Die Dunkelheit wurde erneut undurchdringlich, eng. Vanja legte sich auf die Seite und zog die Decke bis zum

Kinn hoch. Versuchte, an das zu denken, was trotz allem gut war. Sie hätte kein warmherzigeres Enkelkind haben können.

Vanja faltete die Hände, führte sie ans Kinn und kniff die Augen fest zu. *Lieber Gott. Mach Sally glücklich. Und lass sie aus freien Stücken weggehen. Damit alles wieder zur Normalität zurückkehren kann, so schnell wie möglich.*

Wie viele Jahre hatte sie gebetet? Sie wusste es nicht. Es war ein Vermächtnis ihrer Mama Gerda. Das einzige.

Sie presste die Fingerknöchel gegen ihre Lippen. Als ausgesprochene und überzeugte Atheistin hätte sie wohl vor langer Zeit aus der Kirche austreten sollen. Aber das war sie bisher nicht. Vermutlich aus Aberglauben. Die Angst vor Gott saß tief und zeigte sich immer in schwierigen Situationen. Man konnte nicht wissen, welche Strafen er sich ausdachte.

Sally

»Da wären wir«, sagte Peter. »Kommen Sie einfach rein.«

Sally stand auf dem Kiesplatz. Der Hof war alt, bestand aus drei Häusern in Hufeisenform plus ein paar kleineren Holzgebäuden. Wohnte er hier allein? Mitten auf dem Land.

Peter war zu dem Haus in der Mitte gegangen. Er öffnete eine Hälfte der schmalen Flügeltür mit rechteckigen Fenstern. Dann deutete er zu dem rechten Längsgebäude.

»Da wohnt Vanja. Nur damit Sie es wissen.«

Sally starrte erst ihn an, dann das gelbe Gebäude.

»Sie mietet sich bei mir ein, wenn sie nicht in Kopenhagen ist«, sagte Peter. »Ist mehr Platz hier als bei Josefin auf Vallmogården.«

Die Fenster waren dunkel, sie schien nicht da zu sein. Peter registrierte Sallys Blick.

»Nein, sie kommt heute Abend nicht. Ich habe Josefin eine Nachricht geschrieben. Sie hat versprochen, dafür zu sorgen, dass Vanja heute bei ihr schläft. Vor morgen Nachmittag ist sie nicht zurück.«

Gleich neben dem Eingang des Nebengebäudes stand eine dürre Birke. Die Zweige waren mit weißen und braungesprenkelten Osterfedern geschmückt.

»Wie lange wohnt sie schon hier?«, fragte Sally.

»Bald drei Jahre. Seit Josefin sie gebeten hatte, herzukommen. Da hat sie nach all den Jahren Åke wiedergetroffen. Ihren früheren Schwager. Und durch ihn habe ich dann Vanja kennengelernt.«

Peter deutete zum äußeren Teil des Seitengebäudes. Neben dem Giebel gab es eine kleine Holztreppe mit Geländer auf einer Seite.

»Vanja hat im alten Stall ihr Atelier. Im Augenblick bereitet sie die Österlener Kunstrunde vor. Die beginnt am Freitag. Dauert eine Woche.«

Er drückte neben dem Türstock auf einen Lichtschalter und ließ Sally vorausgehen. Sie musste ihn immerzu ansehen, irgendetwas hatte dieser Wirbel an seinem Haaransatz, und dann diese Augen.

Sie trat in eine Diele mit gestreiftem Flickenteppich, der sich wellte. Überall Schuhe und Stiefel. Eine Reihe Kleiderhaken hing voll mit Jacken, dicken Pullovern und Regenzeug. Beim Versuch herauszufinden, ob die ganze Kleidung Peter gehörte oder ob er Familie hatte, gelangte sie zu keiner Antwort.

»Sie können Ihre Sachen hier ablegen.«

Peter nahm ein paar Jacken von einem Wandhaken. Sie schlüpfte aus ihrem Mantel und hängte ihn unbeholfen auf. Noch immer war ihr nicht ganz klar, was sie hier in Svinaberga machte. Aber Peter schien sich das überhaupt nicht zu fragen. Er lief herum und machte in Diele und Küche da und dort kleine Lampen an.

»Wie wäre es mit dem versprochenen Birnenlikör?«

Gerne hätte Sally etwas Stärkeres gehabt, aber sie nickte.

»Ja, bitte. Und wenn es geht, auch etwas Wasser.«

Mit der Handtasche am Unterarm tappte sie in die große Küche. Der Steinfußboden war warm an den Füßen. Ein großer, rustikaler Holztisch nahm fast den gesamten Platz ein. Vor dem Fenster stand eine Küchenbank, auf der Sally ihre Tasche ablegte.

Die Kücheneinrichtung bestand aus einer altmodischen, zu dem hundert Jahre alten Haus passenden Einbauküche mit leinölbehandelten Schubladen. Es war nicht besonders schick, eher etwas chaotisch, strahlte aber dennoch Gemütlichkeit aus. Überall waren Haushaltsgeräte und Keramikteller, Salzstreuer und getrocknete Kräuter. Auf der Fensterbank stand in einem großen Lehmkrug ein Osterstrauß.

»Setzen Sie sich«, sagte Peter.

Sally ließ sich auf der Küchenbank nieder. Er drehte den Wasserhahn auf, nahm ein Glas aus einem Oberschrank und füllte es. Holte aus einem anderen Schrank eine Flasche und goss Likör in zwei winzige Gläser mit Fuß. Stellte dann alles vor ihr auf den Tisch und setzte sich auf einen der Sprossenstühle.

»War sicher erschütternd für Sie, dieses Wiedersehen mit Ihrer Mutter nach … Wie lange ist es her?«

»Achtundvierzig Jahre.«

Sie trank einen Schluck von dem eiskalten Wasser. Peter nickte.

»Fast ein halbes Jahrhundert. Man kann sich das kaum vorstellen.«

Sally bemühte sich, wieder festen Boden unter die Füße zu bekommen. In der Wirklichkeit, wie sie sich ihr jetzt darstellte, anzukommen. Oder eher, wie sie schon lange war, ohne dass sie davon gewusst hatte.

Peter kannte diese Frau, und auch Josefin tat es. Und Åke hatte es ebenfalls getan. Und die Nachbarn in ihrer Straße und eine Menge anderer Kiviker. Wenn ihnen aufging, dass Sally keine Ahnung davon gehabt hatte, was sich hier seit mehreren Jahren abspielte, würde sie unweigerlich zur Witzfigur werden.

Peter studierte sein Likörglas.

»Sie müssen sich ganz schön hinters Licht geführt fühlen? Von Josefin.«

»Ich habe es verdient.«

Sie nippte an ihrem Likör. Er war süß und schmeckte stark nach Birne. Ihre Tochter hatte sie nicht verraten. Josefin mochte vieles sein, aber nicht falsch. Bestimmt hatte sie die Wahrheit deshalb für sich behalten, weil sie ihre Mutter schonen wollte.

»Ich habe mich Josefin gegenüber nicht fair verhalten«, sagte Sally. »Unser Verhältnis war in den letzten Jahren nicht sonderlich gut.«

»Ja, ich weiß.«

Sie wich seinem Blick aus.

»Ich habe einen Mann kennengelernt, der nicht mit meiner Tochter leben wollte. Ich hatte Angst, er würde mit mir Schluss machen. Habe mir wohl nicht vorstellen können, dass sich auch ein Kind trennen kann. Das habe ich erst verstanden, als es schon zu spät war.«

»Ja, Josefin hat ein bisschen davon erzählt. Aber ich habe immer gedacht, es gibt bestimmt auch eine andere Version der Geschichte.«

Sally verstand nicht, was Peter meinte. Sie hatte ihre Tochter verraten. Eine andere Version war ihr nie in den Sinn gekommen.

»Natürlich dachte ich, ich hätte meine Gründe für das, was ich tat. Zum damaligen Zeitpunkt. Ich wusste es nicht besser.«

»Wenn man verliebt ist und Angst davor hat, verlassen zu werden, tut man mitunter seltsame Dinge«, sagte Peter. »Was Josefin vermutlich verstehen kann. Sie ist jetzt älter.«

Sally blickte auf die Tischplatte. Vielleicht hatte er recht. Josefin war ziemlich anders als noch vor drei Jahren.

»Na, und dann sind Sie also hergekommen, weil Sie versuchen wollen, die Sache einzurenken?«, fragte Peter. »Aber Sie hatten nicht mit Vanja gerechnet. Ihrer Mutter.«

»Sie ist nicht meine Mutter.«

»Nein, natürlich nicht. Sie hat sich damals gegen Sie entschieden. Man muss Kontakt haben, um ein Gefühl von Liebe zu empfinden. Oder überhaupt irgendwas.«

Liebe. Was für ein unheimlich fernliegendes Wort. Sally zog die Handtasche zu sich heran. Sie wollte nur den einzigen Menschen zurück, den sie wirklich liebte. Josefin.

Sie trank noch einen Schluck. Wollte das Thema wechseln. Wollte alles wegschieben, was mit der Frau in der Lederjacke zu tun hatte.

»Was Sie da am Nachmittag vor der Kirche gesagt haben. Dass Sie in keine der Kategorien von Kivik passen. Was haben Sie damit gemeint? Ihnen gehört doch dieser Hof.«

Ob dieser jähen Wendung lachte Peter auf. Er bekam etwas Jungenhaftes, hatte kleine, beinahe unsichtbare Fältchen an den Wangen. Plötzlich war sein Gesicht heiter und spielerisch.

»Ja. Das stimmt. Aber trotzdem fühle ich mich anders als die meisten hier.«

Er dachte einen Augenblick nach.

»Erstens bin ich ja Stockholmer. Kein Handwerker oder Bauer, weder von hier noch Sommergast. Und auch kein Künstler. Aber trotzdem doch ziemlich schlampig unterwegs. Viele hier sind wahnsinnig adrett gekleidet. Sportliche Golfer mit teuren Autos. Ich dagegen fahre eine alte

Karre. Die Häuser sind renoviert und die Grundstücke sorgsam gepflegt, aber bei mir ist alles ziemlich vernachlässigt. Und dann leben alle in Kleinfamilien. Ja, das in etwa habe ich wohl gemeint.«

Sally hatte das Likörglas auf ihrem Schenkel abgestellt und schwieg. Sie hörte ihm gerne zu.

»Wobei, es gibt auch Ausnahmen«, fügte Peter hinzu. »Und die Leute sind nett. Ich auch.«

»Und warum haben Sie einen Hof? Wenn Sie sich nicht darum kümmern.«

Bis er antwortete, verging eine ganze Weile.

»Es war nicht immer so. Wir waren am Anfang zu zweit. Aber meine Frau bekam Krebs. Sie ist vor fünf Jahren gestorben.«

Er klang gefasst. Sally drehte das Glas am Fuß und wusste nicht, was sie sagen sollte. Peter seufzte.

»Allmählich gewöhne ich mich wohl daran.«

»Wie kam es, dass Sie beide hierhergezogen sind?«

»Wir haben den berühmt-berüchtigten Traum verwirklicht. Raus aus Tretmühle und Großstadt. In Ellens Firma waren Stellen abgebaut worden und sie hatte einer Abfindung zugestimmt, und ich habe meinen Chefposten in einer Kommunikationsagentur gekündigt. Wir hatten die Nase sowas von voll von der ganzen Pendelei, dem frühen Aufstehen, davon, dass wir uns quasi ständig selbst hinterherhetzten. Und da wir keine Kinder bekamen, brauchten wir ein anderes Projekt. Ein Hof in Österlen, besser hätte es nicht laufen können. Wahnsinnig schön, mit biologischer Landwirtschaft. Und der Möglichkeit, Tiere im Stall zu halten.«

Sally legte den Arm über die Rückenlehne der Bank und

das Kinn darauf ab. Was für ein Leben! Weit entfernt von Feierabendverkehr, Enge und Shoppinghysterie.

»Mir ist scheißegal, ob ich anders bin als meine Nachbarn«, sagte sie. »Alle hier wirken furchtbar tüchtig und wissen alles übers Gärtnern und haben viel Geld. Ich kann nichts und habe nicht einmal einen Job.«

Peter lächelte, an einer Wange traten die Fältchen noch deutlicher hervor. Sally zuckte mit den Schultern.

»Bald werden mich die Leute als die tollpatschige Deppin sehen, die ich bin. Schludrig und ein bisschen bekloppt. So war das bei mir schon immer. Fragen Sie nur Josefin, die wird Ihnen das bestätigen.«

Jetzt lachte er, wenn auch freundlich.

»Wissen Sie was? Eigentlich glaube ich, Sie sind sowohl schlau als auch klug und überhaupt zu vielem fähig. Sie waren nur noch nicht in der richtigen Situation, um das zu zeigen.«

Er sammelte die Gläser ein und stellte sie ans Spülbecken. Sally beobachtete ihn. Meinte er das ernst?

Plötzlich wollte sie am liebsten aufstehen, zu Peter gehen und ihn umarmen. Wie er sie vorhin unten am Strand. Nur eine Umarmung. Mehr nicht. Sie war ewig nicht umarmt worden. Sie konnte sich nicht einmal daran erinnern, wann Frank sie zuletzt in den Arm genommen hatte.

Frank. Seine Mitteilung. Sally zog das Handy aus der Handtasche. *Vermisse dich.* Sollte sie antworten? Was wäre schon schlimm daran? Nach kurzem Zögern schrieb sie: *Bin in Skåne. Habe wieder Kontakt mit Josefin.*

Sie drückte auf *Senden.*

»Ich habe im Dachboden ein Gästezimmer«, sagte Peter. »Wie gesagt, Sie können gern hier übernachten.«

»Sehr gern, wenn das wirklich in Ordnung ist.«

Er lehnte mit verschränkten Armen an der Küchenzeile und nickte. Seine Augen waren braunbärbraun. Wohlwollend, unverstellt. Als wäre er bereits ein treuer Freund.

Josefin

Sie lagen wie zwei Löffelchen, so eng aneinander, wie sie konnten. Josefin zog Haralds Arm enger um sich. Sein Körper passte an ihren, als wäre er genau dafür geschaffen.

»Mama muss völlig geschockt gewesen sein.«

Das wiederholte sie nun zum vielleicht fünften Mal. Harald legte ihr die Hand auf die Stirn, streichelte ihr über Haaransatz und Schläfen. Gab dieselbe Antwort, erneut.

»Natürlich. Aber Peter kümmert sich um sie.«

Josefin knuffte ins Kissen. Inmitten der Sorge um ihre Mutter war sie auch erleichtert. Keine Geheimnisse mehr! Nach drei Jahren war sie diese Last los, auch wenn die Auswirkungen ungewiss waren. Was war geschehen, seit Peter ihre Mutter nach Svinaberga gebracht hatte? Was hatte ihre Mutter gesagt und getan?

»Du musst sie wohl selbst fragen«, sagte Harald. »Ruf sie morgen an und erkundige dich nach ihr. Du musst dich doch erklären.«

Er ruckelte sich hinter ihr zurecht. Pustete ihr sanft in den Nacken. Josefin knirschte mit den Zähnen. Das schlechte Gewissen tat beinahe körperlich weh. Wie hatte sie ihre Großmutter so lange vor ihrer Mutter geheim halten können? Jetzt verstand sie das nicht mehr. Warum hatte sie ihrer Mutter nicht einfach gleich nach ihrer Rückkehr aus Kopenhagen davon erzählt? Nach dem ersten Treffen mit ihrer Großmutter. War dieses Drama wirklich nötig gewesen?

Ja, war es. Denn es ging dabei um eine Mutter und eine Tochter, die sich so lange nicht gesehen hatten, dass sie

Fremde füreinander waren. Das war zu bedeutend, um es auf die leichte Schulter zu nehmen. Solcherlei menschliche Schicksale füllten die Rubriken in Zeitschriften. Kinder und Eltern oder Geschwister, die ihr ganzes Leben voneinander getrennt waren und sich endlich wiedertrafen. Die einander umarmten, vor Glück weinten.

Ganz anders als im Badhotell.

Warum hatte ihre Großmutter die Meinung geändert und war zum Begräbnis gekommen, obwohl sie sich zuvor partout geweigert hatte. Zumindest hätte sie von ihren neuen Plänen erzählen können, anstatt einfach so in der Kirche aufzutauchen. Aber ihre Großmutter hatte ihre eigenen Gesetze. Bei ihr war nichts sicher.

»Hab kein schlechtes Gewissen«, sagte Harald. »Du triffst, wen du willst. Und als du mit Vanja Kontakt aufgenommen hast, war die Beziehung zu deiner Mutter nun mal zerrüttet.«

Josefin drückte seine Hand. Harald war immer eine Riesenstütze. Sie dachte an Åkes Notizbücher. Wie konnte ihre Großmutter wissen, dass seine Schuldgefühle dem Tod ihres Großvaters gegolten hatten? Genauso gut konnte es darum gegangen sein, dass er vor ihrer Mutter den Kontakt zwischen Josefin und ihrer Großmutter hatte geheim halten müssen.

»Du lebst jetzt dein eigenes Leben«, fuhr Harald fort. »In Freiheit, genau wie ich.«

»Mir tut aber dennoch leid, dass Mama Oma auf diese Weise getroffen hat. Es muss ein fürchterliches Gefühl sein.«

Harald küsste sie in den Nacken.

»Hast du nicht bisher immer gesagt, du willst mit Sally

nichts mehr zu tun haben? Und jetzt liegst du da und denkst nur an sie.«

Josefin schwieg, zwirbelte eine Ecke des Kopfkissenbezugs. Sie hatte Harald eine ganze Menge von ihrer Mutter erzählt, ganz am Anfang, als die Wut am größten war. Vor allem davon, was für eine Loserin ihre Mutter war.

Hatte sich daran etwas geändert? Mama war wie immer. Politisch unwissend, nicht den Hauch vertraut mit wichtigen Gesellschaftsfragen. Sie hatte nie Stellung bezogen oder sich engagiert, nie Verantwortung für eine bessere Welt gespürt. Stattdessen hatte sie immer beschönigend gemeint, sie würde ihr Bestes versuchen, und war überzeugt, man könne auch im Kleinen etwas bewegen, indem man liebevoll war.

Es hatte sie auch nicht interessiert, Karriere zu machen, um der Welt zu zeigen, dass Frauen Wichtiges erreichen konnten. Sie hatte immer in irgendwelchen meist stressigen und schlecht bezahlten Gelegenheitsjobs geschuftet, und mit den Jahren waren Einladungen zu Bewerbungsgesprächen zunehmend seltener geworden. Die meisten Arbeitgeber hatten auf ihre Bewerbungen nicht einmal geantwortet. Im Zuge einer Umstrukturierung in einem Versicherungsunternehmen hatte sie ihre dortige Stelle als Kundenservicebetreuerin verloren und war danach ein halbes Jahr arbeitslos gewesen. Eine fürchterliche Periode voll Sorgen und Angst, die darin mündete, dass sie den Job als Kellnerin auf Stundenbasis in diesem schäbigen Mittagslokal in Södermalm annehmen musste. Und dort war sie geblieben, ohne sich jemals zu beschweren.

Aber eines war auch sicher: Die ganze Kindheit über hatte Josefin für ihre Mutter an erster Stelle gestanden.

Von Anfang an hatte sie ihr klargemacht, sie würde ihr Kind nie verlassen, wie es ihre Mutter getan hatte. Hatte immer gesagt, eine Mama dürfe nicht verschwinden. Es sei verboten, dass Mamas ihre Kinder verlassen.

»Versuch jetzt zu schlafen«, sagte Harald. »Denk an etwas Angenehmes, Lustiges.«

Josefin streichelte über die Hand, die um ihren Brustkorb lag.

»Wie was?«

Er dachte nach.

»Denk an den Tag, an dem wir hier Erdwärme installieren. Und warmwasserbetriebene Heizkörper. Wie warm und gemütlich es dann im ganzen Haus wird.«

»Ja. Aber das können wir uns nicht leisten. Noch Jahre lang nicht.«

Er lachte kurz, küsste sie wieder in den Nacken.

»Dann unsere Hochzeit? Denk stattdessen daran. Du hast Margeriten im Haar, ich vielleicht auch. Und wir schmücken die Scheune mit diesen luftigen, weißen Stoffen, von denen Vanja gesprochen hat. Und mit einer Menge echter Kerzen. Siehst du es vor dir?«

Josefin verzog den Mund zu einem leichten Lächeln. Auch sie sehnte sich nach ihrer Hochzeit, wann auch immer sie sein würde. Aber selbst diese wunderbare Vorstellung fiel ihr heute schwer.

Was tat ihre Mutter im Augenblick? Bestimmt konnte sie auch nicht schlafen. Saß bei Peter und weinte, weil ihre Tochter eine Lügnerin war.

Josefin schloss die Augen und versuchte, sich zu entspannen. An der Schwelle zum Schlaf tauchte eine Erinnerung auf. An jenen Samstag in der Wohnung in Södermalm, als Frank beschlossen hatte, es sei Putztag. Er war ungeduldig herumgelaufen und hatte alles aufgezeigt, was gemacht werden sollte. Schmutzwäsche aufsammeln, in den Waschkeller bringen und eine Waschmaschine anstellen. Staubsaugen und alle Böden wischen, die Betten neu beziehen und was es auch sonst noch alles war.

Josefin hatte erwartet, dass ihre Mutter sofort damit anfangen würde, zu tun, was er sagte, aber stattdessen war sie neben Josefin auf dem Sofa liegen geblieben und hatte zu Frank gesagt, sie hätten keine Lust zum Aufräumen. Sie wollten lieber noch eine Folge ihrer Serie gucken. Frank hatte mit seinem angespannt schiefen Mund geschwiegen, war dann in die Küche gegangen und hatte begonnen, den Tisch abzuräumen, dass es nur so schepperte.

Am selben Abend hatte Josefin die beiden im Schlafzimmer lautstark streiten hören. Frank war wütend, dass sich ihre Mutter ihm widersetzt hatte, wie sollte ihn Josefin da je respektieren? Ihre Mutter hatte geantwortet, gemütliche Zeiten mit Josefin seien wichtiger als Tischabräumen und Staubwischen. Sie und Josefin würden sich einmal pro Woche gemeinsam zum Putzen aufraffen und das habe bisher ausgezeichnet funktioniert. Sie seien ein gutes Team.

Da war Frank richtig laut geworden und hatte gesagt, ein Zuhause müsse kontinuierlich in Ordnung gehalten werden, sonst wäre das nicht auszuhalten.

Schließlich war er abgehauen. Ihre Mutter hatte leise geweint. Und Josefin hatte sich die Kopfhörer in die Ohren gesteckt, um in einem Film auf ihrem Laptop zu versinken.

Wenn sie jetzt daran dachte, zog es in ihrem Bauch. Besser wäre sie wohl stattdessen zu ihrer Mutter gegangen, damals. Und hätte sie getröstet.

Sally

Das Morgenlicht draußen war gräulich. Durchs Fenster konnte Sally etwas entfernt zwischen den Hofgebäuden hindurch Nebelschleier auf der Wiese sehen. Feentanz, wie man es auch nannte. Sie saß in eine Decke gewickelt mit hochgezogenen Beinen auf der Küchenbank. Die hatte ihr Peter über die Schultern gelegt, falls es ihr zu frisch sei, aber eigentlich war sie nicht notwendig. Er hatte bereits früh am Morgen Feuer im Ofen gemacht, und nun füllte er einen Becher mit frisch gebrühtem Kaffee und reichte ihn ihr.

»Danke«, sagte sie.

»Wollen Sie ein Brot? Oder etwas anderes?«

»Kaffee ist wunderbar.«

Sally trank vorsichtig und sah sich um. Die Küche war chaotisch und gemütlich, wie schon am Abend zuvor. Aber auch fremd. Sie war es nicht gewohnt, bei Leuten zu übernachten, die sie am selben Tag kennengelernt hatte. Bei Tageslicht war ihr das gestrige Gespräch fast etwas peinlich. Was hatte sie eigentlich gesagt? Sie konnte sich nicht recht erinnern.

Peters überraschende Information, dass Vanja das gelbe Seitengebäude mietete, fiel ihr ein. Und dass sie nicht vor Nachmittag zurückkäme. Aber konnte man sich da sicher sein?

Peter hatte sich mit seinem Kaffee und einer getoasteten Scheibe Brot mit Käse darauf an den Tisch gesetzt. Er trug ein schlabbriges T-Shirt, Jeans, Wollsocken und eine Kapuzenjacke, die am einen Ellbogen durchgewetzt war. Unumwunden zugegeben, war sein Aussehen ansprechend.

Mit schönen Gesichtszügen und einer überhaupt ziemlich lebendigen Art. Und dann diese Augen.

»Ich hoffe, Sie haben gut geschlafen«, sagte er. »Zumindest ein bisschen.«

Sally nickte. Das hatte sie in der Tat. Sie war beim Schlafengehen so unendlich müde gewesen, dass sie nicht einmal darüber hatte nachdenken können, was geschehen war. Sie war nur unter die Decke geschlüpft und eingeschlafen. Beim Aufwachen vorhin hatte sie ein paar Sekunden gebraucht, um sich zu erinnern, warum sie sich in einem fremden Gästezimmer befand.

Dann war ihr Blick auf die offenbar für sie gedachte, am Bettende gefaltete Kleidung gefallen, einen Baumwollpullover und eine Jogginghose. Ungefähr zur selben Zeit hatte sie leise Radiogeräusche und den schwachen Duft von Kaffee und getoastetem Brot vernommen. Da war sie aufgestanden, in Hose und Pullover geschlüpft, die ihre Kleidungsgröße hatten, und war barfuß die Treppe hinuntergetapst. Nun saß sie in dieser chaotisch gemütlichen Küche. Froh, dass sie nicht nochmal die schwarze Begräbniskleidung vom Tag zuvor tragen musste.

Peter blickte zu ihr.

»Fühlt sich vermutlich komisch an heute?«

Sally zog die Decke enger um sich, ihre Schutzhülle gegen die Welt.

»Ich kann es noch immer nicht begreifen. Dass es sie gibt. Dass sie lebt. Noch dazu in der Nähe von Kivik. Mit Josefin.«

Er suchte wieder ihren Blick. Sie traute sich, ihn zu erwidern. In seinen braunen Augen lag nur eine ruhige Alltäglichkeit, sonst nichts. Keine Sensationslust oder Aufdringlichkeit.

»Und was geschieht nun?«, wollte er wissen.

»Geschehen?«

»Ja. Sie werden wohl etwas tun, nachdem Sie Vanja getroffen haben?«

Sally spürte in sich hinein, aber es war schwierig. Die Realität hatte so jäh den Kurs geändert. Irgendwie musste sie ihr ganzes Leben revidieren. Sie wusste aber nicht wie. Nur, dass sie den merkwürdigen gestrigen Tag nie vergessen würde.

Ein Mensch war begraben worden, ein anderer auferstanden.

Peter nahm einen Bleistift und machte sich an das Kreuzworträtsel auf der Rückseite einer alten Zeitung. Sally trank ihren Kaffee.

»Ich werde in Kivik bleiben«, sagte sie. »Versuchen, Zeit mit Josefin zu verbringen. Wenn sie das will.«

»Und Vanja?«, fragte er, ohne den Blick zu heben. »Möchten Sie sie wiedertreffen?«

Darauf hatte sie keine Antwort. Peter füllte ein paar Kästchen des Kreuzworträtsels.

»Sie wollte nicht, dass Sie erfahren, dass sie hier ist. Sie wollte, dass wir es geheim halten. Also haben wir das. Zum Besten aller, glaube ich. Auch zu Ihrem. Das war vielleicht dumm, ich weiß es nicht.«

Er fuhr mit der Kreuzworträtselei fort. Der Mann war der Inbegriff eines Bilds von Frieden. Sally blickte auf ihr Handy, es war Viertel nach elf vormittags. Frank hatte noch eine SMS geschickt. Sie klickte darauf und las. *Wollen wir uns sehen?* Als wäre nichts geschehen. Er hatte sich nicht verändert.

Sie steckte das Handy wieder weg. Versuchte erneut, das Unbegreifliche zu begreifen. Dass es ganz in der Nähe eine sonderbare Frau gab, einen überwinterten Hippie, der offenbar ihre Mutter war. Die sich in diesem Augenblick bei Josefin zu Hause befand.

»Ich weiß nur, dass ich mir meinen Lebensunterhalt organisieren muss«, sagte sie. »Wie auch immer das gehen soll.«

Peter kritzelte ein langes Wort in seine Zeitung.

»Kommt darauf an, was Sie tun wollen.«

»Egal was. Ich hoffe, ich finde einen Job in einem Hotel oder einer Pension. Das würde mir gefallen.«

Sally trank noch einen Schluck Kaffee. Sie musste nur überleben. Und die monatlichen Kosten für die Eigentumswohnung in Stockholm bezahlen können.

»Was machen Sie denn?«, fragte sie.

»Apfelanbau.«

Er legte die Zeitung hin und den Stift darauf. Stand auf.

»Wollen Sie vielleicht meinen Hof sehen?«

Dagegen sprach nichts. Sally erhob sich von der Küchenbank und folgte ihm in die Diele.

»Ziehen Sie sich etwas über, damit Sie nicht frieren.«

Peter gab ihr eine dunkelblaue Daunenjacke und kramte ein paar Gummistiefel hervor.

»Die passen wohl.«

Sally schlüpfte hinein. Er trat vor ihr aus der Haustür.

Um den Hofplatz herum gab es auf der linken Seite eine Scheune und rechts Vanjas gelbgestrichenes Seitengebäude. Neben der Scheune stand ein kleineres Haus, dahinter und um die Gebäude wuchsen Bäume und Büsche und noch weiter entfernt erstreckten sich graubraune Felder und Äcker. Hier und da ragten Krokusse und Schneeglöckchen aus der Erde.

Peter machte eine Bewegung mit dem Kopf.

»Da ist die Scheune und da drüben wohnt meine Linderöd-Sau mit Namen Timotej. Sie ist das einzige Tier, das ich noch habe. Eine vom Aussterben bedrohte Rasse.«

Er senkte den Blick.

»Als wir hergekommen sind, Ellen und ich ... Damals hatten wir Schafe und Hühner und mehrere Schweine. Wir bauten alles an, was wir brauchten, waren beinahe Selbstversorger. Nicht, dass wir viel davon verstanden hätten, aber wir haben es gelernt. Miteinander.«

»Sie müssen sie vermissen.«

Peter steckte die Hände in die Jackentaschen, blickte über die Felder und Wiesen.

»Wir hatten es ziemlich gut. Arbeiteten, kochten, lösten gemeinsam die auftauchenden Probleme. Redeten die ganze Zeit, über alles. Am besten waren die Sommer. Dann fuhren wir manchmal abends an den Strand und machten Lagerfeuer. Obwohl wir es auch zu allen anderen Jahreszeiten schön hatten.«

Er wurde wieder still. Als würde er ihre Reaktion abwarten.

»Werden Sie denn hierbleiben?«, fragte sie.

»Ja, ich habe mich gerade endlich dafür entschieden. Jeden Morgen nach eigenem Rhythmus wach zu werden und nach dem Frühstück eine Stunde Klavier zu spielen, ohne die Nachbarn zu stören. Es gibt nicht viel, was das aufwiegen könnte.«

»Gibt es keine Nachteile?«

»Ein paar. Man muss lernen, wie es auf dem Land läuft. Früher haben Nachbarn spontan vorbeigeschaut, beinahe zu jeder Uhrzeit. Haben jedes Mal damit gerechnet, zum

Kaffee eingeladen zu werden. Aber dann haben sie bemerkt, dass Ellen und ich diesen Brauch nicht recht übernehmen wollten.«

Peter lachte in sich hinein.

»Manche waren ziemlich geschwätzig, einsam und gelangweilt. Andere hatten politische Ansichten, die wir nicht teilten. Die spontanen Kaffeekränzchen hörten auf. Wobei die soziale Kontrolle geblieben ist. Das gehört wohl zu den Sachen, an die ich mich nur schwer gewöhnen kann.«

Sie spazierten umher. Sally sog den Jauchegeruch ein. Es roch nach Kindheit.

»Vermissen Sie die Stadt manchmal?«, wollte sie wissen.

Peter zögerte mit der Antwort.

»Manchmal. Ich habe sehr gern im Herzen von Stockholm gelebt. Mir gefällt, dass irgendwas immer offen hat, egal zu welcher Tageszeit. Dass man indisches, libanesisches, vietnamesisches oder jedes andere erdenkliche Essen haben kann. Und die Außengastronomie, die Feste, die Bars. Auch meinen Job habe ich gemocht, da ging es hoch her. Manchmal vermisse ich dieses Arbeitstempo. Und die Kollegen und Freunde.«

Sally setzte einen Schritt vor den anderen. Das war nicht die Beschreibung ihres Stockholms. Sie hatte immer zu wenig Geld und zu wenige Freunde gehabt.

Sie gingen wieder in Richtung Wohnhaus.

»Danke für die Übernachtung. Und die Kleidung. Ich werde jetzt nach Hause gehen.«

»Ich kann Sie fahren, wenn Sie wollen.«

Sally zögerte. Eigentlich war die Strecke zu Fuß kein Problem. Sie war sie viele Male zuvor gelaufen. Aber heute fühlten sich die drei Kilometer zu lange an.

»Danke. Gern.«

Sie wollte so schnell wie möglich nach Hause. In ihr Haus gehen und darüber nachdenken, wie sie sich Josefin annähern konnte, ohne Vanja noch einmal begegnen zu müssen.

Vanja

Vanja nahm einen Zug an ihrem Zigarillo. Daraus, mit dem Rauchen aufzuhören, war nichts geworden. Nicht, nachdem sie nach einer Pause von einem halben Jahr wieder angefangen hatte, angesichts der Nachricht, Sally würde kommen. Das Aufhören musste ein wenig warten.

Von ihrem Platz auf der Terrasse aus konnte sie Josefin durchs Fenster sehen. Das Mädchen bewegte sich langsam durch die Küche, in dem Morgenmantel, den sie von Harald zu Weihnachten bekommen hatte. Auch wenn sie bekümmert war, erkannte man an ihrem ganzen Bewegungsmuster, wie befreit sie sich fühlte, jetzt, da das Begräbnis vorüber war. Und auch, weil sie ihre Großmutter nicht mehr geheim halten musste.

Vanja blies den Rauch langsam aus. Sie zitterte in Josefins dünnem Sommerkimono.

All die Jahre über waren die Morgen am schlimmsten gewesen. Sie waren stets einem quälenden Ritual gefolgt. Zuerst war Vanja aufgewacht und hatte an nichts Besonderes gedacht, aber dann waren die Gedanken zu Sally gereist. Dem Kind, an dessen Gesicht sie sich allmählich nicht mehr erinnerte. Mitunter war allein der Gedanke, aufzustehen und weiterleben zu müssen, unvorstellbar gewesen. Was natürlich letztendlich doch immer gegangen war.

Von jetzt an galt es, nicht mehr so unvorsichtig zu sein wie gestern. Zum zweiten Mal hatte sie ihrer Tochter unverschuldetes Leid zugefügt. Es war Zeit, wieder unsichtbar zu werden.

Das Leben ging weiter, ganz egal, was geschah. Morgen begann die jährliche Kunstrunde, und sie würde wieder ihr Atelier für Besucher öffnen. Am Samstag würde sie der Tradition der letzten Jahre gemäß abends mit Peter, Josefin und Harald hier auf Vallmogården Ostern feiern. Åke würde natürlich fehlen, aber sie würden trotzdem versuchen, das Osteressen zu genießen. So gut es ging.

Wenn sie nur genügend Kraft dafür aufbringen konnte. Im Augenblick wollte sie sich am liebsten unter einer Decke verkriechen und sich über ihre Unzulänglichkeiten grämen.

Vanja drückte den Zigarillo auf dem vorsorglich aus der Küche mitgenommenen Unterteller aus. Dann ging sie durch die Terrassentür nach drinnen, stellte den Unterteller in die Geschirrspülmaschine, hielt den Stummel kurz unter den Wasserhahn und schmiss ihn in den Müll. Harald warf ihr einen wortlosen Blick zu. Er hatte recht, sie sollte wieder mit dem Rauchen aufhören. Bald.

»Was für ein schönes Frühstück ihr hergerichtet habt«, sagte sie.

Sie setzte sich an den Tisch und schaufelte etwas Joghurt auf ihren Teller. Harald brachte drei Eierbecher und legte in jeden ein gekochtes Ei.

»Das war vor allem Harald«, sagte Josefin. »Du musst sein Müsli probieren. Er hat neulich ein neues Rezept ausprobiert und es ist super geworden.«

Vanja streute Müsli über ihr Joghurt. Sie blätterte in der Lokalzeitung und kaute. Ja, das Müsli war gut.

Josefin musterte sie.

»Du kannst auch bis heute Nachmittag bleiben. Wir könnten einen langen Spaziergang machen.«

Vanja befeuchtete den Zeigefinger und blätterte durch die Geburts-, Sterbe- und Hochzeitsanzeigen.

»Hast du vergessen, dass morgen die Kunstrunde anfängt? Ich muss nach Hause und das Atelier vorbereiten.«

»Aber noch nicht gleich, oder?«

»Nein, es eilt nicht.«

Josefin nahm sich eine Scheibe Vollkornbrot und strich Butter darauf. Vanja schielte zu ihr. Das Mädchen war sichtlich erleichtert.

Vielleicht glaubte sie, alle Probleme seien gelöst. Dass Sally über Nacht die neue Situation akzeptiert habe und jetzt alles Erdenkliche verzeihen könne.

Vanja frottierte sich mit dem geliehenen Badehandtuch. Im beschlagenen Spiegel konnte sie ihren nackten Körper sehen. Füllig, vielleicht ein wenig aufgegangen und wellig, gezeichnet von Spuren eines ganzen Lebens. Aber er war ihr durch die Jahrzehnte hinweg ein zuverlässiger Begleiter gewesen. Hatte von körperlicher Arbeit bis stürmischen Liebesleidenschaften alles gemeistert, auch den ein oder anderen Schlag kassiert, wenngleich das Jahre her war.

Und eine Geburt.

Sie wickelte das Handtuch turbanartig um die Haare und schlüpfte wieder in den Kimono, steckte sich die Silberohrringe an und cremte sich ein. Während die Hände arbeiteten, schweiften ihre Gedanken ab.

Die Schwangerschaft war durchweg gut verlaufen. Ihr war weder übel gewesen, noch hatte sie mit großer Müdigkeit oder irgendwelchen Schmerzen zu kämpfen gehabt. Georg und sie hatten beschlossen, ein Mädchen Sally zu nennen. Einen Jungennamen hatten sie nicht. Irgendwie hatte sich alles von selbst verstanden. Selbst als die Geburt näher rückte, war Vanja nicht nervös gewesen. Schließlich würde sie nicht die erste Frau sein, die ein Kind zur Welt brachte, und was andere könnten, konnte sie auch.

Als die Wehen schließlich einsetzten, war sie allein zu Hause, und danach ging alles schnell. Sie rief Georg an, der gerade in einem Meeting steckte, und nahm ein Taxi ins Krankenhaus. Dort wurde sie in ein Bett gelegt und in einen Saal geschoben. Danach erinnerte sie sich nicht mehr an viel, nur dass es sie wiederholt in Schmerzen herumwarf. Die Austreibungsphase war, als würde sie in einem Steinbrecher zermalmt.

Danach war sie mitgenommen und verwirrt. Das Baby in ihren Armen hatte dunkle Haare und sah sie aus tiefen, schwarzen Augen an. Georg war aus dem Architekturbüro herangeeilt, er strahlte nur und konnte seinen Blick nicht von der Kleinen wenden. Vanja versuchte, so froh zu sein wie er, aber es ging nicht. Sie war zu müde.

Die ersten Tage danach schlief sie kaum. Am vierten Tag begann sie zu weinen und von da an stieg sie quasi immer weiter in die Tiefen eines dunklen Kellers. Die folgende Zeit war ein einziger Nebel aus Schlafmangel und monotonen Tätigkeiten, geprägt vom konstanten Gefühl, Fehler zu machen und nicht zu genügen. Sie war wie in einem Winterschlaf, eingesperrt in den vier Wänden ihrer Vorstadtwohnung.

Die Monate reihten sich aneinander, wurden zu Jahren. Sally wurde eins, dann zwei und dann drei. Mit dem Schlafen wurde es besser, aber Vanja blieb niedergeschlagen. Die düstere Stimmung wurde ihr ständiger Grundton. Die Zukunft war gleichsam verschwunden.

Mit jedem Tag, der verging, glaubte sie sich mehr in eine Kopie ihrer leiblichen Mutter zu verwandeln. Einer Hausfrauenmärtyrerin, deren einziger Wert darin gelegen hatte, Kinder zu pflegen und Hausarbeit zu verrichten. So hatte sie unter keinen Umständen werden wollen.

Ihr Kind. Natürlich war die Kleine wunderbar gewesen. Aber auch anstrengend, wie alle Kinder.

Vanja betrachtete sich im Spiegel und öffnete dabei den Handtuchturban, sodass die nassen Haare über ihre Schultern fielen. Während jener drei Jahre war sie immer verschlossener geworden, hatte ihre Lebenslust verloren, aber den Schein aufrechterhalten und alles ertragen. Georg, in seiner Eigenschaft als Mann, hatte hingegen tun können, was er wollte. Er nahm sich frei, wenn er es brauchte. Konnte problemlos Kind, Aufräumen, Abwasch und Wäsche ignorieren. In Seelenruhe setzte er sich mit der Zeitung in den Sessel oder machte Überstunden oder ging mit seinen Freunden in die Kneipe.

Wenn er zornig wurde, schrie er Vanja an oder knallte mit den Türen. Sie war stets bemüht, ihn zu beruhigen oder seine Laune wieder aufzumuntern. Sagte, er würde bekommen, was er bräuchte, quengelte nie, er solle ihr helfen. Georg trug sowieso mehr bei als die meisten Männer. Kochte manchmal Makkaroni oder passte eine Weile auf seine Tochter auf. Nahm das Kind an der Hand und ging für ein paar Stunden auf den Spielplatz, war aber danach völlig k. o. und musste sich ausruhen.

Vanja selbst fiel es immer schwerer, klare Gedanken zu fassen. Sie konnte sich auf nichts konzentrieren. Schaffte es kaum, ein Buch zu lesen, geschweige denn mit anderen Menschen zu sprechen. Die Euphorie ihrer Schwangerschaft war verflogen und von Lebensüberdruss abgelöst worden.

Schleichend war sie tiefer und tiefer abgerutscht. In die Finsternis, bis ihre Seele erstarrt war. Langsam hatte ihr die Einsicht gedämmert: Wäre sie keine Mutter, wäre sie nicht an ihr Zuhause gefesselt und müsste nicht darben wie eine Sklavin.

»Oma?«

Vanja zuckte zusammen. Josefin stand in der Tür.

»Ich habe an die Sache mit Mama gedacht.«

Vanja ging wieder ins Nähzimmer und schlüpfte in die Kleidung vom Vortag. Josefin folgte ihr.

»Willst du sie wiedersehen?«

Angst packte sie. Aber die Frage war berechtigt. Vanja versuchte, unangefochten zu wirken, und drehte die Haare im Nacken zu einem feuchten Knoten.

»Schätzchen. Ich glaube, das ist keine gute Idee. Sallys wegen.«

Josefin schwieg. Vanja machte das Bett, verließ das Zimmer und schlüpfte in der Diele in ihre Lederjacke.

»Vielen Dank für Schlafplatz und Frühstück«, sagte sie. »Bis bald.«

Dann ging sie zu ihrem VW-Bus, stieg ein, aber startete den Motor nicht sofort. Sie schloss die Augen und strich übers Lenkrad, rang um Fassung. Nichts würde dadurch besser werden, dass sie zusammenbrach.

Der Aktzeichenkurs. Da hatte alles begonnen. Vanja hatte an einer Anschlagstafel einen Zettel entdeckt: *Lerne zeichnen.* Der Kurs fand den Herbst über jeden Mittwoch statt. Georg fand die Idee brillant. Zeichnen hatte ihr immer gutgetan.

Zwar hatte sie zu nichts Lust oder Motivation, aber Vanja redete sich ein, wenn sie sich nur aufraffte, würde es leichter werden. *Raff dich auf*, hörte sie die ganze Zeit. Ihr ging es doch so gut, sie hatte doch gerade ein so niedliches, kleines Baby bekommen, sie konnte doch einfach nur dankbar und froh sein. »Du bist schön und begabt«, sagte eine der Nachbarinnen, »und hast einen fantastischen Mann. Worüber beschwerst du dich?« »Du bist doch so stark«, betonte eine andere.

Der Aktzeichenkurs wurde ihre Rettung. An einer Staffelei zu stehen, zu zeichnen und den anderen im Kurs zuzuhören, hielt sie am Leben. Einen Abend pro Woche konnte sie die schwarze Dunkelheit ablegen und für ein paar Stunden Ruhe finden, auch wenn sie anschließend wieder hineinschlüpfen musste.

Neben ihr im Kurs stand Trine. Sie war genauso alt wie Vanja, aber ansonsten komplett anders. Drall und laut, oft mit großgemusterter Kleidung und den dicken, goldblonden Haare, zu Zöpfen geflochten. Sie stand immer im Mittelpunkt und brachte die Menschen zum Lachen. Um sie schien ein Kraftfeld zu herrschen.

Bei der zweiten Kurseinheit hatte sich Trine in der Kaffeepause neben Vanja gesetzt. Sie hatten eine Weile darüber gesprochen, dass Vanja gerade Mutter geworden sei und dass Trine keine Kinder habe und mit einem Liedermacher lebe. Trine erzählte, sie habe mütterlicherseits dänische Wurzeln und besuche deshalb öfter Verwandte in Kopenhagen. Manchmal denke sie darüber nach, dort hinzuziehen.

Dann hatte Trine Vanja eindringlich angesehen. »Weißt du was?«, hatte sie gefragt. »Du bist depressiv. Aber keine Angst, das ist nicht so schlimm.«

Vanja hatte es die Sprache verschlagen. Als sie später nebeneinander mit Kohle skizziert hatten, hatte Trine geflüstert. »Du kommst da durch. Versprochen. Sei einfach nett zu dir selbst.«

Der Kurs war vergangen, Woche um Woche. Die Traurigkeit blieb. Aber nun war da Trine. Ohne sie hätte Vanja nicht überlebt.

Es klopfte ans Fenster der Fahrertür und Vanja zuckte zusammen.

»Vanja?«

Draußen stand Haralds Vater und blickte herein. Sie lächelte ihn an, öffnete eilig die Autotür und stieg aus.

»Hallo, Göran.«

»Du hast so still dagesessen, ich habe mir fast Sorgen gemacht.«

»Ich habe nur ein wenig nachgedacht, über Åke. Der Tag danach.«

Göran nickte voll Anteilnahme.

»Verstehe ich. Wir sind auf dem Weg nach Simrishamn und wollten hier auf eine Tasse Kaffee vorbeischauen und bei Harald und Josefin nachfragen, wie das Begräbnis war.«

Der große SUV des Paars parkte neben der Scheune. Inger trat zu ihnen. Sie umarmte Vanja.

»War es schön gestern?«, fragte sie.

»Sehr. Åke hätte kein schöneres Lebewohl haben können.«

Ewas hinter Inger stand Erna, mit den leicht gekräuselten Lippen, die sie in Vanjas Nähe immer bekam. Haralds Großmutter gehörte zu den älteren Kivikern, die sie schief ansahen, seit sie in die Gegend zurückgekommen war.

Sie waren früher, als Vanja und Georg frisch verheiratet

waren, gut befreundet gewesen. Erna war zehn Jahre älter, aber das hatte nichts bedeutet. Sie hatte Vanja ihre kleine Schwester genannt, hatte ihr Kivik gezeigt und erklärt, wie man hier lebte. Ihr Ehemann Rune war Georgs bester Freund gewesen und sie hatten sich öfter zu viert getroffen.

Jetzt, viele Jahre später, waren beide Männer tot. Erna grüßte Vanja, wenn sie sich beim Bäcker oder bei ICA oder im Sommer unten am Badesteg begegneten, gerade einmal. Aber ihre Enkel liebten einander und hatten gemeinsam einen Hof gekauft. Das Leben nahm sonderbare Wege.

»Geht es dir gut, Erna?«

Vanja ging auf sie zu. Nachtragend zu sein führte nirgendwohin, und sie war gut erzogen. Aber Erna nickte nur kurz und wandte sich dann in Richtung Vortreppe. Just in dem Moment schaute Harald aus der Tür.

»Hallo, Oma. Komm rein! Der Kaffee ist gerade fertig.«

Vanja startete ihr Auto und fuhr aus dem Hof, folgte in langsamem Tempo dem Schotterweg. Der Aktzeichenkurs und Trine. Wie unglaublich viel seither geschehen war.

Zuletzt Sally. Die aufgetaucht war und sich vorgestellt hatte.

Sally

Der Vormittag des Karfreitags war ruhig gewesen. Dass Karwoche und Kunstrunde war, merkte man vor allem unten am Meer, um den Marktplatz und entlang der größeren Straßen. Sally wollte nicht ausgehen, um sich das anzusehen, sie war damit beschäftigt, die Besenkammer zu durchforsten, um die Hausverschönerung zu starten.

Während sie die verschrammten Scheiben der Duschkabine mit Reinigungsmittel einsprühte und mit einem harten Schwamm abschrubbte, dachte sie an Peter, der sie gestern nach Hause gefahren hatte. Er hatte erzählt, er und Vanja würden einander fast jeden Tag sehen und sich gegenseitig beim Einkaufen und bei anderen Sachen helfen. Sie seien enge Freunde.

»Vanja ist ziemlich speziell«, hatte Peter gesagt. »Mitunter ganz schön anstrengend. Aber im Grunde ein guter Mensch, sonst würde ich ihr nicht mein Seitengebäude vermieten. Noch dazu fast gratis.« Auf Sallys Frage, in welcher Hinsicht sie gut sei, hatte er geantwortet, sie sei klug und nett. »Umsichtig. Kreativ. Und lustig. Macht immer genau, was sie will. Das ist inspirierend.«

Den Rest der Fahrt hatten sie schweigend verbracht.

Das Badezimmer war nun sauber genug. Sally stopfte die Putzsachen zurück in die Kammer und blickte aus dem Küchenfenster. Über die Straße konnte sie Yvonne in ihrer dünnen, rosa Daunenjacke sehen. Sie war mit einem Spaten zugange, den sie mit dem Fuß in eines der Beete hineintrieb. Wie letztes Mal steckten die leopardengemusterten Brillenbügel in ihren Haaren.

Sally schlüpfte in die Holzschuhe und ging zum Gartentor, um Hallo zu sagen. Yvonne lehnte sich auf den Spaten. Ihr Lippenstift war heute mehr von der pudrigen Sorte.

»Hallo«, sagte sie. »Wie schön es doch vorgestern war.«

»Schön, dass Sie da gewesen sind.«

Yvonne blickte Sally etwas lauernd an.

»Ich habe gesehen, dass Ihre Mutter da war.«

»Ja. Das stimmt.«

Sally kratzte am Torpfosten herum, ein weißer Lackfitzel löste sich und segelte auf den Kies. Wenn nur Yvonne keine weiteren Fragen stellte. Aber das tat sie nicht.

»Dann freu ich mich auf übermorgen«, sagte sie nur. »Um sechs.«

Sally verstand nur Bahnhof. Yvonne lächelte sonnig.

»Der Lesekreis. Sie kommen doch? Es wird ein bisschen festlicher. Wegen Ostern und so.«

Der Lesekreis, Sally hatte ihn ganz vergessen. Die Lust auf die Begegnung mit anderen Leuten war nach dem Begräbnis weiter geschrumpft. Aber natürlich war es gut, die Nachbarn kennenzulernen. Sie rang sich ein Lächeln ab.

»Ja, ich komme.«

Olle blickte aus dem Holzschuppen. Er trug eine bis zu den buschigen Augenbrauen ins Gesicht gezogene Strickmütze.

»Sie sollten auf der rechten Seite die Dachrinne erneuern«, sagte er zu Sally. »Die tropft ziemlich dolle.«

»Aha? Da werde ich mich darum kümmern.«

»Und vermutlich wird es Zeit, die Ligusterhecke zu schneiden«, meinte Yvonne.

Die Hecke war licht und struppig. Sie hatte ganz augenscheinlich jahrelang keinerlei Aufmerksamkeit erhalten.

»Übrigens, falls Sie Nummern von Handwerkern brauchen, fragen Sie mich einfach«, bot Olle an.

Sally bedankte sich. Das waren viele gute Ratschläge und dabei hatte sie nicht einmal einen Job. Mit einem Winken trat sie den Rückzug über den Kiesweg an.

»Bis Sonntag, Yvonne.«

Sie ging ins Haus und schloss die Tür. Entdeckte das Handy, das sie auf der Dielenkommode abgelegt hatte. Sie blickte aufs Display, aber niemand hatte angerufen. Weder Josefin noch Peter, Frank oder sonst jemand.

Natürlich sollte sie sich bei Josefin melden. Um mit ihr über das, was gestern geschehen war, zu sprechen. Um zu erklären, dass sie nicht sauer war.

Oder war es besser, sich ins Auto zu setzen und nach Vallmogården hochzufahren? Das nötige Gespräch von Angesicht zu Angesicht zu führen. Das tat man wohl auf dem Land, man schaute beieinander vorbei? Machte Spontanbesuchte, wie Peter erzählt hatte. Aber sie war ein Großstadtmensch durch und durch.

Sallys Daumen strich über die Tastatur des Mobiltelefons. Ohne groß weiter nachzudenken, bestätigte sie Josefins Namen in ihrem Telefonbuch. Es klingelte an und sie bereitete sich vor.

Josefin

Es vibrierte in der Jackentasche. Josefin rechte gerade das Laub vom Vorjahr zusammen, das sich an der Stallwand gesammelt hatte, und wollte den letzten Rest in den Laubkorb werfen, bevor sie ranging. Das Brummen wiederholte sich wieder und wieder. Sie ließ den Laubhaufen sein und nahm das Telefon aus der Tasche. Ihre Mutter.

Noch ein Brummen. Vielleicht war es besser, sich dem Unvermeidlichen direkt zu stellen. Josefin lehnte den Rechen an die Hauswand und nahm das Gespräch an.

»Hallo.«

Ihre Mutter klang dumpf. Jetzt war nicht der Zeitpunkt für Plaudereien. Josefin räusperte sich.

»Es tut mir leid wegen gestern. Wirklich.«

Zum zweiten Mal innerhalb kürzester Zeit bat Josefin nun schon um Entschuldigung. Am anderen Ende blieb es still.

»Ich kann verstehen, dass du mich hasst«, fügte sie hinzu.

»Du weißt, dass ich dich nicht hasse«, entgegnete ihre Mutter. »Kann ich zu dir kommen? Du hast gesagt, ich könne irgendwann mal auf einen Sprung vorbeischauen.«

Josefin stieß mit der Stiefelspitze in den Kies. Stimmt, das hatte sie gesagt. Irgendwann. War vielleicht ebenso gut heute.

»Natürlich. Findest du her?«

»Ich glaube schon.«

»Sonst ruf an.«

»Ja. Bis gleich dann.«

Josefin legte auf, atmete ein paarmal tief durch. Um die Laubhaufen würde sie sich wann anders kümmern.

Sie ging in die Küche. Harald war dabei, seine vegetarische Alternative zu Senfhering anzusetzen, eine Art eingelegte Auberginen. Sie waren seine Spezialität und er brachte immer ein Glas zum Karfreitagsessen bei seinen Eltern mit. Außer ihm und Josefin aß keiner davon, aber alle würdigten seinen großen Einsatz.

»Wir sollten irgendwann die Paneele im Flur streichen«, sagte er. »Den Sachsenstab nach hinten raus.«

Josefin warf sich auf die Küchenbank.

»Mama kommt. Jetzt gleich.«

Harald unterbrach sein Tun.

»Wirkte sie wütend?«

»Nein. Ich fühle mich nur so blöd. Ich hätte ihr längst von Oma erzählen müssen.«

Er trocknete seine Hände an einem Geschirrhandtuch.

»Vergiss das jetzt. Ich setze Kaffee auf.«

Josefin kam hoch und stütze sich auf dem Ellbogen ab.

»Warte kurz. Wir wissen ja nicht, wie es wird.«

Harald schien zu verstehen. Er ging zurück an die Arbeit und schnitt weiter hauchdünn Zwiebeln.

Ein Motorengeräusch erklang. Josefin setzte sich auf und blickte aus dem Küchenfenster. Åkes Auto bog auf den Hofplatz, ihre Mutter saß am Lenkrad. In ebendiesem Augenblick läutete erneut das Telefon. Ihre Großmutter.

»Ich wollte nur fragen, ob ich das Rezept von Haralds Müsli haben kann. Das war so gut.«

Ihre Großmutter klang wie immer. Mit dem Telefon am Ohr eilte Josefin in die Diele, rückte den Flickenteppich, der sich gewellt hatte, zurecht und schlüpfte in die Holzschuhe, während sie zugleich versuchte, nicht kurzatmig zu klingen. »Entschuldige, Oma. Aber es geht gerade nicht. Kann ich dich später anrufen?«

»Natürlich. Habt ihr viel zu tun? Mit dem Osteressen?«

Josefin blieb an der Tür stehen, vermutlich war es besser, zu sagen, wie es war, sie hatte die Lügerei satt.

»Mama ist da. Ich habe sie eingeladen.«

Es wurde still in der Leitung. Josefin konnte ihre Großmutter vor sich sehen: grimmig. Oder vielleicht nur verblüfft.

»Verstehe.«

»Aber ich rufe dich später an«, versprach Josefin.

»Alles gut.«

Sie legte auf. Stand reglos auf der Türschwelle, während ihre Mutter die Autotür öffnete und ausstieg.

»Also hier wohnst du«, sagte sie. »Beziehungsweise ihr.«

»Ja, hier wohnen wir, Harald und ich.«

Schweigend sog ihre Mutter die Umgebung ein. Vielleicht hatte sie keinen so schönen, alten Hof erwartet. Oder es sich ordentlicher vorgestellt. Nicht so voller halb durchgeführter Bauvorhaben, Holzhaufen und alter Schrottteile von Traktoren und Mähdreschern. Nicht voll mit Anhängern und rostigen Metallfässern und diversem anderen Zeug, was gut war zu haben, aber das noch keinen richtigen Aufbewahrungsort gefunden hatte. Das meiste hatte den früheren Besitzern gehört, einem alten Bauernpaar.

Ihre Mutter kam auf die Vordertreppe zu. Josefin wartete, versuchte zu ergründen, ob sie verletzt wirkte oder nicht. Schwer zu sagen.

Harald kam ebenfalls vor die Tür.

»Hallo!«

Er hatte die Schürze abgelegt. Auf seinem Gesicht lag keinerlei Schatten, nichts deutete auf irgendwelche Probleme hin. Als hätten sie alle drei die Übereinkunft getroffen, nicht über ihre Großmutter zu sprechen. Zumindest nicht in diesem Moment.

»Herzlich willkommen auf Vallmogården.«

»Danke.«

Harald machte eine Geste mit der Hand.

»Also, so sieht es hier aus. Ein eigener kleiner Wald, in dem wir Holz holen. Und die Landwirtschaft.«

»Seid ihr komplett Selbstversorger?«, fragte ihre Mutter.

»Beinahe«, antwortete Harald. »Eigene Eier, außerdem Kartoffeln, Gemüse und Obst. In erster Linie Äpfel.«

»Das Einzige, was wir kaufen, sind Öl, Kaffee und Zucker«, warf Josefin ein. »Den Rest tauschen wir mit anderen Bauern. Zum Beispiel Milch, Butter und Mehl.«

Ihre Mutter lächelte, fast einen Hauch unsicher. Diese Welt war ihr gänzlich fremd.

»Ihr müsst viel Arbeit haben.«

»Dreihundertfünfundsechzig Tage im Jahr. Von morgens bis abends.«

Josefin sagte das gerne. War stolz.

»Ist es die ganze Mühe wert?«

»Absolut«, erklärte Harald. »Es geht um das Gefühl an sich. Mit den Händen zu graben, mit dem Körper zu arbeiten, das eigene Gemüse zu essen. Jeglichen Stress hinter sich zu lassen. Da schafft man eine ganze Menge.«

Ihre Mutter betrachtete das Wohnhaus genau, dann die anderen Gebäude.

»Aber wird es im Winter nicht kalt? Ist bestimmt teuer, einen ganzen Hof heizen zu müssen.«

»Wir haben ziemlich viel Holz«, wiegelte Josefin ab. »Wir brauchen nur rausgehen und welches hacken.«

»Und bald installieren wir Erdwärme«, sagte Harald. »Dann bekommen wir überall normale Heizkörper.«

Josefin schielte zu ihm, aber er hatte offenbar nichts hinzuzufügen. Lächelte ihre Mutter einfach nur an, so selbstsicher wie sonst etwas. Ab und zu war Josefin wirklich neidisch auf ihn.

Ihre Mutter im Haus und auf dem übrigen Hof herumzuführen dauerte zwanzig Minuten. Sie schien beeindruckt von den Schafen, den Hühnern und der biologischen Landwirtschaft. Im Wohnhaus zeigten sie ihr sowohl das Erd- wie auch das Obergeschoss, plus den großen, nicht ausgebauten Dachboden. Sie stellte zu jedem Zimmer Fragen, wie es am Ende werden solle und wofür es gedacht sei.

Josefin und Harald erzählten von den andauernden Renovierungsplänen, dem Schlafzimmer, das im Dachboden entstehen sollte, und dem neuen Esszimmer im Erdgeschoss.

Die Tour endete in der Küche, wo sich Harald wieder ans Kochen machte. Ihre Mutter blieb vor dem Schiffsmodell am Fenster stehen.

»An dieses Boot erinnere ich mich. Das hat deinem Urgroßvater gehört. Dem Skipper.«

»Ich weiß«, sagte Josefin. »Ich habe es von Åke bekommen.«

»Åke wollte doch Kapitän werden, oder? Habe irgendwie sowas in Erinnerung.«

»Stimmt.«

Sie gingen wieder nach draußen, während Harald nun

Gemüse in Streifen schnitt, um es zu pickeln. Auf dem Hof raffte ihre Mutter die Haare im Nacken zusammen und ließ sie gleich wieder fallen.

»Ich würde es nur gern verstehen können … Warum du so gehandelt hast. Um mich zu schützen?«

Josefin wich ihrem Blick aus.

»Ich hatte überlegt, es dir zu erzählen. Vor langem schon. Aber Großmutter wollte das nicht.«

Das erklärte nichts weiter, war aber die Wahrheit.

Sie gingen am Zaun entlang, folgten dem Weg über die grasbewachsene Böschung. Ihre Mutter trug Turnschuhe und der Boden war matschig, aber sie sagten beide nichts dazu. Der Vorschlag, sich ein Paar Gummistiefel auszuleihen, käme sowieso zu spät.

»Wie war es denn?«, wollte Josefin wissen. »Oma zu treffen, meine ich.«

»Sie war nicht, wie ich sie mir vorgestellt hatte. Überhaupt nicht.«

Josefin schluckte. Ihre Mutter hatte im Laufe der Jahre hie und da über ihre Großmutter gesprochen, aber nie so. Ihre Großmutter und ihr Verschwinden waren nur eine Tatsache gewesen, eine verblichene Narbe, die ihre Mutter mit sich durchs Leben trug. Die meisten ihrer Kindheitserzählungen hatten von Großvater gehandelt, ein wenig auch von den kurzen Beziehungen, die er mit unterschiedlichen Frauen gehabt hatte.

»Wie meinst du das?«, fragte Josefin.

Sie blieben stehen. Ihre Mutter zwirbelte eine Haarsträhne zwischen den Fingern.

»Wie sage ich das? Sie hat nie angerufen. Nie einen Brief geschrieben. Natürlich habe ich mir meine Fantasien über sie gemacht. Dass sie berühmt sei und für Millionen von Kronen Bilder verkaufe. Sie habe viel zu tun, dachte ich. Aber sobald sie fertig sei, würde sie mich holen. Wie sie es gesagt hatte.«

Ihre Mutter blickte über die Feldflur.

»Die anderen in meiner Klasse hatten alle eine Mutter. Außer einer. Deren Mutter war an Krebs gestorben und deshalb tat sie allen leid. Ich hatte aber quasi nichts vorzuweisen. Nichts zu erzählen.«

Sie verstummte für einen Augenblick.

»Und dann gestern. War sie einfach da.«

»Ich wollte dir nicht weh tun.«

Ihre Mutter ging weiter.

»Du wirst deine Gründe gehabt haben, dass du nichts gesagt hast. So viel verstehe ich.«

Der Weg gabelte sich, und sie nahmen den nach links, der sich über die Hügel ins Tal hinabschlängelte, wo der Nachbarbauer im Sommer seine schwarzweißen Kühe weidete.

»Wie hast du sie gefunden?«, wollte ihre Mutter nach einer Weile wissen.

»Åke hat mir geholfen. Er hat gewusst, dass meine Großmutter irgendwo in Dänemark lebt. Dann habe ich im Netz nach ihr gesucht, und sie zu finden war nicht sehr schwer. Sie lebte in Kopenhagen. Und dann bin ich einfach hingefahren.«

Ihre Mutter sagte nichts. Josefin entschied sich, weiterzusprechen.

»Ich bin dann wöchentlich nach Kopenhagen gefahren und habe sie besucht. Harald hat mich dazu ermuntert, er meinte, ich sollte das tun. Oma und ich haben lange Spaziergänge gemacht. Geredet und geredet.«

»Über mich?«

Ihre Mutter blickte wieder über die Felder.

»Ein bisschen.«

Josefin betrachtete die etwas entfernte, kleine Baumgruppe. Dort sammelten sich die Kühe, wenn es regnete oder die Sonne zu stark brannte. Sie waren gerne beieinander. Standen oft im Pulk und käuten mit in die Leere starrendem Blick wieder. Wie eine Familie.

»Nach ein paar Monaten habe ich Oma vorgeschlagen, nach Kivik zu kommen und Åke wiederzutreffen. Das hat sie dann getan. Peter hat gekocht. Und er hatte die Idee, sein Längsgebäude zu vermieten, weil es als Atelier perfekt war.«

Ihre Mutter gab keinen Kommentar zu der Geschichte ab. Schweigend gingen sie zurück zum Hof. Warum stellte ihre Mutter keine Fragen über Oma? Sie musste eine Menge wissen wollen.

»Ich kann Kaffee machen«, sagte Josefin. »Willst du einen.«

»Danke, aber das machen wir ein anderes Mal. Schön, dass ich deinen Hof gesehen habe. Und Harald wirkt wie ein großartiger Kerl.«

»Das ist er.«

Sie sahen einander an.

»Ist es denn okay für dich, dass ich in Kivik lebe«, fragte ihre Mutter. »Ich habe nicht vor, dir zur Last zu fallen.«

Josefin lächelte vorsichtig. Es war okay. Das war es tatsächlich.

»Solange du dich selbst versorgen kannst.«

»Ich werde einen Job finden. Und ich bin es gewöhnt, mit wenig auszukommen.«

»Das weiß ich.«

Nach einer kurzen, unbeholfenen Umarmung stieg ihre Mutter in Åkes Auto und steuerte auf die große Straße zu.

Josefin ging zu dem überdachten Hauseingang hoch. Stand da mit der Hand am Treppengeländer. Ihre Mutter würde in Kivik bleiben. Das fühlte sich nicht mehr bedrohlich an.

Harald blickte durch die Haustür.

»Ist sie schon weg? Gut, wir müssen ja auch bald zu Mama und Papa.«

Josefin drehte sich zu ihm. Sie war durch den Wind.

»Heute ist Karfreitag«, sagte er und lachte. »Hast du das vergessen?«

Er nahm sie an der Hand.

»Das ist doch super gelaufen. Und jetzt feiern wir Ostern.«

Er gab Josefin einen Kuss auf die Wange und ließ sie wieder los.

»Und wir müssen nicht über Erdwärme reden. Oder unsere finanzielle Situation. Ich sitze über einem neuen Instandhaltungsplan, habe bald unsere Kalkulation fertig. Ohne ihre Hilfe. Du wirst schon sehen.«

Er schlüpfte in Jacke und Hose. Josefin ging ins Schlafzimmer, um sich umzuziehen. Sie hoffte, dass heute Abend niemand etwas über ihre Mutter sagen würde. Und wenn, würde sie nur antworten, ihre Mutter sei heute zu Besuch gewesen und Vallmogården habe ihr gefallen. Sonst nichts.

Sally

Bereits im Flur von Yvonnes und Olles Haus wurde man daran erinnert, dass Ostern war. Sally trat mit dem Buch unterm Arm und einer Tarteform in den Händen ein. Sie betrachtete das kleine Arrangement auf der Kommode. Zwei orangegelbe Gockel aus Porzellan und dazwischen ein Osterstrauß mit Federn in verschiedenen Farben. Eine Vielzahl bunter, geöffneter und mit Süßigkeiten gefüllter Pappeier war um den Fuß der Vase drapiert.

Die Ostersamstage mit Josefin, als sie klein war. Die Suche nach den in der Wohnung oder bei schönem Wetter draußen im Hinterhof versteckten, mit Süßigkeiten gefüllten Eiern. Josefins Begeisterung, wenn sie eins aufgemacht und darin die klebrig zähen Geleeschnuller, Sahnekaramells und Schokoladentäfelchen entdeckt hatte. Das war lang, lang her. Jetzt hatte Josefin ihre Großmutter und mit ihr hatte sie auch den gestrigen Ostersamstag gefeiert.

Sally holte das Telefon aus der Tasche und klickte wieder zu dem Bild, das sie heimlich auf Vallmogården gemacht hatte. Josefin von hinten, abgewandt, mit dem Gesicht in Richtung einer verlassenen Kuhweide. Die langen, hellen Haare flossen ihr über die Schultern. An der Haltung war etwas Erwachsenes, das sie mit neunzehn noch nicht gehabt hatte.

Für ein Foto von vorn hatte es keine Gelegenheit gegeben. Vielleicht irgendwann in Zukunft. Aber noch nicht jetzt.

Aus den Zimmern drangen Stimmen und Lachen. Sally warf einen raschen Blick in den Flurspiegel und richtete sich die Haare, bevor sie den Geräuschen folgte. Da war das Wohnzimmer, groß und, trotz der tiefen Deckenhöhe, geräumig. Am einen Ende eine Sofalandschaft und am anderen ein Esstisch. Überall standen Dekogegenstände und Pflanzen in Töpfen, kaum ein Fleckchen war leer.

Um den Tisch mit einer grellgelben Ostertischdecke saßen die Mitglieder des Lesekreises. Eine davon war Liselott. Sally erkannte sie sofort wieder, besonders als sie lachte, dass sich ihr Zahnfleisch entblößte. Nur lag um Liselotts Augen nun ein kleines Netz aus Fältchen, sie trug die dunkelbraunen Haare etwas kürzer, und hie und da blitzte eine silbergraue Strähne hindurch. Sie war das exakte Ebenbild ihrer Mutter einige Jahrzehnte zuvor.

»Mensch, Sally, hallo!«

Liselott sprang auf und sie umarmten einander.

»Du hast dich kaum verändert«, sagte sie.

»Du auch nicht.«

»Ich bin nur älter und dicker«, sagte Liselott und lachte herzlich.

Sally erinnerte sich an dieses angenehme Gackern, das einen selbst gickeln ließ, man konnte einfach nicht anders, als mitzulachen.

Liselott gab es noch immer, hier in Kivik. Es war wie ein Geschenk.

»Ich habe gehört, du arbeitest bei ICA«, sagte Sally.

Liselott nickte.

»Aber nur ab und zu. Darüber hinaus habe ich ein eigenes Unternehmen. Eine Fußpflege, in einem Anbau am Haus. Ist schön, es nicht weit zur Arbeit zu haben.«

»Wenn ich mich recht erinnere, hast du schon als Teenager von einem eigenen Unternehmen gesprochen.«

»Stimmt. Es hat nur ein paar Jahre gedauert, bis letzten Endes etwas daraus geworden ist. Ich mag es sehr. Besonders die Hausbesuche bei den Alten hier in der Gegend. Du hast ja keine Ahnung, was man da für Geschichten zu hören bekommt. Und sie freuen sich so sehr über das bisschen Fürsorge und Gesellschaft.«

Sally wusste genau, wovon Liselott sprach. Sie hatte als Kind selbst oft ein paar der alten Nachbarn besucht.

»Lass uns später weitersprechen«, sagte Liselott. »Ich muss unbedingt wissen, was bei dir seit unserem letzten Treffen los war. Wir haben wahnsinnig viel nachzuholen.«

Sie hielt *Der Kaiser von Portugallien* vor Sally in die Höhe. »Hast du das Buch gelesen?«

»Klar.«

Sally zeigte ihr Exemplar. Gestern Abend hatte sie den Band in Åkes gut sortiertem Bücherregal gefunden, eine ältere, in braunes Leder gebundene Ausgabe mit einer dicken Staubschicht darauf. Die Erzählung war leicht zu lesen gewesen. Sie hatte sie im Laufe des Nachmittags geschafft und zugleich Apfelkuchen gebacken. Aber als sie nun mit ihrer Kuchenform dastand, begriff sie, dass Letzteres unnötig gewesen war. Yvonne hatte verschiedene Salate, Eierhälften mit Felchekaviar und eine geräucherte Hammelkeule aufgetafelt. Außerdem einige Flaschen guten Wein und ein paar Schälchen mit rohem Gemüse in Stäbchenform, das man in frische Dips tauchen konnte. Dagegen wirkte der Apfelkuchen schwer und pappig. Aber Yvonne bedankte sich überschwänglich.

»Hast du einen Kuchen gebacken? Wie schön. Den können wir zum Nachtisch essen.«

Sie nickte in Richtung der beiden anderen Gäste am Esstisch.

»Das sind Anita und Flynn.«

Anita war über siebzig und hatte ein rundes, rötliches Gesicht. Flynn war vermutlich irgendwas zwischen vierzig und fünfzig und hatte einen wilden Wuschelkopf, Glubschaugen und ein Doppelkinn. Zu seinen Füßen lag ein Hund mit goldgekräuseltem Fell, das an die Haare seines Herrchens erinnerte.

Yvonne trug den Apfelkuchen in die Küche. Anita reichte Sally die Hand zur Begrüßung.

»Mein Mann und ich wohnen ein paar Häuser von dir entfernt. Wir leben da seit beinahe fünfzig Jahren. Ich erinnere mich an dich als Kind.«

Sally nahm die kleine, schwammige Hand. Die Nachbarsfrau kam ihr gerade einmal vage bekannt vor. Yvonne brachte noch eine Karaffe mit Wasser und stellte sie zwischen die Speisen.

»Wir kennen Josefin von den Sommern, die sie bei Åke verbracht hat«, sagte Anita. »Und natürlich Harald. Und seine Eltern und seine Großmutter.«

Ihr gerötetes Gesicht nahm eine noch dunklere Farbe an und sie runzelte die Augenbrauen.

»Aber deine Mutter. Wie konnte sie das nur tun? Einfach abhauen. Das konnte keiner verstehen. Armer Georg, und du Arme. Das tut man einem Kind nicht an.«

Was sollte Sally darauf sagen? Warum hatte sie nur die Einladung angenommen? Yvonne hakte sich bei ihr ein.

»Anita, das geht uns nichts an. Sally ist jetzt zurück und darüber freuen wir uns. Schade nur, dass Åke das nicht mehr erleben durfte.«

Sie führte Sally zu einem freien Platz am Tischende.

»Herzlich willkommen. Setz dich hierher.«

Sally nahm Platz. Sie begrüßte Flynn.

»Flynn kommt aus Malmö und hat früher als Art Director gearbeitet«, stellte Yvonne ihn vor. »Aber jetzt sind er und seine Frau hierhergezogen.«

Flynn lächelte schief.

»Ja, jetzt wohnen wir hier, Britta und ich. Und Chester.«

Sally überlegte, was wohl seine Frau arbeitete, wollte aber nicht fragen. Flynn kraulte seinen Hund hinterm Ohr.

»Ich hatte genug von der Werbebranche. Jetzt arbeite ich einfach nur ein bisschen als Freelancer.«

Sally dachte darüber nach, zu sagen, sie suche einen Job, falls jemand eine freie Stelle wisse. Aber die Nachbarn würden sich vermutlich fragen, warum sie hierhergezogen sei, ohne sich vorher um ihren Lebensunterhalt zu kümmern. Allen voran Anita. Die brauchte kein weiteres Futter für ihr Getratsche.

»Bedient euch bitte, lasst uns am besten essen, während wir über das Buch sprechen«, sagte Yvonne.

Alle füllten sich die Teller, und dann begann die Buchdiskussion. Anita analysierte die Schilderung des Vaters und zog Parallelen zu Selma Lagerlöfs Kindheit, die sie im Laufe des Tages gegoogelt hatte. Die anderen ergänzten, fragten nach und kommentierten. Flynn war der Meinung, die Biografie der Autorin sei nicht relevant und müsse vom Werk getrennt werden.

Sally hatte keine Ansicht dazu. Sie war weiterhin aufgewühlt von Anitas Worten über Vanja. War es das, was sie hier erwartete? Eine Menge Ansichten und Spekulationen. Vermutlich.

Dann wechselte das Gespräch zu anderen, bodenständigen Themen. Wie Gartenpflege, Yvonnes Lieblingsgebiet. Sie wandte sich an Sally.

»Hast du vor, das Grundstück so zu lassen, wie es ist, oder willst du etwas ändern.«

»Ich weiß es nicht. Das sehe ich noch.«

Anita nickte.

»Kommt schließlich darauf an, wie er im Sommer aussieht. Man muss einen Garten ja erst kennenlernen.«

Yvonne zog die Augenbrauen hoch.

»Hat dir deine Mutter von ihrem Gartenkalender erzählt?«

Sally schüttelte den Kopf. Sie war auf der Hut. Wenn man sie nach ihrer Beziehung zu Vanja aushorchen wollte, würde sie sich entschuldigen und gehen müssen.

Yvonne unterstrich ihre Worte mit enthusiastischen Gesten.

»Ein älterer Nachbar hat vor ein paar Jahren davon erzählt, Vanja habe während ihres zweiten Sommers in Kivik so etwas wie ein Tagebuch über den Garten geführt. Vielleicht gibt es das noch irgendwo. Sie hat notiert, was sie in den Beeten pflanzen wollte und so weiter. Das zu lesen könnte eventuell spannend für dich sein.«

Um den Tisch herum wurde es wieder still. Yvonnes Begeisterung erlosch. Sie legte die Hand an den Mund.

»Oh, nein, … entschuldige, es war überhaupt nicht meine Absicht, deine Mutter wieder aufs Tapet zu bringen.«

Sally versuchte, unbekümmert zu wirken.

»Macht nichts.«

Anita blickte Sally fragend an.

»Trefft ihr euch? Also jetzt?«

»Ja, wir haben uns getroffen.«

Sally wendete den Blick ab. Keine weiteren Fragen.

»Ich erinnere mich an den Sommer, als Vanja und Georg gerade ein Paar geworden waren«, sagte Anita. »Sie war bei einer Pflegefamilie aufgewachsen, das klang nicht besonders spaßig. Obwohl sie offenbar gut situiert gewesen waren. Oberklasse.«

Sally wartete darauf, dass das Gesprächsthema gewechselt wurde. Konnte sie nicht selbst wieder zu Selma Lagerlöf überleiten, noch etwas über das Buch sagen? Aber ihr Kopf war leer.

»Ich glaube, das reicht jetzt damit.«

Anita kniff die Lippen zusammen. Yvonne begann, die leeren Teller einzusammeln.

»Wie wäre es vielleicht mit etwas Kaffee? Und Sallys Apfelkuchen?«

Sie blickte alle um den Tisch an, aber nach den Essensmengen schien niemand sonderlich begierig darauf zu sein. Flynn strich wortlos seinem Hund übers Fell.

»Ich glaube, ich muss nach Hause«, sagte Sally. »Es ist ziemlich viel zu tun. Danke für die Einladung.«

Schließlich brachen alle auf, es ging bereits auf zehn Uhr zu. Das nächste Mal sollte *Früchte des Zorns* von John Steinbeck besprochen werden.

Draußen auf der Straße zerstreute sich die Gruppe. Anita ging durch ihr Gartentor ein paar Häuser entfernt, Flynn in eine andere Richtung. Liselott begleitete Sally die paar Meter zu ihrem Haus. Sie blieben vor der Steinmauer an Sallys Garten stehen.

Hier und da glitzerte es auf den Nachbargrundstücken in den Bäumen, wenn die Lichterketten von Weihnachten noch nicht abgenommen worden waren, obwohl es mehrere Monate her war. Vor einigen Türen standen Laternen und viele hatten Osterschmuck im Fenster. Im Vergleich dazu sah Sallys Haus langweilig aus. Die Fenster brauchten eine nettere Gestaltung, vielleicht mit einigen Lampen und ein paar Blumen. Liselott folgte ihrem Blick.

»Du musst es nur sagen, wenn ich dir etwas helfen kann. Das weißt du, oder?«

»Danke. Vielleicht melde ich mich.«

»Was hast du da doch für ein schönes Haus. Und ziemlich viel Platz.«

Sally stimmte ihr zu. Sie liebte in der Tat jeden Winkel.

»Obwohl es für mich allein eigentlich viel zu groß ist.«

»Das macht ja nichts. Besser als zu eng.«

Liselott blickte sie mit diesem bezaubernden Gesichtsausdruck an, den sie auch früher immer gehabt hatte. Als gäbe es keine Probleme.

»Da triffst du den Nagel auf den Kopf«, sagte Sally.

Sie umarmten einander und verabschiedeten sich. Sally ging durchs Gartentor und über den Kiesweg zur Haustür. Es würde wohl schwer werden, Arbeit hier in der Nähe zu finden, zumindest außerhalb der Touristensaison.

Sie trat auf die Fußmatte und schloss die Tür hinter sich. Blieb im Dunkeln stehen, mit einem Mal von einem einzigen Gedanken erfüllt. Den Sommer über bis in den Herbst hinein wurde Österlen von einer Menge Besucher quasi überrannt. All diese Urlauber auf der Durchreise brauchten einen Ort zum Übernachten. Sie besaß ein großes Haus mit mehreren ungenutzten Zimmern.

Liselott hatte eine Fußpflegepraxis bei sich im Haus. Warum sollte nicht Sally eine kleine Pension führen können? Ein einfaches Bed & Breakfast. Frühstück und Betten machen würde sie hinkriegen. Und mit Leuten konnte sie gut umgehen.

Als sie sich so in diese Möglichkeit hineinfantasierte, gab es eigentlich keinen Zweifel. Man solle aus seinen Träumen Pläne machen, hatte sie irgendwann im Radio gehört. Und zum ersten Mal traf das auf sie selbst zu.

Sally schaltete die Deckenlampe an und zog die Schuhe aus. Sie musste Josefin anrufen und ihr davon erzählen. Gleich nach dem Aufwachen morgen früh.

Josefin

Es war ein schöner Frühlingsmorgen. Die Sonne war aufgegangen, ein starker Dunggeruch lag in der Luft und die Vögel zwitscherten laut. Josefin lehnte sich übers Schafgatter und kraulte Ullis zwischen den Augen. Tekla, Hjördis und Rut drängelten sich am Futterplatz. Die Lämmer folgten ihren Müttern auf den Hufen und blökten süß, als versuchten sie, die erwachsenen Schafe zu übertönen.

In Josefins Tasche klingelte das Telefon, sie holte es heraus. Was wollte ihre Mutter um halb sieben Uhr morgens? Noch dazu am Ostermontag.

»Du bist doch schon wach, oder?«, fragte ihre Mutter. »Ich dachte, ihr müsst früh raus.«

Josefin schmunzelte mild. Was für ein ungewöhnlich frischer Tonfall.

»Ja, schon. Aber warum schläfst du nicht?«

»Ich konnte nicht mehr länger im Bett bleiben. Es ging einfach nicht. Nachdem ich jetzt weiß, wie ich meine finanzielle Situation regle. Oder zumindest, wie ich es versuchen will.«

»Hast du schon einen Job gefunden? Gratulation.«

»Nein, das nicht, aber ich denke darüber nach, selbst eine Pension zu eröffnen. Hier. Im Haus.«

Es wurde still. Josefin kapierte nichts.

»Was hast du gesagt? Eine Pension?«

»Ja, genau. Ich brauche hier nicht so viel Platz zum Leben. Das Haus könnte ein gemütlicher Ort für Gäste sein, mit ein paar wenigen Zimmern. In der Nähe des Meers und so.«

Josefin zupfte an etwas vergilbtem Stroh im Wassergraben, riss es dann genervt heraus.

»Mama. Du kannst in Åkes Haus keine Pension eröffnen.«

»Warum nicht? Ich möchte, dass es genutzt wird. Anstatt dass ich hier ganz allein leben.«

»Åke hat dort die ganzen Jahre allein gelebt. Das ging super.«

»Ja, schon, aber ich habe immer davon geträumt, selbst einen kleinen Betrieb zu haben. Das weißt du.«

Josefin bewegte das Telefon am Ohr, es war jetzt ganz feucht und warm.

»Du hast dafür doch gar kein Geld. Weißt du, was die Renovierung eines alten Hauses kostet? Und eine Pension daraus zu machen wird noch teurer. Sei ein bisschen realistisch.«

»Wenn ich meine Wohnung in Stockholm verkaufe, habe ich das Geld dafür.«

Josefin lehnte sich an den rissigen Holzpfahl am Gatter. Ihre Mutter hatte nie Geld gehabt und auch keinerlei Ahnung von Finanzen. Nun schien sie bei dem Gedanken, wie viel sie für ihre Zweizimmerwohnung in Stockholm bekommen konnte, offenbar der Größenwahnsinn gepackt zu haben.

»Selbst wenn du die Wohnung verkaufst, wirst du wahnsinnig viel Kapitalerwerbssteuer zahlen. Und was dann übrigbleibt, wird die Kosten einer Renovierung niemals decken. Plus des Umbaus zu Gästezimmern und Badezimmern und alldem.«

Ihre Mutter seufzte.

»Ich glaube an diese Idee. Also werde ich weiter darüber

nachdenken und herausfinden, was ich tun muss. Und was es kosten könnte.«

»Aber warum? Das ist eine schlechte Idee.«

Josefin konnte sich nicht einmal vorstellen, welche Maßnahmen notwendig wären. Die Küche musste man vermutlich vollständig ausräumen. Auch das gesamte Untergeschoss. Und ziemlich viel im Obergeschoss und im Seitenflügel.

Åkes schönes Haus.

Sie lief unruhig am Zaun auf und ab. Ihre Mutter hatte nie einen Sinn für Familiengeschichte besessen, sie verstand nichts von der Seele des Hauses. Ihre Idee war einfach verrückt, in jeglicher Hinsicht.

Harald kam den Weg entlang, blieb stehen und winkte ihr, sie solle kommen.

»Bist du bald so weit?«, fragte er. »Die Björks sind schon lange da. Wir warten nur auf dich.«

Josefin hielt mitten im Schritt inne. Sie hatte völlig vergessen, dass heute die Nachbarn Svante und Kristin Björk mit ihrer Ackerfräse kamen, um ihnen bei der Frühjahrsbodenbearbeitung zu helfen. Sie bedeutete Harald mit einer Geste, sie werde das Gespräch sofort beenden.

»Mama, ich muss jetzt aufhören. Denk nicht weiter darüber nach. Such dir stattdessen irgendwo einen Job. Es gibt jede Menge Hotels und Jugendherbergen, bei denen du anfragen kannst. Jetzt im Frühling werden bestimmt Leute gesucht.«

Josefin legte auf. Betrachtete eine Weile die Schafe am Salzleckstein.

Eine Pension, was für eine grauenhafte Vorstellung. Da sollten also fremde Menschen in Åkes Haus herumtrampeln. An seinem Esszimmertisch sitzen und Essen in sich schaufeln. Die Möbel bekleckern, Schmierereien auf den Tapeten hinterlassen und Schrammen in die Türen machen. Treppauf, treppab zum Obergeschoss, mit schmutzigen Schuhen und sandigen Badehandtüchern.

Wie konnte ihre Mutter das riskieren wollen?

Josefin ging zurück zum Hof. Auf dem Hofplatz stand der rote Traktor der Björks mit angekuppelter Ackerfräse. Zur Vorbereitung auf Pflanzung und Saat würden sie heute die Beete auflockern und ebnen.

Im Führerhäuschen des Traktors saß Svante. Der etwa Sechzigjährige hatte wettergegerbte, zerfurchte Haut und war allzeit gutmütig und hilfsbereit. Sein grober Österlendialekt war mitunter nicht zu verstehen, sogar für Josefin, die, von Kindesbeinen an die Sprechweise der Einheimischen gewöhnt, sonst nie Probleme damit hatte. Aber auch dafür mochte sie Svante.

Harald wartete mit Kristin Björk, einer robusten, kräftigen Frau in Blaumann und verdreckter Daunenweste, neben dem Traktor. Sie war im gleichen Alter wie ihr Ehemann und genauso nett wie er, wenn auch lebendiger und geschwätziger. Jetzt steckte sie gerade inmitten einer Anekdote über ihr offenbar schon ewig erkältetes, dreijähriges Enkelkind, das mit ihrem Sohn und dessen Frau zu Hause auf dem Hof war. Man wusste kaum, wie Kristin während ihrer unendlich langen Sätze überhaupt zum Luftholen kam.

»Entschuldigt die Verspätung«, sagte Josefin. »Ich habe gerade einen Anruf erhalten.«

»Kein Problem«, antwortete Kristin. »Wir haben ein wenig geplaudert.«

Harald nickte.

»Dann legen wir los.« Er reichte Josefin die Radhacke.

Selbst nahm er einen Spaten und einen alten Grubber mit Holzstiel. Kristin kletterte auf den Traktor und zwängte sich neben Svante, der in Richtung Acker losfuhr. Harald und Josefin trotteten mit ihren Werkzeugen hinterher.

Josefin trat gegen einen Zapfen auf dem Grasstreifen in der Wegmitte. Warum hatte ihre Mutter ein derartiges Desinteresse für ihre Abstammung und die Geschichte ihrer Familie? Beruhte das darauf, dass sie als Kind von ihrer Mutter verlassen worden war? Oder dass sie ihren Vater tot aufgefunden hatte? Aber das musste doch nicht auf ewig alles einfärben. Dass sie dreißig Jahre lange nicht nach Kivik hatte kommen wollen, war eine Sache, aber konnte sie nicht wenigstens etwas Umsicht für das alte, schöne Kapitänshaus zeigen.

Harald sah sie von der Seite an.

»Mit wem hast du gesprochen?«

»Mama.«

Er seufzte genervt.

»Und wie lange soll das nun so weitergehen?«

»Was meinst du?«

»Seit Åke gestorben und deine Mutter hierhergekommen ist, steht der Hof für dich hintenan. Das Einzige, woran du denkst, ist sie.«

»Und das findest du seltsam?«

»Ja, in der Tat. Du bist erwachsen. Du hast dein eigenes Leben.«

Der Traktor mit dem Anhänger hatte den Acker erreicht und blieb stehen. Kristin kletterte herunter und winkte ihnen von dort aus fröhlich zu, bevor sie Hand an die Ackerfräse legte. Sie sprudelte immer vor Energie nur so über. Wie auch Svante.

Josefin zog den Reißverschluss ihrer Jacke bis zum Hals hoch. Kindheitstrauma hin oder her. Eines war ihrer Mutter jedenfalls gelungen. Sie hatte Josefin die Fähigkeit vermittelt, ihrer Überzeugung zu folgen. Nicht aufzugeben, wenn sie für etwas starke Gefühle hegte.

Wie Åkes Haus.

Sally

Jetzt zur Osterzeit war im Fischladen viel los. Sally zog eine Wartenummer und schlenderte eine Runde durchs Geschäft, bis sie an der Reihe war. Es gab unterschiedlich eingelegten Hering, Meeresfrüchte, fertige Fischgerichte, Käse und Brot. Die Preise waren hoch und normalerweise kaufte sie hier nicht ein, aber heute wollte sie Stremellachs essen. Das brauchte sie einfach.

Dass Josefin die Idee von einer Pension, ohne zuzuhören, einfach abgeschmettert hatte, lag wohl daran, dass Åkes Tod noch zu frisch war. Vielleicht war Sally in ihrer Begeisterung zu wenig einfühlsam gewesen. Aber für sie war der Vorschlag ein Ausdruck der Würdigung Åkes. Sie würde sich um sein Haus kümmern und es renovieren. Die Alternative war, das Haus verfallen zu lassen, ungeheizt in den nicht genutzten Teilen.

»Achtundsechzig«, rief eine junge Verkäuferin.

Noch drei Nummern vor ihr. Sally sah sich um. Keine Vanja. Seit der Beerdigung war sie jeden Tag gewappnet, ihr zu begegnen. Wobei Vanja möglicherweise vorsichtig war und sich fernhielt. Auch gut.

Sally betrachtete die silbrig glänzenden Fische auf dem Eisbett hinter der Glasscheibe. Wenn sie mit Josefin doch einfach stattdessen feiern könnte. Sie hätten heute Abend auch bei einem festlichen Abendessen im Wintergarten über die Pension sprechen können.

»Nummer einundsiebzig!«

Sie bahnte sich den Weg zur Theke und zeigte ihre Wartenummer vor. Ein gemütlicher Mann mit Schürze und kleiner Mütze fragte, was sie haben wolle. Sie kaufte ein Stück Stremellachs in Kräutern und einen Becher Romsås. Die Fischrogen-Sauce gehörte einfach dazu.

Vor dem Fischladen blieb sie stehen, wieder einmal wurde ihr bewusst, wie viel sich hier seit ihrer Kindheit verändert hatte. Der Boden war nun asphaltiert und auf dem Parkplatz standen Autos dicht an dicht. Neue Gebäude waren entstanden und überall wimmelte es von Leuten auf der Durchreise. In ihrer Kindheit war das ein stiller Ort gewesen, in erster Linie von der Arbeit und Ausrüstung der Fischer geprägt.

In den Sommern waren sie und ihr Vater immer früh zum Kai spaziert, wo die Fischerboote gerade angelegt hatten. Ihr Vater hatte frischen Hering, Kabeljau oder Scholle gekauft, die in Zeitungspapier eingewickelt wurden, während die Möwen kreischend über ihnen kreisten.

Hier in der Hafengegend hatte es früher viele Wildkatzen gegeben. Sally, Liselott und Nora waren auf der Suche nach Katzenbabys in jeden Schlupfwinkel zwischen den fahlroten Buden und Magazinen geschlüpft und gekrochen. Man hatte sich vor Brennnesseln und rostigen Nägeln in Acht nehmen müssen, aber die Entdeckung eines Katzenverstecks war jede Anstrengung wert gewesen. Normalerweise hatten die Katzenmamis nichts dagegen, dass sie mir ihren kleinen, fiepsenden Kindern schmusen wollten.

Der Vormittag heute war wunderschön und sonnig. Sally machte einen Umweg am Bootsklub vorbei. In der Luft hing ein Duft von Pech und Malerfarbe und brennendem Laub. Hier war angenehmerweise alles wie immer. Segeljollen, Taue und Ketten. Seitlich im Gras liegende, rostige Draggen und rosarote Bojen.

Viele Bootsbesitzer waren mit den Vorbereitungen zum Auswassern ihrer Schiffe beschäftigt. Vorne bei einem kleinen, auf kräftigen Böcken aufgebockten Fischerboot winkte ihr jemand zu.

»Sally! Hey.«

Flynn war an seinen struppigen Haaren leicht wiederzuerkennen. Um ihn sprang ohne Leine sein Hund herum, Chester hatte er doch geheißen. Sally ging hin und ließ ihn an ihrer Hand schnüffeln.

»Schön, dich wiederzusehen«, sagte Flynn. »Cool, dass du zum Lesekreis gekommen bist. Anita ist halt manchmal ein bisschen speziell. Muss überall ihre Nase reinstecken.«

»Kein Problem. War schön.«

Er hatte einen Spachtel in der Hand und bereits zur Hälfte die weiße Farbe von dem bauchigen Rumpf gekratzt. Eine Frau mit kurzen, dunklen Haaren schaute vom Bootsdeck herunter, wo sie gerade die Reling lackierte.

»Ach, du bist Sally? Ich bin Britta.«

Ihre Stimme klang melodiös. Sie war um die fünfundvierzig, hatte ein gesundes, braungebranntes Gesicht mit markanten Wangenknochen.

»Ein schönes Boot habt ihr da«, sagte Sally.

Britta lachte.

»Findest du? Es ist ziemlich abgewirtschaftet, aber vielleicht wird etwas daraus.«

»Wir haben sie letztes Jahr im August gekauft«, erklärte Flynn. »Von einem Fischer im Ruhestand. Ziemlich viel Arbeit, wir werkeln schon den ganzen Herbst und Frühling daran herum. Aber sie war ein echtes Schnäppchen. Mal sehen, ob wir sie bis zum Sommer ins Wasser kriegen.«

Sally ging um das Fischerboot herum und schaute. Es war rundlich, von ungewohnt kleiner Größe. So eines mit beim Lostuckern beschaulich hämmerndem Motor. Am Heck befand sich das Steuerhaus und vorne am Bug stand mit schwarzen Buchstaben M / S DAHLIA.

Britta kletterte über eine Leiter herunter. Sie trug ein weißes T-Shirt und ein Paar dunkelblaue Arbeitshosen voller Farbflecken und Motoröl.

»Ein supercooles Projekt«, sagte sie. »Aber es kostet natürlich. Eigentlich können wir uns das nicht leisten. Vielleicht stürzt es uns geradewegs ins Unglück.«

»Was macht ihr dann?«, fragte Sally.

Britta zuckte mit den Achseln.

»Verkaufen. Den Rückschlag einstecken. Und nach etwas Neuem suchen.«

Flynn steckte seinen Strubbelkopf hinter der Heckschraube hervor.

»Ich versuche, Britta zu überzeugen, zum Lesekreis mitzukommen. Aber sie sitzt nicht gern still. Will lieber etwas anpacken. Ganz egal was.«

Britta steckte ihre Hände in die hinteren Hosentaschen.

»Ich habe genug stillgesessen. Fünfundzwanzig Jahre als Journalistin in Malmö. Aber letztes Jahr habe ich eine Abfindung angenommen. Und es keine Sekunde bereut.«

Flynn legte den Spachtel weg und dehnte seinen Nacken.

»Ja, ich vermisse die Werbebranche auch nicht. Auf Dauer gesehen wird es sinnlos, immer am besten sein zu wollen. Und sobald man etwas erreicht hat, nur Angst zu haben, zu scheitern und sich die ganze Zeit nur schlecht zu fühlen.«

»Man muss die Verantwortung für die eigene Entwicklung selbst in die Hand nehmen«, sagte Britta. »Man muss weitergehen und sowas wie einen Plan haben. Damit man nicht verpasst, wonach man sich sehnt. Damit man sein Leben nicht wegwirft.«

Die Sonne verschwand hinter einer Wolke. Ein Windhauch zog vorbei und es wurde kühler. Sally wollte nach Hause zu ihrem Kachelofen.

»Freu mich drauf, das Boot im Wasser zu sehen«, sagte sie. »Im Sommer.«

Flynn kraulte Chester hinterm Ohr.

»Hoffen wir es.«

»Wir sehen uns jedenfalls im Lesekreis.« Britta schlüpfte in einen Kapuzenpullover. »Wenn ich mich dazu aufraffen kann.«

Sally ging nach Hause, schwenkte ihre kleine Papiertüte aus dem Fischladen hin und her. Sie hatte nie einen direkten Plan gehabt. Hatte nicht einmal darüber nachgedacht, einen zu haben. Bis jetzt.

Vanja

Vanja knöpfte die lange Strickweste zu. Der alte Stall war nasskalt, an manchen Tagen war es völlig egal, wie viel Feuer sie im gusseisernen Ofen machte, die Kälte kroch trotzdem durch die Wände.

Es war halb zehn. In dreißig Minuten würde sie die Tür zu ihrem Atelier öffnen, eine Außenkerze anzünden, einen kleinen Prosecco und ein paar Plastikgläser aufbauen und eine Schale mit Erdnüssen füllen. Dann konnten die kunstinteressierten Gäste in aller Ruhe nippend und knabbernd herumspazieren und ihre Werke betrachten. Die fertigen wie auch die, an denen sie noch arbeitete.

Sie setzte sich auf den Schreibtischstuhl, klappte den Laptop auf und öffnete ein Dokument. Bis die Gäste kamen, konnte sie an der Präsentation eines zukünftigen Projekts weiterarbeiten. Sie sah den Text durch, den sie vor dem Anruf bei Josefin geschrieben hatte. Als Josefin nicht mit ihr hatte sprechen können, weil ihre Mutter auf dem Weg nach Vallmogården gewesen war.

Vanja war noch immer mitgenommen. Sie hatte es während des Osteressens überspielt, war aufgetreten, als wäre nichts passiert. Josefin war verändert. Irgendwie ausweichend. Das musste mit Sally zu tun haben.

Die Nacht zum Ostersonntag war fürchterlich gewesen. Vanja hatte schlecht geschlafen, war im Traum durch schwarze Korridore gerannt, ohne einen Ausgang finden zu können, aber schließlich aufgewacht, schweißüberströmt und mit klopfendem Herzen. Sie wusste warum. Solange Sally in Kivik blieb, bestand das Risiko, ihr wieder zu begegnen.

Was hatte Trine damals im Aktzeichenkurs gesagt? »Du musst lernen, Chaos auszuhalten. Du sollst nicht andere dein Leben übernehmen lassen, aber dich auch nicht isolieren.«

Das war, als sie nebeneinander an ihren Staffeleien ein lebendes Modell gezeichnet hatten. Sonst hatte Trine weder konkrete Ratschläge gegeben noch analysiert, woher die Depression kommen konnte. Und sie hatte keinerlei Angst oder Anzeichen von Unbehagen gezeigt. Eigentlich war sie nur da gewesen, in der Nähe. »Gib dir Zeit«, hatte sie gesagt. »Du kommst da durch.«

Erst nach einer Weile hatten sie, wenn niemand zuhörte, begonnen, längere Gespräche zu führen. Stück für Stück öffnete sich Vanja und erzählte, wie es ihr zu Hause ging. Wie sie, seit sie ein Kind bekommen hatte, umherirrte, in ihren eigenen, dunklen Gedankengängen.

Einmal waren sie allein in der Teeküche zurückgeblieben. »Du bist nicht deine Angst«, hatte Trine gesagt und ihr einen leeren, viereckigen Brotkorb hingehalten. »Sie ist nur ein begrenzter Teil deines Lebens. Baue drum herum einen Zaun und arbeite in diesem Garten an ihr.«

Vanja hatte den Brotkorb angestarrt. Hatte das damals nicht vollständig verstanden. Erst viel später.

Eines Tages dann war sie nach dem Kurs zu Trine mitgegangen. Trine hatte eine Wohnung, die nach frischgeputzten Böden roch und in der sie Tee kochte und ruhige Musik auflegte. Klänge, die einen zum Weinen brachten. Und Vanja hatte viel geweint und Trine hatte sie gelassen. Hatte ihr nur zwischendurch mal über den Rücken gestrichen. Mal auf ihre ruhige Art erklärt, die Angst sei ein Protest ihrer Seele. Vanja habe vielleicht zu schwer getragen oder sich zu lange unter Druck gesetzt oder sich in eine falsche Form gezwängt.

Vanja hob den Blick vom Bildschirm. Das schmutzige Fenster war voller Tonspritzer, Staub und Fliegenkleckse. Seit mindestens drei Jahren, seit ihrem Einzug, hatte es niemand geputzt. Sie selbst käme nie auf die Idee.

Etwas entfernt, hinterm Zaun, lag öde die Wiese. Im Sommer würde sie erblühen, mit Lupinen und Butterblumen, und das Rapsfeld dahinter würde in Knallgelb explodieren.

Sie stützte das Kinn auf. Die letzte Kurseinheit. Damals hatte Trine gefragt, ob sie auf eine zweimonatige Reise nach Kuba mitkommen wolle, mit einer Gruppe aus Autoren, Fotografinnen und ein paar Musikern. Trine hatte mit einem kleinen Buchverlag einen Vertrag für ein Reportagebuch unterzeichnet und wollte Menschen in Dörfern außerhalb von Havanna interviewen. Weltverbesserer aus der gesamten westlichen Welt bereisten damals das Land, um auf Zuckerplantagen zu arbeiten und Organisationen für die Bevölkerung zu gründen, und Trine wollte auch etwas tun. Besonders für sozial benachteiligte Frauen.

Am selben Abend hatte Vanja mit Georg gesprochen. Er hatte sofort Nein gesagt. Ohne zu überlegen.

Vanja kam wieder in die Wirklichkeit zurück, warf einen Blick auf die Uhr. Sie klappte den Laptop zu. Heute wurde nichts geschrieben, sie war viel zu rastlos und in einer Viertelstunde wollte sie das Atelier öffnen. Sie stand auf, um die Außenkerze zu holen.

Nein, es ging nicht. Der Stachel steckte noch in ihrem Inneren. Sie musste wissen, was mit Josefin und ihr war.

Ein paar Sekunden stand Vanja untätig herum. Dann holte sie einen Filzstift und ein Stück festen Karton, schrieb schnell in Großbuchstaben: *HERZLICH WILLKOMMEN HEUTE UM 13 UHR*, nahm das Handy vom Schreibtisch und rief Josefin an.

»He du, Liebes. Ich dachte, ihr könntet vielleicht jemand brauchen, der euch bei der Waldarbeit zur Hand geht? Wir könnten uns um die kaputten Bäume kümmern, die wir im Winter geschlagen haben, und damit euren Holzvorrat auffüllen. Du und ich.«

»Ja, das wäre gut.«

»Ist ja noch immer kalt. Du weißt, wie der April sein kann.«

»Ja. Klar.«

»Wenn du willst, kann ich jetzt gleich vorbeikommen. Ich mache das Atelier heute ein bisschen später auf.«

Am anderen Ende blieb es still. Dann kam ein tiefer Seufzer.

»Oma, ich muss mit dir sprechen.«

»Ist etwas passiert?«

»Ja. Aber lass uns darüber reden, wenn du kommst.«

Vanja reckte sich nach dem Filzstift, zeichnete ein paar glückliche Osterküken auf ihr Schild. Eine belebende Wärme breitete sich in ihr aus. Josefin brauchte sie.

Sie schaltete die Arbeitslampe aus. Nahm das Schild mit nach draußen und befestigte es zusammen mit ein paar Osterfedern an der Tür. Ihr war bedeutend leichter ums Herz.

»Ich denke, wir sollten nach diesem Stumpf zum Sitzen Ausschau halten«, sagte Vanja, als sie aus dem VW-Bus stieg. »Wenn wir schon dabei sind. Oder was meint ihr?«

Josefin und Harald nickten. Seit letzten Sommer sprachen sie darüber, wie schön es wäre, im Garten eine Feuerstelle mit einem großen Baumstumpf daran anzulegen. Auf dem man an Sommerabenden sitzen konnte.

»Aber im Augenblick gibt es Wichtigeres zu tun«, sagte Harald. »Wir müssen die Frühjahrssaat vorbereiten. Und wir wollen den Sachsenstab im Flur nach hinten raus streichen. Das hätte schon längst geschehen sollen.«

Er schielte zu Josefin, die müde wirkte.

»Das geht schnell«, wiegelte Vanja ab. »Das machen wir irgendwann zusammen.«

Harald verschwand zu seiner Arbeit an den Beeten und Vanja und Josefin gingen zur Scheune, in der die Werkzeuge waren. Josefin stieß mit dem Fuß gegen eine rostige Blechdose, sodass sie ein paar Meter wegkullerte.

»Oma, ich weiß nicht, was ich tun soll. Mama hat heute Morgen angerufen. Sie hat gesagt, dass ...«

Sie verstummte, spähte in Haralds Richtung. Vanja wurde allmählich unruhig.

»Was?«

Das Mädchen war den Tränen nah.

»Dass sie darüber nachdenkt, eine Pension zu eröffnen. In Åkes Haus.«

Vanja blieb wie angewurzelt stehen. Wie bitte?

»Sie will so renovieren, dass in verschiedenen Zimmern Leute unterkommen können«, sprach Josefin weiter.

»Aber bist du dir sicher, dass sie das ernst meint? Vielleicht sind es nur wilde Fantastereien.«

»Nein, sie klang ziemlich entschlossen.«

Eine Pension? Dafür wäre jedenfalls ein ziemlicher Umbau notwendig.

»Woher soll sie denn das Geld für eine so umfassende Renovierung haben?«

»Sie will die Wohnung in Stockholm verkaufen.«

Josefins Stimme zitterte, und Vanja legte ihr den Arm um die Schultern.

»Jetzt machen wir uns mal nicht zu früh Sorgen. Natürlich kann sie Åkes Haus nicht in eine Pension umwandeln. Sie hat das bestimmt nicht durchdacht.«

Das genügte Josefin fürs Erste. Vanja schlüpfte im Schuppen in Schnittschutzhose, Handschuhe und Stahlkappenschuhe, griff nach Schutzbrille und dem Helm mit Gehörschutz. Josefin trug Motorsäge und Astschere. Sie marschierten los in Richtung Laubwald, schwiegen, bis sie den Waldrand erreicht hatten.

»Wie fand Sally denn Vallmogården?«

»Schön. Glaube ich.«

Vanja justierte den Gehörschutz am Helm. Sie wollte gern mehr fragen, zum Beispiel, was Sally über sie gesagt habe, wollte aber Josefin auch keinem Kreuzverhör unterziehen.

Steten Schritts stapften sie durch den Wald. Unter ihren derben Stiefeln knackten Zweige und Reisig. Es roch nach nasskalter Erde.

Die Waldspaziergänge mit Sally. Das kleine Händchen, das sie um einen von Vanjas Finger klammerte, da die Hand selbst zum Umgreifen zu groß war. Das triumphierende Freudengeheul jedes Mal, wenn das Mädchen eine Ansammlung orangegelber Punkte im Moos entdeckte. Pfifferlinge, ein schwer zu lernendes Wort. Dann der Nachhauseweg mit fast vollem Korb. Das Putzen und Säubern und anschließende Braten in Butter am Herd. Sally hatte die Pfanne halten dürfen und gerührt, dass es nur so spritzte.

Die Lichtung war erreicht. Vanja blieb bei einem auf der

Erde liegenden Baum stehen. Eine Ulme, die sie im Winter gefällt hatten, weil sie von der Ulmenkrankheit befallen worden war. Jetzt sollte sie weg. Vanja setzte Helm, Gehörschutz und Brille auf. Stellte die Motorsäge an und begann mit der Arbeit. Von der Krone her wurden die Hauptäste in hantierbare Stücke abgetrennt, schnell und effektiv.

»Du kannst die dünneren Äste abschneiden.« Vanja deutete mit der behandschuhten Hand.

Josefin legte rasch mit der Astschere los. Aber sie wirkte irgendwie abwesend. Und was sie da erzählt hatte, war unangenehm.

Nach einer Weile schaltete Vanja die Säge ab. Der Stamm war jetzt nur noch ein Haufen kurzer Stücke. Der Duft von frischgeschnittenem Holz belebte die Sinne. Sie wischte sich mit dem Jackenärmel den Schweiß von der Stirn.

»Aber es ist verständlich, dass Sally nach einer Art sucht, sich hier finanziell über Wasser zu halten«, sagte sie. »Nur das schöne Kapitänshaus einer derartigen Abnutzung auszusetzen, ist nicht richtig.«

Josefin legte die Astschere auf eines der Baumstücke.

»Was, glaubst du, hätte Åke dazu gesagt?«

Vanja stellte den Fuß auf einen Stein und stützte den Ellbogen auf dem Oberschenkel auf.

»Er wäre am Boden zerstört gewesen. Das ist sein und Georgs Elternhaus.«

Josefin wischte mit dem Handrücken unter der Nase lang.

»Genau.«

»Wenn man ein altes Haus renoviert, muss man Respekt vor historischen Werten haben. Die Eingriffe, die man macht, können nie wieder original restauriert werden.«

Josefin blickte Vanja nickend an, die weitersprach.

»Es ist verheerend, wenn man beginnt, in etwas herumzuwerkeln, das mehr als hundert Jahre funktioniert hat. Damals wurde mit Bewusstsein gebaut, hinter allem steckte ein Gedanke. Der Platzierung des Hauses. Der Lage der Zimmer. Einfach hinter allem.«

Vanja trat gegen ein paar Holzscheite, da fiel ihr Blick auf etwas ein Stück entfernt. Die pulsierende Unruhe wich für einen Moment.

»Siehst du, was ich sehe? Der perfekte Stumpf zum Sitzen. Den müssen wir uns für den Sommer merken.«

»Ja, wie gut.«

»Stell dir vor, wie wir am Lagerfeuer sitzen. Peter kann seine Gitarre mitbringen und du kannst für Harald und mich singen.«

Josefin wirkte eine Spur fröhlicher. Aber hinter dem schwachen Lächeln herrschte weiterhin diese andere Düsterkeit.

Vanja klemmte sich den Helm unter den Arm. Ein stummes Gebet, tief im Innersten. *Lieber Gott. Lass Sally ihre Meinung ändern. Lass sie von hier weggehen.*

Sally

Fast auf Bodenhöhe, auf dem zweiten Regalbrett von unten, stand das Buch. *Früchte des Zorns* von John Steinbeck. Sally zog es heraus, ein abgegriffenes Taschenbuch aus den Siebzigern. Staub wirbelte auf, als sie sanft auf den Buchblock oben pustete. Eines Tages würde sie sämtliche Bücher herausnehmen müssen und sie wie auch die Regale ordentlich putzen. Einen beträchtlichen Teil konnte sie sicher aussortieren. Dagegen hätte Åke vermutlich protestiert, aber er lebte hier nicht mehr. Eine neue Zeit war angebrochen.

Schade, dass Josefin das nicht verstehen konnte, aber sie würde hoffentlich ihre Meinung ändern, sobald die Trauer nicht mehr so frisch war.

Mit dem Buch in der Hand blickte sich Sally im Esszimmer um. Es war der größte Raum im Haus. War er groß genug als Frühstücksraum? Um wie viele Gäste würde es sich überhaupt handeln? Sie zählte an den Fingern ab, kam auf sechs Personen. Im kleinen Seitengebäude des Hauses konnten insgesamt vier Zimmer entstehen, zwei Doppelzimmer und zwei schnucklig kleine Einzelzimmer. Und auf längere Sicht konnte man vielleicht noch ein Zimmer im Dachboden herrichten.

Sally studierte die Möbel. Sie waren mit viel Luft drum herum platziert, also sollte sie wohl zusätzlich zum Esstisch zwei weitere kleine Tische aufstellen können. Plus einen länglichen Tresen an der Wand fürs Frühstücksbuffet. Die Korbsessel vorm Kachelofen konnten bleiben. Es war sogar noch Platz für zwei weitere Sessel, solange sie klein und filigran waren. Also diente das Esszimmer auch jenseits des Frühstücks gut als Aufenthaltsraum für die Gäste. Man konnte zum Beispiel bei Regen hier vor dem Feuer sitzen.

Sie legte das Buch auf das Tischchen vorm Kachelofen. Liselott hatte ihre Unterstützung zugesagt, falls Sally Hilfe brauche. Zeit also herauszufinden, was sie tun konnte und wollte.

»Woher wusstest du, dass ich heute arbeite?«

Liselott füllte eine Plastikwanne mit warmem Wasser. Da sie gerade keine anderen Kundinnen hatte, hatte sie Sally in den Massagestuhl beordert und sie Schuhe und Strümpfe ausziehen lassen. Das Zimmer in dem kleinen Anbau war heimelig eingerichtet, mit Wartesofa, Zeitschriftenständer und einem Schrank voll diverser Fußpflegeprodukte. Im Fenster hing eine Scheibengardine.

»Ich habe Licht gesehen«, sagte Sally. »Arbeitest du immer am Wochenende?«

»Nicht immer, aber manchmal. Zu Hause vor sich hin zu starren ist furchtbar trostlos, und das Osterwochenende ist verdammt lang, wenn man weder Mann noch Kind hat. Da empfange ich lieber Spontankundinnen, die schöne Füße haben wollen.«

»Ich bin eigentlich nur gekommen, um dich um Hilfe zu bitten. Ich denke darüber nach, eine Pension zu eröffnen. Also, nur mit Frühstück.«

Liselott lachte, sodass die kleinen Fältchen um ihre Augen hervortraten.

»Was für eine famose Idee! Was ist zu tun?«

Sie streifte eine türkise Plastikschürze über, drehte sich die Haare zu einem Zopf, zog einen Hocker auf Rädern heran und setzte sich vor Sally.

»Alles Mögliche«, antwortete Sally. »Streichen und tapezieren.«

»Kein Problem. Das wird super.«

Liselott steckte Sallys Füße in die Plastikwanne. Das Wasser war schaumig und warm, knapp an der Grenze zu heiß. Aus einem Lautsprecher irgendwo erklang eine Soulballade.

»Ist die Temperatur okay?«

Sally nickte. Das Fußbad war himmlisch. Sie konnte sich nicht daran erinnern, wann sie zuletzt eines genommen hatte. Liselott schlüpfte in Plastikhandschuhe und legte verschiedene kleine Werkzeuge zurecht. Am Ende griff sie nach einer Fußfeile, und Sally legte den Kopf zurück. Die Soulballade und die mechanischen Massagebewegungen des Sessels bearbeiteten Gehirn wie Rücken.

»Man muss sich gegenseitig helfen«, sagte Liselott. »Es gibt hier nicht so viele, die allein leben.«

Sie hob einen von Sallys Füßen an und trocknete ihn mit einem Frotteehandtuch ab. Dann begann sie, die Ferse mit festen, gewohnt routinierten Zügen zu feilen.

Sally schwieg. Sie wollte nicht fragen, warum Liselott keine Kinder hatte, das ging niemanden etwas an. Aber Liselott schien es erzählen zu wollen.

»Mit meinem letzten Typen war vor zwölf Jahren Schluss«, sagte sie und tauschte dabei die Fußfeile gegen etwas, das wie ein Teppichmesser aussah. »Genau als für mich die Zeit zum Kinderkriegen gekommen war. Wir waren damals acht Jahre zusammen. Ich war siebenunddreißig und bereit, eine Familie zu gründen. Und ich dachte, er wäre der Mann meines Lebens.«

Sie schabte mit dem Teppichmesser an der Außenseite

von Sallys großem Zeh. Sally schämte sich fast, das letzte Mal, dass sie bei der Fußpflege war, hatte Josefin noch zu Hause gelebt. Seitdem war sie unzählige Kilometer durchs Mittagslokal gerannt. Ihre Füße hatten viel aushalten müssen. Wie auch ihr Rücken.

»Wie traurig, dass es zu Ende ging«, sagte sie.

Liselott platzierte Sallys Fuß wieder im Wasser und nahm den anderen heraus. Trocknete ihn ab und machte sich an dieselbe Prozedur wie beim ersten.

»Er wollte keine Kinder. Er war zufrieden mit dem Leben, wie es war. Fuhr Skateboard und sammelte Gitarren. Und dann hatte er sich in eine Arbeitskollegin verliebt. Angeblich hatte er mich schon seit einem halben Jahr nicht mehr geliebt.«

»Hast du nichts bemerkt?«

Liselott unterbrach die Arbeit mit der Fußfeile.

»Natürlich habe ich mir gewünscht, er wäre liebevoller. Aber man weiß ja, dass es in langen Beziehungen Höhen und Tiefen gibt.«

Sie sah Sally über die Wanne hinweg in die Augen.

»Weißt du, was er einmal gesagt hat, als ich die Kindersache erwähnt habe? ›Okay, aber dann musst du dich zu einhundert Prozent darum kümmern.‹ Das hat sich unfassbar trostlos angefühlt. Aber manchmal bereue ich, dass ich nicht Ja gesagt habe. Dann hätte ich jetzt wenigstens das Kind. Besser, als allein zu sein.«

Sally nickte. Das stimmte vielleicht. Aber sicher war nichts. Liselott wechselte nun zum Teppichmesser und dem zweiten, großen Zeh.

»Nur wenn ich Leuten begegne, die ein Kind mit einem richtigen Idioten haben und getrennt sind, dann bin ich froh, dass ich nicht in so etwas gelandet bin. Die werden den ihr Leben lang nicht los. Das ist mir erspart geblieben.«

Sally verzog den Mund.

»Ja, stimmt. Außer bei mir.«

Liselott sah hoch.

»Wer ist Josefins Vater?«

Sally wusste nicht, wie sie beginnen sollte. Die Geschichte war kurz und einfach.

»Ein Amerikaner. Aus San Francisco. Eine Art Chef in einem Pharmaunternehmen. Er war auf Geschäftsreise in Stockholm und wir sind uns zufällig bei einem Konzert begegnet. Ich war siebenundzwanzig und er fünfunddreißig. Hübsch und charmant. Wir landeten in seinem Hotelzimmer und es war toll. Und das war es. Keiner hat sich beim anderen gemeldet.«

Liselott runzelte die Augenbrauen.

»Und dann? Hast du ihm erzählt, dass du schwanger bist?«

»Ja. Ich habe ihm einen Brief in die Firma geschickt, habe die Adresse des Unternehmens in San Francisco herausgefunden. Habe geschrieben, was Sache war. Aber postwendend kam die Antwort, er wolle weder mit mir noch mit dem Kind etwas zu tun haben. Überhaupt nichts.«

Liselott wirkte aufgebracht.

»Was für ein Schwein.«

Die Soulballade war von einer wehmütigen Melodie mit hauchendem Gesang und zarten Gitarrenklängen in Moll abgelöst worden. Sally legte den Kopf wieder zurück.

»Er war verheiratet und hatte drei Kinder. Und ich hatte keine Lust auf ein Gerangel. Ich schämte mich für meine Dummheit. Dachte, dann müsse ich das wohl selbst schaffen. Und das habe ich. Es ist gut gegangen, bis Josefin neunzehn war. Den Rest weißt du.«

Liselott nickte.

»Es wird getratscht. Aber eigentlich weiß niemand irgendwas. Was ist zwischen Josefin und dir passiert?«

Sie spülte Sallys Füße sauber und trocknete sie sorgfältig ab, sogar zwischen den einzelnen Zehen, sodass es kitzelte. Dann cremte sie sie mit einer nach Rosen duftenden Fußcreme ein.

Sally starrte auf den Efeu, der aus einem zwischen Dosen und Flaschen gezwängten Blumentopf herabhing. Wo sollte sie anfangen?

»Es ist alles furchtbar schiefgelaufen. Ich hatte eine Beziehung mit einem Mann, den Josefins Benehmen ihm gegenüber aufregte. Und dann wurde er böse auf mich, weil ich nichts dagegen unternahm. Schließlich drohte er damit, Schluss zu machen, wenn ich sie nicht dazu brächte, von zu Hause auszuziehen. Ich dachte, er wäre die Liebe meines Lebens. Dann ... ja, dann kam es, wie es kam. Und das bereue ich.«

Sally schwieg. Wollte am liebsten über etwas anderes sprechen. Dieses kleine, heimelig warme Zimmer war wie ein Schutzraum. Solange man die Füße in Liselotts Pflege hatte, forderte nichts und niemand, man solle sich um irgendwelche Ärgernisse kümmern.

»Und jetzt?«, fragte Liselott. »Habt ihr euch versöhnt?«

Sally seufzte.

»Wir waren auf dem Weg dahin. Aber sie ist sauer, weil ich eine Pension eröffnen will.«

»Sie wird sich dran gewöhnen.«

Liselott war fertig. Sally wackelte mit den Zehen, die

eingecremten Füße fühlten sich so angenehm an, dass sie gar nicht wieder aufstehen wollte. Sie griff nach Strümpfen und Schuhen.

»Was kriegst du dafür?«

»Lad mich lieber heute Abend irgendwo auf ein Getränk ein. Dann können wir die Pension planen. Wir gehen es Detail für Detail durch.«

Sally steckte ihren Geldbeutel weg.

»Ich bin handwerklich ziemlich geschickt, und ich kann nähen«, sagte Liselott. »Und du musst Peter fragen, der kann fast alles.«

Sally schüttelte den Kopf. Auf Peters Hof lebte Vanja. Sie standen einander nahe, so wie auch Vanja und Josefin.

»Ich glaube nicht. Ich muss das selbst machen, fast alle anderen sind dagegen.«

»Ich nicht. Also sind wir zu zweit.«

Liselott streckte ihre Hand aus und Sally nahm sie. Mehr musste nicht gesagt werden.

Josefin

Josefin hob ein Baumstück auf. Der Holzspalter heulte, als das Holz gegen die scharfe Klinge gepresst wurde, und dann fielen vier gleich große Scheite zu Boden.

Åkes Haus. Es hatte ihr immer so viel bedeutet.

Die Abende am Esstisch, mit dem Feuer im Kachelofen. Åkes zufriedene Miene beim Kartenspiel, wenn er am Gewinnen war, seine freundlich neckenden Kommentare, die sie zunehmend muffig werden ließen, je klarer war, dass sie verlieren würde. Ihre Verdrossenheit verschwand jedoch mit dem Ende der Partie, sobald sie um Revanche gebeten hatte.

Harald hackte das Holz mit der Axt, er bevorzugte das authentische Gefühl, das entstand, wenn man den ganzen Körper zum Arbeiten einsetzte. Nur war das immer mühsamer, als er es sich vorgestellt hatte. Erst ein Viertel war geschafft, aber seine Stirn stand bereits voll Schweiß.

Der Holzspalter jaulte auf, ein weiteres Baumstück war in vier kleinere Scheite zerteilt. Josefin hob sie vom Boden auf. Diese Pensionspläne ihrer Mutter konnte sie nicht mit Harald besprechen. Er würde nur wütend werden. Wenn, dann musste sie selbst etwas tun. Sobald sie Zeit hatte, würde sie zu ihrer Mutter fahren und ihr erklären, Åkes Haus dürfe nicht angerührt werden. Ganz egal, wer auf dem Papier der Besitzer war. Ihrer Ansicht nach gehörte es der Familie.

Sie dachte an Åkes Notizbücher. Warum war er unglücklich gewesen, wenn es ihm in seinem Haus so gut gegangen war? Wie konnte es sein, dass er manchmal so heftige Schuldgefühle gespürt hatte?

Josefin rückte den Gehörschutz zurecht, nahm das nächste Baumstück und platzierte es in der Maschine. Das Holz war ungewöhnlich hart und harzig, die Holzspaltmaschine schrie auf, und sie nahm die Hand vom Hebel, damit der Druckmechanismus sich löste. Der Holzklotz hatte sich verklemmt. Das passierte manchmal und nervte. Eigentlich brauchten sie eine teurere Maschine mit mehr Tonnen Druck, aber auch dafür war dieses Jahr kein Geld übrig. Als sie es erwähnt hatte, hatte Harald postwendend Nein gesagt und ihr die Exceltabelle mit seiner Kalkulation im Rechner gezeigt. Eine weitere aktualisierte Version, in der es ihm gelungen war, die Erdwärme hineinzuquetschen. Aber einen neuen Holzspalter gab es in keiner Spalte. Der hier musste noch eine Weile durchhalten.

Die finanzielle Lage stimmte hinten und vorne nicht. Das wusste Harald ebenso gut wie sie. Auch aus der Erdwärme würde nichts werden, egal wie viele Instandhaltungspläne er noch zusammenflickte. Dafür waren ihre Einnahmen nicht groß genug. Und der nächste Winter würde so kalt werden wie der vergangene.

Josefin wünschte sich, sie wäre wieder klein. Könnte sich im Schlafanzug an ihre Mutter kuscheln und den Märchen lauschen, die sie vorlas. Ohne sich um irgendetwas anderes kümmern zu müssen, als lange genug wach zu bleiben, um das Ende der Geschichte mitzukriegen.

Aber stattdessen stand sie hier. Erwachsen, mit Verantwortung.

Heute Morgen hatte sie in der Ystads Allehanda ein paar Jobannoncen gesehen. Schwedisch für Einwanderer, eine Vertretung in einer Vorschule und eine in einem Altenheim. Sie stellte sich vor, wie es wäre, jeden Tag in den Bus zu steigen, sich von zu Hause wegzubewegen, eine Menge verschiedener Menschen zu treffen.

Josefin fuhr zusammen, als ihr Harald die Hand auf den Unterarm legte. Er sagte etwas, und sie hob eine der Kapseln etwas vom Ohr. Er machte eine Geste in Richtung des riesigen Haufens aus Baumstücken.

»Na klar, da arbeite also nur ich. Mal wieder.«

»Was denn, ich mache doch.«

»Nein, du stehst da und glotzt rum, ohne etwas zu tun.«

»Darf man keine Pause machen?«

»Du machst keine Pause. Du hast aufgehört und denkst an was anderes. Wir können nicht zur Misswirtschaft übergehen, nur weil du ein Problemchen mit deiner Mutter hast.«

Josefin nahm den Gehörschutz ganz ab.

»Ein Problemchen? Sie hat vor, Åkes Haus zu zerstören. Das Haus unserer Familie.«

»Ja, ja. Aber das Haus gehört ihr. Und mir reicht es jetzt, dass ich alles tun muss. Und alles planen. Und der Scheißsachstenstaab ist auch noch immer nicht gestrichen.«

Josefin starrte Harald an. Er fluchte normalerweise nie.

»Was spielt denn dieses Stückchen Holzverkleidung für eine Rolle?«

»Die ist nur ein Beispiel! Dafür, wie viel wir hier zu tun haben. Und sie spielt sehr wohl eine Rolle, es geht um unser Handeln hier auf dem Hof. Unserem gemeinsamen Traum.«

Harald schlug die Axt in den Hackblock und ließ den Stiel los. Er sah wirklich erschöpft aus. Unter den Augen hatte er dunkle Ringe. Hatte er die schon lange? Josefin wusste es nicht. Vielleicht bedrückte ihn die ökonomische

Situation so sehr wie sie. Er war viele Abende lang aufgeblieben und hatte in den Computer gestarrt.

Sie berührte ihn am Arm.

»Du? Ich denke gar nicht nur an Mama. Sollten wir nicht etwas mehr über uns sprechen? Darüber, dass wir nie Geld haben.«

Harald zuckte förmlich zusammen.

»Ich habe eine neue Kalkulation erstellt. Das weißt du.«

»Aber kapierst du denn nicht, wie teuer alles ist? Futter und Versicherungen und Tierarzt. Ich werde ehrlich gesagt allmählich unruhig.«

Als sie das so direkt aussprach, begriff sie erst, wie wahr es war. Mit jedem vergangenen Jahr war ihr klarer geworden, wie naiv sie gewesen waren, als sie ihr Lebensprojekt gestartet hatten. Einen Hof zu betreiben erforderte gute Einnahmen, nicht nur Zeit und Engagement.

Grundbesitz, Tierhaltung, Ackerbau. Alles kostete. Und selbst hatte Josefin nichts beisteuern können. Was irgendwie auch dazu geführt hatte, dass sie nichts zu sagen hatte. Auch wenn das nie laut ausgesprochen worden war. Im Gegenteil hatten sich Harald und sie die ganze Zeit versichert, sie würden alle Entscheidungen gemeinsam fällen. Aber das galt nur in der Theorie.

»Vielleicht sollten wir halbtags etwas anderes arbeiten«, sagte sie. »Was auch immer.«

Harald schnaubte. Er hatte den Hackplatz verlassen und war nun dabei, die Scheite auf ihrem Platz in der Scheune zu stapeln. Mit Hilfe des in die Jahre gekommenen Holzträgers aus zwei Henkeln mit ein bisschen grauem Stoff dazwischen lief er hin und her.

»Dann müssten wir abwechselnd weg sein, schließlich

muss jemand die Tiere im Auge behalten. Also könnten wir uns tagsüber kaum sehen.«

Josefin versuchte, sich nicht über sein Schnauben zu ärgern. Doch ihr Herzschlag beschleunigte sich.

»Aber was tun wir denn dann?«

»Tun? Findest du nicht, wir haben genug zu tun?«

Harald machte eine Armbewegung über den ganzen Hof.

»Du kannst den Kompost umsetzen, wenn du willst! Und das Karottenfeld umgraben.«

»Hör jetzt auf. Du weißt genauso gut wie ich, dass uns unsere finanzielle Situation einholt, wenn wir nichts ändern.«

Er antwortete nicht, schleuderte nur den Holzträger auf den Hügel Holzscheite, sodass die Sägespäne hochspritzten. Josefin wurde so wütend, dass sie schrie.

»Also das hier ist für dich Lebensqualität? Ein Leben am Existenzminimum?«

Sie erhielt keine Antwort. Harald stürmte über den Hofplatz, setzte sich in den Pick-up, knallte die Autotür zu und düste ab. Das Auto verschwand über die Schotterstraße. Fuhr er jetzt zu Göran und Inger? Dort würde er sicher ein Luxusmahl bekommen und umhätschelt werden.

Josefin schlüpfte aus den Arbeitshandschuhen und sank auf den Holzhaufen. Nein, jetzt war sie ungerecht. Harald war kein feiger Mensch, der auswich. Er war nur bei wohlhabenden Eltern aufgewachsen. Deshalb störte es ihn nicht, arm zu leben. Für ihn war das hier nur eine vorübergehende Phase.

Sie rollte die Handschuhe zusammen, formte sie zu einem Ball. Für sie war es offenbar genau entgegengesetzt.

Nichts würde sich je sicher oder geborgen anfühlen. Wenn einem etwas wichtig war, konnte es einem immer genommen werden. Konnte zerstört werden oder verschwinden.

Sally

Sally stand auf der Wiese und betrachtete den verwilderten Garten. Wenn man ihn nur etwas in Ordnung brachte, passte er ganz ausgezeichnet für eine Pension. Dicht belaubt und gemütlich, mit alten Obstbäumen, Apothekergarten und Rosen. Es war viel zu tun, aber sie war nicht mehr allein. Liselott half ihr.

Josefin hatte seit dem Telefonat nichts von sich hören lassen. Hoffentlich würde sie einlenken. Sally blickte zum Meer. Heute blies ein frischer Wind, die Wellen trugen weiße Schaumkronen. Auf dem Weg am Strand entlang joggte jemand. Ein großer Mann mit schwarzer Mütze, schwarzer Sportkleidung und Laufschuhen. Peter.

Sie folgte ihm mit dem Blick. Er lief auf kraftvollen Beinen in gleichmäßigem Rhythmus. Gleich würde er hinter einem der Häuser in Meernähe aus ihrem Blickfeld verschwinden.

»Hallo!«, rief sie durch den Wind.

Peter blieb stehen, trippelte suchend ein paar Schritte rückwärts. Sie winkte mit den Armen, er kam auf sie zu. Sein Gesicht war rot und verschwitzt, das Hemd hatte an der Brust einen dunklen Fleck.

Sally machte das Tor weit auf. Für einen Augenblick war sie verlegen. Vielleicht wollte er seine Laufrunde überhaupt nicht unterbrechen. Aber Peter trat aufs Grundstück, als wäre er hier zu Hause. Wie schon bei ihm auf dem Hof überkam sie das Gefühl, als würde sie ihn schon lange kennen.

»Hallo«, sagte sie. »Nochmal.«

»Guten Morgen. Hast du ein Glas Wasser für mich?«

Sie gingen ins Haus. Obwohl Sally sagte, er brauche das nicht tun, zog er im Flur seine Laufschuhe aus. Sie servierte ihm eiskaltes Leitungswasser. Er trank es in wenigen Schlucken und stellte das Glas ans Spülbecken.

»Danke.«

Dann nahm er die Mütze ab, die dunklen Haare waren feucht.

»Und willst du noch immer hierbleiben? Oder hast du deine Meinung geändert?«

»Nein. Ich bleibe. Um Josefin nahe sein zu können.«

»Du überlegst also, dauerhaft hier zu wohnen? Und deinen Traum zu leben?«

»Ja, hoffentlich. So wie du deinen, da oben in Svinaberga.«

Peter fummelte an der Mütze herum.

»Ob das mein Traum ist, bin ich mir nicht mehr so sicher. Ehrlich gesagt.«

»Was meinst du?«

»Seit unserem Treffen habe ich viel nachgedacht. Eigentlich sind wohl alle meine Träume mit Ellen gestorben. Und kommen einfach nicht wieder. Ich erhalte so gut wie möglich den Schein aufrecht, aber manchmal geht es nicht. Ist zumindest mein Gefühl.«

Er ging ins Esszimmer. Stand etwas verloren mitten im Raum. Sally trat in die Tür.

»Die Spätherbste und Winter sind lang«, sprach er weiter. »Wenn es stockfinster ist und die Straßen einschneien. Dann frage ich mich schon, was ich hier eigentlich tue.«

Das konnte sie verstehen. Aber jetzt war April und bis zum Winter noch lang.

Peter wandte sich an sie.

»Und du? Wie geht es dir? Mit allem.«

»Ich mache einen Schritt nach dem anderen. Im Sommer möchte ich eine Pension eröffnen. Hier im Haus.«

»Im Ernst?«

Sally nickte. Es gab keinen Grund, ihm nicht davon zu erzählen.

»Ich verkaufe meine Wohnung in Stockholm.«

Peter rieb sich über seinen Dreitagebart.

»Eine Pension? Ja, das kann man wohl hinkriegen ... Wenn du die Kosten niedrig hältst. Man kann billige Lösungen finden. Was das Gaststättengewerbe angeht, hast du sicher Erfahrung?«

»Ja. Obwohl ich noch nie selbst eins betrieben habe.«

Sally wich seinem Blick aus. Plötzlich überfiel sie wieder dieses Gefühl, nichts zu können. Zumindest nichts von Wert.

Sie ging in den Wintergarten. Der Garten draußen lag verlassen da. Ein Vogel landete auf dem Gras, stolzierte herum, schnappte nach etwas mit dem Schnabel und hob wieder ab. Sie sah ihn wegflattern. Würde sie es hinkriegen? Sie hatte keine Ausbildung, beherrschte selbst die einfachsten, betriebswirtschaftlichen Grundlagen nicht. Offenbar war sie zu durchgeknallt, um zu verstehen, wie wenig sie eigentlich konnte.

Peter war ihr nachgekommen und hatte sich neben sie gestellt. Er betrachtete das Grundstück.

»Du hast also vor, einen Teil des Hauses zu einer kleinen Wohnung für dich zu machen und den Rest zu Gästezimmern? Und die Leute können dann hier im Wintergarten oder draußen im Garten frühstücken.«

»Ja, genau.«

Sie schielte zu ihm. Wie er das so sagte, klang es zumindest nicht lächerlich.

»Und ich dachte daran, Apfelkuchen zu servieren«, fügte sie hinzu. »Den kann ich nämlich ziemlich gut.«

»Ach ja?«

Sie lächelte ein wenig.

»Ja. Ich kenne nichts Besseres als Apfelkuchen. Ich liebe den, seit ich klein war.«

Sie deutete zu dem großen Apfelbaum auf der Wiese.

»Das war mein Kletterbaum. Mein Vater hat ihn zu meiner Geburt gepflanzt.«

Peters Miene hatte sich aufgehellt. Der Anflug von Melancholie von eben war verschwunden.

»Na sicher wirst du eine Pension eröffnen! Und den Gästen Apfelkuchen servieren.«

Sie begegnete seinem Blick. Die kleinen Grübchen an den Wangen waren entzückend.

»Die Apfelkönigin«, sagte er. »Und ihre Pension.«

Jetzt war er ein einziges großes Lächeln.

»Weißt du, wie die Göttin der Baumfrüchte und des Gartens in der römischen Mythologie geheißen hat? Pomona. Das habe ich von meinem Nachbarn gelernt. Er ist auch Apfelbauer, bereits in vierter Generation. Vom Cox Pomona hast du bestimmt schon gehört? Dem Winterapfel.«

Sally lachte sich fast tot. Früher hatte es etwas weiter oben an der Hauptstraße ein heruntergekommenes Bierpub gegeben, das Pomona Inn. Sie hatte vage Erinnerungen an eine mahagonibraune Einrichtung aus Holz und an den Wänden festgeschraubten Bänken mit ochsenblutroten Sitzflächen. Mittlerweile war das Pub durch ein modernes Bed & Breakfast mit weißer Fassade ersetzt.

»Pension Pomona«, sagte sie. »So könnte es heißen.«

Sie sagte es prüfend, aber der Name brachte sie zum Beben. Sie mochte ihn, er erinnerte sie an ihren Vater. Sein Lieblingstisch im Pub war ganz hinten in der rechten Ecke gewesen.

»Pension Pomona«, wiederholte Peter. »Warum nicht? Das ist perfekt.«

In seiner Stimme schwang etwas, das sie nervös machte. Ein Ernst und eine Feierlichkeit. Oder war es nur, weil er so nahe bei ihr stand.

»Dann steht das fest«, sagte sie.

Nachdem die Sache nun mit Peter gemeinsam beschlossen war, war sie entspannter. Wie und wann sie die Pension eröffnen würde und ob sie alles Nötige schaffen konnte, war keine Frage, über die sie sich jetzt Gedanken machen musste. Es war entschieden. Egal, was Josefin dachte.

Peter sah sie forschend an.

»Du bist nicht nochmal auf Vanja gestoßen?«

»Nein.«

»Und du hast nicht vor, sie aufzusuchen?«

Sie schüttelte den Kopf.

»Ich hatte nie eine Mutter. Ich komme gut ohne klar.«

Sein forschender Blick trieb sie unruhig mit verschränkten Armen in die Küche zurück. Er folgte ihr.

»Bist du nicht neugierig, wer sie ist?«

»Sie ist mir eigentlich ziemlich egal. Sie bedeutet mir nichts. Ich denke im Augenblick nur daran, nach vorne zu sehen.«

»Du kannst sonst auch mich fragen. Wobei du wohl das meiste schon weißt. Von deinem Vater?«

Sally blickte weg. Schüttelte erneut den Kopf.

»Hätte mein Vater länger gelebt, hätten wir vielleicht mehr sprechen können. Als er starb, war ich noch zu jung. Ich hatte noch nicht kapiert, dass man fragen muss, bevor es zu spät ist.«

»Klar, wie hättest du das auch wissen sollen?«

Sie kapitulierte. Blieb am Küchentisch stehen, ließ die verschränkten Arme sinken.

»Also gut, okay. Wer ist sie?«

Peter lehnte sich ans Spülbecken.

»Eine Künstlerin. Alte Hardcore-Rockerin und Feministin. Lebt seit vielen Jahren in Dänemark.«

Er schwieg eine Weile, kramte in seinen Erinnerungen.

»In den Siebzigern hat sie in einem dänischen Dorf auf einem Hof gelebt. In einem Kollektiv. Irgendwann in den Achtzigern ist sie von dort weggezogen. Seitdem lebt sie in Kopenhagen und verdient ihren Lebensunterhalt als Künstlerin.«

Sally umklammerte die Lehne eines Sprossenstuhls. Wie sehr es ihr auch widerstrebte, sie musste das Wichtigste erfahren.

»Hat sie Kinder? Ich meine, weitere.«

»Nein.«

»Ist sie verheiratet? Hat sie einen Partner?«

»Mit Männern ist sie durch, sagt sie immer. Sie lebt allein.«

Mehr Fragen hatte Sally nicht. Peter setzte die Mütze wieder auf. Ging vor ihr hinaus zurück in die Diele.

»Danke fürs Wasser.«

»Ach, dafür nicht. Danke für deinen Besuch.«

Er sah sie an, schaute ihr direkt in die Augen. Sie wagte es, den Blick zu erwidern.

»Ich spreche gern mit dir«, sagte er. »Das hatte ich nicht erwartet, bevor ich dich getroffen habe. Es ist in der Tat eine Überraschung.«

Sally nickte, um ihm zu verstehen zu geben, dass das auf Gegenseitigkeit beruhte.

»Ich wusste nicht einmal, dass es dich gibt«, sagte sie. »Aber ich bin sehr froh darum.«

Peter fuhr sich mit der Hand durch die Haare. Sie waren nun trocken, aber noch immer verstrubbelt. Der kleine Wirbel über der Stirn ließ eine Strähne kerzengerade in die Höhe stehen.

»Als ich dich da vor der Kirche gesehen habe, dachte ich, dass du dich bestimmt ein wenig allein fühlst. Aber auch, dass du mutig sein musst. Nach allem, was war, allein hierherzukommen. Ohne zu wissen, wie es wird. Das ist ziemlich außergewöhnlich.«

»Ja, allein stimmt vielleicht schon. Aber für sich zu sein ist nicht so schlimm, wie man glaubt.«

»Nein, ich weiß. Man gewöhnt sich daran.«

Ein Schweigen trat ein, als beide nicht wussten, ob sie sich zum Abschied umarmen oder einfach nur Tschüss sagen sollten. Diese Leere wurde lang genug, dass Sally das Vibrieren ihres Handys auf der Dielenkommode hören konnte. Zwei kurze Brummlaute. Eine SMS.

Sie griff nach dem Telefon, aber zu spät. Die Meldung war bereits als Mitteilungsbanner auf dem Bildschirm erschienen, inklusive Absender und den ersten Worten. Sie war von Frank.

Vermisse dich, Süße. Sehne mich danach, dich überall … Da endete das Banner. Schnell drehte Sally das Telefon um. Aber als sie den Blick wieder hob, wurde ihr klar, dass

Peter gesehen hatte, was da stand, er hätte sich wirklich anstrengen müssen, es nicht zu tun. Sein Lächeln war verschwunden. Mit gesenktem Kopf konzentrierte er sich auf das Zuschnüren seiner Laufschuhe, schnell und effektiv.

Sie stand reglos da. Die Situation war nicht zu retten.

Peter richtete sich auf und ging zur Tür, drehte sich nur kurz nochmal um.

»Dann bis bald vielleicht.«

Vielleicht? Ihr Herz hämmerte. Aber sie versuchte, sich nicht zu sehr an diesem kleinen, dummen Wort aufzuhängen. Blieb ruhig, als sie ihm die Tür aufmachte, tat so, als wäre alles alltäglich und normal. Als wäre gar keine SMS gekommen.

»Ja, bis bald.«

Das war es, mehr wurde nicht gesagt. Peter ging nach draußen und zwischen den Häusern hindurch hinunter zu dem Sandstreifen am Meer, wo er auf dieselbe Art weiterjoggte wie zuvor. Dann war die schwarzgekleidete Gestalt verschwunden.

Sally stand auf der Fußmatte mit der stur tickenden Uhr hinter sich. Die hatte sie noch nie gehört. Zumindest nicht derart laut und durchdringend.

Vanja

Ein angenehmes Gemurmel erfüllte das Atelier. Es war heute gut besucht. In erster Linie von in SUVs angebrausten, gut gekleideten Paaren zwischen fünfzig und sechzig, aber auch der ein oder anderen Familie mit Kindern. Die Leute bewegten sich zwischen den Werken, plauderten und nippten an ihren Plastikgläsern mit Prosecco. Vanja stand in der Tür, um sie zu empfangen, lächelte und begrüßte. Beantwortete Fragen und überreichte auf Wunsch ihre Visitenkarte.

Wie üblich half Peter überall aus. Er füllte Prosecco und Erdnüsse nach und tauschte die Teelichter, sobald sie ausgebrannt waren, und wickelte die paar Werke, die verkauft wurden, in Luftpolsterfolie und grobes, braunes Papier.

Der Nachmittag ging in den Abend über, und es wurde ruhiger, Grüppchen um Grüppchen verschwand, schließlich waren die letzten Besucher gegangen. Das Atelier war leer und Vanja ließ sich in den mit großem Blumenmuster bedruckten Sessel in der Ecke plumpsen.

»So, jetzt setzen wir einen Kaffee auf. Wir sind ja den ganzen Tag kaum zum Sitzen gekommen.«

»Ich kümmere mich darum«, sagte Peter. »Ruh du dich aus.«

Er ging in die Küche und Vanja lehnte sich zurück. Sie hörte ihn mit Bechern und der Kaffeemaschine hantieren. Er war schweigsamer als üblich. Das wenige, was er gesagt hatte, war auffällig kurz angebunden gewesen.

Ellen war im Mai gestorben und jedes Jahr zu Frühlingsanfang wurde für Peter die Erinnerung an sie besonders stark. Vanja konnte ihn völlig verstehen. Der Frühling war auch nicht ihre Lieblingsjahreszeit, sein harte Licht erschien ihr extrem auffordernd, brutal. Es erwartete so viel von einem. Vor allem, man solle fröhlich und energiegeladen sein, was Vanja im Frühling jedoch nie gelingen mochte. Sallys Geburtstag, der einundzwanzigste Mai, war ein wunder Punkt, über den es hinwegzukommen galt, auch wenn Vanja Jahr für Jahr versuchte, den Tag zu ignorieren, indem sie sich in ihrem Atelier verschanzte und intensiv arbeitete.

Sally, tja. Vanja schlief nachts noch immer erbärmlich, und selbst wenn sie wach war, erschrak sie mitunter. Gestern am späten Abend hatte sie Sally auf einem Pfad durch die Felder in Richtung von Peters Hof gehen sehen und sofort Schmerzen in der Brust bekommen, fast wie Krämpfe. Sie waren verschwunden, als sich herausgestellt hatte, dass sich da nur ein Busch im Wind vor- und zurückbewegt hatte.

Peter kam mit einem Tablett in der Hand wieder. Er hatte im Buffet Haferkekse gefunden und auf einen Teller gelegt. Die hatte er selbst vor einer Weile gebacken. Vanja räumte etwas Krempel von dem Tischchen neben dem Sessel, damit er das Tablett abstellen konnte. Er zog sich einen Hocker heran und setzte sich, nahm die Thermoskanne und goss ihnen beiden Kaffee in die Becher. Sie ließ ihn nicht aus dem Blick.

»Du sagst heute nicht viel. Ist es wegen Ellen? Oder ist etwas passiert?«

Seine Lippen waren schmal wie ein Strich, er atmete durch die Nase.

»Nein, nein.«

Sie trank einen Schluck Kaffee und versuchte, Peter zu

ergründen. Irgendetwas war los. Um Ellen konnte es nicht gehen, sonst hätte er es gesagt. Sie stellte den Becher ab.

»Jetzt will ich es aber wissen. Worum geht es?«

Ihr bestimmter Ton ließ ihn den Blick heben. Er war verlegen. Nicht traurig. Sie beugte sich vor und tätschelte sein Knie.

»Raus jetzt damit. Ich beiße nicht.«

Peter umfasste seine Tasse mit beiden Händen, als müsste er sich daran festhalten, um nicht fortgetrieben zu werden.

»Ich habe Sally getroffen. Gestern.«

Vanja hob eine Augenbraue.

»Gestern? Ich weiß, dass du sie nach der Beerdigung vorige Woche nach Hause gefahren hast, aber …«

»Nicht nach Hause. Ich habe sie im Gästezimmer auf dem Dachboden schlafen lassen.«

Vanja starrte ihn an.

»Hier?«

Peter nickte.

»Und als ich gestern joggen war, hat sie mich aufgehalten und reingebeten.«

Vanja griff, ohne ihn aus dem Blick zu lassen, nach dem Strickzeug im Korb neben ihrem Sessel.

»Aha?«

»Wir haben ziemlich lange gesprochen.«

Vanja rupfte an dem Strickzeug herum. Sah ein, dass es zu kompliziert war, und ließ es auf die Knie sinken.

Ziemlich lange gesprochen. Ihre Tochter war jetzt groß. Erwachsen. Mehr als das, sie war über fünfzig. Konnte selbst jederzeit Großmutter werden.

Vanja legte das Strickzeug wieder weg. Peter blickte sie an und schien ihre Miene deuten zu wollen.

»Sie ist toll, Vanja. Ja, wirklich.«

Er sprach über niemand Geringeren als Sally. Ein kurzes Lächeln huschte über sein bekümmertes Gesicht. Was war da los? Vanja biss in einen Haferkeks.

»Toll? Was heißt das?«

Der Keks war krümelig und trocken, sie ließ den letzten auf dem Teller liegen. Hatte das Bedürfnis nach einem erfrischenden Drink. Peter schaute ins Leere.

»Na ja, ... es ist toll, mit ihr zu reden. Sie ist quasi sie selbst. Unverfälscht. Nicht ununterbrochen damit beschäftigt, wie sie wirkt. Schnell im Kopf und irgendwie stabil. Nur ein besseres Selbstvertrauen könnte sie brauchen.«

»Aha?«

»Sie ist nett«, sagte er. »So sieht es aus. Du kennst sie nicht.«

Vanja griff wieder nach der Tasse. Allmählich nahm das Gespräch einen surrealen Verlauf an.

»Ich habe nichts gegen sie als Person«, erklärte sie. »Aber meiner Meinung nach sollte sie verstehen, dass sie Åkes Haus nicht zu einer Pension machen kann.«

Peter schaute weg, ohne etwas zu sagen. Vanja trank einen Schluck Kaffee. War überreizt, genaugenommen etwas schockiert.

Sie stopfte sich den verbliebenen Haferkeks in den Mund. Er war mürbe und aromatisch. Backen konnte Peter. Dem sollte er sich widmen, statt so viel in der Gegend herumzurennen.

Sally

Sally ging mit einer Tischlampe im Arm die Dachbodentreppe hinunter. Der Lampenschirm war staubig und das altmodische Stoffkabel wirkte etwas lebensgefährlich, aber sonst war sie für zukünftige Gästezimmer gut brauchbar. Neben der Lampe hatte sie eine Schachtel mit Weihnachtszeug gefunden und Kindheitserinnerungen waren auf sie eingeprasselt. Das rotgestrichene Holzherz und die Weihnachtswichtel aus Wollfäden, der Adventsleuchter aus schwarzem Eisen und das Weihnachtsschwein aus Keramik. Und dann der Strohbock, der neben dem Kachelofen gestanden und am Vorweihnachtsabend immer Gesellschaft vom Weihnachtsbaum erhalten hatte, der jedes Jahr mit demselben Schmuck bestückt worden war.

Sally hatte ihrem Vater beim Schmücken geholfen, nachdem er erstmal die elektrische Lichterkette entwirrt hatte. Danach hatten sie sich in ihre Korbsessel gesetzt und Sally hatte eine Julmust bekommen und ihr Vater sich ein Pils gegönnt, während sie den fertig geschmückten Baum betrachtet hatten. Åke war meist in der Küche mit Schinken und Hochrippe beschäftigt gewesen.

Auf der letzten Treppenstufe beschloss Sally, das Haus solle im Dezember wie zu ihrer Kindheit dekoriert werden. Und an Sylvester würde sie auf ihren ersten Sommer als Pensionswirtin zurückblicken.

Sie stellte die Lampe auf der Dielenkommode ab. Der Schirm war gestreift, mit rosa Grundton. Sein Fuß war aus schwarzbraunem Holz. War er grässlich oder kitschig? Oder schlicht hässlich? Sie würde Liselott um Rat fragen.

Vielleicht auch Peter. Seit gestern musste sie ständig an die schönen Sachen denken, die er zu ihr gesagt hatte. An den Wirbel an seinem Haaransatz. Und seine Augen, die fröhlich gewesen waren, braun und warm. Bis diese SMS gekommen war.

Franks Mitteilung hatte sie eher kalt gelassen. Den Inhalt kannte sie gut, er stammte aus seinem Reservoir an abgedroschenen Phrasen. Sie wollte Peter erklären, der Absender habe mit ihrem Leben nichts mehr zu tun. Aber wie sollte das gehen? Man rief nicht einfach mal an, um so etwas zu erzählen.

Sally wischte zerstreut mit dem Finger über die Kante des Lampenschirms. Im Staub entstand eine Spur, in der die Farbe klarer leuchtete. Warum dachte sie so viel an Peter? Das war bescheuert. Er war einer von Vanjas besten Freunden. Besser er blieb ein oberflächlicher Bekannter, so wie es normal war, wenn man in derselben Gegend lebte. Und das sah er auch offenbar in ihr.

Würde Milena davon wissen, würde sie ihr sicher zustimmen. Sie war wahnsinnig klug und hatte, was Frank anging, recht gehabt. Aber Peter war bestimmt keine Diskussion wert, außerdem gab es eine Menge anderes Zeug, das besprochen werden musste. Seit Sallys erstem Tag in Kivik vor fast einem Monat hatten sie keinen Kontakt mehr gehabt.

Sally nahm das Telefon und klickte auf Milenas Namen. Milena klang froh, als sie abnahm.

»Geht's dir gut?«, fragte sie. »Wie läuft es mit Josefin?«

»Ja, schon. Ich glaube, es geht vorwärts. Schritt für Schritt.«

»Bist du immer noch gern in dem Haus?«

»Sehr gern, ja.«

Wie schön es war, Milenas Stimme zu hören. Sally spazierte mit dem Telefon am Ohr durchs Erdgeschoss.

»Weißt du, was ich im Sommer machen werde? Ich eröffne eine Pension.«

»Wirklich? Du machst Witze.«

»Es soll genauso bezaubernd werden, wie du es beschrieben hast.«

Vor einem der kleineren Räume blieb sie stehen.

»Stell dir vor: luftige, weiße Gardinen, du weißt schon, so leicht romantische, und Mårbacka-Pelargonien im Fenster. Dielenboden habe ich schon. Korbsessel auch. Dann vielleicht die ein oder andere außergewöhnliche Lampe. Ihr bekommt das beste Doppelzimmer, wenn ihr zu Besuch kommt.«

Milena am anderen Ende schwieg. Von fern erklang eine Sirene, offenbar war sie gerade auf einer belebten Pariser Straße unterwegs. Durch eine Stadt zu spazieren war ihre Lieblingsbeschäftigung, sie konnte stundenlang herumstromern.

»Ich mache einen Neustart«, sagte Sally. »Wie du wolltest.«

Es kribbelte im ganzen Körper. Sie konnte kaum abwarten, mit den Vorbereitungen zu beginnen.

Dieses Zimmer würde sie komplett ausräumen. In der Ecke stand unter einem Berg alter Decken und Polster begraben ein schmales Bett. An der Wand gab es ein durchgesessenes, braunes Sofa, das ebenfalls voller Krusch und Ramsch war. An den Wänden stapelten sich Berge von Zeitschriften und Schallplatten. Auf einem Schreibtisch gesellten sich ein Bügeleisen und eine kaputte Teekanne zu einem Marinefernglas. Åke schien die Räume, in denen er sich nicht aufgehalten hatte, lange nicht aufgeräumt zu haben. Jetzt würde überall Ordnung einziehen.

»Ich werde versuchen, die Kosten niedrig zu halten«, erzählte sie weiter. »Man muss sich billige Lösungen überlegen. Es gibt einige Erbstücke, und ich kann auf Flohmärkten fündig werden.«

Sally ging weiter und beguckte den Wintergarten. Den konnte man deutlich gemütlicher gestalten. Vielleicht mit einem kleinen Küchensofa oder einer Sitzgruppe. Vielleicht auch nur einer bequemen Chaiselongue? Und mit unterschiedlichen Glaslämpchen im Fenster. Kerzen, die sie jeden Abend anzünden würde, damit es einladend wirkte.

»Das hört sich klasse an«, sagte Milena.

Sie klang ermutigend, aber auch gedämpft. Die Fröhlichkeit war aus ihrer Stimme verschwunden.

»Und du?«, fragte Sally. »Wie geht es dir? Ist es schön in Paris?«

»Ja, schon. Es ist schön.«

Sally öffnete mit dem Telefon am Ohr den Müllschrank. Selbst hier hatte Åke augenscheinlich seit langem nicht aufgeräumt oder geputzt. Überall hart gewordenes, klebriges Zeug, Krümel, Stückchen von Eierschalen und eingetrocknete Flecken. Plus einer Menge alter Flaschen mit Spülmittel und Seife, Stahlwolle und Schwämme und Bürsten und Rollen von Mülltüten. Zweifellos war er nicht so ordentlich gewesen, wie sie gedacht hatte.

»Da bist du also wirklich meinem Rat gefolgt«, stieß Milena aus. »Hast den Großstadtstress und die Tretmühle verlassen. Spazierst einfach auf dem Land herum und knipst Rosen ab.«

Im Hintergrund zog ein Gespräch auf Französisch vorbei, wurde immer leiser.

»Wenn ich die Zeit habe«, antwortete Sally. »Mal sehen.«

Sie untersuchte den Schrankinhalt. Hier war quasi eine Generalüberholung notwendig.

»Ich muss jetzt aufhören«, sagte Milena. »Wir bleiben in Kontakt.«

»Grüß Otto.«

Schweigen am anderen Ende, dann räusperte sich Milena.

»Wir machen eine Pause.«

»Eine Pause?«

Sally blieb in der Tür zum nächsten Zimmer stehen. Der Raum war winzig und schien als Speicher für dunkle und schwere, alte Möbel gedient zu haben. Die Åke vermutlich von seinen Eltern geerbt hatte und nicht verwenden wollte. Er war ausgekühlt und lag in schummrig düsterem Tageslicht. Die Vorhänge waren zugezogen.

»Du meinst, ihr habt euch getrennt?«

»Ja, vorerst. Wir schauen mal. Ich ertrage es gerade nicht, darüber zu sprechen.«

Milenas Stimme war schwächer geworden. Es war, als hätte man Sally den Boden unter den Füßen weggezogen. Milena und Otto, ihre Freunde, ein Paar, seit sie zwanzig waren. Ein feststehender Begriff.

»Pass auf dich auf«, sagte sie.

»Danke. Du auch.«

Das Gespräch war vorbei. Sally wandte sich von dem beklemmenden, kleinen Zimmer ab, blieb stehen und wusste nicht, was sie tun sollte. Als sie schließlich das Telefon weglegte, schlug im selben Moment draußen eine Autotür zu. Schritte auf dem Kies, und dann klopfte es an die Haustür. Sie machte auf. Da stand Josefin.

»Störe ich?«

»Aber nein.«

Josefin trat in die Diele. Sally wartete darauf, dass sie ablegte und die Jacke aufhängte, aber das tat sie nicht.

»Willst du nicht reinkommen?«

»Ich will nur mit dir reden«, sagte Josefin. »Über die Sache mit dem Haus.«

»Okay?«

»Also die Pensionssache.«

»Ja, ich verstehe schon.«

»Findest du noch immer, dass das eine gute Idee ist?«

»Ja. Je mehr ich darüber nachdenke, bin ich schlicht mehr und mehr überzeugt, dass das hinhaut.«

Josefin seufzte.

»Mama, du weißt nichts über Gebäudepflege. Und selbst wenn du dir dabei helfen lässt, hast du keine Ahnung, was eine solch große Renovierung kostet. Wenn man sie auf die richtige Weise ausführt. Mit dem richtigen Material, nach den richtigen Methoden.«

Sally legte die Hand auf das Treppengeländer.

»Sprichst da du oder deine Großmutter?«

Josefins Kiefer mahlten. Fast schien sie diese zornige Streitpose einnehmen zu wollen, zu der sie sich als Fünfjährige immer aufgebaut hatte. Was damals goldig und komisch gewesen war, aber nun war Josefin eine aufrechte, junge Frau. Ihre Wut war gesetzt, unterdrückt, daran war überhaupt nichts komisch.

»Und du weißt auch nichts über Oma«, sagte sie. »Also

brauchst du auch nicht über sie reden. Wir passen zusammen, sie und ich. Auf eine Menge unterschiedliche Weisen. So sieht es aus. Und mit unserem Leben hier hat alles funktioniert. Bis jetzt.«

Josefins Gesichtsausdruck wirkte nun hart. Sallys Hand rutschte langsam vom Treppengeländer.

»Ich möchte nur, dass alles wieder gut wird«, sagte sie leise. »Aber was ich auch tue, ich scheine alles falsch zu machen.«

Josefin schaute ins Esszimmer. Ihr Blick blieb an etwas im Fenster hängen, dem außergewöhnlich gesprenkelten Stein, an den sich Sally aus ihrer Kindheit nicht erinnern konnte.

»Hast du den da hingelegt? Hast du den etwa gefunden?«

»Nein, Åke.«

Josefin ging, ohne die Schuhe auszuziehen, ins Esszimmer, nahm den Stein vom Fensterbrett und steckte ihn sich in die Jackentasche.

»Er ist tot. Er kann nichts tun, um dich daran zu hindern, sein Haus zu zerstören. Aber ich bin noch da und ich werde alles tun, was in meiner Macht steht.«

»Was möchtest du denn, dass mit dem Haus passiert?«

»Jedenfalls soll es kein Touristenhotel werden.«

Sally sammelte sich. Sie atmete ruhig, nahm ihren Mut zusammen. Nun wusste sie genau, was sie wollte.

»Dann sollst du es haben. Du bist die, die hier zu Hause ist. Bei Åke.«

Josefin starrte Sally an, die nickte.

»So wird's gemacht. Sobald ich in Stockholm bin, kümmere ich mich um den Papierkram. Das Haus wird deins.

Dann kannst du entscheiden, ob du hier wohnen willst oder nicht. Vielleicht willst du es auch verkaufen und das Geld verwenden. Mach, was du willst.«

Wortlos drehte sich Josefin um und ging in den Flur. Die Haustür fiel ins Schloss.

Sally wischte etwas Staub von der Tischdecke. Hier würde keine Pension eröffnet werden. Bei genauerem Überlegen hatte sie dieser Traumfantasie sowieso nie ganz getraut. Nicht im Ernst. So naiv war sie nun doch nicht.

Auf dem Tisch vor dem Kachelofen lag *Früchte des Zorns*. Sie stellte das Buch an seinen Platz zurück, ganz unten in Åkes Bücherregal.

Josefin hatte gesagt, was sie zu sagen hatte, klipp und klar. Jetzt galt es nur noch, ein Ticket ohne Rückfahrt nach Stockholm zu kaufen und so schnell wie möglich zu verschwinden. Sally setzte sich an den Küchentisch und klappte den Laptop auf. Musste eine Weile warten, bis sie den Bildschirm klar sehen konnte und die Tasten getrocknet hatte.

Josefin

Josefin hielt den leopardenfleckigen Stein in der offenen Hand. Wie allein Wasser und Sand die Oberfläche so glatt schleifen konnten, war unbegreiflich. Åke hätte ihr da zugestimmt, ihn wie sie faszinierten die unterschiedlichsten Naturphänomene. Insbesondere natürlich, wenn es ums Meer ging. Aber auch in der Astronomie. In jüngeren Jahren hatte er hie und da mitten in der Nacht das Haus verlassen und sich der Länge nach auf den Pier gelegt, um den Sternenhimmel zu betrachten.

Sie konnte ihn sich dort vorstellen, wie er sich schwerelos fühlte und eins wurde mit der Weite des Weltalls. Und wie er nach einer kleinen Weile wieder aufstand und durch die Straßen und Gässchen nach Hause spazierte, vorbei an den dunklen Häusern.

In sein Zuhause.

Josefin legte den Stein zurück in die Keramikschale auf dem Küchenregal. Das war sein neuer Platz. Die Schale hatte ihre Großmutter getöpfert und dahin passte Åkes Stein gut.

Sie steckte ein Holzscheit in den Ofen in der Küche und schloss die Luke. Dann setzte sie sich Harald gegenüber an den Tisch. Seit dem Streit vor zwei Tagen, als er mit dem Auto abgedüst war, herrschte zwischen ihnen eine gedrückte Stimmung. Er war nicht, wie es ihr erster Gedanke gewesen war, zu seinen Eltern gefahren, sondern schon nach einer kurzen Weile mit zwei Tüten voller Lebensmittel von ICA zurückgekommen, weil noch ein paar Einkäufe notwendig gewesen waren. Er hatte für Dramen nicht viel übrig. Tat, ohne sich zu beschweren oder zu verzweifeln, einfach alles, damit ihr Alltag funktionieren konnte.

Wenn alles andere schwankte, war Harald ihr Fixpunkt. Er hatte sie getröstet, als sie von ihrer Mutter nach Hause gekommen war, und ihr beigepflichtet, was Åkes Haus betraf. Aber er mischte sich nicht mehr ein als nötig.

Jetzt war er wieder in eine seiner Exceltabellen vertieft. Außerdem hatte er sich Block, Stift und diverse Zeitungsausschnitte, Bücher und Broschüren neben sich gelegt. An mehreren Stellen ragten seine Post-its aus dem Packen hervor. Es war Zeit für die große Frühjahrsbesprechung, bei der sie die Jahresprojekte für den Hof planten.

»Ich bin zu dem Ergebnis gekommen, dass wir unseren Beschluss für Erdwärme aussetzen müssen«, erklärte Harald. »Daraus wird frühestens in zwei Jahren etwas.«

»Okay.«

Josefin hoffte, interessiert zu wirken, aber das Einzige, woran sie denken konnte, war ihre Mutter. Hatte sie das wirklich ernst gemeint, dass Josefin das Haus bekommen sollte? Just dieses Detail hatte Josefin Harald nicht erzählt. Vor allem, weil sie ihm keine falschen Hoffnungen machen wollte. Aber auch, weil sie keine Ahnung hatte, was sie tun sollte, falls es tatsächlich dazu kommen würde.

Harald arbeitete sich weiter durch seine Tabelle. Er studierte die unterschiedlichen Posten und Ziffern, haute in die Tasten, markierte und verschob Felder.

»Vielleicht sollten wir dem Bau eines weiteren Gewächshauses Priorität einräumen? Um Tomaten und Gurken anzubauen. Und Oliven und Feigen. Und Aprikosen. Wie die Björks.«

»Ja, vielleicht.«

»Am liebsten würde man ja auch ein paar Schweine anschaffen. Ein oder zwei Muttersäue. Und vielleicht einen Eber, damit es Ferkel gibt. Wobei ein Eber natürlich ziemlich anspruchsvoll ist. Zum einen schnappt er sich das ganze Futter und zum anderen muss er die meiste Zeit allein gehalten werden.«

Harald runzelte die Stirn.

»Ja, ja. Das können wir uns noch lange nicht leisten.«

Josefin nahm ihr Telefon. Ihre Großmutter fragte sich bestimmt, was los war. Sie hatten mehrere Tage nichts voneinander gehört.

»Ich rufe nur kurz Oma an«, sagte sie.

Harald hob nicht einmal den Blick vom Bildschirm.

»Mach das. Frag gleich, ob Peter und sie uns irgendwann beim Streichen helfen können.«

Josefin scrollte zu der Nummer.

»Hey, du«, sagte ihre Großmutter.

»Ich habe jetzt mit Mama gesprochen. Es wird keine Pension geben.«

»Ja, ich habe schon von Peter gehört, dass sie zurück nach Stockholm gefahren ist.«

Josefin verschlug es den Atem. Ihre Mutter war fort. Hatte aufgegeben.

»Dann ist das geklärt.« Sie bemühte sich, dass ihre Stimme nicht zittrig klang.

»Gut jedenfalls, dass sie es verstanden hat.«

Josefin malte mit den Fingern Spiralen auf die Tischplatte. Verstanden hatte es ihre Mutter vielleicht nicht unbedingt. Aber das war egal.

»Und das Haus?«, fragte ihre Großmutter nach. »Was wird damit?«

Josefin schwieg. Nun musste sie damit rausrücken, nur wie? Ihre Großmutter kam ihr zuvor, das Schweigen war Antwort genug gewesen.

»Sie überlegt doch nicht womöglich, dir Åkes Haus zu überlassen?«

»Doch.«

Ihre Großmutter lachte auf.

»Das sind ja fantastische Nachrichten. Und Harald und du, ihr zieht dann vielleicht dort hin? Verkauft den Hof. Das täte euren angespannten Finanzen ganz gut.«

Josefin sagte nichts. Den Hof verkaufen? Ihren Lebenstraum. Nein, das stand nicht zur Debatte. Sie lugte zu Harald, der etwas in seine Tabelle schrieb.

»Wir werden sehen«, antwortete sie. »Sie ist gerade erst weg, ich hatte noch keine Zeit, so weit zu denken.«

»Ja, das ist eine große Entscheidung«, sagte ihre Großmutter. »Das müsst ihr in aller Ruhe durchsprechen. Nichtsdestotrotz, herzlichen Glückwunsch.«

Sie beendeten das Gespräch. Harald hob den Kopf und seufzte müde.

»Du hast nicht nach dem Streichen gefragt. Interessiert es dich überhaupt? Aber vielleicht findest du es ja supertoll, jahrein, jahraus mit einem halbfertigen Flur zu leben. Von wegen Lebensqualität.«

Er senkte den Blick wieder auf den Bildschirm. Josefin betrachtete ihn. Harald, der nie daran zu zweifeln schien, ob die Existenz, die sie gewählt hatten, richtig war. Der absolut keine Ahnung davon hatte, wie es war, nicht die richtigen Schuhe für den Winter und kein Geld für Urlaube zu haben. Der in einer anderen Welt lebte.

Sie stand auf. Dachte gar nicht daran, seine Frage zu

beantworten. Sie musste über etwas anderes nachdenken.

»Ich gehe kurz raus.«

Sie folgte mit langen, entschlossenen Schritten dem Pfad zu der dreihundert Jahre alten Eiche auf dem Hügel. Wäre doch nur Åke noch da, dann wäre alles einfach. Wenn er nur noch in seinem Haus am Meer säße, über einer Patience. Hochschaute und sich freute, sie zu sehen, und sie einladen würde, sich einen Kaffee zu nehmen und ans Feuer zu setzen. Und zuhören würde und verstünde. Sie vermisste ihn so sehr, dass es weh tat.

Josefin lehnte mit dem Rücken an der groben Rinde der Eiche. Stand lange einfach da und blickte nach oben in die riesige Krone. Sie würde Åkes Notizbücher erneut durchgehen, etwas gründlicher. Vielleicht stand etwas darin, das sie übersehen hatte. Was sie ihn verstehen lassen könnte.

Was aus dem Haus werden sollte, wusste sie noch immer nicht. Dass es vor einem Dasein als Pension bewahrt worden war, müsste sie eigentlich erleichtern, aber es fühlte sich alles nur komisch an. Was sollte sie mit einem weiteren Haus? Sie nahm ein paar Eichenblätter vom Boden, zerbröselte sie in den Wind. Die Gedanken drehten sich im Kreis, waren in einer Rille hängengeblieben.

Als sie wieder zurückging, sah sie Harald die Schotterstraße entlangfahren. Er bog auf den Hof und parkte das Auto. Josefin ging ihm entgegen. Er stieg aus und öffnete den Kofferraum, um etwas herauszuholen.

Da sah sie, was es war. Ein großer Hund, der mit Haralds Hilfe einen unbeholfenen Sprung aus dem Auto machte. Das Ende der Leine schleifte über den Kies.

Vielleicht hatte Josefin Harald noch nie so glücklich gesehen. Der Hund wedelte mit dem Schwanz, und als sich Harald zu ihm beugte, leckte er ihm über die Nase. Das Fell war dicht, schwarz mit weißen und kleineren hellbraunen Flecken. Die weißen Tatzen waren klobig.

Harald übereichte ihr die Leine.

»Bitte. Eine Überraschung. Ich habe sie vom Sohn der Björks gekauft, zu einem guten Preis. Das ist eine Berner Sennenhündin. Sie heißt Märta und ist knapp zwei. Die Erkältung des Enkelsohns hat sich als Allergie entpuppt.«

Josefin betrachtete die Hündin, die sich schüttelte. Sie war groß und tapsig. Nicht gerade ein kleiner, wendiger Dänisch-Schwedischer Farmhund. Åke wäre bei dem Anblick vermutlich in Lachen ausgebrochen.

»Ein Hof braucht einen Hund«, sagte Harald. »Sonst fehlt etwas, oder? Ich glaube, Hündinnen sind leichter zu halten.«

Er strich dem Tier über Ohren und Kopf. Sie schnüffelte an Josefins Schuhen und schaute sie dann an. Ihre Augen waren träge und zugleich bettelnd.

»Habe dabei vor allem an dich gedacht«, erklärte Harald. »In deinem Leben gab es in letzter Zeit so viel Traurigkeit, du brauchst jemanden, um den du dich kümmern kannst. Einen richtigen Freund, der immer fröhlich ist und dich nicht beschimpft, wenn du es am schwersten hast. Wie ich. Kannst du mir verzeihen?«

Josefin nickte. Sie hatte ihm längst vergeben. Aber ein Hund? Noch dazu ein riesiger. Sie fühlte sich erschöpft. Noch mehr Verantwortung, noch mehr Kosten.

Harald legte ihr die Hände in den Nacken.

»Versuch, nicht so traurig über die Sache mit deiner

Mutter zu sein. Das Leben in einem kleinen Ort passte wohl nicht zu ihr. Jetzt hast du etwas anderes, an das du denken kannst.«

Josefin verzog den Mund. Das war wohl wahr. Åke hatte von seinem Hund Mitzi erzählt. Was für eine Kameradin sie ihm gewesen war.

Die Hündin hatte sich hingesetzt. Sie pinkelte direkt neben Josefin, eine dunkle Pfütze wuchs und wuchs. In letzter Sekunde zog Josefin den Fuß weg und musste einfach loslachen.

Warum hatte sich Åke nach Mitzis Tod nur kein neues Haustier zugelegt? Dann hätte er vielleicht nicht so traurig und bekümmert sein müssen.

Sally

Der Zug pflügte sich durchs Flachland, tuckerte entschlossen in Richtung Hässleholm. Sally hatte einen Fensterplatz. Sie blickte in der Frühlingsdämmerung über Äcker und Felder. Kleine dunkle Höfe, Baumgrüppchen. Vielleicht sah sie das alles zum letzten Mal.

Åke hatte es gut gemeint mit seinem hellblauen Brief, aber nicht verstanden, wie schwer es für Sally werden würde, seinen Wunsch zu befolgen. Sie konnte jetzt nur mehr hoffen, Josefin zumindest manchmal, in regelmäßigen Abständen anrufen zu dürfen. Aber auch das war nicht sicher. Josefin war furchtbar verletzt und wütend. Zum jetzigen Zeitpunkt wäre es dumm, sich zu melden und damit zu riskieren, dass Josefin sie abservierte und vielleicht den Kontakt komplett abbrach. Dann stünden sie wieder am Anfang.

Also hieß es abwarten. Versuchen, an etwas anderes zu denken. Ein neues Leben aufbauen, in dem es so viel Positives gab, dass der Verlust einer Tochter aufgewogen wurde. Was natürlich nicht ging, aber Sally würde ihr Bestes tun.

Sie las nochmal Franks letzte SMS.

Vermisse dich, Süße. Sehne mich danach, dich überall am Körper zu küssen ;-) Wie geht es dir? Will dich sehen. JETZT. Schmatz F.

Diese Worte kannte sie gut, sie hatte sie schon viele Male gesehen. *Süße. Vermisse dich. Schmatz F.* Plötzlich begriff sie, wie die Beziehung mit Frank ständig einer Kreisbewegung gefolgt war, ohne sich je vorwärtszubewegen. Am Anfang wilde Leidenschaft, eine Art Wirbelsturm, von dem man, ohne groß nachdenken zu können, fortgerissen wurde. Es folgte plötzlich und ohne jeglichen ersichtlichen Grund eine deutliche Distanz. Anschließend wurde er einsilbig und verschlossen, völlig egal, ob sie fragte oder bettelte, zornig oder liebevoll war. Wenn sie schließlich über längere Zeit eine Annäherung unterlassen hatte, war immer unerwartet während der Arbeit eine SMS gekommen. *Süße* und *Schmatz*. Als wäre nichts gewesen. Eine Erklärung für sein Verhalten hatte sie nie bekommen. Und dann hatte alles von vorne begonnen, nach demselben Muster.

Sie hatte Frank wirklich geliebt, aber wenn sie jetzt an die Zeit mit ihm zurückdachte, wusste sie nicht warum. Es war genau, wie Milena und Otto gesagt hatten. Eigentlich hatte sie in den fünf Jahren mit Frank nie das Gefühl gehabt, in einer richtigen Beziehung zu sein, denn es war immer er gewesen, der den Takt vorgegeben hatte. Sie hatte sich jedoch so sehr nach Liebe gesehnt und der Gedanke, allein zu sein, hatte sie in Schrecken versetzt.

Sally öffnete das Telefonbuch auf ihrem Handy und scrollte zu Franks Namen. Drei tiefe Atemzüge, dann drückte sie auf *Löschen*. Nun war er verschwunden. Sie blickte wieder aus dem Zugfenster. Eine Hügellandschaft mit kleinen Laubwäldchen. Ruinen eines alten Hofs mit herausgebrochenen, viereckigen Steinen.

Wo etwas zerbrochen war, konnte etwas anderes aufgebaut werden. Etwas Neues.

Der Zug näherte sich Hässleholm, nach dem Umsteigen wäre sie auf dem Weg nach Stockholm. Bald lägen wieder sechshundert Kilometer zwischen ihr und ihrer Tochter.

Aber so wollte es Josefin. Sie waren einfach zu unterschiedlich, und da war diese Art zu leben vermutlich am besten, um nicht aneinanderzugeraten. Josefin war in vielerlei Hinsicht anders. Jetzt, nach den Jahren mit Harald und seiner Familie, noch mehr. Sie hatte eine Universität besucht und interessierte sich für Gesellschaftsfragen. Außerdem war sie eine engagierte Feministin und sorgte sich um Tiere und die Natur. Bestimmt war es für sie nicht leicht, eine Mutter zu haben, die nicht im Geringsten informiert war oder so bewusst lebte wie sie.

Was Politik anging, hatte sich Sally immer hinten und vorn nicht ausgekannt. In Debatten stimmte sie immer dem letzten Redner und seinem Argument zu, wie sehr sie sich auch um eine eigene Meinung bemühte. Aber wenn man im Hinblick auf eine Fragestellung keine Ahnung von den Statistiken und Fakten hatte, war es quasi bescheuert, irgendetwas zu meinen. Sich einzulesen war ebenfalls keine Idee. Warum sollte sie versuchen, eine Haltung zu Sachen aus Gebieten zu haben, in die sich andere Leute in jahrelangem Studium vertieft hatten.

Das alles hatte sie ihrer Tochter im Laufe der Jahre bei vielfachen Gelegenheiten erklärt. Und Josefin war dann wütend geworden. Hatte gemeint, Sally denke falsch, und ihr zwischen den Zeilen zu verstehen gegeben, sie sei hoffnungslos dumm.

Wobei, vielleicht stimmte das doch nicht. Was hatte Peter gleich wieder gesagt? Er glaube, sie sei sowohl schlau wie auch klug. Und fähig.

Angekommen in Hässleholm. Sally nahm Reisetasche und Rucksack, schleppte sie durch den Gang auf den Bahnsteig. Elf Minuten bis zur Abfahrt des Zugs nach Stockholm. Sie suchte das richtige Gleis, holte das Telefon wieder aus der Tasche und rief Cedric an.

»Ich möchte wieder anfangen zu arbeiten«, teilte sie ihm mit.

Wie immer klang er grummelnd, mürrisch.

»Wolltest du nicht zwei Monate weg sein? Das war nur einer.«

»Es ist anders gekommen.«

»Scheiße nochmal, du kannst nicht ständig mal so, mal so sagen. Du hast den ganzen Dienstplan durcheinandergeworfen. Weißt du eigentlich, wie schwer es ist, mitten in der Saison Leute zu finden?«

Sie sah seine Bulldoggenvisage vor sich, ihre Haut begann zu brennen, wenn sie an sein Rumgebrülle in der Küche dachte.

»Ich weiß. Aber jetzt bin ich wieder da.«

Er seufzte.

»Freitagmorgen um acht. Pünktlich.«

Sally legte auf. Im Zug nach Stockholm würde sie eine SMS an Liselott schreiben und ihr mitteilen, sie hätte aufgeben müssen. Auf den Grund musste sie nicht eingehen, das könnten sie auch später besprechen.

Der Zug fuhr ein und bremste mit einem fürchterlichen Quietschen am Bahnsteig. Die Türen gingen auf und Sally suchte nach dem richtigen Waggon. Ein großer Mann mit Rollkoffer drängelte sich vor und mampfte einen dunkelroten Apfel.

Pension Pomona. Göttin der Baumfrüchte und der Gärten.

Peters Gesicht, diese kleinen Grübchen, wenn er lächelte oder lachte. Sally schob den Gedanken beiseite und erklomm mit der Reisetasche in der Hand und dem Rucksack über der Schulter die schmale Treppe.

Vanja

Das Bild war riesig und bestand aus mehreren voneinander abgetrennten Szenen. Über ein großes Feld ergoss sich ein Strom von Bildern, fließend, organisch. Vanja schob den Pinsel in der Hand zurecht. Jetzt malte sie einfach, ohne nachzudenken. Ließ alles geschehen.

Peter saß in dem Sessel mit Blumenmuster und blätterte in dem dicken Kunstbuch, das er sich geliehen hatte, ließ sich nicht von Rodrigos *Concierto de Aranjuez* stören, dessen Lautstärke sie eine Spur höher gedreht hatte. Es war an der Zeit, wieder in den Flow zu finden, dieses unkontrollierte Fließen, nach dem sie so lange gesucht hatte.

Es war der letzte Tag der Kunstwoche und der Besucherstrom versiegte allmählich. Heute waren nur gelegentlich ein paar Leute in der Ausstellung in ihrem Atelier gewesen. Jetzt war es leer, das war auch gut so. Dieses Jahr hatte sie die Woche besonders angestrengt, aus diversen Gründen. War nicht so lustig gewesen wie sonst.

Sally war nach Stockholm zurückgereist und hatte den Gedanken aufgegeben, sich in Österlen niederzulassen. Endlich konnte die Angst verfliegen, die Vanja seit einem Monat im Griff gehabt hatte. Damit sollten auch Herzklopfen und Schweißausbrüche ein Ende nehmen. Sallys Anwesenheit hatte sie schmerzlich an die schlimmste Zeit ihres Lebens und ihr größtes Scheitern erinnert. Kein Wunder, dass die Erleichterung wie Kohlensäure in ihr prickelte, nachdem nun alles vorüber war.

Auch Josefin würde ihr Leben wie zuvor weiterleben können, ohne das unbehagliche Gefühl, sich im Zwiespalt zwischen ihrer Mutter und ihrer Großmutter zu befinden. Denn offensichtlich war es für sie ein beängstigendes Erlebnis gewesen, als Sally plötzlich auftauchte. Es hatte sie unter Druck gesetzt und traurig gemacht, insofern sie konkret daran erinnert worden war, dass sie vier Jahre mit ihrer Mutter verloren hatte. Natürlich, eine Familientragödie. Auch das.

Wenigstens hatte sie nun von Harald einen Hund bekommen. Die Aufmerksamkeit, die er beanspruchte, würde hoffentlich Josefins Gedanken zerstreuen. Ein wenig Trost spenden, ihr dabei helfen, wieder festen Boden unter die Füße zu bekommen. Was sie mit Åkes Haus machen würde, nachdem sie offenbar die neue Besitzerin war, würde man später sehen. Falls sie und Harald beschlössen, dorthin zu ziehen, hätten sie ein angenehmeres Leben. Aber das würde auch bedeuten, sich von Vallmogården zu trennen.

Vanja legte den Pinsel weg, wischte sich die Hände am Malkittel ab, nahm das Telefon und ging an Peter vorbei zur Balkontür. Stellte sich auf die Treppe, zog die Glastür hinter sich zu und blickte über die Landschaft, während sie darauf wartete, dass ihre Enkelin ranging.

»Hallo, Herzchen.«

Vanja hielt das Telefon an Ohr.

»Hallo.«

Kurz, fast kühl. Vanjas Puls beschleunigte sich.

»Läuft es gut mit dem Hund?«

»Ja. Ist schön.«

Diese gepresste Art zu sprechen. Der Versuch, eine Niedergeschlagenheit zu verstecken. Sie vermisste ihre Mutter.

»Kann ich mir vorstellen«, sagte Vanja. »Hunde bedeuten Lebensqualität, sie versetzen uns in Harmonie. Tiere überhaupt.«

Schweigen am anderen Ende. Vanja betrachtete die Pergola drüben an Peters gepflasterter Terrasse, deren Holzdach von Glyzinien bedeckt war. Was für einen entzückenden Anblick würde das bei der Blüte im Mai geben. Dann kratzte sie mit dem Daumennagel über das angefaulte Holz des Treppengeländers. Vor ihr erhoben sich die sanft gewellten Hügel, erdfarben, schwer.

»Hast du mit Harald über das Haus gesprochen?«

»Noch nicht. Hatte keine Zeit.«

Zumindest ein paar Wörter mehr. Vanja schmunzelte vor sich hin.

»Ach, ich freue mich schon wahnsinnig auf Walpurgisnacht. Wenn der Fackelzug ankommt und das Maifeuer entzündet wird, das ist schon immer ziemlich besonders. Und anschließend ist es besonders schön, wieder ins Warme zu dürfen, ganz durchgefroren vom Draußenstehen. Aber dieses Jahr muss Peter Frühlingslieder auf dem Klavier spielen und nicht Jazz.«

Sie lachte, wie viele verschiedene Ansichten hatte es diesbezüglich doch im vergangenen Jahr gegeben. Selbst hatte sie sich höchste Frühlingsstimmung gewünscht, während sich Åke und Peter für angenehme Jazzklassiker aus den Fünfzigern stark gemacht hatten.

Josefin brummelte zur Antwort nur. Vanja steckte eine ihrer eiskalten Hände in die Tasche ihres Malkittels. War vermutlich dumm gewesen, etwas zu erwähnen, das sie an Åke erinnerte. Dass er dieses Jahr nicht da sein würde.

»Ich will dich auch nicht länger stören«, sagte sie. »Ihr habt viel zu tun.«

»Oma?«

Ein ganz anderer Tonfall. Klar wie Glas.

»Ja, Herzchen?«

»Ich überlege, Åkes Haus nicht anzunehmen.«

Vanja erstarrte. Sie kramte eine alte Quittung aus der Kitteltasche. Josefin atmete hörbar.

»Es bleibt leer stehen. Falls Mama ihre Meinung wegen der Pension ändert. Und trotzdem zurückkommt. Und irgendeinen Job findet.«

Vanja lachte leise ins Telefon, obwohl es ihr widerstrebte.

»Dann ist das so. Mach, was sich für dich am besten anfühlt.«

Nachdem sie sich darauf verständigt hatten, bald wieder zu sprechen, legten sie auf. Vanja öffnete die Balkontür und ging nach drinnen. Die beiden Hunde des Nachbarn auf der anderen Seite des Felds bellten. Normalerweise schenkte sie ihnen keine Beachtung, aber jetzt musste sie an Mitzi denken. Den Dänisch-Schwedischen Farmhund, den sich Åke angeschafft hatte, als Georg und sie mit ihrem Baby ins Flügelgebäude gezogen waren. Mitzi hatte immer ihre Nähe gesucht. Hatte entweder zu ihren Füßen oder auf ihrem Schoß gelegen. Ständig um Aufmerksamkeit geheischt.

Dass Josefin nun einen Hund hatte, war wirklich gut.

Vanja griff wieder nach dem Pinsel. Peter saß weiterhin mit dem Kunstbuch im Sessel. Er folgte ihr mit dem Blick.

»Du wirkst niedergeschlagen. Dass Sally von hier verschwindet, war das nicht, was du wolltest? Damit du ihr nicht mehr begegnen musst.«

Vanja stellte sich vor das Bild und trug etwas Chinarot auf.

»Wir sollten sie jetzt am besten abhaken. Ich habe zu arbeiten.«

Ihr Blick flog über die Leinwand, erfasste etwas auf der rechten Seite. Versuchsweise malte sie dort eine Frau mit einem Hut mit sehr breiter Krempe, ähnlich einem Mexikanerhut. Oder eher eine Spur Richtung Panamahut. Dann ließ sie den Pinsel sinken, konnte der Erinnerung nicht entfliehen.

Die Kubareise, im Herbst neunundsechzig. Havanna war ziemlich heruntergekommen, aber schön. Überwältigend mit seinen starken Farben und prächtigen Gebäuden. In den ersten Tagen war sich Vanja jedoch unsicher, ob es richtig gewesen war, mitzukommen. Die Melancholie wollte nicht verschwinden, und alles war fremd.

Aber die ganze Zeit über war da Trine mit ihrer Ruhe gewesen, hatte sie dazu gebracht, das Neue aufzunehmen. Wenn nötig, näherte sie sich ihr vorsichtig, mitunter ohne ein Wort zu sagen. Wenn Vanja traurig und abweisend war, legte ihr Trine beruhigend die Hand auf den Rücken, und wenn Vanja ihre Heulattacken bekam, hielt Trine sie im Arm.

Sukzessiv ging es ihr besser. Der schwere Nebel, der ihr aus Schweden gefolgt war, lichtete sich mehr und mehr, und sie begann langsam, wieder zu leben. Etwas banaler Smalltalk mit den anderen aus der Gruppe verschaffte ihr neue Bodenhaftung. Es war angenehm, mitunter dazu gezwungen zu sein, die Fassade zu wahren und nur über gewöhnliche, alltägliche Sachen zu sprechen. Und sich gebraucht zu fühlen.

Die Gemeinschaft vollbrachte Wunder, befreite sie aus ihrem inneren Gefängnis und nach und nach teilte sie die

Überzeugungen und die Lust, anderen Menschen zu helfen. Der Tapetenwechsel tat sein Übriges. Lange Wanderungen bei starkem Sonnenlicht auf schattigen Wegen, ärmliches Essen und meist einfacher Standard, zum Grübeln blieb nicht viel Zeit. Räudige Hunde, Kinder, die kleinere Geschwister herumschleppten. Kinderfüße, die nie Schuhe hatten. Zahnlose, verschrumpelte Greisinnen und Greise, so mager, dass die Kleidung an ihnen schlotterte.

Am liebsten hätte Vanja allen geholfen. Das ging nicht, aber beinahe täglich glaubte sie, doch Zeichen des Fortschritts wahrzunehmen. Die Kinder wollten auf ihren Schoß gehoben werden. Wenn sie die Arme nach ihr ausstreckten, erfüllte sie das von den Zehen bis in die Haarspitzen mit warmer Freude. Wieder und wieder warf sie die kleinen, handlichen Körper in die Luft, dass die Kinder vor Lachen juchzten.

Weinende Kinder nahm sie auf den Schoß, streichelte sie und wickelte sie in Decken. Wiegte und tröstete sie, wie es ihre Pflegemutter nie getan hatte.

Irgendwo im Hinterkopf war immer Sally gewesen. Aber meist als vages Gefühl von all dem, was Vanja in Hagsätra zurückgelassen hatte. Müdigkeit, Lebensverdruss, Dunkelheit. Was mit jedem Tag mehr und mehr verblich.

Einer der Männer in der Gruppe hieß Leif. Er war Fotograf, hatte lange, von der Sonne ausgeblichene Haare, ein Lederhalsband und sehr breite Schultern. Bewegte sich geschmeidig, auf eine Weise, die Vanja im Inneren merkwürdig weich machte, und alberte derart, dass sie einfach lachen musste. Außerdem hatte er starke Ansichten sowohl über den Kunstbegriff wie auch über Entwicklungspolitik, und Vanja antwortete ihm, so gut sie konnte.

Und an einem lauwarmen Abend an der Hotelbar geschah es einfach. Während alle anderen Rum tranken und sangen, zog Leif sie beiseite und küsste sie. Sie machte sich verlegen von ihm los und ging wieder zu den anderen, benommen von diesem Erlebnis.

Später am Abend verhielt sich Trine plötzlich irgendwie seltsam. Statt wie sonst zu reden und zu lachen, saß sie schweigend in einer Ecke. Als Vanja zur Bar ging, um weitere Drinks zu holen, kam sie zu ihr. Vanja solle nicht noch mehr trinken, sie sei schon zu betrunken. Was nicht stimmte. Vanja hatte den gesamten Aufenthalt nur äußerst maßvoll Alkohol zu sich genommen und das wusste Trine auch genau. Trotzdem wurde Trine laut und immer rechthaberischer, sie behauptete, Vanja passe nicht genug auf sich auf.

Letztendlich wies Vanja sie zurecht. Wohl sei Trine eine Stütze und eine wunderbare Freundin, aber sie könne die Verantwortung für sich selbst übernehmen. Sie brauche keine Mutter. Trine war augenblicklich still geworden, war ein paar Schritte zurückgewichen, hatte sich umgedreht und war abgerauscht. Und danach nicht wiedergekommen. Vanja hatte gedacht, das sei sowieso besser, lieber besprachen sie das Ganze beim Frühstück.

In der Nacht ging sie mit Leif aufs Zimmer. Sie war verliebt, jubelte innerlich darüber, wieder etwas fühlen zu können. Darüber, am Leben zu sein. Ihre Gefühle hatten nicht aufgehört oder waren abgestorben, wie sie geglaubt hatte. Nackt an Leif gekuschelt, mit seinem Arm um sich und der Wange auf seinem Brustkorb spürte sie es deutlich. Sie war ein Mensch wie alle anderen.

Am Morgen danach, als Vanja allein den Frühstücksraum des Hotels betreten hatte, war Trine nicht zu sehen. Vanja hatte bei ihr geklopft, aber niemand hatte geöffnet, also hatte sie sie ausschlafen lassen und allein gefrühstückt. In aller Stille, während vorm Fenster die Palmen wehten. Hatte an die vergangene Nacht gedacht. Gespürt, dass sie nun vielleicht gesund war.

Vanja griff wieder nach dem Pinsel. Sie arbeitete nun konzentriert an der unteren linken Ecke des Bilds. Die Farbskala war gedämpft. Der obere Teil des Bildes kam einem nicht so schwer vor, dort war ihr ein schönes, schonisches Licht gelungen. Jedoch flogen wirbelnde Partikel umher und sorgten für Unruhe.

Das Geheimnis des Vergangenen. Vielleicht handelte dieses Bild davon. Sie trat zurück, betrachtete ihr Werk. Die unterschiedlichen Szenen erzeugten eine Dissonanz, aber das war nur gut. Es war ein Bild, das es niemandem recht machen wollte.

Die Erinnerungen aus Kuba überrollten sie erneut. Den Pinsel zwischen den Fingern eingeklemmt, faltete sie die Hände. Schloss die Augen und legte die Knöchel an die Spitze des Kinns.

Lieber Gott. Hilf mir, dir zu vergeben. Dass es dich nicht gibt.

Es half nichts. Sie war ein Mensch, der an seiner wichtigsten Aufgabe gescheitert war. Der es nicht verdient hatte, auf der Erde zu wandeln. Oder auch nur einen Glauben zu haben.

Der letzte Morgen, im Frühstückssaal. Allein der Gedanke daran tat weh.

»Hallo?«

Sie drehte sich um, löste die tauben Finger. Peter stand

hinter ihr und streckte ihr ein Glas entgegen. Whiskeydunst stieg ihr in die Nase.

»Hier. Dann gehst du raus und rauchst einen Zigarillo. Und heute arbeitest du nicht mehr weiter.«

Vanja nahm das Glas entgegen. Der Pinsel war zu Boden gefallen und da konnte er auch bleiben.

Sally

Die Luft in der Wohnung roch abgestanden mit einem Hauch nach Abfluss. Sally stellte Reisetasche und Rucksack neben der Wohnungstür ab, ging ins Badezimmer und betätigte die Toilettenspülung. Das Wohnzimmer war fast leer, es gab nur noch das Sofa und den Fernseher. Im Schlafzimmer stand das Bett einsam mitten im Raum. Die Hausfassade auf der anderen Straßenseite kam ihr aufdringlich nah vor, aus mehreren der Fenster leuchtete kaltbläulich Flimmerlicht.

Sally schaltete die beiden noch verbliebenen Lampen an, setzte sich aufs Bett und suchte nach ihrem Handy. Keine Antwort von Liselott auf die Mitteilung von heute Morgen, sie habe nach Stockholm zurückgemusst. Vielleicht war Liselott so enttäuscht, dass sie nichts mehr mit ihr zu tun haben wollte.

Sally legte das Telefon weg. Jetzt hieß es klar denken, sie durfte nicht in Selbstmitleid verfallen und herumjammern, dass es nicht wie erhofft gelaufen war. Zumindest hatte sie es versucht.

Und auch wenn sie nun wieder in Söder in ebenjener Wohnung hockte, die sie verlassen hatte, mit einem Scheißjob, von dem sie gehofft hatte, ihn nie mehr machen zu müssen, konnte sie dennoch ein neues Leben beginnen. Und dafür sollte sie als Erstes einkaufen gehen und den Kühlschrank mit gesunden Nahrungsmitteln füllen. Schluss mit Apfelkuchen und Vanillesauce.

Eine Eigentumswohnung und einen Job zu haben war nicht das Schlechteste, ganz und gar nicht. Und vielleicht waren in Milenas Wohnung nette Leute gezogen. Jemand, der sich gern traf und mit dem es sich mindestens genauso gut anfreunden ließ wie mit den vorherigen Nachbarn.

Mit der Sehnsucht nach Josefin musste sie versuchen, leben zu lernen. Sally griff wieder nach ihrem Telefon. Sie suchte nach dem Bild von Vallmogården. Sonnenglitzern und das Astwerk einer Kastanie. Und dann der Rücken mit den hellen Haaren. Wenn sie nur darüberstreichen und den Arm um diese dünnen Schultern legen könnte. Aber es war, wie es war. Ihrer Tochter ging es gut und das war die Hauptsache.

Im Lebensmittelladen um die Ecke war alles beim Alten. Sally grüßte wie gewohnt die Kassiererin und hatte gerade ein Vollkornbrot und eine Tüte Zwieback in den Einkaufskorb gepackt, da rief Liselott an.

»Was ist da bei dir los?«, begann sie ohne ein Hallo. »Ich habe den ganzen Tag gearbeitet und erst jetzt deine Nachricht gesehen. Du bist zurück in Stockholm?«

»Tut mir leid, es ging alles wahnsinnig schnell. Ich konnte mich nicht verabschieden.«

»Gerade wolltest du doch noch eine Pension eröffnen!«

Sally nahm ein Bündel Bananen. Bio, auch wenn die etwas teurer waren. Aber Josefin wäre von ihrer Mutter enttäuscht, wenn die sich für gespritzte Exemplare entscheiden würde. Mit den Bananen im Korb ging sie weiter Richtung Molkereiprodukte.

»Das hat nicht geklappt.«

»Warum nicht?«

Sally öffnete das Kühlregal und suchte nach einem geeigneten Joghurt, aber es gab so viele Sorten, dass man unmöglich einen aussuchen konnte, wenn man nicht fokussiert war.

»Josefin wollte nicht, dass aus dem Haus unserer Familie eine Pension wird. Und ich wollte mich nicht gegen sie wenden.«

»Okay. Aber du kannst doch zumindest dort wohnen bleiben?«

Mildes Naturjoghurt, fettarm. Das passte. Sally legte die Packung in den Korb.

»Ich glaube, das würde nicht funktionieren. Vanja und Josefin haben ihre Beziehung. Da kann ich nicht kommen und mich hineindrängen.«

»Du kannst dich wohl niederlassen, wo du willst. Und außerdem glaube ich, dass Josefin dich vermisst. Ziemlich.«

Sally ging weiter an den Regalreihen entlang.

»Ich freue mich wahnsinnig über deine Unterstützung. Aber ich muss jetzt aufhören. Wir bleiben in Kontakt. Danke, dass du mich angerufen hast.«

»Da gibt es nichts zu danken. Ich melde mich bald wieder. So leicht kommst du mir nicht davon.«

Sally schmunzelte. Liselott klang streng. Und an dem, was sie gesagt hatte, war etwas dran. *Danke, dass du mich angerufen hast.* Wie dumm. Als wäre sie niemand. Keinen Anruf wert.

Das Fenster mit den Spitzengardinen hatte nun im April eine hellgrüne Blumengirlande erhalten. Süße Porzellanvögelchen waren zwischen Torten und Gebäck platziert worden. Sally blieb stehen und schaute eine Weile ins Café. Es war gut gefüllt, beinahe an jedem Tisch saß eine kleine

Gruppe. Familien mit Kindern, ältere Paare, Freundescliquen. Alle Stühle waren besetzt. An dem kleinen Tisch schräg links klüngelten vier Teenagermädchen, alberten wild gestikulierend herum. Ahnungslos, dass vor fünf Jahren genau dort zwei Menschen über fünfzig einander gefunden hatten.

Sally betrachtete die vier und dachte an ihre Tochter. Ihre sprudelnd kichernde Josefin mit den ums Gesicht flatternden, blonden Haaren. Den winzigen Sommersprossen, die im Frühling um ihre Nase herum auftauchten. Den Augen, die sich verdunkelten, wenn sie wütend wurde. Ihrem Vermögen, blitzschnell ein geschliffenes Argument vorzubringen, gegen das kaum ein Einwand möglich war.

Sally machte sich auf den Heimweg. Die Erinnerungen schienen seit ihrer Rückkehr nach Stockholm nur mehr geworden zu sein. All die Abende in der Wohnung. Gemeinsam mit einer Packung Eis Serien zu glotzen, manchmal so spannend, dass es Josefin nicht auf dem Sofa gehalten hatte. Sally hatte aufgelacht und nach der Fernbedienung gesucht, auf Pause gedrückt, um nichts von der Handlung zu verpassen.

Bisher hatte Josefin noch nichts von sich hören lassen. Wie lange warten war angemessen, bevor sie selbst anrufen konnte? Sally beschloss, es an Josefins Geburtstag zu tun, am vierten Juni. Das sollte reichen, damit man ihre Anwesenheit in Kivik als eine Phase in Klammern betrachten konnte.

Sie musste an ihren eigenen Geburtstag im vorigen Jahr denken, ihren fünfzigsten. Frank war auf Dienstreise gewesen und so hatte sie still und gemütlich bei Milena und Otto gefeiert. Die beiden hatten ein fantastisches Essen samt Torte zubereitet und ihr eine Flasche Champagner geschenkt, die sie später mit Frank trinken konnte. Josefin hatte weder angerufen noch eine Nachricht geschickt. Erst zwei Monate später hatte sich Sally davon erholt.

Sie musste sich einfach daran gewöhnen. Erneut. Geburtstage waren nun auch nicht so bemerkenswert. Am schwersten waren bisher die Muttertage.

»Hallo, he!«

Sally stand mit dem Schlüssel in der Hand und den Einkaufstüten zu ihren Füßen vor ihrer Wohnungstür und drehte sich um. Ein Mann Mitte vierzig kam die Treppe herunter. Er war gut frisiert und glattrasiert, trug einen kamelfarbenen Wollmantel und einen dunkelblauen Schal aus glänzendem Material. Kaffeebraune Mokassins mit Quasten daran.

»Wollte mich nur vorstellen. Der neue Nachbar aus dem fünften.«

Er stellte die Laptoptasche ab und klemmte sich seine rosa Zeitung unter den Arm.

»Ich bin Simon Rosqvist.«

Sally ergriff die ausgestreckte Hand und sagte ihren Namen.

»Ich habe mich bereit erklärt, mich im Mai in den Verwaltungsbeirat wählen zu lassen«, sagte er. »Als Schatzmeister. Das liegt quasi in meinem beruflichen Fachgebiet, ich arbeite im Consulting.«

Sie nickte, versuchte zu wirken, als würde sie sich auskennen.

Er spielte an der großen Armbanduhr an seinem Handgelenk herum.

»Die Eigentümergruppe scheint mir ein Haufen guter Leute zu sein. Alles sehr gepflegt hier.«

»Oh ja.«

Irgendwas an dem neuen Nachbarn ließ Sally schrumpfen. Sie wohnte nun seit drei Jahrzehnten hier, so lange wie niemand sonst im Haus. Aus der Zeit, als sie hier eingezogen war und alles noch Mietwohnungen waren, gab es jetzt niemanden mehr. Und auch keine Milena und keinen Otto mehr.

»Wir sehen uns vielleicht beim Hofputz«, sagte sie. »Am Wochenende.«

An der Eingangstür unten hing ein Aushang. Frühjahrsputz, Sonntag um drei.

Simon Rosqvist lächelte bedauernd.

»Leider nein. Da bin ich in New York.«

Er ging weiter die Treppe hinunter. Sally steckte den Schlüssel ins Schloss. Sie hatte wahnsinnige Sehnsucht nach Otto und Milena. Aber die hatten sich getrennt und würden nicht zurückkommen. Genau wie Josefin.

Josefin

Der Stapel Notizbücher befand sich im Schrank auf dem Boden, ganz hinten bei der Sommerkleidung. Josefin breitete die Hefte auf dem Bett aus und begann, sie eines nach dem anderen durchzublättern, gründlicher als zuvor. Es waren vierzehn, und sie reichten neun Jahre zurück.

Märta lag auf dem Fußboden, kläffte bei ihrem Versuch, zu verstehen, wie sie mit einem Tennisball spielen sollte, leise vor sich hin. Dann platzierte sie die Vorderpfoten auf der Bettkante und schnüffelte interessiert. Josefin scheuchte sie weg, nahm den Ball und warf ihn, sodass er den oberen Flur entlangkullerte. Die Hündin trottete hinterher.

Josefin wandte sich wieder den Notizbüchern zu. Darin stand nichts über ihre Mutter. Meist ging es ums Wetter. *Nieselregen. Drei Grad. Bewölkt. Halbtags sonnig, dann Regen. Wind aus Westen.* Dazwischen diese seltsamen Stellen, Zeilen, in die er geschrieben hatte: *Herzklopfen. Druck auf der Brust. Schlecht geschlafen.* Und dann das, was sie erschreckte und was sie nicht begriff: *DIESE SCHULD. DIESE SCHULD. DIESE SCHULD.* Hart mit dem Stift aufgedrückt und jedes Wort dick unterstrichen. Warum hatte Åke das geschrieben? Was bedeutete es? Es musste dabei um etwas Großes, Wichtiges gehen.

»Bist du noch nicht weg?«

Von unten rief Harald. Eilig raffte Josefin die Notizbücher zusammen. Mist! Er hatte sie gebeten, zu ICA zu fahren und Streuzucker zu holen. Sie machte den Schrank auf und schob den Stapel unter die herabhängende Kleidung.

Harald brauchte sie nicht zu sehen, er dachte sowieso bereits, sie würde sich zu viel mit ihrer Familie beschäftigen.

»Bin unterwegs!«

Sie eilte die Treppe hinunter und aus der Haustür, Märta tapste ihr freudig nach, aber Josefin machte ihr die Haustür vor der Nase zu. Sollte Harald doch ausnahmsweise mal die Hundeverantwortung übernehmen.

An der Kasse saß heute nicht Liselott, und das war Josefin gerade recht. Sie wusste, wie neugierig sie sein konnte. Sie würde nicht aufgeben, bis sie nicht ein paar akzeptable Antworten auf die Frage bekommen hätte, warum Josefins Mutter abgehauen sei.

Der Einkauf ging schnell, der Laden war fast leer. Auf dem Weg nach draußen, stieß Josefin auf Haralds Großmutter. Die fünfundachtzigjährige Erna, heute in kreideweißen Turnschuhen zu einem braun geblümten, kittelähnlichen Kleidungsstück. Ihr kleines runzliges Gesicht hellte sich freudig auf.

»Josefin, wie schön, dich zu sehen.«

»Hallo, Erna.«

Erna roch nach Minzbonbons und war redselig wie immer. Sie jammerte über das unberechenbare Aprilwetter. Die ungewöhnliche Kälte der letzten Tage habe ihr Schrunden am großen Zeh beschert.

»Ich war unten bei Liselott zur Fußpflege. Sie behauptet, deine Mutter sei nach Stockholm zurückgefahren?«

»Ja, das stimmt.«

»Tut mir leid. Natürlich, das war wegen deiner Großmutter.«

Josefin wollte protestieren. Ihre Großmutter hatte damit

nichts zu tun gehabt. Auch wenn sie ebenfalls der Meinung gewesen war, Åkes Haus dürfe nicht beschädigt werden.

»Vanja kann schwierig sein«, sprach Erna weiter. »Aber sie hat es auch nicht leicht gehabt. Das muss man verstehen.«

Es war sinnlos, sich auf einen Meinungsaustausch einzulassen. Erna hatte, was die Larsson-Familie anging, ihr eigenes Bild. Sie machte sich auf den Weg zu ihrem ein paar hundert Meter entfernten Haus.

»Sag Harald ganz liebe Grüße.«

Josefin folgte ihr. Die Tüte in ihrer Hand wirkte ziemlich schwer, offenbar hatte sie den Rollator heute nicht dabei.

»Ich kann dir deine Einkäufe nach Hause bringen.«

»Das ist nicht nötig«, sagte Erna. »Ich schaffe das.«

»Aber ich helfe dir gern. Ich habe es nicht eilig.«

Erna blieb stehen und reichte Josefin die Tüte.

»Du bist lieb.«

Seite an Seite gingen sie an Einfamilienhäusern und Reihenhäusern mit wohlgepflegten Gärten vorbei. Überall wurde Rasen gemäht und in Beeten gegraben. Erna grüßte fröhlich links und rechts, sie kannte fast jeden. Auch ihre Großmutter. Josefin wusste, dass sie in jüngeren Jahren miteinander zu tun hatten. Aber nun nicht mehr.

»Erna. Warum seid ihr keine Freundinnen mehr, du und Oma?«

Ernas Miene verdüsterte sich.

»Ich habe nie verstanden, wie sie damals ihre Familie verlassen konnte. Georg hat mir leidgetan. Dein Großvater hat sich nie davon erholt.«

»Ja, so viel habe ich kapiert. Åke hat erzählt, wie unglücklich er war.«

Erna schnaube.

»Åke? Als ob der sich um Georg geschert hätte. Ich glaube, er war eher ziemlich schadenfroh. Tief im Inneren.«

»Wie?«

Josefin starrte Erna an, die die Lippen kräuselte.

»Oh, entschuldige, dass ich das sage. Aber Åke war einfach immer neidisch auf seinen Bruder. Georg war der Lieblingssohn der Eltern gewesen.«

»Echt? Davon habe ich nie gehört.«

Josefin stellte die beiden Einkaufstüten ab. Hatte Erna das wirklich richtig im Kopf? Sie wurde allmählich alt, vielleicht war sie etwas durcheinander. Aber sie schien sich sehr sicher zu sein.

»Ich erinnere mich, wie wütend er war, als Georg ein Schiffsmodell zum Geburtstag bekommen hatte«, erzählte Erna. »Von dem Kutter, auf dem der Vater der beiden Skipper gewesen war. Åke fand das ungerecht, da ja er Kapitän werden wollte. Das ist übrigens der Kutter, der in deinem Küchenfenster steht. Der hat also zuerst deinem Großvater gehört.«

Josefin nahm die Einkaufstaschen wieder hoch und ging weiter. Erna war wohl doch vergesslich. Es stimmte, Åke hatte sein Leben lang davon geträumt, Kapitän zu werden. All die Jahre hatte er sich darüber gegrämt, dass er nicht darauf beharrt hatte, zur See zu gehen, sondern sich stattdessen von seinem Vater hatte dazu überreden lassen, Biologielehrer zu werden. Was aber das Schiffsmodell betraf, erinnerte sich Erna falsch. Das hatte Josefin vor ein paar Jahren von Åke erhalten. Ein Geschenk von großem Wert, hatte er es doch selbst zu seinem vierzehnten Geburtstag bekommen.

»Nein«, sagte sie. »Das Schiff war Åkes Geschenk von seinem Vater.«

Erna wirkte eingeschnappt.

»Bestimmt nicht. Es gehörte Georg. Aber ich kann mir gut vorstellen, dass es Åke nach seinem Tod an sich genommen hat. Und die Geschichte umgedichtet.«

Sie waren bei Erna zu Hause angekommen. Ein Reihenhaus mit Gärtchen, genau in der richtigen Größe für sie und ihre Katze. Erna nahm Josefin die Einkaufstasche ab.

»Danke für deine Hilfe.«

Sie ging durchs Gartentor, Josefin blickte ihr hinterher. So viel Seltsames war gesagt worden, sie wusste nicht, was sie glauben sollte. Sie hatte nie etwas anderes gehört, als dass Åke eine gute Beziehung zu seinem Bruder gehabt habe.

»Warum war Åke deiner Meinung nach neidisch auf Georg?«

Erna blieb stehen. Das Gespräch hatte sie offenbar angeregt.

»Im Vergleich mit ihm kam er sich wohl vor, als wäre er gescheitert. Georg war das künstlerische Wunderkind, weißt du. Schaffte es auf die Architekturhochschule und zog nach Stockholm. Und hat dann deine Großmutter geheiratet. Eine richtige Schönheit aus der Oberschicht. Während Åke gegen seinen Willen hier blieb. Der Arme war verbittert.«

»Aber Biologielehrer zu werden war doch gut?«

»Das schon. Nur hat Åke es nie verwunden, dass er nicht Kapitän geworden ist. Er wollte aus Kivik weg und war doch geblieben. Und musste Sommer für Sommer aushalten, wie Georg zurückkam und im Flügelgebäude lebte, mit Frau und Kind.«

»Warum ist meine Großmutter deiner Meinung nach abgehauen? Und was war der Grund dafür, dass sie nie zurückkam?«

»Hat sie das nie erzählt?«

»Nein.«

Erna schüttelte den Kopf.

»Liebe Josefin. Ich weiß es nicht. Aber Vanja war kein glücklicher Mensch. Bestimmt war es nicht leicht, als Pflegekind aufzuwachsen. Ich glaube, Georg hat sie quasi gerettet. Obwohl er ein Weiberheld war und ein richtiger Chaot. Und er hat zu viel getrunken. Schon damals.«

Josefin schwieg. Das mit dem Pflegekind wusste sie, aber auf ihre weitere Herkunft war ihre Großmutter nie eingegangen. Eigentlich hatte sie überhaupt kaum etwas von ihrer Vergangenheit erzählt.

»Diese Fragen hätte dir Åke wohl beantworten können«, sagte Erna. »Wie traurig, dass er fort ist.«

Sie verabschiedeten sich. Josefin ging mit ihrer Einkaufstasche zurück zum ICA-Parkplatz. Ihr Großvater ein Weiberheld und Chaot? Ihre Großmutter hatte immer wiederholt, wie sicher sie ihre Tochter bei ihrem geliebten Vater gewusst habe und wie gut er als Alleinerziehender klargekommen sei, da er zu den wenigen Männern gehörte, die bereits in den Sechzigern und Siebzigern an Gleichstellung interessiert waren. Kinder allein großzuziehen sei für Singlemänner nicht außergewöhnlicher als für Singlefrauen, hatte ihre Großmutter vielfach hervorgehoben. Und dann nicht weiter über die Sache reden wollen.

Märta war auf ihrer Decke in der Ecke eingedöst. Sie lag reglos da und gab kleine Schnarchlaute von sich. Josefin saß mit Collegeblock und Stift auf der Küchenbank, als ihre Großmutter durch die Haustür trat, angeführt von Peter.

»He, du.«

Sie trug eine Art Kaftan mit Goldbesatz am Hals und darüber ihre grobe, lange Strickjacke mit den fransigen Ärmeln. Josefin legte den Stift weg.

»Seid ihr wegen etwas Bestimmtem da?«

»Hat Harald nichts gesagt?«

Die beiden wirkten erstaunt.

»Er hat uns gebeten, euch beim Streichen zu helfen«, erklärte Peter.

»Streichen?«

Josefin verstand nur Bahnhof. Dann fiel ihr Haralds Dauervorhaben ein. Der Flur nach hinten raus. Der Sachsenstab.

Peter und ihre Großmutter wechselten einen Blick. Dass Josefin und Harald nicht an einem Strang zogen, wenn es um eine Arbeit auf dem Hof ging, war ungewöhnlich. Bisher hatten sie jede noch so kleine Maßnahme gemeinsam geplant.

Ihre Großmutter spähte ins Wohnzimmer.

»Und wo ist Harald?«

»Bei den Hühnern. Er kommt gleich.«

Josefin blickte wieder auf ihren Block. Sie machte mit dem weiter, womit sie sich trotz Haralds missvergnügter Blicke beschäftigt hatte. Auf dem obersten Blatt stand eine Liste. Daneben lag ein aufgeschlagener Kalender.

Peter ging zur Küchenzeile und nahm aus einer Plastiktüte eine Büchse Leinöl und eine Flasche Balsamterpentin. Und Farbpigmente, Trichter und den Messbecher.

Harald kam mit einem Körbchen frischer Eier und einer

leeren Glasflasche in den Flur und schlüpfte aus den Stiefeln.

»Wie schön, dass ihr gekommen seid.«

Ohne Josefin eines Blicks zu würdigen, begann er aus Peters Zutaten sorgfältig Eitempera anzurühren. Sorgfältig schüttelte er die Flasche, damit sich die Emulsion richtig vermischte.

Ihre Großmutter hatte sich auf einem Küchenstuhl niedergelassen. Als Peter und Harald in Richtung Flur verschwanden, blieb sie zurück.

»Was machst du da?«

Ihre Großmutter streckte den Kopf vor und schaute. Josefin drehte den Block um und zeigte ihr die Liste. Sie bestand aus Daten und daneben hatte sie geschrieben *Muttertag, Weihnachstabend, Omas Geburtstag, Mamas Geburtstag.* Und dann war da ein Datum, neben dem nichts stand. Der dritte Oktober.

»Kannst du dich daran erinnern, dass ich Notizbücher gefunden habe, in denen Åke aufgeschrieben hat, wie das Wetter war? Und dass es ihm manchmal schlecht ging.«

Ihre Großmutter nickte.

»Ich bin jede Notiz durchgegangen«, sagte Josefin. »Wollte sammeln, an welchen Tagen das war. Ob an denen vielleicht etwas Besonderes geschehen ist.«

Sie deutete mit dem Stift auf die Liste.

»Das sind die Daten zu allen Stellen, an denen Åke aufgeschrieben hat, dass er nicht schlafen konnte oder gestresst war oder Schuldgefühle hatte. Mit Herzklopfen und Übelkeit und sowas.«

»Aha? Und was meinst du hier herausfinden zu können?«

Ihre Großmutter legte den Kopf schief.

»Willst du dich wirklich hineinvertiefen, wie es Åke während seines Lebens an bestimmten Tagen ging? Das macht dich nur traurig. Wäre es nicht besser, wenn wir stattdessen irgendwas Fröhliches zusammen machen? Einen Ausflug zu einem schönen Ort. Vielleicht Brösarps Backar. Oder Stenshuvud. Mit deiner lieben Märta.«

Josefin studierte die Daten, deutete mit dem Stift an jedes davon.

»Das sind unterschiedliche Feiertage. Außer einem, der dritte Oktober. Was, glaubst du, war an diesem Tag besonders?«

Peter tauchte in der Tür auf.

»Kommt ihr nicht?«

Er war in einen geliehenen Maloverall geschlüpft und hatte einen Pinsel in der Hand, von dem taubengraue Farbe tropfte.

Josefin hob den Block in die Höhe.

»Peter, weißt du etwas über dieses Datum? Åke hat notiert, dass es ihm an genau diesen Tagen nicht gut ging. Und ich frage mich warum.«

Peter warf einen Blick auf die Liste.

»Er hat in erster Linie Wetteraufzeichnungen gemacht. Von sonst weiß ich nichts.«

Ihre Großmutter lehnte sich vor und streichelte Josefin über die Wange.

»Wollen wir ein bisschen mehr Farbe anrühren, du und ich? Echte Eitempera. Etwas Schöneres gibt es nicht. Die Fläche wird seidenglänzend werden.«

Josefin klappte den Block zu und stand auf. Sie folgte ihrer Großmutter und Peter zum Flur nach hinten raus, wo Harald dabei war, die Wandpaneele zu streichen. Es roch wunderbar nach Leinöl und Balsamterpentin, diese Mischung mochte Josefin schon immer. Der Geruch des Ateliers ihrer Großmutter. Der Duft der Freiheit und Selbständigkeit der Frauen, wie diese immer zu sagen pflegte.

»Was für ein Fortschritt! Endlich wird der Flur fertig.«

Ihre Großmutter sog den Geruch ein und drehte sich mit ausgestreckten Armen im Kreis. Die lange Strickweste und der Kaftan lüfteten sich etwas um ihren kompakten Körper.

Josefin betrachtete sie. Dass ihre Großmutter einmal eine postnatale Depression gehabt haben sollte, war schwer vorstellbar, sie war immer voller Leben und Energie, war schnell wegen der kleinsten Kleinigkeit glücklich.

»Wir helfen jetzt auch mit«, sagte ihre Großmutter. »Los, ran ans Malen mit dir, du.«

Sie warf Josefin einen Overall voll Farbspritzer zu und schlüpfte selbst in den Malkittel, den sie mitgebracht hatte. Harald tauchte, ohne den Blick zu heben, den Pinsel in die Farbdose. Strich übertrieben gründlich eine der Paneele, als wollte er betonen, wie sehr er sich anstrengte, während sich Josefin vergnügte. Zwar deutete sie es vielleicht falsch, aber auf sie wirkte er verärgert. Schon wieder.

Ihr wurde der Leinölgeruch allmählich zu stark und aufdringlich. Sie legte den Overall weg.

»Es können hier nicht alle gleichzeitig malern, dafür ist es zu eng. Ist es okay, wenn ich eine Weile rausgehe? Eine Runde Gassi mit Märta.«

»Na klar«, antwortete ihre Großmutter. »Mach das.«

Harald hob den Kopf.

»Wobei zuerst das Hühnerhaus ausgemistet werden müsste und neues Einstreu braucht. Und die Hühner brauchen auch Futter. Und du könntest mehr Hühnerfutter anmischen, das alte ist nämlich fast zu Ende. Und für frisches Wasser sorgen.«

Josefin konnte sich nicht beherrschen.

»Du warst doch gerade da draußen! Aber klar. Ich mache das.«

Sie schlüpfte an der Küchentür in die Stiefel und hörte von hinten Haralds Stimme: »Aber ich streiche jetzt! Und außerdem kümmere ich mich um unsere Finanzen. Du findest also, dass ich nicht genug mache?«

Josefin antwortete nicht, griff nur nach der Leine und stapfte zum Hühnerhaus. Die Hündin trottete munter bellend hinter ihr her.

Ihr Tonfall war unnötig grantig gewesen und sie unfair. Aber im Augenblick wollte sie einfach nur mehr wissen. Von Åke, aber auch von ihrer Großmutter.

Sally

Der Nachmittag ging in den Abend über. Sally lief nach einem Spaziergang im Vitabergsparken durch die Straßen von Södermalm. Sie war wieder in ihrem Alltag, als wäre nichts geschehen. Nicht mehr als ein ungewöhnlich langer Urlaub in Skåne. Wenngleich Urlaube eigentlich schön und entspannend sind und im besten Fall nicht traurig machen.

Morgen würde sie wieder anfangen zu arbeiten. Außerdem wollte sie Kontakt mit ihrer Bank aufnehmen, damit man ihr dabei half, Josefin zur Eigentümerin von Åkes Haus zu machen. Von deren Seite her herrschte weiterhin Schweigen. Seit der letzten Begegnung waren nun mehrere Tage vergangen, und viel deutete darauf hin, dass sie noch lange nichts voneinander hören würden.

Sally hatte ihre Wohngegend erreicht. Als sie um eine Straßenecke bog, erblickte sie Liselott. Die Freundin aus alten Sommerzeiten in Kivik stand an der Haustür und studierte den Ziffernblock der Klingelanlage. Ja, sie war es wirklich.

»Was machst du?«

Liselott drehte den Kopf.

»Mann, echt. Habe ganz vergessen, dass man hier einen Code braucht.«

Sie umarmten einander fest. Liselotts Augen glänzten, als sie Sally ansah.

»Ich habe ja gesagt, so leicht kommst du mir nicht davon. Auch wenn die Überraschung etwas missglückt ist. Wollte eigentlich an deiner Tür klingeln.«

Sally grinste. Hier in Södermalm dieses breite Österlenschonisch zu hören war herrlich.

»Bist du mit dem Auto gekommen?«

»Yes. 600 Kilometer.«

Liselott deutete auf ihren ein paar Meter entfernten Wagen. Dass sie einen freien Parkplatz gefunden hatte, war das reinste Wunder.

»Hättest du nicht besser angerufen?«, fragte Sally. »Was, wenn ich den ganzen Abend weg gewesen wäre?«

»Dann hätte ich wohl einfach irgendwo was getrunken.«

»600 Kilometer. Da brauchst du wirklich ein Bier. Komm.«

Sally steuerte auf das billige Pub in ihrer Straße zu und Liselott folgte ihr.

Das Lokal hatte einen üblen Ruf und schummriges Licht, nicht unähnlich dem alten Pomona Inn in Kivik. Auf einem großen Bildschirm an der Decke lief Eishockey ohne Ton. Sie bestellten Bier und setzten sich an einen Tisch in der Ecke.

»Und was hast du jetzt vor?«, fragte Liselott. »So weitermachen wie zuvor? In deinem alten Job?«

Sally verfolgte das Hockeyspiel auf dem Bildschirm, die Spieler jagten wie stumme Flipperkugeln übers Eis.

»Ja«, antwortete sie. »Sieht wohl so aus.«

Liselott trank von ihrem Bier und wischte mit dem Handrücken über die Oberlippe.

»Was hast du denn früher gemacht? Krankenpflege und Kellnern, hast du beim Lesekreis gesagt. Sonst noch was?«

Sally zählte an den Fingern auf.

»Garderobiere, Verkäuferin in einer Bäckerei, dann in einem Plattenladen, Hausmeisterin, bei einer Versicherungsgesellschaft, Reinigungsfachfrau ... dies und das.«

»Und du wolltest nach dem Gymnasium nicht studieren? Dein Vater war doch Architekt. Und Åke Lehrer.«

»Mit dreiundzwanzig wollte ich Krankenpflegerin werden. Mich um andere Menschen kümmern. Vermutlich, weil mein Vater gerade gestorben war.«

»Hast du dich dafür beworben?«

»Ja, und wurde aufgenommen. Aber dann bin ich schwanger geworden und habe abgebrochen.«

Sally blickte ins Licht der kleinen flackernden Kerze auf dem Tisch. Sie war über fünfzig, der Großteil ihres Lebens lag hinter ihr. Sie hätte es anders machen sollen. Die Ausbildung beenden, als Josefin größer war. Aber für Reue war es nun zu spät.

Die beiden Freundinnen redeten weiter über das, was sie die Jahre über gemacht und gedacht hatten, und bald wurde es draußen dunkel. Die Biergläser waren leer.

»Lass uns etwas vom Thai um die Ecke mitnehmen«, schlug Sally vor. »Du bist bestimmt komplett ausgehungert. Danach kriegst du mein Bett und ich schlafe im Wohnzimmer auf dem Topper.«

Liselott schlüpfte in ihre Jacke.

»Danke, aber den Topper nehme ich. Das wird wie mit vierzehn beim Zelten am Strand in Vitemölla. Gemütlich.«

Sie traten auf die Straße. Liselott holte eine Sporttasche aus ihrem Auto.

»Meine Wohnung ist gerade etwas leer«, erklärte Sally. »Sobald ich wieder arbeite, kaufe ich neue Möbel.«

Liselott schüttelte den Kopf.

»Musst du nicht. Du hast mehr als genug Möbel. In Kivik.«

»Nein, die bleiben dort. Ich will Josefin das Haus schenken.«

Liselott wirkte amüsiert.

»Ah ja? Das wirst du nicht, glaube ich. Weil du eine Pension eröffnest.«

Sally seufzte. Offenbar hatte Liselott nicht kapiert, dass sich alles verändert hatte, und redete noch immer über die Pension.

»Was du aber tun musst, ist alle möglichen Zulassungen beantragen. Und du musst ein Unternehmen gründen, das heißt ein paar Formulare ausfüllen. Dann brauchst du noch die Genehmigungen von Brandschutz und Versicherung und ein paar andere Sachen. Ich habe es aufgeschrieben. Alles.«

Sie standen nun vor dem Thaiimbiss. Liselott glühte vor Begeisterung

»Ich kenne einige Leute in unserer Gegend, die Bed & Breakfasts, Pensionen oder Jugendherbergen betreiben. Sie sind den ganzen Sommer über komplett ausgebucht. Aber nicht das restliche Jahr, da braucht man dann einen anderen Job. Beispielsweise eine Vertretung in der Altenpflege. Oder in einem Kindergarten.«

»Ich kann nicht ewig weiterträumen.« Sally schob die Tür zum Imbiss auf. »Damit ist jetzt Schluss.«

»Stimmt, zum Träumen haben wir keine Zeit. Morgen fahren wir nach Kivik.«

Liselott war nun ernst.

»Gib nicht auf, Sally. Wir vermissen dich alle.«

»Komm jetzt. Ich habe Hunger.«

Hinter der Kassentheke lächelte sie ein Thailänder mit blauer Schürze zur Begrüßung an. Sally versuchte, die Namen der unterschiedlichen Gerichte an der Wandtafel zu lesen, konnte sich aber kaum konzentrieren. Wenn sie Liselott so zuhörte, hatte sie eine unbändige Sehnsucht nach dieser lustvollen Art des Pläneschmiedens. Aber auch nach der Zeit davor, als eine Pension ein entfernter Traum gewesen war. Jetzt war davon nichts mehr übrig.

Liselott war hinter sie getreten.

»Du musst dich trauen, zu tun, was du willst. Du kannst nicht mehr hier in Stockholm hocken und dich verstecken. Eigentlich hättest du Vanja vor vielen Jahren aufsuchen sollen. Fragen, warum sie dich verlassen hat. Oder zumindest eine Entschuldigung einfordern.«

Allmählich wurde der lächelnde Thailänder hinterm Tresen ungeduldig. Liselott schob sich vor die Wandtafel, legte Sally die Hände auf die Schultern.

»Kapierst du das? Dann würdest du jetzt nicht hier stehen. Ohne Tochter. Und ohne Mutter.«

Sally befreite sich aus dem Griff. Liselott deutete auf die Straße.

»Es gibt ein Maklerbüro direkt um die Ecke. Wollen wir jetzt gleich da hingehen? Bevor sie zumachen.«

»Wovon sprichst du?«

»Verkauf deine Wohnung. Tu es einfach.«

Liselott schlug bestimmt mit der Hand auf den Tresen.

»Lass Josefin sagen, was sie will. Du musst nach Hause. Und ich bleibe auf deiner Matratzenauflage, bis du mitkommst.«

Sally lächelte schief. Aber gegen ein bisschen Gesellschaft hatte sie nichts einzuwenden.

»Bleib, solange du willst«, sagte sie. »Aber ich gehe morgen früh um sieben zur Arbeit.«

Der Arbeitstag hatte gerade erst angefangen, aber Sally hatte schon Kopfschmerzen. Sie fuhr mit den Händen über die Arbeitskleidung, um Falten und Knitter auszubügeln. Auf der Schürze prangte noch immer der Fettfleck, sie hatte völlig vergessen, sich im Waschkeller einzutragen. Hoffentlich würde Cedric sie nicht zu genau ansehen.

In der Küche klapperten Töpfe und Pfannen, überall köchelte und zischte es, das Küchenpersonal brüllte einander an. Im Gastraum war es nicht viel ruhiger. Wie immer lief der Fernseher an der Wand, am Fenstertisch war eine Streiterei am Eskalieren. Gleichzeitig raste auf der Straße ein Wagen mit ohrenbetäubender Sirene vorbei, dann noch einer.

Cedric hatte sich noch nicht blicken lassen. Sally klopfte an sein Büro.

»Hallo?«

Drinnen war es still, also telefonierte er zumindest nicht. Sie lugte durch die Tür. Cedric war in einen Berg auf dem Schreibtisch ausgebreiteter Papiere so vertieft, dass er sie nicht einmal hörte. Er legte den Stift weg und gähnte breit. Sein Gesicht war blassgrau und die Augen vom Schlafmangel gerötet, aber trotzdem lächelte er.

»Gute Neuigkeiten. Das Lokal nebenan ist freigeworden und wir haben es übernommen. Wir reißen die Wand ein und expandieren. Die Baugenehmigung ist schon durch.«

Sally stand noch auf der Türschwelle. War nicht sicher, was das bedeuten sollte.

Auf der Straße fuhr ein weiteres Fahrzeug mit Martinshorn vorbei, Cedric wartete, bis das Heulen verklungen war. Dann deutete er grinsend auf sie.

»Und wenn alles fertig ist, müssen wir die Personalstärke erhöhen. Herzlichen Glückwunsch! Du bekommst eine Festanstellung.«

Sally richtete ihren Pferdeschwanz. Festanstellung. Seit Jahren wollte sie das, hatte aber nur zu hören bekommen, gegen jüngere, frischere Mädels habe sie keine Chance.

»Wir werden den Frühling über noch offen haben, dann aber über den Sommer wegen der Renovierung für ein paar Wochen schließen«, erklärte Cedric. »Und im Herbst gibt es dann die Neueröffnung.«

Er musterte sie von Kopf bis Fuß.

»Und wir brauchen erfahrene Servicekräfte, von denen wir wissen, dass sie treu und zuverlässig sind. Loyale Arbeitstiere, die bleiben. Die meisten Neuangestellten sehen das hier eher als Gelegenheitsjob für den Übergang. Du kannst dann auch ein bisschen mehr Lohn haben.«

Sie stand einfach nur da. Brachte nicht einmal ein Danke hervor.

»Ich mache dir nächste Woche den Entwurf deines Arbeitsvertrags.«

Cedric wandte sich dem Computer zu und begann zu tippen. Das Interesse für ihre Zukunft war bereits wieder verflogen.

Sally versuchte nachzuvollziehen, was seine Nachricht bedeutete. Einen vollen Monatslohn, der jeden Monat am fünfundzwanzigsten auf ihrem Konto einging. Keine Sorgen mehr darüber, wie viele Arbeitsstunden zusammenkommen würden und ob sie ihre Rechnungen bezahlen konnte.

Sie war ein loyales Arbeitstier, schon ihr ganzes Leben, auch wenn die Arbeitsplätze gewechselt hatten. Jemand, der blieb, wenn er nur durfte. Der gerne jeden Tag bis zur

Rente zur Arbeit ging. Durchhielt, trotz Stress, Lärm oder Bratdämpfen.

Oder?

Sally dachte an Liselott, die wahrscheinlich noch auf dem Topper in der Wohnung schlummerte. Von was hatte sie da eigentlich erzählt? Von komplett ausgebuchten Sommersaisons und Zusatzjobs im Winter. Von Altenpflege und Kindergarten. Von Möglichkeiten.

Cedric blickte wieder zu ihr hoch.

»Wolltest du etwas Bestimmtes?«

Sally hob das Kinn eine Spur an.

»Ich wollte sagen, dass ich kündige.«

Sein Mund stand halb offen.

»Du kündigst?«

»Ja. Ich starte etwas Eigenes.«

Sie schenkte ihm ein möglichst entspanntes Lächeln, nahm die Schürze ab und hängte sie über die Türklinke, bevor sie schnurstracks in den Personalraum ging, um ihre Jacke zu holen.

Vanja

Berit im Kurzwarenladen überreichte ihr eine Plastiktüte voll Stoffstücke. Vanja nahm sie dankbar entgegen.

»Ach, wie schön. Damit komme ich eine Weile lang hin.«

Die Tüte beulte sich regelrecht und war vollgestopft mit jeder Menge verschieden gemusterter, kleiner Stoffreste. Vanja bekam die Tragegriffe kaum zusammen.

»Geht das so?«, fragte Berit. »Oder sollen wir es auf zwei Taschen aufteilen?«

»Das geht. Vielen, vielen Dank. Da hast du eine kulturelle Tat vollbracht.«

Berit lachte, dass ihr fülliger Busen nur so hüpfte.

»Schön, wenn dieser Kram noch irgendeinen Nutzen hat.«

Ihr Ehemann Roland kam mit einem Karton Wollknäuel durch die hintere Tür. Er begrüßte Vanja mit einem Blick auf die Tüte.

»Das Zeug schmeißen wir sonst nur weg.«

Vanja hielt die Tüte hoch, in ihrem Bauch kribbelte es auf diese besondere Art. Sie war reich.

»Jetzt gehe ich nach Hause und arbeite weiter.«

Die Stoffstücke mit ihren Farben und Mustern und Texturen erhellten ihr Gemüt, doch es störte sie weiterhin, dass es Josefin nicht besser ging. Dass sie Åkes Haus nicht annehmen wollte. Ganz zu schweigen davon, dass Harald und sie offenbar Beziehungsprobleme hatten. Die Stimmung zwischen den beiden war, als Vanja und Peter zum Streichen auf Vallmogården waren, gelinde gesagt angespannt gewesen.

Vanja blieb am Nähgarnregal stehen. Roland befüllte einen Korb am Eingang mit den Wollknäueln. Er war immer so freundlich, wie auch Berit. Sie waren beide knapp über siebzig. Hoffentlich konnten sie ihr Geschäft noch lange betreiben. Roland nickte in Richtung der Stoffrestetüte.

»Wie gesagt, wir sind nur froh, wenn dieser Müll jemandem nützt. Auch wenn ich nicht begreife, was du damit willst.«

»Aber du warst ja auch noch nie sonderlich kunstinteressiert«, sagte Berit vom Kassentresen aus.

»Ach, du weißt ja, wie es ist. Männer sind völlig desinteressiert an den Schöpfungen und dem Seelenleben von Frauen. Frauen nehmen die Werke beider Geschlechter wahr, Männer nur die von Männern.«

Sie grinste in Rolands beleidigtes Gesicht.

»Männer sind nicht entwicklungsfähig. Um das zu verstehen, habe ich ein ganzes Leben gebraucht. Man kann es einfach vergessen, dass sich Männer irgendwann verändern und sich anstrengen wollen, Frauen zu verstehen.«

»Aber es gibt Ausnahmen«, sagte Berit.

»Vielleicht ein paar wenige. Aber wir können auf die jüngeren Generationen hoffen.«

Vanja öffnete die Ladentür und winkte den beiden zu.

»Danke nochmals, ihr seid beide zwei echte Schätze. Ja, Roland, du auch.«

Sie trat aus dem Laden und wollte gerade die Tür hinter sich zuziehen, als ihr Blick auf eine ältere, abgemagerte Frau fiel, die hinter einem Regal hervorkam. Erna. Mit krummem Rücken und leuchtend weißen Turnschuhen an den Füßen. Offenbar hatte sie die ganze Zeit dort gestanden und gelauscht. Auch kein Problem.

»Hallo, Erna.«

Keine Antwort. Vanja gab auf und setzte ihren Weg fort. Mittlerweile sollte ihr Verbrechen eigentlich längst verjährt sein, aber ein paar Leute konnten sie wohl nie als vollwertigen Menschen akzeptieren. Dagegen war nichts zu machen. Mit der Stoffrestetüte in der Hand ging sie weiter in Richtung Marktplatz.

»Vanja!«

Von hinten hörte sie Ernas Stimme, unerwartet kräftig und durchdringend. Vanja drehte sich um. Die alte Frau war auf die Straße gekommen.

»So war Georg nicht.«

Vanja begriff nichts.

»Wie bitte?«

Ernas Augen waren blank.

»Es stimmt nicht, was du da drinnen gesagt hast. Dass sich Männer nicht ändern können. Georg hat es getan. Aber davon hast du nie erfahren.«

Vanja stellte die Stoffrestetüte auf den Bürgersteig.

»Wovon sprichst du?«

Erna kam ein paar Schritte auf sie zu.

»Er hat bereut, dass er sich damals nicht für deine Zeichnungen interessiert hat. Und dass er am Anfang nicht mehr Verantwortung für eure Tochter übernommen hat. Ich möchte, dass du das weißt.«

Das Blut wich aus Vanjas Kopf. Hatte Georg Erna von dem letzten gemeinsamen Morgen erzählt. Von den Zeichnungen. Offensichtlich.

»Er hat lange daran herumgeknabbert«, sagte Erna. »Hat es als seinen größten Fehler angesehen, dass er zu Hause nicht etwas mehr mitgeholfen und nicht mehr zugehört hat. Hätte er dich zu verstehen versucht, hätte er auch seine Mutter eher verstehen können, hat er immer gesagt. Warum sie ihren Söhnen keine Liebe geben konnte. Ich erinnere mich an sie. Sie war eine harte Frau.«

Vanja hörte schweigend zu. Dass verlassene Männer manchmal aufwachten und ein verspätetes, verschlafenes Interesse für das, was in Frauen vorgeht, bekamen, war keine große Neuigkeit. Hingegen schon, dass Erna so viel wusste. Und die ganze Zeit gewusst hatte.

»Danke, Erna. Nett, dass du mir das erzählt hast. Aber das ist fast fünfzig Jahre her. Es ist Geschichte.«

»Ich habe lange darüber nachgedacht«, sagte Erna. »Und jetzt weißt du es.«

Vanja hob ihre Tüte hoch und ging weiter in Richtung ihres Autos.

Vanja parkte den VW-Bus an der üblichen Stelle neben der Stallwand. War noch immer nervös von dieser eigentümlichen Begegnung mit Erna in Simrishamn. Wie nahe hatten Erna und Georg einander eigentlich gestanden?

Sie lud die Tüten mit den Lebensmitteln und dem Wein aus, dann die mit den Stoffresten. Sehnte sich nach dem Atelier, nach künstlerischem Schaffen in Einsamkeit. Doch zuerst würde sie mit Peter gut zu Abend essen. Durch sein Küchenfenster sah sie ihn am Herd stehen. Als er sie erblickte, öffnete er das Fenster.

»Sally ist wieder da«, sagte er. »Sie ist heute aus Stockholm gekommen. Sie hat es sich anders überlegt und will ihre Pension eröffnen.«

Vanja blieb abrupt stehen. »In Åkes Haus?«

»Ja.«

Peter verschränkte die Unterarme auf dem Fensterrahmen. Sein Gesicht war von einem Licht erfüllt, von etwas Neuem, Schimmerndem, das Vanja noch nie gesehen hatte.

»Liselott wird ihr beim Renovieren und den ganzen administrativen Sachen helfen. Ich werde ihr wohl auch zur Hand gehen. Sie plant eine Eröffnung zu Mittsommer.«

Vanja stellte die Tüten ab, tastete nach dem Geländer. Sie streckte den Rücken und brachte die Atmung unter Kontrolle.

Sally wieder da. Ihre Pension.

»Woher weißt du das alles?«

»Harald hat angerufen. Liselott hat sich bei ihm gemeldet und ihn gebeten, Josefin zu unterrichten. Ganz behutsam.«

Vanja zog den Türschlüssel aus der Tasche ihrer Militärjacke. Ihre Hand war am Zittern.

»Na ja, Josefin will absolut nicht, dass aus Åkes Haus eine Pension wird«, sagte sie. »Das hat sie Sally auch gesagt.«

Peter richtete den Oberkörper auf und griff nach dem Fenstergriff, um einen der Flügel zu schließen.

»Das müssen die beiden klären.«

Vanja ging mit ihren Tüten zur Vortreppe, fummelte mit dem Schlüssel herum, der sich einfach nicht drehen lassen wollte. Das habe keine weitere Bedeutung, versuchte sie sich einzureden, das Haus sei hundertfünfzig Jahre alt.

Aber ihre Hand zitterte immer mehr. Peter beobachtete sie durchs zur Hälfte geöffnete Fenster, sie beschloss, so zu tun, als wäre er nicht da. Die Information war überbracht worden. Jetzt hatte sie keine Zeit mehr, noch länger hier draußen zu stehen.

Endlich ging die Tür auf. Vanja stellte die Tüten mit den Lebensmitteln auf der Fußmatte ab und ging direkt durch ins Atelier, wo sie das starke Arbeitslicht an der Decke anschaltete. Kippte die Tüte aus dem Kurzwarenladen über dem großen Klapptisch aus. Die Stoffreste in all ihren unterschiedlichen Materialien, Mustern und Farbtönen verteilten sich. Sie verschob sie mit den Fingern in verschiedene Richtungen, kombinierte sie probeweise.

Ein zersplittertes Inneres zusammenfügen. Die Epochen des Lebens zusammenpuzzeln. Logische Zusammenhänge suchen, wo früher nur Chaos gewesen war. Ging es darum in ihren neuen Werken?

Plötzlich hatte sie sich selbst satt. Diese ganzen Worte. Die Stofffetzen waren ein platter Mischmasch aus grellen Farben, sonst nichts. Nur alter Ramsch und Müll, genau wie Roland im Laden gesagt hatte.

»Manchmal habe ich Mitleid mit dir, Vanja.«

Peter war herübergekommen und stand in Jeans und T-Shirt in ihrer Tür. Barfuß, offenbar hatte er sich nicht einmal Zeit dafür genommen, Schuhe anzuziehen. Vanja verstand diese Eile nicht. Sie wollte ihre Ruhe.

Und Josefin anrufen. Aber nicht mit Peter im Raum.

»Ich glaube, ich kenne keinen Menschen, der mehr Angst hat als du.«

Peter setzte sich auf die Sesselkante.

»Åke hat ab und zu Sartre zitiert, aus einem Buch mit Namen *Der Ekel.*«

Er machte eine Pause.

»*Allein und frei. Aber diese Freiheit gleicht ein wenig dem Tod.*«

Vanja antwortete nicht. Er sah sie unverwandt an.

»Ab einem gewissen Alter geht es viel darum, mit Verlusten umzugehen. Das habe ich einsehen müssen. Aber für dich ist es im Grunde genau andersherum. Du hast die Chance erhalten, deinem Leben Menschen hinzuzufügen, statt dass dir jemand genommen wird.«

Vanja sammelte nach und nach die Stoffreste ein, zuerst die in der Mitte des Tischs.

»Wie weit ist das Essen?«

Peter stand auf. Auf der Türschwelle blieb er stehen.

»Warum bist du nie in dein altes Atelier oben im Turmzimmer gegangen? In dem du gemalt hast, als du jung warst.«

Vanja stopfte ein weiteres Bündel Stoff in die Plastiktüte. Sie beulte sich allmählich aus. Fast wie ein kleiner, molliger Kinderkörper.

»Was ich da gemacht habe, war schlechte Kunst. Da hatte ich es noch nicht gelernt. Damals hatte ich von künstlerischer Gestaltung noch keinen Schimmer.«

Sie wandte sich an Peter.

»Geh jetzt. Ich komme. Ich räume nur schnell auf.«

Er verließ das Atelier. Vanja ging zu ihrem Plattenspieler. Sie blätterte durch die Plattensammlung und entschied sich für Chopins *Piano Concerto No. 1 in e-Moll, op. 11.* Während die ersten Töne erklangen, nahm sie das Zigarillopäckchen vom Regal und öffnete die Balkontür.

Das Atelier im Turmzimmer. Vermutlich standen dort oben noch einige missglückte Dilettantenkritzeleien. Haufenweise Klischees, gleichförmige Motive mangels bewussten Ausdrucks.

Sie entzündete ein Streichholz, zog einen in die Packung zurückgesteckten halben Zigarillo heraus, sog den Rauch ein und blickte über die neblige Landschaft.

Ein Schwarm Krähen erhob sich vom Feld. Das trockene, gewaltige Geräusch ihrer Flügelschläge ließ sie zum Himmel hochblicken. Mit dem Kopf im Nacken verfolgte sie die Gruppe schwarzer Punkte, die sich aufgeregt kreischend fortbewegten.

Jene Nacht, einige Zeit vor der Abreise. Sie hatte in dem kleinen Arbeitszimmer ihrer Wohnung gestanden. Hatte gezeichnet und gemalt, mit Kohle und Tusche, in Aquarell. War bis zum Morgengrauen im Flow gewesen. Als Georg aufgestanden war, war sie nicht einmal müde. Sie hatte ihm die vielen Zeichnungen und Aquarelle gezeigt, alle völlig anders als das, was sie zuvor gemalt hatte. Nicht eine Blume oder ein Vogel oder Schmetterling.

Die neuen Motive bewegten sich in einer dunkleren, erschreckenderen Atmosphäre. Ein Kopf mit Gasmaske, ein anderer mit getönter Brille. Einige katzenähnliche Körper, die wirkten, als würden sie herumgeschleudert. Wie konnte sie sich nach derart langer Zeit so deutlich daran erinnern?

Sie hatte sie Georg gezeigt, während ihre Tochter in ihrem Zimmer gespielt hatte. Hatte ihm erzählt, wie sie zustande gekommen waren. Hatte sich bemüht, ihm zu erklären, was in ihrer Seele vor sich ging, ihre Angst zu beschreiben, für immer isoliert zu sein. Hatte vom Leben gesprochen, das davonfloss, über den Horror, ihre Kreativität zu verlieren. Aber Georg hatte die Papierbögen nur weggefegt und gefaucht, er halte es nicht aus, ihr zuzuhören. Ohne ein weiteres Wort hatte er sie allein gelassen und war zur Arbeit gegangen.

Und an diesem Tag hatte sie Trine angerufen und zugesagt. Ihr mitgeteilt, sie würde gerne nach Kuba mitkommen. Falls noch ein Platz frei sei.

Vanja zog nochmal an dem kurzen Zigarillo. Die Erinnerungen kamen angekrochen, wie Insekten. Es lohnte sich nicht, sie zu verscheuchen.

Havanna, 1969. Der Dezembermorgen war sonnig gewesen, aber noch ziemlich kühl, die richtige Vormittagshitze war noch nicht aufgezogen. Sie hatte allein an einem Tisch im Frühstückssaal gesessen und darauf gewartet, dass Trine aufwachte. Hatte Kaffee, Pfannkuchen und frischgepressten Papayasaft vor sich stehen, als der Rezeptionist heranstürzte und sie bat, ihm zu folgen.

Draußen in der Lobby des kleinen Hotels warteten zwei uniformierte Polizisten mit einer kurzen Nachricht. In der Nacht sei ein Verkehrsunfall geschehen, ein paar Meilen weiter südlich, mit einem Auto der schwedischen Gruppe. Das Auto sei schnurstracks in ein Betonfundament gekracht, und dabei sei die Karosserie zusammengedrückt worden, die Front mehr oder minder zerquetscht. Die Geschwindigkeit müsse sehr hoch gewesen sein.

Trine war tot.

Vanja hatte bewegungslos dagestanden, keine Ahnung wie lange. Dann war sie aus der Lähmung erwacht. Ohne mit jemandem zu sprechen, war sie in ihr Zimmer gegangen und hatte zu packen begonnen, stahlblank im Inneren, wie ein Roboter. Noch am selben Tag hatte sie sich das letzte Flugticket nach Skandinavien gesichert, einen Flug nach Kopenhagen via Madrid. Die Reise von dort nach Stockholm hatte sie nach der Ankunft auf dänischem Boden klären wollen, das Wichtigste war, aus Kuba wegzukommen.

Der Abschied von ihren schockierten, weinenden Freunden war kurz gewesen, Leif hatte versprochen, die schwedische Botschaft wegen der Überführung von Trines sterblichen Überresten zu kontaktieren. Sie hatte nur eine einzige Verwandte, eine Tante in der Nähe von Gävle. Er hatte Vanja umarmt, aber beide erwähnten die vergangene Nacht mit keiner Silbe. Von Gefühlen keine Spur mehr.

Im Flugzeug von Havanna nach Madrid hatte Vanja einen Fensterplatz, schlief kurze Phasen lang und starrte ansonsten aus dem Fenster. Nach dem Ausstieg im graukalten, weihnachtlich geschmückten Kopenhagen hatte sie mit ihrem Gepäck zitternd am Hauptbahnhof gestanden.

Vielleicht war sie, was Trine betraf, dort verstummt. Hatte nie mehr über sie sprechen können. Als hätte es sie nie gegeben.

Ihr Plan war eigentlich, den Nachtzug nach Stockholm zu nehmen, doch je länger Vanja in dem Wissen, bald in der Zweizimmerwohnung in Hagsätra zu sein, frierend vor dem Bahnhofsgebäude stand, desto unmöglicher wurde es. Am Ende wusste sie es einfach. Dass es nicht gehen würde. Dass sie in dem Fall lieber tot wäre.

Verloren und verwirrt war sie vom Bahnhof weg und durch Kopenhagens Straßen gelaufen. Stolperte durch die Stadt, die Trine so sehr geliebt hatte. Als der Abend hereinbrach, fand sie an der östlichen Grenze von Vesterbro ein Mietzimmer bei einer Wäscherin im Ruhestand. Dort blieb sie einige Nächte. Schlief nie mehr als drei Stunden pro Tag.

Trotzdem. Sie lebte nicht in ebenderselben undurchdringlichen Dunkelheit wie vor ihrer Kubareise. Sie war sprachlos vor Trauer, aber nicht gelähmt oder kraftlos. Und das anonyme Leben in der Stadt war heilsam und tröstend. Einfach nur durch die Gegend zu laufen oder lange in einem Café fremde Menschen anzusehen gab der Seele Ruhe.

Bald sollten die Sechziger vorbei sein, und das neue Jahrzehnt wartete. Noch völlig sauber und leer.

Vanja zog von einem freien Mietzimmer zum nächsten. Ein paar Tage vor Weihnachten gab ihr auf der Straße jemand ein Flugblatt mit der Einladung zu einer Dichterlesung. Sie ging hin, um eine Art Gemeinschaft zu erleben. Landete am Tisch mit einem Mann ihres Alters, der ihr belegte Brote und Bier spendierte. Er hatte helle Haut und Sommersprossen, ein kariertes Hemd und sah sympathisch aus. Sie amüsierten sich über die Schwierigkeiten, die Sprache des jeweils anderen zu verstehen, und im Laufe des Abends überfielen sie zärtliche Anwandlungen für seine Versuche, langsam und deutlich zu artikulieren. Beim Auseinandergehen lud Knud sie zur Weihnachtsfeier in sein Kollektiv auf Jylland ein.

Weihnachten und Neujahr waren vergangen, wie genau, daran konnte sich Vanja nicht mehr erinnern. Aber in dem kleinen Örtchen Søvind hatte die Unruhe abgenommen, und sie hatte sich bald an die dänische Sprache gewöhnt. Knud und seine Freunde hatten ihr gezeigt, wie man mit der Erde und den Tieren arbeitete. Sie wurde in jeder Hinsicht stärker. Täglich ein bisschen. Es war, als hätten sich ihre Augen an die Dunkelheit gewöhnen müssen, um dann allmählich die Konturen von etwas zu sehen, was sie zuvor nicht gesehen hatte, in sich selbst. Sie verstand, wer sie war und wie sie leben wollte.

Vanja drückte den Stummel an der Steinstufe aus und nahm das Telefon aus der Tasche ihres Kaftans. Es läutete an.

»Hallo, Oma.«

»Sally ist also wieder da?«

»Ja. Harald hat mir davon erzählt.«

»Hast du mit ihr gesprochen?«

»Noch nicht.«

Schweigen. Vanja wartete geduldig.

»Können wir uns morgen sehen?«, fragte Josefin. »Ich würde gern mit dir über etwas sprechen.«

Ihre Stimme klang brüchig und einen Hauch abwartend.

»Natürlich, Schätzchen. Gern.«

Vanja kickte den Stummel von der Stufe. Die Pension war ausdiskutiert. Es musste um Harald gehen. Um die Probleme in ihrer Beziehung.

Sally

Das Feuer prasselte im Kachelofen. Sally befestigte den Funkenschutz, ließ die Türchen halb offen stehen. Sie setzte sich in einen Korbsessel und legte die Füße auf einen Fußschemel. Sie war wieder zu Hause, in ihrem Haus in Kivik. Wo sie, ohne Josefin oder sonst wen um Erlaubnis zu bitten, ihre Pension Pomona eröffnen würde.

Ein schwaches Brummen. Das Handy auf dem Tischchen neben ihr leuchtete auf. Eine SMS vom Makler in Stockholm. *Saubermachen und Aufputzen fertig. Fotografiert wird heute Nachmittag. Anvisierter Besichtigungstermin in zwei Wochen.*

Sally antwortete: *Klingt gut. Danke!* Dann lehnte sie sich nach hinten an die knarzende Lehne und ließ sich die Fußsohlen vom Feuer wärmen. Nun konnte man nur noch aufs Beste hoffen. Sie guckte hinauf zu der kleinen Wandleuchte neben dem Kachelofen. Die hatte immer da gehangen, nur war sie ihr noch nie aufgefallen. Wie so vieles im Haus. Plötzlich entdeckte sie nun Möbel und Kleinkram, für den sie als Kind blind gewesen war.

Dieses Haus würde bald ihr einziger Wohnsitz sein.

Und die Pension Pomona Wirklichkeit. Die ganze Fahrt von Stockholm nach Kivik hatten sich Liselott und Sally ausgemalt, wie es werden sollte. Sally solle sich ein klares Konzept ausdenken, hatte Liselott gemeint. Ein starkes Profil ziehe Gäste an.

Sie riet Sally, auf ihr Herz zu hören, das habe sie auch selbst getan, als sie beschlossen hatte, dafür zu sorgen, dass alte und einsame Menschen Fußpflege erhielten. Sie wollte eine höchst flexible und serviceorientierte Fußpflegerin werden, die gern auch Hausbesuche machte, und nun hatte sie jede Menge Kunden, sowohl in Kivik wie auch in den Ortschaften rundherum. Einige riefen mittlerweile sie statt ihre früheren Fußpflegerinnen.

»Dein Betrieb muss mit dir als Person übereinstimmen«, hatte Liselott gesagt. »Sonst funktioniert es nicht. Überlege dir einfach ein paar gute Leitworte.«

Sally hatte lange nachgedacht.

»Gemütlich, persönlich und ein Willkommen mit offenen Armen«, hatte sie schließlich geantwortet. »Wie findest du das? Schließlich werde ich immer dort sein, und es ist das Haus meiner Familie.«

»Das klingt super.«

Jetzt saß Sally vorm Feuer und testete ihre Leitworte noch einmal. Pension Pomona, eine Pension in Meeresnähe. Gemütlich, persönlich und ein Willkommen mit offenen Armen.

Die Renovierung musste möglichst achtsam vonstattengehen. Es machte nichts, dass das Haus da und dort schief und schräg war. Ganz im Gegenteil.

»Du hockst auf einem Stück schonischer Kulturgeschichte«, hatte Liselott zu bedenken gegeben. »Mach also keine großen Eingriffe. Du kannst vieles lassen, wie es ist. Die Leute lieben das Raue, Authentische.«

Draußen regnete es, und die Regentropfen prasselten auf das Flachdach des Gartenschuppens. Sie griff nach dem Buch auf dem Tischchen neben sich. *Früchte des Zorns*. Am vorherigen Abend hatte sie damit begonnen und kaum wieder aufhören können. Die Erzählung über die Flucht einer Bauernfamilie nach Kalifornien im Westen des Landes während der großen Depression war grausam, aber zugleich gut und herzerwärmend. Sie mochte es. Und trotzdem sträubte sich etwas in ihr, als sie jetzt weiterlesen wollte. Sie wog das Buch in den Händen, versuchte zu verstehen was.

Die Mutter der Familie. Die unaufhörlich darum bemüht war, ihre Leute zusammenzuhalten, obwohl es immer weniger Familienmitglieder wurden, je mehr man sich dem Ende näherte. Diese Mutter mit ihrem eisernen Willen, die nie die Hoffnung aufgab, die immer guten Mutes blieb und sich um ihre Liebsten kümmerte. Es würde traurig werden, sich am Ende der Geschichte von ihr zu trennen.

Sally legte das Buch wieder weg und stand aus dem Korbsessel auf, um ins obere Stockwerk zu gehen. Auf der letzten Stufe blieb sie ein paar Sekunden stehen. Sie erinnerte sich so klar an dieses Geräusch. Die Schuhsohlen ihres Vaters auf den Holzplanken, wenn er spätabends nach Hause gekommen war und dann wie so oft die Schuhe nicht ausgezogen hatte. Das Knarren und Knarzen, wenn er schlingernd nach oben gestolpert war und nach dem Geländer greifen musste.

Sie sah sich um. Der Flur brauchte unbedingt einen neuen Anstrich. Oder vielleicht neue Tapeten. Die Holzböden konnten so bleiben, auch wenn sie abgetreten waren, sie würde nur weitere Teppiche auslegen.

Ein Blick durch die breiten Gauben auf den Rasen hinunter. Wo im Garten war wohl der beste Platz für kleine Garnituren von Außenmöbeln für die Frühstücksgäste? Da würde sie sich herantasten.

Von hier aus konnte man Liselotts Haus sehen. Es lag knapp hundert Meter entfernt und war von einem weißen

Zaun umgeben. Liselotts Eltern hatten oft auf der von Büschen gesäumten Terrasse gesessen und an einem langen Tisch mit ihren Freunden gegrillt. Sally hatte das Fenster einen Spalt aufgemacht, um sie lachen zu hören. Wenn sie dann das Fenster geschlossen und sich umgedreht hatte, war ihr eigenes Haus still und dunkel gewesen. Åke hatte meist hinter verschlossener Tür in seinem Zimmer über der Briefmarkensammlung gehockt und ihr Vater war entweder zum Arbeiten in Stockholm oder mit einem Glas Alkohol unten in der Küche gewesen. Dann hatte sie ihm einen Teller warme Kartoffelsuppe gemacht und ihm ins Bett geholfen.

Sally betrachtete die Beete unterm Fenster. Schneeglöckchen nickten mit ihren kleinen Köpfchen, auch die Krokusse brachen bereits hervor. Aber dazwischen wucherte der Lavendel, graubraun, dürr und hässlich. Wann, hatte Yvonne gesagt, müsse er geschnitten werden? War es schon zu spät?

Dieser Gartenkalender, von dem Anita erzählt hatte. Das Tagebuch, in dem Vanja offenbar einmal Notizen gemacht hatte. Was, wenn es zu finden wäre und man sehen könnte, was hier vor fünfzig Jahren gepflanzt worden war? Höchstwahrscheinlich hatte es jemand nach Vanjas Verschwinden weggeworfen. Ihr Vater oder Åke.

Andererseits, Vanjas Atelier existierte noch. Offensichtlich unberührt. Und ihre Bilder, überall an den Wänden.

Im Schlafzimmer ihres Vaters herrschte Halbdunkel. Sally knipste die Nachttischlampe an und suchte mit dem Blick die Regale ab. Vor allem Fachliteratur über die Geschichte von Kivik, über Fischerdörfer und Österlen und alte Schiffe. Und eine ganze Menge über verschiedene

Künstler und Architektur. Nichts, was einem Kalender oder einem Tagebuch glich.

An der anderen Wand stand das große Bücherregal. Schmal und hoch, mit Glasscheiben in den oberen Schranktüren. Hier sah man zerschlissene braune Ledereinbände, ein paar Nachschlagewerke und ein paar in die Jahre gekommene Kochbücher.

Sally zog die oberste Schublade des Planschranks auf. Stifte, Lineale, Spitzer, Radiergummis, eine lange Papierschere. In der zweiten Schublade befand sich ein einziges Durcheinander aus Papier und alten Zeitungen, aber als sie tiefer wühlte, stieß sie an einer Seite auf etwas Hartes. Ein Buch mit moosgrünem Leineneinband. Sie nahm es heraus, sah rasch auf den Rückentitel in Silber: *Mein Garten*, und vorne drauf ein Etikett in altmodischer Handschrift: *Vanja Larsson, 1966.*

Der Gartenkalender, aus ihrem eigenen Geburtsjahr. Hier war er. Sie konnte erfahren, was im Jahr ihrer Geburt im Garten gemacht worden war.

Sally schlug den Kalender an einer zufälligen Stelle auf. Die linierten Seiten waren mit derselben altmodischen Schrift beschrieben, klein und penibel auf den Linien.

21. April: 5 Stück Buschrosen im östlichen Garten gepflanzt. Maiden's Blush, dichtgefüllte, zartrosa Blüten. Starker, süßer Duft, Blütezeit Juni-Juli. Frau Dagmar Hastrup, große hellrosa, einfache Blüten, milder Duft, remontierend. Das wird ganz wunderbar werden!

Sie blätterte ein paar Seiten weiter. Noch mehr über Rosen.

28. April: Kletterrosen gepflanzt – Flammentanz – halbgefüllte, rote Blüten, schwacher Duft, Blütezeit Juni-Juli. Geeignet für trockene Lagen. Außerdem Hansa, eine prächtige, dichte und kräftig wachsende Buschrose. Kann bis zu 2 m hoch werden! Purpurrote Blüten. Starker Duft (Nährstoffarmer Boden) Ach, wie schön das werden wird! Dort kann ich im Sommer mit dem Baby sitzen. Und Georg wird mir Himbeersaft bringen.

Sally wurde still. Las die letzten Zeilen erneut. Das Baby. Sie blätterte zur nächsten Seite.

3. Mai: Georg und ich haben neue Perennen gepflanzt. Storchschnäbel, Lavendel (dunkelblau, die schönste Farbe), Hain-Salbei, Gedenkemein und gewöhnliche Waldreben. Ich kann es kaum erwarten, alles in voller Blüte zu sehen. Das Kind will das wohl auch, es tritt mich, sobald ich nach draußen gehe und mich auf die Bank unterm Kirschbaum setze! Ein richtiger Wildfang. Meint auch Georg.

Mit pochendem Herzen und feuchten Händen las Sally weiter. Nächste Seite.

4. Mai: Flieder und Jasmin haben wir bereits, und heute haben Georg und ich gleich neben der Veranda eine Heckenkirsche gepflanzt. Die wird an lauen Sommerabenden einen herrlichen Duft verströmen. Heute etwas müde, aber das Kind tritt munter. Du kleines, neues Leben. Dass wir einander kennenlernen werden!

Ein tiefer Atemzug. Tränen pressten sich in die Augen. Sally blätterte weiter, Seite für Seite. Der Text verschwamm immer mehr.

12. Mai: Jetzt haben wir auch Stockrosen und Roten Fingerhut, Akelei und Rittersporn. Wie schön das für unser kleines Käferchen nächsten Sommer sein wird! Georg hat versprochen, im Herbst Blumenzwiebeln zu stecken, damit wir im Frühling ein schönes Beet bekommen. Ich möchte Tulpen und Kleine Traubenhyazinthen. So glücklich! Sobald dieser große Bauch fort ist, will ich über den Rasen tanzen und Pirouetten drehen. Die Nachbarn werden glauben, ich sei verrückt geworden. Oder vielleicht betrunken. Dann werde ich antworten JA! Trunken vor Liebe.

14. Mai: Die Jönssons drüben in Vitaby haben schrecklich süße Lämmchen bekommen, Georg und ich waren heute dort Eier kaufen. Sie haben auch kleine Kätzchen. Ich liebe den Frühling! Alles wächst und vermehrt sich, die Bäume und Büsche knospen. Mein Bauch wird allmählich mühsam. Gestern haben wir ein großes Gemüsebeet umgegraben, wir wollen Karotten, Salat, Mangold und Radieschen anbauen. Vielleicht auch Lauch. Und natürlich Dill, fürs Krebsessen im August.

18. Mai: Georg und ich haben einjährige Samen gesät. Margeriten, Kornblumen, Löwenmäulchen und Lupinen. Die säen sich selbst aus und kommen nächsten Sommer wieder. Wir fahren morgen zurück in die Stadt, aber heute habe ich noch eine Menge gemalt. Ich bin jeden Tag oben im Atelier, stundenlang. Dort vergeht die Zeit quasi schneller! Wenn man guter Hoffnung ist. Georg ist so lustig, er sagt immer zu meinem Bauch

Sally schloss das Buch, ohne den Satz zu Ende zu lesen. Sie umklammerte es mit beiden Händen. Atmete, schluckte die Tränen hinunter. Wollte das Gefühl loswerden, ins Bodenlose zu stürzen.

Josefin

Das grasbewachsene Jahrmarktsfeld war endlos leer. Josefin hielt Ausschau nach Kaninchen, entdeckte aber keine. Wie anders dieser Platz doch jährlich drei Tage im Juli aussah, wenn der Kiviker Jahrmarkt stattfand. Dann füllte sich die Ebene mit Fahrgeschäften und langen Reihen von Buden, donnertosender Musik, Lautsprecherdurchsagen, Menschengedrängel und dem Geruch von Popcorn und Zuckerwatte. Als Kind hatte sie den Lärm und das Durcheinander geliebt, aber nun bevorzugte sie es, wenn das Marktfeld aussah wie heute. Schön, ruhig und weit.

So ging es auch ihrer Großmutter. Geübt geschmeidig wanderte sie über flache Hügelketten und Senken, sie war ein Naturwesen. Zwischendurch blieb sie stehen und ging in die Hocke, um ein paar kleine, behaarte Kuhschellen genauer zu betrachten. Oder sie überblickte die schroffen Sandhänge drüben bei Haväng, völlig fasziniert davon, wie sie von den Kräften des Winds und des Meers geformt wurden.

Josefin hatte Märta von der Leine gelassen, damit sie frei rennen konnte, trotzdem zottelte der Hund an ihrer Seite und schien keinerlei Witterung von Kaninchen aufzunehmen.

»Märta ist offenbar gut erzogen«, lobte ihre Großmutter.

»Ja, so lala.«

Sie marschierten über die Heide, hier und da mit einem Blick übers Meer. Heute war es nicht besonders windig, das Wasser kräuselte sich nur leicht. Am Horizont hing eine betongraue Wolkenschicht mit einem helleren Streifen darunter. Regen lag in der Luft, aber es hatte noch nicht einmal getröpfelt.

»Walpurgisnacht feiern wir wie immer?«, fragte ihre Großmutter. »Mit Abendessen, Feuer und Nachtisch. Nur dieses Jahr auf Vallmogården.«

»Klar.«

Josefin blickte aufs trockene Gras. Wie immer würde es jedoch nicht werden, ihre Mutter war wieder da. Josefin hatte sie noch nicht angerufen. Sie wollte nicht wissen, wie die Durchführung der Pläne für die Pension vor sich ging. Zu sehen, wie ihre Mutter Åkes Haus räumte und eine Menge Zeug auf den Recyclinghof in Måsalyck brachte, würde nur weh tun.

Sie betrachtete verstohlen ihre Großmutter. Ihr Profil war markant, die Haltung stolz. Mit der hochgeklappten Mütze ihrer schwarzen Regenjacke sah sie wie ein Raubvogel aus. Einer mit liebevollen Augen.

»Wir sind gern hier an Kivik«, sagte sie lächelnd. »Du und ich.«

Josefin erwiderte das Lächeln. Im letzten Jahr hatte ihre Großmutter damit begonnen *an* Kivik zu sagen, wie es die älteren Kiviker taten. Vielleicht um sich hier mehr zu Hause zu fühlen. Weniger unwillkommen und unsicher, ob sie dazugehören durfte.

»Früher konnte ich mir das *an* nie angewöhnen, wie sehr ich es auch versucht habe«, fuhr ihre Großmutter fort. »Ich wollte meinen Schwiegervater beeindrucken, was nicht wirklich gelang.«

Sie zog Josefin spielerisch in ihre Arme, umhüllte sie mit ihrem Geruch. Teeblätter, Tempelblumen und Mandelseife.

»Weißt du eigentlich, warum es *an* heißt?«

Josefin hatte keine Ahnung. Das hatte sie nie herausgefunden. Ihre Großmutter ließ sie los und zeigte mit einer großen Geste über die Bucht.

»Also, früher waren Fischerorte Orte, an denen man sich nur kurzfristig aufhielt, also *an* einem Lagerplatz. Man blieb die Fischereisaison über, machte seine Fänge und fuhr dann weiter. Aber nicht in Österlen. Hier wurden viele sesshaft. Trotzdem hieß es noch immer: an einem Platz wohnen. Und zwar in allen sieben Fischerorten entlang dieser Küste.«

Sie gingen weiter, folgten einem der schmalen Pfade auf der Heide.

»Worüber wolltest du sprechen?«, fragte ihre Großmutter. »Es klang wichtig.«

»Ich habe ein paar Fragen.«

»Aha? Schieß los.«

Josefin wandte sich zu ihrer Großmutter.

»Hast du Großvater geliebt, als ihr euch kennengelernt habt?«

Ihre Großmutter wirkte überrascht. Lächelte dann schwach.

»Sehr. Ich war damals ziemlich romantisch. Naiv und jung. Und glücklich.«

»Bist du versehentlich schwanger geworden oder war das geplant?«

Das Lächeln ihrer Großmutter verschwand. Josefins Wangen wurden heiß, die Frage war zu privat und heikel. Aber nun war sie gestellt und konnte nicht zurückgenommen werden.

»Es war geplant.«

Ihre Großmutter schaute weg.

»Märta! Hierher.«

Der Hund reagierte nicht. Er hatte etwas gewittert und rannte, mit der Nase auf den Boden gerichtet, los. Ihre Großmutter sah Josefin wieder in die Augen.

»Aber dann ... tja, davon habe ich dir doch erzählt. Mein Engagement hat mich in die Welt hinausgetrieben. Die Zeit hat mich mitgerissen. Wie viele andere auch.«

»Du warst doch aber ein selbständig denkendes Individuum? Wie warst du so leicht beeinflussbar?«

Josefins Herz klopfte unter der Steppjacke. Auch diese Frage hatte sie noch nie gestellt. Ihre Großmutter sah sie an.

»Selbständig? Ja, schon. In höchstem Ausmaß. Es gibt nichts Rebellischeres, als den Normvorstellungen zu trotzen. Wie ich es getan habe.«

»Was für Normvorstellungen meinst du?«

»Die, dass Frauen, wenn sie Kinder haben, kein Recht mehr auf Abenteuer haben, sondern in die Rolle der liebenden Mutter gepresst werden. Es sollte mehrere mögliche Formen geben, als Frau und Mutter akzeptiert zu werden. Das ist auch heute noch ein großes Problem. Es geht voran, aber wir haben noch einen langen Weg vor uns.«

»Obwohl ... Und das Kind, das du verlassen hast?«

Ihre Großmutter blickte in die Ferne, schien in Gedanken versunken. Als ob es sonst nichts mehr zu sagen gäbe. Dann sah sie Josefin wieder an.

»Das war eine andere Zeit meines Lebens. Wie schon gesagt, hatte ich eine Depression.«

Josefin tastete an der Hundepfeife in ihrer Hand herum. Ihr Herz schlug nun wie ein Hammer, der Puls wummerte bereits auf Höhe des Schlüsselbeins. Ein Kind hatte nicht darum gebeten, auf die Welt kommen zu dürfen. Es hatte keine Wahl gehabt.

»Aber konntest du keine Hilfe bekommen? Gab es in den Sechzigern keine Psychologen?«

Ihre Großmutter setzte die Kapuze ihrer Jacke ab. Der Wind fuhr in ihr Haarwirrwarr.

»Auf Kuba ist es mir besser gegangen. Als ich zu etwas nütze war. Die Wirklichkeit sehen konnte. Und etwas tun.«

Sie strich sich eine Haarsträhne aus dem Gesicht.

»Ich habe auf dieser Reise viel gelernt. Zum Beispiel über Liebe. Die kann schön und heilsam sein. Aber auch dunkel und kompliziert, wie du bestimmt selbst bemerkt hat.«

»Liebe? Auf Kuba?«

»Na ja, eher Anziehung.«

Ihre Großmutter lachte verlegen.

»So waren die Zeiten damals. Freier als heute. Gehen wir noch weiter Richtung Vitemölla? Wo ist denn Märta jetzt nur?«

Sie spähte nach der Hündin, entdeckte sie mit der Schnauze in einem Kaninchenloch. Ihr Schwanz wedelte. Ihre Großmutter gab einen lauten Pfiff von sich, und Märta sah hoch.

»Es war also ein Mann involviert?«, fragte Josefin.

»Vor allem ging es um mein politisches Engagement. Aber es herrschten überall starke Gefühle. Kampfwille und Leidenschaft.«

Ihre Großmutter ging wieder los, wählte einen der Pfade, die in Richtung der Ferienhütten führten. Josefin folgte ihr langsam. Ihre Großmutter, die immer wiederholt hatte, eine Frau müsse selbständig, stark und unabhängig sein, sich von niemandem steuern lassen. Insbesondere nicht von einem Mann.

»Du verstehst bestimmt, wovon ich spreche«, sprach ihre Großmutter weiter. »Du bist ja erwachsen.«

Sie entdeckte einen kleinen Ast auf dem Boden, nahm ihn hoch und warf ihn. Märta blickte nur unverständig auf die leer gewordene Hand. Josefins Großmutter schüttelte amüsiert den Kopf.

»Ach, Märta. Jetzt mach!«

Märta trottete ein paar schwerfällige Schritte los, stoppte dann wieder und blickte Josefin fragend an. Ihre Großmutter gab dem Hund einen sanften Klaps auf den Po. Dann wandte sie sich wieder an Josefin zu.

»Gefühle lassen sich nicht immer steuern, Leidenschaft ist mitunter so stark, dass man sich darin verliert. Als würde man in eine Psychose gezogen. Hast du das nie erlebt?«

Josefin blieb die Antwort schuldig. Sie bekam diese Reise ihrer Großmutter nach Kuba einfach nicht richtig sortiert. So vieles ging durcheinander. Und wenn ihre Großmutter in etwas nicht zu tief eindringen wollte, wechselte sie häufig einfach das Thema.

Jetzt war ihre Miene besorgt geworden.

»Wie geht es euch eigentlich, dir und Harald? Es ist nicht leicht, sich die Leidenschaft zu bewahren, wenn man ein paar Jahre zusammen ist. Aber ihr werdet das klären. Solange es den grundlegenden Willen gibt, zusammenzubleiben, klärt sich alles. Zu meiner Zeit strebten wir danach, sämtliche Konventionen rund um die Ehe aufzubrechen.«

Ihre Großmutter wandte den Blick ab, zu einer in der Ferne gelandeten Möwe. Die starrte sie mit schwarzen Augen an, breitete dann die Flügel aus, hob ab und glitt davon.

Josefin stand wie angewurzelt da. Auf einmal war alles so offensichtlich. Dieser Zeitgeist der Sechziger und Siebziger, von dem ihre Großmutter so oft redete, hatte die Menschen dazu gebracht, ihre Kinder zu opfern. Indem sie sie anderen überließen, oft für lange Perioden, um sich selbst zu verwirklichen.

Plötzlich wollte sie nur noch weinen. Sie konnte unmöglich bleiben, rief nach Märta und rannte los, über die Heide, mit dem Hund hinter sich. Durch den Wind drangen die Schreie ihrer Großmutter.

»Josefin!«

Sie drehte nicht einmal den Kopf, erreichte die abschüssige Böschung und hastete hinunter, sodass der Sand um ihre Füße hochspritzte. Das Rufen in der Ferne wurde schwächer und schwächer.

Auf schweren Beinen mühte sich Josefin durchs feuchte Grünzeug, dann wieder hinauf zur Straße und auf die andere Seite. Sie blieb nur, um die Leine an Märtas Halsband zu befestigen, für einen Augenblick stehen. Ohne zu wissen, wohin sie unterwegs war, lief sie mit dem Hund an ihrer Seite weiter. An der Boulebahn gegenüber dem um diese Jahreszeit verschlossenen und verrammelten, alten Kiosk nahm sie die Abkürzung zwischen den nahe am Meer gelegenen Häusern hindurch.

Völlig außer Atem und verschwitzt erreichte sie den kleinen Strand. Da gab es eine Bank mit Aussicht übers Meer, und wie sie gehofft hatte, war sie frei. Kein Mensch zu sehen. Märta hechelte mit heraushängender Zunge. Sie sah verwundert zu ihrem Frauchen hoch und legte sich dann mit der Schnauze auf den Vorderpfoten auf den Boden.

Josefin setzte sich auf die angegraute Bank, stützte den

Kopf in die Hände und versuchte, den Atem zu beruhigen. Was hatte ihre Großmutter gesagt? Liebe. Beziehungsweise Leidenschaft. Also eine Ehebruchsgeschichte. Verwoben mit politischem Pathos.

Sie hatte ihre Großmutter fragen wollen, warum sie nach der Reise nach Kuba nicht zurückgekommen war. Offenbar war die Antwort einfacher, als sie hatte ahnen können. Kein Wunder, dass ihre Großmutter immer vermied, Klartext darüber zu sprechen.

Im Kampf um Gleichberechtigung hatten die Frauen jener Zeit das schlimmste Verhalten von Männern nachgeahmt. Begannen, in Anstellungen zu arbeiten und in die Welt aufzubrechen, auf Kosten der Kinder.

Josefin war etwas übel. Diese ganzen Kinder, die mit einer ständigen Sehnsucht hatten aufwachsen müssen. Einem andauernden Vermissen, das nie verflog.

Sie beruhigte sich und wandte das Gesicht in Richtung Süden. Dort drüben, außer Sichtweite, lag der Steinstrand. Åke hatte erzählt, sein Bruder Georg sei gern früh am Morgen mit seiner kleinen Tochter dort hingegangen, um rundgeschliffene, schöne Steine zu sammeln.

Mit Sally. Ihrer Mutter. Die *ihre* Mutter im Alter von nur drei Jahren verloren hatte.

Der Wind kühlte. Josefin verkroch sich in ihrer Jacke, zog den Reißverschluss bis zum Kinn hoch. Ihre Mutter in Kivik war vermutlich komplett beschäftigt. Mit der Vorbereitung ihres Traums. Ihrer Pension.

Was spielte das eigentlich für eine Rolle? Åke war doch tot.

Josefin stand auf. Auf einmal wusste sie genau, was sie wollte, mehr als alles andere.

Sie griff in die Jeans und holte ihr Telefon heraus. Es klingelte an, wieder und wieder, aber ihre Mutter ging nicht ran. Als die automatische Stimme erklang, legte Josefin auf. Keine Sprachnachricht. Sie wollte mit ihrer Mutter direkt sprechen.

»He du, hallo!«

Olle und Yvonne kamen durch die größte Lücke zwischen den Häusern. Mit rhythmischen Schritten, schwingenden Armen und gleichen Rucksäcken. Olle hob die Hand und winkte.

»Deine Mutter ist ja wieder zurück. Wie schön! Kurz dachten wir schon, sie habe Kivik für immer verlassen.«

Josefin lächelte und versuchte, unbekümmert auszusehen. Sie winkte zurück. Die beiden bogen in Richtung Meer ab, kamen an ihr vorbei und gingen mit raschen Schritten weiter Richtung Klammersbäck.

Das Telefon in ihrer Hand klingelte. *Mama?* Ihr Herz machte einen Sprung, dann aber sah sie, es war Harald.

»Kommst du bald? Wir müssen heute noch schaffen, den Kompost zu wenden und durchzulüften. Und neue Saatbeete für die Aussaat anlegen.«

Sie schenkte seinem miesepetrigen Ton keine Beachtung.

»Das muss bis morgen warten. Ich muss jetzt zu meiner Mutter.«

Harald holte Luft, um Protest einzulegen.

»Und ich weiß, dass du denkst, sie wäre mir wichtiger als du«, sagte sie rasch. »Aber das stimmt nicht, auch wenn es vielleicht im Moment so wirkt.«

Am anderen Ende war es ziemlich still.

»Ich möchte, dass wir auf unserem Hof leben«, fuhr Josefin fort. »Unseren Traum leben.«

»Möchtest du das? Wirklich?«

»Ja. Sobald sich das mit Mama geregelt hat, werde ich wieder anpacken wie zuvor.«

Sie machte eine Pause, um sich zu sammeln.

»Aber unsere Finanzen sind ein Problem. Wir müssen eine Lösung finden, mit der wir beide beruhigt sind.«

Harald sagte nichts. Dann räusperte er sich.

»Hast du einen Vorschlag.«

»Ich würde vielleicht gern halbtags etwas anderes arbeiten. Glaubst du, das könnte gehen?«

»Das wird wahrscheinlich schwierig, aber wir werden eine Lösung suchen. Wenn du das wirklich willst. Ich möchte kein Bremsklotz für dich sein.«

Kurze Pause.

»Josefin?«, sagte er. »Ich liebe dich.«

Sie lächelte, Tränen schossen ihr in die Augen.

»Ich dich auch. Bis später.«

Sie legte auf. Blickte eine Weile über den gleichmäßig grauen, ungeschliffenen Meeresspiegel. Dachte wieder an ihre Mutter. Versuchte, ruhig zu atmen und sich zu überlegen, wie sie all das, was sie sagen wollte, am besten formulierte.

Märta war aufgestanden, wedelte mit dem Schwanz und zog mit sehnsuchtsvollem Blick in Richtung Strand an der Leine. Vielleicht hatte sie verlockende Stöckchen entdeckt oder sie wollte im auslaufenden Wasser herumschnüffeln. Solange sie nur nicht hineinplumpste. Josefin musste unwillkürlich loslachen.

»Willst du da runter? Okay, aber nur eine Weile. Aber schwimmen kannst du vergessen.«

Sally

Die Stufen zum Dachboden hinaufzusteigen war nicht mehr unangenehm, nur staubig und knarzend. Sally hatte diesmal ein Ziel.

Heute habe ich eine Menge gemalt. Das hatte Vanja in den Gartenkalender geschrieben. *Ich bin jeden Tag oben im Atelier, stundenlang.*

Das Turmzimmer. Das hatte Sally nie betreten dürfen, was ihr Vater und Åke nicht müde geworden waren zu betonen. Sie drückte die Türklinke nach unten und öffnete die Tür. Scharniere quietschten. Durch die drei Sprossenfenster waren das Meer und der Himmel und dazwischen der messerscharf gezogene Horizont zu sehen. Im aprilbleichen Sonnenlicht wirkten die herumwirbelnden Staubkörnchen wie Glitzerasche. Noch immer war der Geruch von Leinöl und Terpentin wahrzunehmen. Neben der Tür hing ein Malkittel, den sie beim vorigen Mal nicht gesehen hatte.

Sally öffnete eines der Fenster und befestigte es mit dem Metallhaken. Der Wind zerrte und riss derart am Rahmen, dass die Scheibe klapperte. Die Luft war kalt und frisch. Sally stellte den bekleckster Sprossenstuhl um, betrachtete die Reihe der dahinter an der Wand lehnenden Ölbilder. Um sie richtig studieren zu können, nahm sie eines nach dem anderen hoch und positionierte sie mit mehr Abstand. Auf den Bildern blühte und prangte es, das Turmzimmer wurde erfüllt von Baumkronen und Blumenknospen und erblühten Hüllblättern. Meist in Pastellfarben, aber es gab auch dunkelrote Pfingstrosen, feucht glänzende, schwarze

Samenkapseln, Schmetterlinge in Zitronengelb und Katzen mit grellblauen Augen. Sie versuchte, sich Vanja vorzustellen, zweiundzwanzig Jahre alt, schwanger, im Malkittel. Hier hatte sie mit Pinsel und Farbpalette gestanden, heiter und erwartungsvoll gegenüber dem neuen Leben, das sie in sich trug. Vielleicht hatte sie mit dem unzeitgemäßen Transistorradio im Fenster irgendeine Musik gehört. Mitgesummt.

Sally stellte die Bilder wieder zurück. Hinter einer zusammengeklappten, ebenfalls mit Farbklecksen bedeckten Holzleiter stand ein hoher, schmaler Aktenschrank aus Blech. Sie schob die Leiter beiseite und zog eine Schublade heraus. Darin lagen ein paar Kunstbücher und einige Skizzen von Glockenblumen mit schmalen Stängeln. Und eine durchsichtige Plastikhülle mit einem Packen geöffneter Briefumschläge. Das Bündel war vergilbt und so dick, dass es kaum in die Plastikmappe passte.

Sally zog eines der Kuverts heraus. Adressiert an Georg Larsson in Kivik. Dänische Briefmarke. Darin lag ein gefalteter Brief, datiert in der oberen linken Ecke. Søvind, den 9. Juni 1971. Da war sie fünf gewesen. Der Brief umfasste ungefähr zehn eng, mit blauem Kugelschreiber in schlampiger Handschrift geschriebene Zeilen. Entweder schnell niedergekritzelt oder in aufgewühltem Zustand verfasst.

Ende nächster Woche bekomme ich etwas Geld, dann reicht es vielleicht für die Zugfahrt. Sag nicht Nein, diesmal kriege ich es hin, ich verspreche es. Ich komme und hole sie. Ich habe noch immer die Schulden, aber Knud sagt, er kann mir vielleicht mit ein bisschen Geld helfen.

Sallys Beine wurden weich.

Ich komme und hole sie.

Ihr wurde schummrig vor den Augen und sie musste sich auf den Sprossenstuhl setzen. Sie nahm einen neuen Umschlag aus dem Stapel in der Plastikmappe, an dieselbe Adresse.

Søvind, den 15. August 1971.

Es hat im letzten Moment Ärger gegeben, ich habe K die Schulden nicht zurückzahlen können, aber sobald sich das geklärt hat, komme ich und hole S. Ich weiß, ich habe das schon mal gesagt, aber diesmal wird es passieren. Ich verspreche es!

Noch ein Brief, diesmal mit dem Datum 27. April 1972. Vom selben Ort in Dänemark. Das Papier war steif und an manchen Stellen gewellt, als ob es nass geworden und wieder getrocknet war.

Du Lieber, gib mir einfach mehr Zeit, ich komme und hole sie, muss nur zuerst meine finanzielle Situation klären. Ich komme gerade mal selbst durch, aber Ende nächsten Monats wird es besser. Dieses Jahr schicke ich sogar ein Geburtstagsgeschenk, du sorgst doch dafür, dass S. es bekommt?

Sally stopfte den Brief zurück in den Umschlag. Griff nach einem anderen, etwas tiefer im Stapel. Diesmal stand oben drüber *Søvind, den 10. Juli 1979.*

Sag nicht, dass ich aufhören soll, mich zu melden! Ja, ich war diejenige, die sich trennen wollte, aber das bedeutet nicht, dass du das Recht hast, mich auf diese Weise zu strafen. Ich kann sie wahrscheinlich bald holen, sobald ich genug aufbringe, dass ich mich traue, sie bei mir zu haben. Habe mir Geld von einem Mädchen hier im Kollektiv geliehen, nicht viel, aber es reicht, um mich eine Weile über Wasser zu halten. Ich ziehe von hier weg. Knud und ich haben uns getrennt. Es ist aus.

Ich habe eine kleine Bruchbude in Kopenhagen gefunden und will jetzt voll auf die Kunst setzen. Im Frühling bewerbe ich mich an der Kunstakademie. Brauche davor nur ein paar Vorbereitungskurse. Habe vor, ein paar Bilder zu verkaufen, damit ich Geld habe, um S. zu holen. Ich weiß, was du denkst, aber es war in den letzten Jahren schwer. Vieles wird nun viel besser werden. Knud ist weg, ein für alle Mal. Ich werde auf eigenen Beinen stehen.

Warum darf ich nicht einmal kommen und sie treffen? Nur für ein paar Stunden? Du kannst doch wenigstens antworten. Ich muss erfahren, wie es ihr geht und was geschieht. Was weiß sie über mich?

Sally legte den Brief zurück in die Plastikhülle. Sie steckte sie wieder in die offene Schublade, schob sie zu und stellte die Leiter davor. Bemerkte auf einmal, wie kalt es im Zimmer geworden war. Sie war durchgefroren. Die feuchtkalten Windböen wehten durchs offene Fenster. Sie löste den Metallhaken, zog es zu und eilte dann die Wendeltreppe hinunter.

Im Zimmer ihres Vaters angelangt, zog sie die dritte Schublade des Planschranks auf. Dieser schwache Geruch nach Holz, Papier und gespitzten Bleistiften.

Ihr Vater.

Die Tage, an denen er sturzbetrunken war. Nur im Bett lag, oft mit dem Gesicht zur Wand. Wenn sie versucht hatte, ihn zu wecken, aber nur ein Grunzen als Antwort erhielt. Immer mit dem Arm als Schutz vor den Augen. Dann war Åke gekommen und hatte sie geholt, aus dem Zimmer geführt und die Tür hinter ihnen geschlossen. Sie hatte zu ihrem Vater zurückgewollt, aber Åke hatte sie abgehalten und beruhigend auf sie eingeredet. Und sie hatte heulen können, soviel sie wollte, er hatte sie achtsam ins Erdgeschoss geführt und versucht, sie auf andere Gedanken zu bringen.

Manchmal war es ihr gelungen, sich loszureißen und die Treppe wieder hochzulaufen. Aber wenn sie die Türklinke zur Tür ihres Vaters heruntergedrückt hatte, war diese verschlossen.

Dann war sie älter geworden. Hatte aufgehört zu weinen, stattdessen gelernt, an diesen Tagen das Haus zu meiden, rauszugehen, ans Meer oder zu einer Freundin zu radeln. Oder sie war zu den älteren Nachbarn in der Gegend gegangen und zu Saft eingeladen worden. Sally sog den Duft der Schublade durch die Nase. Büro und Bibliothek. Das war der richtige Geruch ihres Vaters, der nüchterne.

Vorsichtig nahm sie das kleine in Seidenpapier gewickelte Päckchen heraus. Als sie die ausgewickelte Spieluhr in Händen hielt, war es, als sausten kleine Blitze durch ihren Körper.

Der schmuddelige, weiße Kunststoffklumpen, die Form der naiv runden Blütenblätter. Das Bild des wuschelhaarigen, kleinen Kobolds, der auf der Flöte spielte. Rundherum die Vögel des Waldes, die Kaninchen mit den großen Augen und der Baumstumpf mit den gestreiften Jahresringen. Sie erkannte alles wieder.

Die Spieluhr hatte am einen Ende einst einen Plastikgriff gehabt, aber der war weg und von einem kleinen harten Knoten ersetzt worden. Die Schnur hing noch zur Hälfte heraus, wie Sally sie das letzte Mal zurückgelassen hatte. Diesmal gelang es ihr, sie ganz hervorzuziehen, aber dann klemmte es. Man hörte nichts.

Aber jetzt konnte sie die Melodie trotzdem vernehmen, tief in ihrem Kopf. Zerbrechliche Bimmeltöne. Sie kannte sie genau, ohne zu wissen, was es für ein Lied war. Es war keins der typischen Kinderlieder. Sie hatte es sonst nirgendwo gehört.

Sally drehte die Spieluhr um. Hinten gab es zwei Schrauben. Was, wenn man die mit einem Schraubenzieher aufdrehte und das kleine Spielwerk im Inneren wieder in Gang brachte? Sie würde alles dafür tun, die Melodie noch einmal zu hören. Und sei es nur ein einziges Mal. Vorsichtig schüttelte sie die Spieluhr. Sie gab zögerlich ein paar blecherne Töne von sich. Dann ein paar weitere, und noch mehr.

Die Mechanik kam in Gang. Langsam wurde die Melodie gespielt, während die Schnur nach innen glitt. Sally zog sie erneut hervor, lauschte der Musik in Dauerschleife zu und betrachtete dabei den gutmütigen Gesichtsausdruck des Kobolds, bis die Schnur an dem kleinen Knoten stoppte und die Melodie abrupt abbrach.

Jetzt erinnerte sie sich. Die Erinnerungen waren stark und klar. Ihre Mutter hatte abends die Spieluhr aufgezogen, bevor sie Sallys Zimmer verlassen und die Tür einen Spalt hatte offen stehen lassen. Die zerbrechliche Melodie und der helle Spalt an der Tür. Sie erinnerte sich aber an noch mehr. Wie sie auf den Knien ihrer Mutter gesessen hatte und zu dieser Musik vor und zurück gewiegt worden war.

Ich komme und hole sie.

Sally nahm ihr Telefon. Drei verpasste Anrufe, alle von Josefin. Keine Sprachnachricht. Für einen Rückruf war sie zu aufgewühlt, sie würde es später tun. Musste erst stärker werden.

Sie suchte nach einer anderen Nummer.

Der Toyota hatte vor der Steinmauer gehalten. Sally wollte gerade die Autotür des Volvos öffnen und sich hinters Steuer setzen, da winkte Peter durch das heruntergelassene Fenster seines Wagens.

»Spring doch hier rein! Brauchen ja nicht mit zwei Autos fahren.«

Da war etwas dran. Sie ließ den Volvo stehen und stieg bei Peter ein.

»Ich muss am Meer spazieren gehen«, verkündete sie. »Und ich brauche Gesellschaft. Ist das okay für dich?«

»Na klar. Deshalb bin ich gekommen.«

»Danke.«

Sally schnallte sich an, und Peter fuhr los Richtung Vitemölla.

Wahrscheinlich wäre es am natürlichsten gewesen, ihn auf eine Tasse Kaffee oder ein Glas Wein ins Haus zu bitten, aber im Augenblick wollte sie nur raus hier. Raus und weg, irgendwohin, an einen Platz mit möglichst wenig Leuten. Und möglichst viel Meer.

Sie wandte sich an ihn.

»Du? Diese SMS damals. Die war von einem Idioten, den

ich eine Weile getroffen habe, aber wir haben keinen Kontakt mehr. Das wollte ich nur sagen.«

Peter fuhr mit starr auf die Straße gerichtetem Blick weiter.

»Du bist mir keine Rechenschaft schuldig.«

»Ja. Ich weiß.«

Sally wurde rot. Sie waren nun auf die Straße zwischen den beiden Fischerorten gelangt, auf einer Seite lag das Meer und auf der anderen erstreckten sich die Hänge mit den sandigen Wegen. Der Strand war mit Steinen übersät und ging dann in Dünen voll Strandhafer über. Sally warf einen Blick zum Badhotell, als sie daran vorbeikamen. Hier war sie der absonderlichen Frau mit dem roten Schal begegnet. Wie sehr sie es auch versuchte, sie konnte es nicht vergessen. *Ich bin Vanja.*

Das Auto bewegte sich in gemächlichem Tempo auf der Straße durch Vitemölla. Der kleine Ort bestand aus länglichen, niedrigen Häusern, dicht an dicht, mit schmalen, zum Meer hinabführenden Wegen. Peters Hände lagen ruhig auf dem Lenkrad. Der Ärmel seines Pullovers war etwas hochgerutscht und hatte das Silberarmband freigelegt, das Sally bei ihrer ersten Begegnung vor der Kirche bemerkt hatte. Jetzt sah sie, was in Schreibschrift darauf gedruckt war: *Ellen.*

Er bog nach rechts Richtung Meer ab und gleich wieder links, über die kleine Holzbrücke. Zu dieser Jahreszeit plätscherte der Bach besonders lebhaft, als wollte das Wasser schleunigst ins Meer hinaus.

Peter fuhr auf den Parkplatz und hielt an. Stellte den Motor ab und blickte zu ihr.

»Worüber wolltest du sprechen?«

Sally wusste nicht, wo sie anfangen sollte. Dann sagte sie es einfach.

»Ich habe oben im Turmzimmer einige Briefe gefunden. Die Vanja in den Siebzigern an meinen Vater geschrieben hat.«

»Und?«

»Sie wollte mich holen.«

Er sagte nichts, nickte nicht einmal. Trotzdem konnte sie sehen, dass er genau verstand.

»Ich war nicht bereit dafür, sie zu lesen«, erklärte sie.

Er öffnete die Autotür.

»Komm.«

Sie gingen über die sandigen Ebenen, folgten einem Trampelpfad in Richtung des lichten Kiefernwalds bei Tittut. Das Meer war ruhig. Vom Wasser her roch es nach Tang und dem Pech der großen Anhänger voll Fischernetzen, die zwischen Bojen und Gerätschaften standen.

»Sie schien es schwer gehabt zu haben«, sagte Sally. »Mit Geld und auch anderem.«

Peter zog die Stirn kraus.

»Sie ging in Kopenhagen auf die Kunstakademie. Damals war sie bettelarm. Hat sie erzählt. Sie hatte sich von diesem Typen getrennt, mit dem sie in einem Kollektiv auf dem Land gelebt hatte. Dann war sie an der Akademie angenommen worden und hatte zur Untermiete in einer Bruchbude gelebt. Sie hatte nie Geld. Weder im Kollektiv noch während des Studiums und auch danach nicht.«

»Und ihre Eltern? Konnten die ihr nicht helfen?«

»Sie war ja ein Pflegekind. Soweit ich weiß, hatte es zu Hause viel Streit gegeben. Also hat sie von ihren Pflegeeltern nichts bekommen. Eigentlich habe ich keine Ahnung, wie sie überhaupt durchgekommen ist, sie hat nur zwischendurch ein Paar Werke verkauft. Irgendwann war es etwas besser gelaufen, und sie konnte zumindest teilweise von ihrer Kunst leben.«

Sie näherten sich dem Kap. Links erhob sich die grasbewachsene Hügellandschaft, auf der im Sommer die Pferde weideten. Sally erinnerte sich an deren Silhouetten, die sich vorm Himmel abzeichneten. Die Sonne guckte nun durch die Wolkendecke und machte das Meer auf der rechten Seite zu einem endlosen, fahlen Silberspiegel.

»Hat sie nie davon erzählt, dass sie mich holen wollte?«

»Nein, mir zumindest nicht.«

Sie gingen weiter in Richtung des Kiefernwäldchens. Spazierten nebeneinander auf dem Weg, der sich zwischen den Bäumen hindurchschlängelte. Sally blickte wieder über das blitzende Silber. Das alles war so schwer zu verstehen. Und auch wieder nicht. Vanja war fünfundzwanzig gewesen, als sie fortgegangen war. Eine sehr junge Frau. Nur wenig älter als Josefin.

Sie kamen wieder aus dem Wäldchen heraus, standen am Strand unweit von Haväng. Sally bückte sich und hob einen Stein auf. Wie immer hier. Das hatte sie nie lassen können. Wenn die schönen Steine zu viele und zum Nachhausetragen zu schwer geworden waren, sie ihr aber trotzdem unentbehrlich vorkamen, hatte sie sie ins Meer geworfen. Damit sie auch sonst niemand finden konnte und sie noch immer ihr gehörten.

Peter betrachtete einen Stein, den er gefunden hatte.

»Hast du vor, mit ihr zu reden?«

»Nein.«

»Warum nicht?«

Sally schleuderte ein paar ihrer Funde direkt ins Wasser, so weit sie konnte. Peter ließ sie nicht aus dem Blick. Er jonglierte mit dem Stein in seiner Hand.

»Du musst vor nichts Angst haben. Sie tut nichts.«

Sally blickte schweigend übers Wasser. Draußen an der Reede war ein Lastkahn aufgetaucht, er schien reglos am Horizont zu stehen.

Wer war Vanja? Wer war sie wirklich? Die stets Abwesende, deren Namen kaum erwähnt worden war. Ein gesichtsloses Wesen, das irgendwo weit weg war, an einem Ort, den Sally immer lieber nicht gekannt hatte.

Peter hob ihr Gesicht an, damit er ihr in die Augen sehen konnte.

»Was wäre, wenn du ihr verzeihst?«

Seine Hände an ihren Wangen waren warm. Er strich an ihnen herab, langsam.

»Würdest du das können?«

Sie betrachtete die Kräuselungen der auslaufenden Wellen auf dem dunklen, feuchten Sand. Sie kamen und gingen, still und zärtlich, in regelmäßigem Rhythmus. Fauchten leicht, bevor sie drehten und sich zurückzogen. Wie sie es immer getan hatten und immer tun würden.

Verzeihen. Wenn Peter das sagte, klang es so einfach.

Er legte ihr die Arme um den Rücken und ließ sie da. Freundschaftlich.

»Ich fahre dich nach Svinaberga. Dann kannst du direkt zu Vanja gehen. Wenn sie nicht vorbereitet ist, ist das nur gut, dann kann sie nicht abhauen. Und ich bin in meinem Haus, falls du danach einen Birnenlikör brauchst. Okay?«

Sie sagte nichts.

»Wahrscheinlich wäre es eine Erlösung für sie«, fügte

er hinzu. »Sie hat nämlich genauso viel Angst wie du. Vielleicht sogar mehr.«

Sally machte die Augen zu. Verharrte reglos in seiner Umarmung. Bemerkte, wie es war, für eine Weile in Vertrauen zu wurzeln. Einem anderen Menschen nahe zu sein. Einem Mann, der nicht vage, ausweichend und schwer lesbar war, sondern einfach, geradeheraus und sicher.

Sie öffnete die Augen wieder. Machte sich los und trat einen Schritt zurück.

»Danke«, sagte sie. »Aber ich kann selbst fahren, du musst mich nur nach Hause bringen.«

Sie ging los zurück in Richtung Parkplatz.

Vanja

Vanja arrangierte die verschiedenen Objekte auf einem Tisch. Noch hatte sie nicht entschieden, ob sie sie malen oder fotografieren würde. Die Tischplatte war von einer mitternachtsblauen Samtdecke bedeckt und darauf hatte sie ein rostiges Vorhängeschloss, eine altmodische Kamera und einen von einem Skistock durchbohrten, kirschroten Regenschirm platziert. Das Ganze wurde gerahmt von Flusen aus der Waschmaschine und verwelkten, vertrockneten Rosenblättern. Und dann gab es noch einige Schwarzweißfotos aus einer uralten Apfelkiste von einem Flohmarkt.

Eines der Fotos zeigte einen Mann mit fleischigem Gesicht, auf einem anderen war der Eiffelturm abgebildet und auf einem dritten stand eine Frau in Tracht mit belämmertem Gesichtsausdruck.

Vanja betrachtete alles. Hatte sie zu viel hineingepackt? Es überlastet? Sie entfernte ein paar Gegenstände. Versuchte, sich auf die Aufgabe zu fokussieren, aber ihr war warm, fast schweißtreibend heiß. Das trockene Ulmenholz brannte laut knisternd im gusseisernen Ofen.

Das mit Josefin würde sich schon klären. Diese Laune, die sie auf dem Jahrmarktsfeld überkommen hatte, dauerte bestimmt nicht lange an. Josefin hatte Temperament, da war sie wie sie. Vanja hoffte einfach, dass sich die Erregung legen würde und die Walpurgisnacht wie geplant gefeiert werden konnte.

Dass Josefin aber auch so enttäuscht über ihre außereheliche Romanze war. Na ja, die Moral der jungen Menschen von heute war wohl strenger. Und Josefin hatte sich offenbar hinters Licht geführt gefühlt. Vielleicht hätte Vanja ihren Seitensprung mit Leif von Anfang an erwähnen sollen, aber es war ihr nicht relevant erschienen. Und tat es auch jetzt nicht. Josefin hatte das meiste falsch verstanden.

Und Trine? Über sie konnte sie noch immer nicht sprechen. Dafür existierten keine Worte.

Vanja fuhr fort, die Objekte auf der Samtdecke zurechtzurücken, versuchte, herauszufinden, woran sie da gerade eigentlich arbeitete. Das Männergesicht, wollte es wohl etwas über das Schweigen des weiblichen Geschlechts ausdrücken? Beschrieb sie biografische Meilensteine? Nichts war sicher. Das Werk hakte noch.

Besser wäre es wohl, stattdessen nichtsdestotrotz bei Josefin anzurufen. Sich zu vergewissern, dass sich das Mädchen nicht über eine fast fünfzig Jahre zurückliegende Bagatelle aufregte. In den vergangenen Wochen hatte Josefin viel zu viel Zeit der Vergangenheit gewidmet. Wie der Sache mit Åkes Notizen.

Ein unangenehmes Grummeln in der Magengegend. Der dritte Oktober. Dieses Datum, das Josefin als einen der Tage notiert hat, an denen es Åke nicht gut gegangen war. Das Einzige, was nicht einem besonderen Feiertag zuzuordnen war.

Vanja rieb die Zähne aufeinander.

War sie nicht irgendwann im Oktober nach Kuba aufgebrochen? Jedenfalls war der Apfelbaum in Kivik voller reifer Äpfel gehangen, daran erinnerte sie sich. Der ganze Fischerort hatte nach Äpfeln geduftet. Aber das exakte Datum war weg.

Sie studierte wieder das Arrangement auf dem Tisch. Sie

war heute null kreativ, nur düster und prätentiös. Was sie da vorhatte, war, sich durch die Gegenstände selbst auszustellen, war dabei aber nicht weit gekommen. Aufgeben war jedoch kein Ausweg. Sie durfte sich nicht kleiner machen. Musste sich den Glauben an ihr Können bewahren.

Vanja grapschte nach dem Eiffelturmfoto und knüllte es zusammen. Eine schlechte Komponente im Gesamtbild. Es konnte als simples Phallussymbol verstanden werden, ein banales und uninteressantes Symbol für Macht. Sie musste härter arbeiten, tiefer gehen. Das Werk durfte weder selbstgenügsam sein noch um Entschuldigung bitten.

Sie ging hinüber zur Apfelkiste und kramte in den anderen Fotos. Es musste doch ein besseres Bild geben, eines, das irgendwie zum Nachdenken anregte.

Mit dem zerknüllten Foto in der Hand hielt sie plötzlich inne. An der Wand lehnte das vor einer Weile begonnene Gemälde, die erste Malerei nach achtundvierzig Jahren. Dieses Gelb in der Mitte, das sie zuvor als Stroh oder verwelktes Gras gedeutet hatte, war etwas anderes. Das erkannte sie nun. Es war Sonnenlicht. Warmes Sonnenlicht, das über die Dielen eines Eichenholzbodens flutete. Daneben eine alte, ausgediente Badewanne. Exakt so eine wie damals in der Wohnung in Hagsätra.

Die Wanne war voll lauwarmem Wasser. An der Oberfläche schwamm weißer, nach Kiefernnadeln duftender Schaum. Auch wenn das auf dem Bild noch nicht sichtbar war. Jemand sollte baden. Und dann eingewickelt in einen weißen Frotteebademantel auf dem von der Sonne gewärmten Holzboden spielen.

Ein Klopfen an der Tür. Vanja wandte den Blick von dem Bild und kramte weiter in dem Durcheinander unsortierter Fotos. Peter klopfte vor dem Eintreten immer, weil er wusste, dass sie ein paar Sekunden Schonfrist brauchte, um aus ihrer Kreativblase aufzutauchen. Aber er wusste natürlich, dass er jederzeit willkommen war, egal, ob sie arbeitete oder nicht.

Niemand trat ein. Es klopfte nur ein weiteres Mal, etwas lauter. Vanja ließ die Kiste stehen und ging in den Flur, um zu öffnen. Es klopfte ein drittes Mal, erst dann schaffte sie es, die Tür aufzumachen.

Ihr blieb die Luft weg.

Auf der Treppe stand Sally. Diesmal machte sie einen alltäglicheren Eindruck. Beim Leichenschmaus war sie schwarz gekleidet gewesen und hatte Wimperntusche aufgetragen. Jetzt war sie ungeschminkt und trug Steppjacke und Jeans. Die halblangen, hellbraunen Haare hingen ihr über die Schultern. Ihr Gesicht war bleich, aber sie war schöner, als Vanja sie in Erinnerung hatte. Die Augen waren groß und dunkel, der Gesichtsausdruck offen.

»Hoffe, ich störe nicht?«

Vanja bat sie mit einer linkischen Geste in den Flur. Sally hatte einen Pappkarton dabei, den sie auf dem Flurstuhl abstellte.

»Ich bin wieder nach Kivik gezogen. Und habe vor, eine Pension zu eröffnen. Aber das weißt du sicher schon.«

Vanja lehnte sich mit den Händen in den Taschen ihres Malkittels an den Türstock. Versuchte, nicht in die albtraumartige Finsternis abzugleiten wie im Badhotell.

»Ich wollte dir das hier zeigen«, sagte Sally. »Das hast du vermutlich lang nicht mehr gesehen.«

Sie fischte ein grünliches Buch aus der Schachtel. Hielt es Vanja hin, drückte es ihr förmlich in die Hand.

»Dein Gartenkalender. Kannst du dich daran erinnern? Du hast ein Tagebuch über den Garten geführt. Was du geplant hast und so. Das war ziemlich interessant, ich habe beim Lesen viel gelernt.«

Vanja starrte auf das Buch in ihren Händen. *Mein Garten.* Hatte Åke solcherlei Kram aufgehoben? Und zuvor Georg? Sie hatte nie darüber nachgedacht, ob es den Gartenkalender vielleicht noch gab. Hatte nicht einen Gedanken daran verschwendet, seit sie Kivik verlassen hatte.

Vanja Larsson, 1966. Mit sorgfältiger Schrift hatte sie ihren Namen und die Jahreszahl aufs Etikett geschrieben. Zweiundzwanzig Jahre alt. Kein Teenager mehr, aber auch nicht besonders erwachsen. Voller Pläne und Träume, von denen sie keinerlei Ahnung hatte, wie sie sich in der Wirklichkeit gestalten würden. Der Gartenkalender war ein ambitioniertes Projekt gewesen, vermutlich war damals der Grundstein für ihr Interesse für Landbau gelegt worden. Sie hatte Blumen und andere Sachen im Garten gezeichnet, eine Mengel Vögel und auch Schmetterlinge. Die Lust, zu zeichnen und zu malen, hatte seit ihrer Kindheit existiert.

Sally Blick war durchdringend. Vanja spielte mit dem Kalender herum, zuerst unschlüssig, aber dann sicher. Sie hatte nicht die geringste Lust, den Buchdeckel zu öffnen. Wenn Sally im Versuch, mehr über ihre Herkunft herauszufinden, in der Zeit zurückgehen wollte, dann sollte sie das tun. Aber Vanja selbst hatte kein Interesse daran.

Sie gab Sally den Kalender zurück. Räusperte sich leicht.

»Vielen Dank, dass du mir das zeigen wolltest. Aber ich verzichte lieber darauf.«

Der kleine Flur war eng und düster, die Deckenlampe

aus goldgelbem Porzellan spendete nicht viel Licht. Sie fühlte sich eingesperrt wie in einer Zelle, zusammengepfercht mit einer Fremden.

Sally presste den Kalender gegen ihre Brust, als wäre er von unschätzbarem Wert. Ihr Blick wanderte Richtung Küche. Vanja folgte ihm. Sah den Küchentisch mit Wachstuchdecke, den Backofen und die abgeschrammten Hängeschränke. Eine ähnliche Variante an Kücheneinrichtung hatte es in der Wohnung in Hagsätra gegeben, wenngleich etwas weniger modern. Sie erinnerte sich an die Schranktüren, die sie oft derart zugeworfen hatte, dass Glas und Porzellan auf den Regalbrettern dahinter klirrten. An das Spülbecken, an dem sie oft in Tränen ausgebrochen war. Die Küchenzeile, die voll mit schmutzigem, ungewaschenem Geschirr gestanden hatte, dessen Anblick sie noch nicht einmal ertragen hatte. Die ganzen Whiskeygläser von Georg. Und dann das schreiende Baby in seinem Gitterbettchen im Schlafzimmer. Kolik. Allein das Wort verursachte noch immer einen Anflug von Migräne.

Vanja griff an Sally vorbei nach der Haustürklinke und drückte sie nach unten. Egal wie sympathisch Sally auch war, Vanja konnte ihr unmöglich noch öfter in die Augen sehen. Mit dem, was sie ihr dereinst angetan hatte, war zu schwer umzugehen.

»Ich habe auch das hier gefunden.«

Vanja drehte sich um. Sally hielt einen Bund vergilbter, mit einem Gummiband zusammengehaltener Briefumschläge hoch und überreichte sie Vanja mit zitternder Hand.

»Du hast Papa geschrieben, dass du kommen willst, um mich zu holen. In fast jedem Brief. Mehrere Jahre lang.«

Vanja konnte auf dem obersten Brief ihre Handschrift

erkennen, Georgs Namen und seine Adresse in Kivik. Sally blickte sie mit dunklen, tiefen Augen an.

»Ich bin gekommen, weil ich dir sagen wollte, dass ich dir vergebe.«

Sie streckte hartnäckig den Packen Briefe vor und Vanja nahm ihn schließlich. All diese Briefe. Georg hatte, die wenigen Male, die er zurückgeschrieben hatte, jedes Mal dasselbe geantwortet. Dass es das Beste sei, wenn Vanja ihre Tochter nicht träfe, solange sich ihre Existenz nicht gesichert habe, mit festem Wohnsitz und stabilem Einkommen. Sally gehe es gut, hatte er immer betont. Es würde sie nur zerrütten, wenn ihre Mutter käme und wieder verschwände.

All die einsamen Spaziergänge rund um Sørvind, mit Gedanken, die sich im Kreis drehten. Ein Kind zu haben, das sie vielleicht nicht mehr erkannte. Ein Kind, das aufwachsen und seine Mutter kritisieren würde, wie sie es getan hatte. Das eine Tochter werden würde, wie sie eine war. Verurteilend, verächtlich und unversöhnlich. Und darüber hinaus mit jedem Recht dazu.

Dann besser keine Mutter mehr sein. Es abschließen. Schonender für das Mädchen, wenn ihr Vater es allein aufzog. Sie würde ihrem Kind einen Gefallen tun, wenn sie aufhörte, sich zu melden.

Vanja begegnete Sallys Blick.

»Ich verstehe, dass du viele Fragen hast. Aber diese Briefe wurden von einer anderen Person geschrieben, als der, die ich heute bin. Von der, die ich in Jugendjahren war.«

Sie sagte das ruhig und sachlich. Sally stand reglos da.

Vanja betrachtete ihr Gesicht, suchte nach Anzeichen für Verletzung oder Enttäuschung. Beides wollte sie absolut nicht hervorrufen. Sally hatte genug gelitten.

»Du hast dein Leben und ich meines«, fügte sie hinzu. »Ich glaube, es ist das Beste, wenn wir einander in Ruhe lassen.«

Sallys Augen wurden wässrig.

»Und sonst hast du nichts zu sagen? Jetzt, wo ich da bin.«

Vanjas Brust schnürte sich zusammen. Nur ein Wort mehr und sie konnte sich nicht mehr zusammenreißen. Dann würde der Boden unter ihren Füßen nachgeben und zu einem schwarzen Loch werden.

Um den akuten Angstanfall zu vertreiben, atmete sie ein paarmal tief ein, wie ihr das Trine beigebracht hatte.

»Kümmere dich um Josefin«, sagte sie dann. »Gib auf sie Acht.«

Sally schien etwas erwidern zu wollen. Doch dann kam nichts, und sie verließ nur das Haus und schloss die Haustür hinter sich.

Mit den Briefen in der Hand ging Vanja zurück in ihr Atelier, blieb eine Weile einfach nur stehen und legte den Packen dann auf den Tisch. Anschließend stellte sie sich mit einem Abstand von knapp einem Meter vor das große Gemälde.

Das Sonnenlicht auf dem Holzboden. Die Badewanne, voll lauwarmem Wasser mit Schaumkronen. Und das Kind, das darauf wartete, zu baden.

Sally

Mit hastigen Schritten eilte Sally zu ihrem Volvo. Aus dem Augenwinkel registrierte sie, dass Peters Küchenfenster offen stand, aber sie hatte jetzt keine Lust, mit ihm zu sprechen. Sie wollte nur nach Hause. In das große Kapitänshaus, ihr geerbtes, eigenes Haus, das in Kivik auf sie wartete. Aus dem, egal, was Josefin auch sagte, im Sommer eine Pension werden würde.

Sollten die Nachbarn doch reden, was sie wollten. Über den Namen Pension Pomona grinsen, weil er sie an das alte, versiffte Pub erinnerte, oder darüber spekulieren, was für eine schlechte Mutter sie für Josefin gewesen war oder welchen Schaden sie davon genommen hatte, ohne Mutter aufzuwachsen. Oder was auch sonst sie miteinander hinter den Gardinen ihrer idyllischen Häuschen besprachen.

Sie machte die Autotür auf und wollte gerade einsteigen.

»Wie ist es gelaufen?«

Im offenen Fenster stand Peter und trocknete mit einem Geschirrhandtuch ein Glas ab.

»Nicht gut?«

»Nein.«

Bevor er noch etwas über Birnenlikör sagen konnte, stieg sie ein. Ließ den Motor an und rollte vom Hof. Das Fahrgestell rumpelte, der Kiesweg war buckelig. Links und rechts erstreckten sich braungraue Äcker. Die Bäume waren voller Knospen und in den Büschen zwitscherten lautstark die Vögel. Über die Wiesen ergoss sich samtweich das Sonnenlicht.

Vanja wollte ihre Vergebung nicht. Sallys Wangen wurden ob dieser Peinlichkeit heiß, was hatte sie eigentlich geglaubt? Dass sich eine dreiundsiebzigjährige Frau einfach vor ihr in den Staub werfen würde, untertänig und dankbar? Natürlich musste ihr Angebot als Kränkung aufgefasst werden. Als Machtdemonstration.

Und indem sie Vanjas private Jugendbriefe gelesen hatte, war sie zu weit gegangen, ungefähr so, als hätte sie ein fremdes Tagebuch gelesen. Ach, hätte sie das nur nicht getan. Aber nun war es eben so.

Sally gelangte auf die große Straße und fuhr in Richtung Kivik, bog aber dann in den kleine Schotterweg ab, der nach Vallmogården hinaufführte. Am Hof angekommen, hielt sie an.

Mit polterndem Puls stieg sie aus, ging zum Wohnhaus und die Vordertreppe hoch. Sie klopfte ein paarmal mit dem Türklopfer. Wartete, aber niemand öffnete.

»Hallo.«

An der Ecke der Scheune war Harald aufgetaucht. Er trug einen Blaumann und lehmige Stiefel und hatte eine rostige Forke in der Hand.

»Josefin ist nicht da. Sie wollte zu dir.«

»Zu mir?«

»Ja. Vor einer ganzen Weile.«

Ein paar Sekunden sahen sie einander stumm an. Dann stieg Sally wieder in ihr Auto und verließ den Hof, polterte den schmalen Kiesweg entlang, es war ihr völlig egal, dass die Geschwindigkeit zu hoch war.

Josefin saß mit ausgestreckten Beinen auf der Gartenbank. Sie trug Jeans, ihre hellen Haare waren offen und hingen über die Strickjacke. Neben ihr war ein Hund. Ein großes, teddybärartiges Wesen mit dem bettelndstem Blick, den Sally je gesehen hatte.

Als sie das Gartentor aufmachte, stand Josefin auf und kam ihr entgegen. Ohne ein Wort zu sagen, schlang sie die Arme um Sally, presste das Kinn an ihre Schulter und blieb so. Sally umarmte ihre Tochter, drückte sie eng an sich, atmete den bekannten Duft ihrer Haare ein. Die Wolljacke roch nach vermoderndem Laub, Heu und Kuhstall.

»Entschuldigung, Mama.«

Josefin flüsterte, die Worte waren kaum hörbar.

»Was ich gesagt habe, tut mir leid. Dass du Åkes Haus zerstören würdest. Das habe ich nicht so gemeint. Und auch nicht, dass du dich für Frank entschieden hast.«

Sally strich ihr über die Haare. Ihre Nase wurde dicht. Die Tränen brannten.

Elf Tage, seit sie sich zuletzt gesehen hatten. Elf ewige Tage, die sich fast länger angefühlt hatten als die vier Jahre zuvor.

»Ich verstehe, dass du jemanden gebraucht hast«, sagte Josefin. »Frank hat dich glücklich gemacht.«

»Nein, nein. Er war nicht gut für mich. Genaugenommen war er eine echte Oberniete.«

Sie lächelten einander vorsichtig an. Sally nickte zu dem großen Hund, der sich auf den Boden gelegt hatte und frenetisch an einem bereits ziemlich zugerichteten Stock nagte.

»Habt ihr euch einen Hund gekauft?«

»Nicht wir. Harald. Er fand, wir bräuchten einen auf dem Hof.«

»Und er hat keinen größeren gefunden?«

Josefin schüttelte lachend den Kopf. Sally ließ den Hund

an ihrer Hand schnuppern. Dann kraulte sie ihn hinter den Ohren und tätschelte ihm den Kopf. Das Fell an Bauch, Beinen und Brust war feucht und sandig, als wäre er gerade am Strand herumgetollt. Die runden Tatzen waren vorne weiß und etwas auswärts gedreht, ordentlich nebeneinandergelegt.

»Wie heißt er?«

»Märta.«

Josefin wechselte die Leine von einer Hand in die andere.

»Ich habe über das, was du über die Pension gesagt hast, nachgedacht. Åke hätte wohl nichts dagegen gehabt. Ich glaube, dass er dich immer hier haben wollte. Aber er hat nichts gesagt, deshalb habe ich es erst jetzt kapiert.«

Sally kraulte den Schädel des Hunds.

»Du findest also, ich sollte es machen? Ganz sicher?«

Josefin nickte.

»Ich habe ja den Hof. Mit Harald. Und du hast diese Pensionsidee schon ewig. Ich weiß, dass du das willst. Da musst du es jedenfalls probieren.«

»Ich werde im Haus so viel wie möglich bewahren. Das verspreche ich. Es wird nicht zerstört, im Gegenteil. Es wird schöner als jetzt.«

Dann wurde es still. Vielleicht dachten sie dasselbe.

»Und deine Großmutter?«, fragte Sally. »Was glaubst du, wie sie das finden wird? Dass ich hier lebe.«

Josefin zuckte mit den Achseln.

»Keine Ahnung. Wir werden sehen.«

Sally steckte die Hände in die Jackentaschen. Es gab keinen Grund, Josefin nicht zu erzählen, was Sache war.

»Ich war gerade oben in Svinaberga und habe sie getroffen. Dachte, es wäre vielleicht eine Erlösung für sie, wenn ich komme. Ich habe ihr gesagt, wie es ist. Dass ich ihr vergebe, dass sie mich damals verlassen hat. Schließlich ist es so lange her.«

Josefin hob den Kopf.

»Und was hat sie gesagt?«

»Na ja, sie will nichts mit mir zu tun haben. Das also weiß ich nun.«

Das knirschende Geräusch von Fußschritten ließ sie beide den Kopf drehen.

Vanja hatte ihren VW-Bus vor der Steinmauer geparkt und kam durchs Gartentor. Ihr Gesicht hatte dieselbe Sanftmut wie eben im Flur. Aus der Brusttasche ihrer Lederjacke ragte die knittrige Packung Zigaretten. Oder vielleicht auch Zigarillos.

Josefin ging auf sie zu, wohingegen Sally stehen blieb.

»Du bist also gekommen«, sagte Josefin. »Immerhin.«

Vanja drehte nervös die Ringe an ihren Fingern.

»Es gibt Dinge, von denen du nichts weißt.«

Ihre Stimme war tonlos.

»Und was sind das für Dinge, Oma?«

Vanja seufzte schwer. Sie blinzelte und sah weg, aber Sally hatte gesehen, dass ihre Augen feucht geworden waren.

»Dinge, über die man nicht sprechen kann.«

Sie holte das Päckchen aus der Brusttasche und schüttelte einen Zigarillo heraus. Die Ringe klirrten aneinander. Sie drückte die Klinke des Gartentors nach unten, um es wieder zu öffnen.

»Oma?«

Vanja machte eine abwehrende Geste. Josefin stellte sich ihr in den Weg.

»Geh jetzt nicht. Du bist hier, um Mama zu treffen. Oder nicht?«

Ein paar Sekunden vergingen. Dann sah Sally, wie Vanjas Oberkörper quasi in sich zusammenfiel. Sie griff nach dem Torpfosten, hielt sich daran fest, während ihr Rücken bebte. Josefin strich ihr über den Oberarm.

»Hab keine Angst. Sie wartet auf dich.«

Sie streichelte weiter über Vanjas Lederjacke, behutsam, fest und besänftigend. Schließlich beruhigte sich der gekrümmte Rücken.

Vanja richtete sich auf, in der Hand hielt sie noch immer den nicht angezündeten Zigarillo. Ihr Gesicht bebte. Die Tränen flossen ihr über die Wangen, hinterließen nasse Streifen.

Sie ging ein paar Schritte auf Sally zu. Blieb plötzlich stehen, bewegte sich dann wieder ein Stückchen vorwärts. Dann stand sie still und sah Sally mit verschwommenem Blick an.

»Was ich dir angetan habe, tut mir leid. Das war nichts, was ich tun wollte. Aber es ist so geschehen.«

Vanja schniefte, wischte sich mit dem Handrücken die Nase ab.

»Jetzt hoffe ich nur, dass ihr beide es gut miteinander habt.«

Ohne einen weiteren Blick zu Sally oder Josefin marschierte sie durchs Gartentor zurück zu ihrem VW-Bus, setzte sich hinters Steuer und schloss die Autotür. Der Motor stotterte ein paarmal, bevor er ansprang.

Josefin stand mit hängenden Armen da. Sally stellte sich neben sie. Ihre Bauchmuskeln waren noch immer angespannt. Sie fühlte sich ausgelaugt, ohne zu wissen warum.

Vielleicht hätte sie etwas tun oder sagen müssen. Aber sie hatte keine Ahnung, was das hätte sein sollen.

Das Auto fuhr vom Straßenbankett los. Vanja versuchte vergeblich, ihr Gesicht zu verbergen, durch die Scheibe sah man deutlich, wie es sich verzog, mehr und mehr.

Der Wetterbericht für die Walpurgisnacht hatte vor Platzregen gewarnt, aber hier an der Küste war es nur leicht bewölkt. Sally und Liselott marschierten den Mellby-Hügel hinauf. Das Abendessen in Liselotts Küche war mächtig gewesen, deshalb gingen sie langsam und mit gewisser Mühe. Aber die Strecke war schön. Die entlang des schmalen Hügels verstreuten Häuser von Södra Mellby waren in Größe, Form und Farbe alle verschieden, passten jedoch trotzdem zusammen. Hinter ihnen erstreckte sich die Ebene.

Um den hohen Haufen aus Stöcken, Reisig und altem Laub waren bereits viele Leute der Gegend versammelt. Darunter auch Peter, der mit Harald und Josefin plauderte. Das junge Paar hielt sich an den Händen und küsste sich diskret. Der Hund saß gehorsam bei Josefin, hier und da gab sie ihm einen liebevollen Klaps.

Sally winkte Josefin und den anderen aus der Distanz zu, blieb aber trotzdem bei Liselott. Peter lächelte sie durch das Menschengewimmel hindurch an, und an seinen Wangen entstanden diese kleinen, fröhlichen Fältchen. Sally erwiderte wortlos sein Lächeln. In ihrem Bauch rumorte es vor Angst ein wenig. Vanja war weggefahren. Sie musste bei den dreien eine Leerstelle hinterlassen haben, nur konnte sie nicht wissen, welche. Nach dem Maifeuer gab es jedenfalls in Åkes Haus in Kivik Kaffee und Kuchen. Liselott hatte das initiiert, und Sally hoffte einfach nur, dass es gut ging.

Der Fackelzug kam, eine unsymmetrische Reihe mittelgroßer Kinder mit je einer brennenden Fackel in der Hand. Andächtig stellten sie sich um den Reisighaufen und warfen an verschiedenen Stellen ihre Fackeln hinein. Dann sahen sie zu, wie sich das Feuer durch das dürre Zeug fraß und größer und größer wurde. Bald schlugen die Flammen flackernd in die Höhe und Funkenregen wirbelte in den tiefblauen Frühlingshimmel. Das Feuer war riesig. Es würde wohl die ganze Nach dauern, bis es erlosch.

Der Schein erhellte Peters Profil. Sally betrachtete ihn. Vielleicht dachte er an Ellen. Vermutlich hatten die beiden hier viele Male Walpurgisnacht zusammen gefeiert und waren dann durch die Apfelplantagen zu ihrem Hof nach Hause spaziert.

In den Messingleuchtern brannten die Kerzen, und sie saßen alle um Åkes alten Esstisch. Sallys Apfelkuchen war beinahe aufgegessen, in der Tarteform lagen nur noch ein paar Reste, und die Vanillesauce war auch aus. Märta lag schlummernd unterm Tisch, hier und da hörte man ein deutliches Schnarchen.

Die Atmosphäre war gemütlich, wenn auch gedämpft. Man hatte sich darauf geeinigt, einfach nach vorn zu schauen, und Sally viel Glück mit ihrer Pension gewünscht. Es war eine ganze Menge geredet und gelacht worden.

Nur Peter saß seit einer ganzen Weile schweigend da und wirkte bedrückt.

»Was ist los?«, fragte Josefin.

Er seufzte.

»Ich muss nur an etwas denken, das Vanja zu mir gesagt hat, bevor sie gefahren ist. Dass es vielleicht besser gewesen wäre, wenn sie nie von Kopenhagen hierhergekommen wäre. Einfacher. Für alle.«

Josefin berührte ihn am Unterarm.

»Das meinte sie nicht so, das weiß ich. Sie war froh über ihre Zeit hier. Ich bereue nicht, dass ich sie hierhergeschleppt habe.«

Peter faltete seine Serviette zusammen. Es war offensichtlich, wie sehr er sich anstrengen musste, um die Fassung nicht zu verlieren.

»Ich muss euch etwas erzählen. Was ich nie jemandem gesagt habe. Über Åke.«

Um den Tisch wurde es still. Peter sah alle an.

»Åke war derjenige gewesen, der Nein dazu gesagt hatte. In den Siebzigern. Als Vanja Sally holen wollte.«

Er wurde still, setzte dann von Neuem an.

»Georg wollte ihr mit Geld helfen. Aber Åke hatte nicht zugelassen, dass er ihr auch nur eine Öre gab. Ich konnte Vanja das nie erzählen. Es ging einfach nicht.«

Sally beobachtete Josefin. Sie hatte den Löffel fallenlassen und starrte Peter an.

»Åke? Warum hat er das getan?«

»Weil er neidisch auf Georg war. Schon von klein auf. Georg war immer der tüchtige, ältere Sohn gewesen. Der alles bekam. Åke empfand sich selbst als gescheitert. Er hatte auch eine Familie haben wollen, aber es war nie etwas daraus geworden. Vermutlich war er zu schüchtern. Zu verschwiegen. Als Vanja also weggegangen war, wollte Åke nicht, dass sie wiederkam.«

Peter atmete tief ein.

»Nach Georgs Tod bekam er riesige Schuldgefühle. Die ganzen Jahre über hatte er Angst, besonders an gewissen

Tagen. Sallys Geburtstag. Weihnachten. Und am dritten Oktober. Dem Tag von Vanjas Abreise.«

Er tupfte mit der Serviette die Augenwinkel trocken.

»Ich glaube, keiner von uns kann auch nur erahnen, wie sehr Åke alles bereut hat. Es muss eine riesige Erleichterung für ihn gewesen sein, als er diesen Brief an Sally geschrieben und seinem Bankberater gegeben hatte.«

Sally stand auf und ging in die Küche. Durchs Fenster am Spülbecken sah sie die Magnolie mit ihren großen, rosa Knospen und unter dem Baum stand ein Grüppchen blaulila Traubenhyazinthen. Der Himmel war heller als seit langem. Morgen war der Erste Mai und bald kam der Sommer.

Als Allererstes morgen früh würde sie Milena anrufen. Fragen, ob sie herkommen und Österlen im Sommer erleben wolle. Am besten natürlich den Juli. Dann blühte es im ganzen Fischerort, und an Sonnentagen versammelten sich die Leute am Pier. Oder man radelte mit einem Picknickkorb zu irgendeinem Strand. Milena würde durch den Garten spazieren können und so viele Rosen abknipsen, wie sie nur wollte. Und jeden Morgen würden sie gemeinsam ein Morgenbad nehmen, wie schweinekalt die Temperatur auch wäre. Das gehörte dazu, wenn man an der Hanöbukten lebte.

Eine Böe fegte übers Grundstück und brachte die Zweige des Apfelbaums ins Schwingen. Frühlingsluft. Plötzlich wollte Sally sie in tiefen Zügen einatmen, die Lunge damit füllen. Sie schlich sich barfuß nach draußen und stellte sich an die Vortreppe.

Märta war offenbar aufgewacht und steckte den Kopf durch die offene Haustür, als fragte sie sich, wo eines ihrer Rudelmitglieder abgeblieben sei. Der riesige Körper wälzte sich schwerfällig die Treppe hinunter, dann pinkelte sie neben das Rhabarberbeet und begann von da aus, das Grundstück zu beschnüffeln.

Auch Josefin kam aus dem Haus.

»Ich finde, ein Hund würde zu dir passen.«

Sie verfolgten mit dem Blick Märtas Weg übers Grundstück.

»Vielleicht«, antwortete Sally. »Irgendwann.«

Nie zuvor war ihr der Gedanke gekommen, sie könne eine Hundebesitzerin werden. Sie hatte immer den ganzen Tag lang gearbeitet. Weder Zeit noch Geld gehabt. Das war nun anders.

Sie setzten sich nebeneinander auf die Treppe. Josefin nahm die blonden Haare im Nacken zusammen, flocht gedankenverloren ein paar kleine Zöpfchen.

»Vermutlich ist es ein bisschen wie mit dem Kinderkriegen. Man muss sich nur dafür entscheiden. Nicht zu viel darüber nachdenken.«

Dann blickte sie zu Sally.

»Du kriegst sie. Wenn du willst, gehört Märta dir.«

Sally sah ihrer Tochter ins Gesicht.

»Wie meinst du das?«

Josefin zuckte mit den Achseln.

»Wir haben auf Vallmogården schon mehr als genug zu tun. Mit den Tieren, der Landwirtschaft, dem Haus und allem. Märta ist super, aber ich brauche keinen Hund, zumindest nicht jetzt im Augenblick. Und ich kann sie hier besuchen, bei dir.«

Sally starrte Josefin an. Dann Märta. Der Hund stand nun mit dem halben Oberkörper in den Johannisbeersträuchern und buddelte, dass die Erde nur so spritzte. Sie bellte leise und wedelte mit dem Schwanz.

»Außerdem«, sagte Josefin, »werde ich versuchen, einen Halbtagsjob zu finden. Harald und ich haben uns darauf geeinigt. Um etwas Zusatzeinnahmen für den Hof zu bekommen. Wir geben dem Ganzen ein Jahr, und wenn es dann finanziell nicht besser läuft, suchen wir nach etwas anderem.«

»Das klingt vernünftig.«

»Wird bestimmt super, auch mal rauszukommen und ein paar Leute zu treffen.«

»Was willst du machen?«

»Keine Ahnung. Mal schauen.«

Leichtfüßig ging Josefin zurück ins Haus und Sally hielt Ausschau nach Märta, die von den Johannisbeersträuchern abgelassen hatte. Jetzt lag sie in Ruheposition am Torpfosten. Platt auf dem Bauch, mit der Schnauze auf der Erde und ausgestreckten Pfoten. Wie ein riesiger, zotteliger Frosch. Für den Augenblick schien sie erledigt zu sein.

Sally ging zu ihr, hockte sich neben sie und fuhr ihr mit den Fingern durchs dicke Nackenfell.

»Na, hallo du.«

Die traurigen Augen blickten fragend. Eine Augenbraue hob sich, ansonsten lag das große Tier reglos.

Sally stand auf. Hundebesitzerin. Fühlte sich ungewohnt an. Aber offensichtlich hatte sie jetzt einen Hund. Und ein Zuhause. Und eine Tochter. Und bald eine Pension. Fast alles, außer einer Mutter. Aber die brauchte sie auch nicht.

Durch die Häuser hindurch war das weite, bleistiftgraue Meer zu sehen. Morgen würde sie auf die Mole hinausgehen. Sich einfach hinstellen, ganz draußen bei der Meeresöffnung, und den Geruch von Tang und nassen Steinen einatmen.